KB253005

잔바람이 꽃을 피운다

심형준 에세이

새미

지은이의 변

아는 것의 환원

나름대로 평생을 책속에서만 살아왔다.

좀은 외람된 표현이지만 개인적으론 아는 것의 사회 환원, 생의 또 한 번의 마무리 작업의 일환으로 이 책을 펴내기로 했다.

만에 하나 이 책을 다 읽고 지은이를 향해, 책을 향해 화를 벌컥 내는 사람이라면 옳은 걸 욕으로 받아들일 만치 귀하는 분명 잘못 살아온 사람일 터이다. 이 책을 읽고 매우 부담스러우면 귀하도 그리 잘 살아온 사람은 아닐 터이다. 만약 박수를 치는 사람이라면 귀하는 분명 자신의 신상身上에 돌아올 불이익이 두려워 불의를 보고도 저항하지 못하는 심약한 사람일 터이다. 이 책을 읽은 후, 내용을 확대 해석하여 흥분을 한다면 귀하는 분명 다혈질적이고 정의로운 사람이다. 하지만 세상을 위해 뭔가 자신의 역할을 다 하지 못한 사람일 터이다. 만약 그냥 말없이 고개만 끄덕이는 사람이라면 귀하는 분명 사람 좋단 말, 점잖다는 소리 들으며 잘 살아온 사람일 터이다. 그러나 국가 발전에, 인류의 행복을 위해 어떤 힘도 보탠 적이 없는 소극적인 성격의 소유자일 터이다. 이 책을 다 읽은 후, 다른 사람에게 한 명이라도 더 이 책을 읽게 하려고 애를 쓴다면 귀하는 분명 자랑스럽게 살아온 사람일 터이다.

이 책을 읽은 뒤 어떤 반응을 보이는 독자이든지 지은이와 공감을 한다는 건, 살맛나는 세상 만들기에 동참할 수 있는 사람이라는 신뢰가 간다.

세상은 분명 모순 덩어리이다. 현재로선 유토피아나 파라다이스는 차치하고라도, 정직한 사회, 정의로운 세상을 기대하기가 힘들다고 보여진다.

이 잘못되어 가는 세상, 이 암담한 세상을, 뒤에서 욕만 하고, 한탄만 하고, 절망만 하고, 외면만 하고 있을 수 없어 이 글을 썼다.

지구촌 모든 인류여, 그대들이 어느 대륙에 살고 있든지, 어느 대양大洋 어떤 섬에 살고 있든지, 그대들 한 사람 한 사람이 모두 저마다 고운 마음으로, 예쁜 눈빛으로, 따뜻한 가슴으로 정직하게, 정의롭게, 다정하게 사는 날 이 지구는 그야말로 유토피아, 파라다이스가 될 것이다.

우리 모두 비록 세속世俗에 살고 있지만 천사처럼, 선녀처럼, 신선神仙처럼 살아가려 애를 써야 한다고 본다. 그러다 보면 언젠가는 반드시 진실한 자가 잘 사는 세상, 정의로운 자가 표를 얻는 세상, 신뢰받는 자가 인기 있는 세상이 된다고 확신한다.

더 좋은 세상 만드는 데 이 한 권의 책이, 나의 신념이, 작은 보탬이나마 되었으면 하는 소망이다.

이 책을 보다 많은 사람들이 읽어 저마다 꼭 필요한 사람이 되게 하는 길라잡이가 되었으면 하는 마음 간절하다.

추호도 어느 특정 개인을 곤혹스럽게 하거나 모독하려고 이 글을 쓰지 않았음도 분명히 해둔다. 오로지 더불어 사는 인간 세상이 유토피아 내지 파라다이스가 되는 데 보탬이 되었으면 하는 마음이어서 집필을 하는 내내 어느 때보다도 행복했음도 밝혀둔다.

정구형 사장을 비롯한 도서출판 새미 가족들에게 고맙다는 말을 전한다.

壬辰年 새해 새아침　虛心齋 益友堂에서

黃溪　심　형　조

차례

1

산다는 것은

안다는 것은
스스로가 얼마만큼 무지無知한가를
인지認知하는 정도일 뿐이다.

지금으로부터 삼십 수년쯤 전 일이다. 필자는 면부面部에 있는 어느 초등학교에 들를 일이 있었다. 교문을 들어서자 조그마한 동산이 나타났다. 팽나무 그늘이 짙은 동산에는 5, 6학년쯤으로 추측되는 소년들 댓 명이 노닥거리고 있었다. 필자는 교무실이 어디에 있는가를 묻기 위해 그들한테로 다가갔다.

그들은 하나같이 행색이 몹시 지저분해 보였다. 아무렇게나 자란 머리칼은 까치집 투성이였고, 얼굴엔 때 국물이 마구 얼룩져 있었다. 입성도 남루하기 짝이 없었다. 한창 혈기왕성했던 필자는 문득 장난기가 동했다.

"너는 학교에 왜 다니니?"

그 중에서 가장 덩치가 큰 친구한테 농을 걸었다.

"공부하려 다니지요."

별 싱거운 사람 다 보겠다는 듯이 잠시 필자를 빤히 올려다보더니 자신 있게 대답했다.

"공부는 해서 뭣하게?"

"훌륭한 사람 되지요."

역시 기다렸단 듯이 즉답을 하며 의기양양해 했다.

어쩌면 이런 문제만 시험에 나온다면 만점은 따 놓은 당상이겠다는 생각을 하고 있는지도 몰랐다. 회심의 미소를 짓는 여유를 보이는 품이 그랬다.

"훌륭한 사람이 되어선 뭣하누?"

"그야 돈 많이 벌지요."

이번에도 거침이 없었다.

"돈 많이 벌어선?"

"잘 살지요."

이것도 식은 죽 먹기란 식이었다. 소년의 하는 양으로 볼 때, 도리어 필자를 놀려준다고 생각을 하는 것 같았다.

"잘 살아선?"

소년은 지금까지와는 달리 선뜻 대답을 하지 못했다.

"죽…지…요……."

잠시 머뭇머뭇하던 소년은 끝내 자신 없는 목소리로 말끝을 흐렸다.

정말로 곧장 죽음을 눈앞에 둔 사람같이 낭패해하는 기색이 역력했다.

그래, 맞다.

소년의 대답은 모두가 정답이었던 것이다.

우리들의 의지와는 상관없이, 소년의 말처럼 인간이 이 세상에서 하는 모든 행위들은 죽음을 전제로 하는 것이라 해도 과언이 아닐 터이다.

생이라고 표현하든, 삶이라고 표현하든 산다는 것은 단적으로 표현하면 죽으러 가는 과정에 다름 아니기 때문이다.

우리가 엄마의 뱃속에서 나와 '응야' 하고 고고한 첫울음을 우는 순간부터, 아니다. 더 정확하게 표현하면 어머니 아버지가 사랑을 나누다 정자와 난자의 결합이 이루어지는 그 순간부터 이미 죽음은 시작되었다고 봐야 할 것이다.

그런데 재미있는 것은 사람들은 저마다 그 죽으러 가는 모양새를 달리하고 있다는 것이다.

이 지구상에는 얼추 2만 종에 이르는 직업이 있는 걸로 알고 있다. 그 직업이란 것은 시대에 따라, 문명에 따라, 문화에 따라 사라지기도 하고 새로 생겨나기도 한다.

이를테면 어떤 이는 필자처럼 글을 쓰며 죽으러 가고, 어떤 이는 노래를 부르며 죽으러 가고, 어떤 이는 춤을 추면서 죽으러 간다. 장사를 하면서 죽으러 가는 사람, 농사를 지으며 죽으러 가는 사람. 기업을 하면서 죽으러 가는 사람, 정치판에서 잘난 체 설쳐대며 죽으러 가는 사람 등 그야말로 각자가 직업이란 이름하에 천태만상의 모습으로 죽으러 가고 있는 것이다.

그 중에는 아주 부정적 행태로 죽으러 가는 군상들도 헤아릴 수 없을 만큼 많다. 남의 것을 훔치는 도둑도 있고, 남을 속이는 걸 업으로 하는 사기꾼도 있고, 남의 것을 강제로 빼앗는 강도도 있다. 그런가하면 일생을 도박으로 살아가는 인간들도 많고 많다.

어떻게 죽으러 가든지, 일단 세상에 태어났으면 저마다 긍정적인 인간이 되어 인류의 평화와 행복을 위해 제 몫을 다해야 한다고 생각한다.

시간을 주체하지 못하는 사람들

인간에게 있어 시간만큼 소중한 건 없다. 무엇과 비교할 수도 없고, 무엇과 바꿀 수도 없는 게 시간이다. 시간은 곧 활동이요, 생산이요, 생명이며 삶 그 자체이기 때문이다. 한 번 스쳐간 시간은 두 번 다시 돌아오지 않기에 더욱 그렇다.

시간을 어떻게 활용하느냐에 따라 삶의 질, 생生의 격조가 달라지게 마련이다. 시간을 잘 활용하면 득得, 덕德, 발전, 성취, 성공 같은 긍정적이고 희망적인 결과를 보장 받게 된다. 반대로 시간을 잘못 허비하면 실패, 절망, 좌절, 후회, 비참, 망함, 죽음 같은 부정적 결말을 맞을 수밖에 없게 된다. 얼굴은 자기 인생의 거울이다. 그래서 시간을 잘 활용했느냐, 그렇지 못했느냐는 늙으면서 얼굴에 고스란히 나타나게 되어 있다.

다른 말로 표현하면, 자신의 의지와는 전혀 상관없이 현생現生에 와서 닦은 스스로의 업보를, 아무리 감추려 애를 써도 적나라하게 만천하에 다 드러내보이게 된다는 것이다. 흔히들 부티, 귀티, 빈티, 천티하는 '티'도 고희古稀가 지나면 제대로 드러나게 되어 있다. 귀티는 학덕을 갖춘 지성인의 품격이다. 이를테면 많이 알고, 아는 대로 행하는 사람한테서만 풍겨지는 고귀하게 느껴지는 티인 것이다. 부티는 경제적으로 넉넉하고 여유로운 사람에게서 풍겨지는 인품이다. 비록 까막눈이고 졸부猝富여도 돈만 붙으면 나타나는 게 부티이다. 이는 신기한 노릇이라 않을 수가 없다. 아무튼 귀티와 부티를 다 갖춘 사람은 나무랄 데 없이 완벽한 인간일 터이다. 하지만 불행하고 안타깝게도 귀티와 부티는 함께 할 수가 없다. 이미 부자가 되는 길 자체가 귀한 것과는 거리가 멀기 때문이다. 이기적인 자, 욕심 많은 자는 반드시 짜놓은 똥걸레 같은 몰골로 늙어 가게 된다. 무식한 자, 천박한 자는 갈기갈기 찢겨진 넝마 쪼가리 같은 꼬락서니로 변해간다. 똥걸레 같은 몰골, 넝마 쪼가리 같은 꼬락서니는 최첨단 성형술로도 바로잡을 수가 없다. 이 얼마나 무서운 업보인가?

그런데 더 안타깝게도 자신에게 주어진 고귀한 시간을 감당하지 못해 어쩔 줄을 몰라 하는 사람들이 의외로 많다. 특히 퇴직자들 중에는 자신에게 남아 있는 시간을 주체하지 못해 몹시 곤욕스러워하는 사람들이 부지기수다. 그들에게 시간은 이미 소중한 재산적 가치로써도, 아까움의 대상도 아닌 듯했다. 이들을 지켜보노라면 마치 시간의 필요성을 전혀 느끼지 못하고 있는지도 모른다는 생각이 든다. 할 일은 없고, 시간은 거추장스러울 정도로 남아 있고, 왜 숨을 쉬어야 하는지조차 모르는 사람들처럼 보인다는 것이다. 어쩌면 그들은 자신에게 주어진 시간을 거북스러워하는지도 모를 일이다. 그래서 하루하루 그냥 시간 채우기에 몸살을 앓으며 맥없이 죽어가고 있는 것처럼 보인다. 여간 안타깝고 딱해 보이지가 않는다.

존재하는 모든 것들에겐 똑같이 시간이 주어진다. 시간은 수명壽命에 따라, 혹은 천리天理대로 그 길이가 달라지는 묘한 요술성을 가지고 있다. 때문에 살아가는 모양새에 따라, 처해진 여건에 따라 그 시간의 길이를 다르게 느낄 수도 있다. 하지만 누구한테나 시간만큼 고귀하고 신성한 것은 없어야 한다. 더불어 시간은 누구에게도 지겹거나 따분하거나 부담스런 애물단지가 되어선 안 된다. 따라서 잉여시간이란 표현은 있을 수가 없는 것이라 하겠다. 시간은 어느 금은보화와도 비교될 수 없이 값진 것이기 때문이다.

그런데도 지금 이 시간 어떤 이는 시간이 모자라 밤낮없이 허우적대고, 누구는 시간을 제대로 관리하지 못해 느슨해진 시간을 몸뚱어리에 칭칭 감은 채, 무기력하게 죽음의 순간을 맞으러 가고 있을 것이다. 이는 몹시 불공정하다는 생각마저 든다. 직장인들에게 있어 퇴직이란 그동안 직장이란 시스템에 맡겨두었던 자기 시간 되돌려 받기에 다름 아니다. 시간의 활용, 시간의 관리는 생각만큼 수월하지가 않다. 오랜 세월 스스로 자기 시간을 마음대로 관리해 본 적이 없는 대다수의 사람들은 한순간에 덥석 시간을 되돌려 받아 가지고 어찌 할 바를 몰라 한다. 시간을 한 아름 껴안은 채, 그 무게에 짓눌려 버둥대다가 사정없이 겉늙어 버리거나 맥없이 죽어가기도 한다. 물론 퇴직자들이 직장에 출근할 때처럼 외모를 꾸미지 않아 한꺼번에 왈칵 늙어 보일 수도 있다. 하지만 풀어진 긴장감과 짓누르는 시간 때문에 빠르게 늙어 가거나 수명이 단축되는 원인이 될 수도 있다고 보는 것이다. 어쩌면 한 세월 타의에 의해, 혹은 조직이란 시스템에 의해 관리되어 오던 시간을 어느 즈음에 한꺼번에 되돌려 받은 시간이 감당되지 않을 수도 있겠구나 싶어 안쓰러운 마음이 없지 않다. 하지만 어느 유행가 가사마냥 '내 인생은 나의 것'이 아니던가.

그들 퇴직자들은 대개 크게 네 부류로 나눠져 시간을 허비하고 있다. 한 부류는 아침에 출근하듯 집을 나와서 퇴근시간을 맞춰 귀가를 할 때까지 온종일 화투장을 두들기는 패들이다. 또, 한 부류는 매일 같이 허공에다 골프채를 휘두르며 시간 죽이기를 하는 패거리다. 또 다른 한 부류는 죽어라고 눈만 뜨면 산을 오른다. 그런가 하면 아예 낚시터에서 사는 사람도 부지기수다. 60세에 정년퇴직을 했다 하더라도 현실적으로 노인 행세하기엔 이르다고 본다. 그렇다면 그 많은 일들 중에 하필

화투장을 두들기며 죽으러 갈 건 뭐일까? 날마다 허공에다 막대기를 휘두르며 죽으러 가는 건 또 무슨 심리일까? 산은 결코 시간을 죽이는 곳이 되어선 안 된다. 호수, 강, 바다 등이 시간을 허비(?)하는 곳이 되어선 안 된다.

필자는 남의 취미생활을 문제 삼아 가타부타할 생각은 추호도 없다. 화투장을 두들기는 것도, 골프채를 휘두르는 것도, 산을 타는 것도, 낚시를 하는 것도 어쩌다 한 번씩 놀이삼아, 오락삼아, 휴식삼아 즐긴다면 이처럼 얘깃거리가 되지도 않을 것이다. 그런데 그 허구한 날 허송세월을 하고 있는 모습은 국가적이나 사회적인 측면에서도 결코 바람직하다고 할 수가 없기 때문이다. 그리고 그들이 너무 안 됐어 보여 하는 말이기도 하다. 다시 한 번 심기일전하여 지금까지보다 더 풍요롭게, 더 보람차게, 더 아름답게 살아보면 어떻겠느냐는 권고의 취지인 것이다. 그야말로 제2의 인생을 살아보길 권하는 것에 다름 아니다. 절대로 오해가 없기를 바란다.

물론 당사자들은 나름대로 할 말이 있을 것이다. 어쩌면 먹고 살려고 얽매어 살아온 세월에 대한 응분의 보상을 받는 것이라며 반박하고 싶을지도 모르겠다. 또, 이 정도는 누릴 권리가 있다고 항변하고 싶을 터이다. 어쨌거나 시간을 낭비하고 있음을 지적하지 않을 수는 없다. 기왕에 죽으러 가는 것, 보다 더 사람답게, 보다 더 사는 것 같게, 보다 당당하고, 열정적이고, 최선을 다하는 모습이면 더욱 좋지 않을까 싶어 해보는 소리다. 문제는 저마다에게 주어진 시간을 아끼고, 쪼개어 써도 남은 시간이 그리 길지 않다는 데 있다. <그야말로 우리에겐 할 일은 많고, 할 수 있는 시간은 짧다>고 생각하기 때문에 더 더욱 그렇다.

현실적으로 사회 여건상 25세 미만은 사람 노릇 못하는 시기로 보고, 65세 이상은 늙어서 사람 구실 못하는 시기로 봤을 때, 사람이 사람 구실하고 사는 기간은 고작 40년이 될까 말까 한다. 그런데 안타깝게도 이 40년도 전부 우리의 것이 아니라는 것이다. 이 중에서 의식을 가지고 활동하지 못하는 보편적 수면 시간인 8시간, 즉 하루 24시간 중 1/3을 제하고 나면 27년 정도가 남는다. 또, 이 가운데 몸이 불편하여 꼼짝없이 누워있는 시간을 최소한으로 잡아서 5~6년쯤 제하고 나면, 지극히 건강한 사람을 기준으로 하더라도 살아 있다고 표현할 수 있는 시간은, 하루 24시간으로 잡아 기껏 21, 2년쯤에 불과하다는 계산이 나온다. 이 동안이 우리가 의식을 가지고 활동할 수 있고, 사람 구실을 할 수 있는 시간이요, 우리에게 주어진 기회의 모두인 것이다. 얼마나 소중하고, 얼마나 귀중한 게 시간인가 말이다. 화투나 치고, 막대기나 휘두르고, 산을 타고, 낚싯대만 드리우다가 말기엔 그 시간, 그 인생이 너무 아깝지 않은가?

만약 시간이 다른 일반적인 물건들처럼 거래去來가 가능하다면, 아마도 이 사회의 질서는 유지되기 어려울 것이다. 돈이 있는 자들은 시간 사 모으기에 혈안이 될 것이 틀림없다. 시간을 많이 모은 자가 최고의 재벌이 될 것이기 때문이다. 투기꾼들의 투자 1순위는 당연히 시간 매입이 될 것이며, 도둑이나 강도는 금은보화 다 놔두고 시간 훔치기, 시간 빼앗기에 목숨을 걸 것이다. 그런가 하면 시간 따먹기 도박판이 성행할 것이다. 자신의 시간을 팔아 술을 사마시는 알코올 중독자, 시간과 마약을 맞바꾸는 마약쟁이 같은 구제불능자도 얼마든지 속출할 거라는 생각을 해본다. 세상에서 시간만큼 인기 있는 상품은 없을 것이기에 별의별 망상을 다 해본 것이다. 정말이지 시간이 거래될 수 없다는 사실이 얼마나 다행인지 모른다.

얼마 전 어느 방송에서 20년 전으로 되돌아갈 것인가, 현금 10억을 선택할 것인가를 묻는 연예인들의 토크쇼를 본 적이 있다. 상당히 많은 연예인, 일반시청자들이 현금을 선택했다는 통계를 보고 깜짝 놀라지 않을 수가 없었다. 아무려면 시간을 어찌 돈과 바꿀 생각을 할 수가 있을까? 매우 씁쓸했다.

아무튼 신이 인간한테 이 땅을 살다갈 기회를 주었을 땐 분명히 저마다에게 긍정적인 역할까지 부여했을 것이라 믿는다. 그런데 사회에 공헌하고, 사람 노릇 제대로 하면서 죽어가는 사람이 얼마나 될까? 마치 영원히 죽지 않을 것처럼 부끄러운 짓거리를 전혀 망설임 없이 자행하는 자들은 죽음의 순간에 이르러 과연 무슨 생각을 하며 눈을 감을까? 몹시 궁금하지 않을 수가 없다. 무엇보다 중요한 건, 어떤 경우라도 자기 스스로를 값없이 내던지거나 아무렇게나 포기해선 안 된다는 것이다.

혼자 놀 줄 아는 사람

인간은 원초적으로 외로운 존재이다. 사람들은 군중 속의 고독이란 말을 곧잘 쓴다.

아무리 주변에 친구가 들끓어도, 아무리 목숨하고도 맞바꿀 수 있는 연인이 가까이에 있어도 거미줄처럼 칙칙하게 감겨오는 외로움은 어쩔 수가 없다는 의미일 터이다.

무대 위에서 눈부신 조명 받고, 박수갈채를 받아본 사람은 잘 안다. 박수가 사라지고, 조명이 꺼진 뒤 텅 빈 객석에서 몰려오는 그 외로움과 허전함, 허망함, 서늘함, 그 자리에 그대로 허물어지듯 주저앉아 버리고 싶은 그 개떡 같은 뒷맛을ㅡ 어쩌면 외로움은 인간이 회귀回歸할 수밖에 없는 요람 같은 것인지도 모르겠다. 그러기에 인간은 혼자 놀 줄을 알아야 한다.

필자는 직장인들을 만나면 꼭 들려주는 말이 있다. 퇴직 후

소일거리를 미리 만들어 두라는 충고를 아끼지 않는 것이다. 그게 돈벌이를 염두에 두어선 절대로 안 된다는 주의의 말도 빠뜨리지 않는다. 오히려 재미나게 잘 노는 대가代價로 형편에 따라 월 20~30만 원쯤 들인다는 각오로 임하면 좋을 거란 말도 곁들인다. 그 일이 대단할 필요도 없고, 남에게 으스대기 위한 일일 필요는 더더욱 없다고 얘기해 준다. 혼자서 호작질을 하는 수준이면 충분할 거라는 것이다. 아니면 때로는 혼자서 하는 소꿉놀이도 괜찮다고 일러준다. 정 마땅찮으면 개울가에 나가 한 66.1㎡(20평)쯤 되는 채소밭을 일구어 보라고도 권한다. 틈틈이 매달려 씨 뿌리고, 김매고, 물주고, 돌보며, 수확하는 기쁨도 가치 없는 일이 아니라는 생각 때문이다. 그렇게 손수 애쓰고, 정 쏟아 지은 농산물을 가까운 친지나 이웃과 나누어 먹는 즐거움도 괜찮을 거라 말해 준다. 어떤 일을 하든지, 잘만 하면 정년 없는 또 다른 생을 살아볼 수가 있기 때문이다. 아울러 비로소 사는 것이 어떤 것인지 참맛을 알게 될 것이다.

그 허심虛心의 시간, 무심無心의 시간에 빠져 지내는 시간이 길다 보면 자신도 모르는 사이에 반드시 명상이 되고, 인격수양이 되어 건전한 정신과 건강한 육신을 유지할 수도 있다고 일러준다.

필자는 개인적으로 책속에 빠져 보라고 권하고 싶다. 물론 책도 선택하는 노력이 필요할 것이다. 자기 수준에 맞고, 소화할 수 있는 책이면 좋은 책이다. 좋은 책을 만나 책과 함께 하다보면 책속에서 길을 찾을 수 있을 것이고, 책속에서 진리를 느낄 수 있을 것이기 때문이다. 또한 사람이 안다는 것만큼 보람 있고, 신나는 일도 별로 없기 때문이기도 하다. 모르던 것을 하나하나 알아가는 재미를 어디에 견줄 수는 없을 것이라 생각한다. 그만큼 안다는 것은 가치 있는 일이고, 행복한 노릇이다. 아무튼 한밤중에 잠이 깨었는데, 텔레비전에 매달리지 않고도 혼자서 그 시간을 재미있게 보낼 수 있는 노하우, 물론 그냥 저절로 얻어지는 것은 아니다. 그렇다고 특별히 노력하고 애를 써야 될 만치 어려운 노릇도 아니다. 당사자의 의지와 열정만 있으면 얼마든지 노후老後는 노후대로 가치 있고, 보람 있는 시간이 될 것이라 확신한다.

지금까지 우리말 중에는 '혼자서 노는 모양새'를 제대로 표현하는 적합한 말이 없는 것 같다. 그래서 필자는 이 기회에 <혼자짓>이란 신조어를 세상에 내놓는다. 혼자서 하는 짓거리라는 의미이다. 기존의 호작질이란 말은 손장난을 뜻하는 방언이다. 그리고 또 어감語感이 왠지 격이 낮은 듯하고, 무엇보다도 필자가 나타내고자 하는 의미와는 너무 거리가 먼 듯하여 <혼자짓>을 생각해 낸 것이다. 이왕이면 이 말이 많은 사람들에게 회자膾炙되고, 두루 사랑받고 애용되어 당당히 우리말 사전에 자리 잡기를 소망한다.

오래 전에 '아침형 인간'이란 책이 한참 유행을 하여 베스트셀러가 된 적이 있었다. 이는 천만에라고 생각한다. 밤 시간을 살아가는 사람들은 잘 알 것이다. 밤 시간은 낮 시간보다 훨씬 집중할 수 있는 시간대다. 그리고 능률면에서도 낮 시간대를 살아가는 사람보다 높다 할 수가 있다. '일찍 일어나는 새가 먹이를 잡는다.' 누구나 다 아는 말이다. 아마도 '아침형 인간'이란 책은 이 금언의 덕을 톡톡히 본 게 아닌가 싶다. 아무튼 '아침형 인간'이 부지런함의 대명사라면, <밤형 인간>은 성실함의 대명사일 것이라 생각한다. 남한테 아무런 방해를 받지 않고 긴 시간을 푹 빠져서 <하는 일>에 집중할 수 있고, 그만큼 생산성이 있는 게 밤 시간대라고 자신 있게 주장할 수가 있다. 이른 아침에 활동을 하는 사람은 건강을 챙길 수 있고, 물질적인 것을 얻을 수 있다. 반면에 밤 시간대에 활동을 하는 사람은 정신적인 것을 얻을 수가 있다. 이 두 시간대의 차이는, 시간의 활용이란 측면만 따지면 <밤형 인간>이 낫다는 것이다. 필자는 반평생 넘게 밤낮을 바꾸어 살아오고 있다. 거의 밤샘을 하다시피 하며 글을 쓰고, 책을 보아왔다. 그렇다고 오해는 없길 바란다. 한사코 새벽녘까지 홍익대 앞거리나 압구정동 거리를 배회하는 걸 <밤형 인간>이라 하는 건 아니니까.

사람이 일생을 사는 동안에 자의自意로 할 수 있는 일이란 거의 없다. 만약 평소 아침 식사를 하지 않는 사람한테 손님이 와서 묵어간다고 하자. 주인이 아침 식사를 하지 않는다고, 손님한테도 밥을 안 먹일 수는 없는 노릇 아닌가. 그렇다고 손님한테만 밥을 먹게 할 수도 없는 일 아니겠는가. 자의란 이런 것이다. 필자의 경험에 의하면 자의대로 할 수 있는 유일한 한 가지가 잠을 좀 더 자고, 덜 자고 뿐이라고 본다. 어떻게 보면 잠 시간을 줄인다는 것은, 그만큼 오래 산다는 의미와 일맥상통한다고 할 수가 있다. 그리고 잠은 절대로 저축이 되지 않는다.

앞에서 생존이란 의미로써 시간 계산을 해봤었다. 일반적인 사람들의 평균 수면시간을 하루 8시간으로 잡는다. 만약 이 수면시간을 절반인 4시간으로 줄인다면 인생 자체가 확 달라질 수가 있다고 보아진다. 그러면 보통 사람들이 의식을 가지고 활동할 수 있는 21, 2년보다 약 6년 정도를 더 산다는 계산이 나온다. 이 6년은 그냥 수치상의 6년이 아니다. 6년 동안 잠자고, 휴식하는 시간을 전부 보태면 약 18년 정도를 더 숨쉬기를 한다는 뜻이 되기 때문이다. 고작 온전히 의식을 가지고 20년 남짓을 사람 구실하며 산다고 봤을 때, 거기에 6년여를 더 살 수 있다는 건 대단한 것이 아닐 수 없다. 필자의 경험에 의하면 수면시간이 하루 4시간 이하라도 생활하는 데 전혀 지장이 없었다. 의지만으로 인생의 황금기에 6년여를 더 살 수 있다면 누구나 한 번쯤 생각을 달리해 볼 여지가 있지 않을까 싶다. 확실하게 보장되어 있다고 볼 수 있는 시간들이기에 허투로 들어 넘길 일은 아니라고 생각한다. 또한 '일찍 일어나는 새가 먹이를 잡는다'는 명언도 잠시간을 줄이는 사람에겐 먹히지 않는다 할 수가 있다. '일찍 일어난다'도 따지고 보면 남보다 덜 잔다는 상징적 의미를 내포하고 있다고 봐야 할 것이다. 그렇다 하더라도 아무려면 작정하고 아예 잠시간 자체를 줄인 사람과는 경쟁이 되겠는가. 천재는 대단하지 않다고 생각한다. 설령 집중력이 좀 떨어지고, 암기력이 다소 부족하다 하더라도 밤잠 덜 자고 열심히 따라 붙으면 언젠가는 앞설 수가 있다고 보기 때문이다.

재미있는 사실은 어떻게 사느냐에 따라 시간의 길이가 다르듯, 일과 휴식도 그 의미를 달리한다. 필자는 혼자 있으면 늘 시간에 쪼들리고 바쁘다. 그러다 누군가와 만나고 어우러지면 그게 곧 휴식시간이 된다. 하지만 대다수 사람들은 누군가와 어울려야 바쁘고, 시간의 모자람에 안타까워한다. 혼자 사는 데 익숙한 사람과 더불어 사는 데 익숙한 사람의 차이가 이처럼 엄청난 것이다. 어울려 사는 데 길들여진 사람이 혼자가 되면 어찌할지를 모른다. 그러다 차츰 무기력증에 빠져 들어가 버린다. 그래서 맛있게 잘 살아보려면 꼭 혼자 사는 법을 익히라는 것이다.

우리가 말하는 세계 혹은 세상이란 말은 시간과 공간을 동시에 뜻함이다. 보편적으로 인간 [세世] 로 알고 있는 '세'자는 시대나 시기 등의 시간성 의미도 있다. 지경 [계界] 는 경계, 한계, 둘레 등 공간성 의미를 가지고 있다. 그리고 세상의 윗 [상上] 도 위, 앞 같은 공간성의 의미가 있다. 시간과 공간은 이처럼 불가분의 관계에 있는 것이다. 시간을 가리키는 시계와 방향을 가리키는 나침반의 모양새가 흡사한 것은 우연하지가 않다고 본다. 아무튼 시간과 능력은 상통하는 데가 있다고 할 수가 있다. 노력은 시간이고, 노력은 또 능력개발의 원천이자 동기이기 때문이다. 존재하는 모든 것들에겐 시간이 주어져 있다. 인간이 뭇 생명체와 다른 것 중의 하나가 시간을 의식하고, 시간을 활용할 줄 안다는 것이다. 사람들은 시간을 가치 있게 활용하기도 하고, 의미 없이 허비하기도 한다. 경우에 따라 사람들은 그 귀한 시간을 지겹거나 따분해 하기도 한다. 안타깝기 짝이 없는 노릇이다. 같은 시간이 어떻게 살아가느냐에 따라 즐겁게 짧다 싶게 살다 갈 수도 있고, 지겹게 오래 살다 갈 수도 있게 되는 것이다.

훗날 우두커니 앉아서 먼산바라기를 하다가 문득 나는 무엇인가를 자문自問하면서 손아귀를 움켜쥐었을 때, 손바닥에서 느껴지는 뿌듯함과 허전함의 차이는 엄청난 것이다. 그때 느껴지는 뿌듯함이 단단하고 클수록 더욱 든든한 풍요와 자신감이 되며, 동시에 감칠맛 나는 위안과 행복으로 와 닿게 된다. 하지만 그때 느껴지는 게 허전함이라면 허망, 허무, 피로, 부질없음으로 와 닿게 되는 것이다. 그때 그 순간을 풍요롭게 맞이하기 위해 온통 함빡 빠져볼 혼자짓거리를 만들라는 것이다. 어떤 삶을 살 것인가는 전적으로 자신에게 달려 있다. 좋은 기회와 유리한 조건은 주어지는 것도 얻어지는 것도 아니다. 오로지 자신이 만들어 가는 것일 뿐이다.

공자님의 인仁 사상에 답함

공자님은 일찍이 어질 인仁자를 사상 기본 덕목으로 삼았다. 공자님의 인仁 사상은 어질다, 자애롭다, 인자하다, 사랑하다, 불쌍히 여기다, 박애 등과 같은 인仁자의 옥편식玉篇式 풀이를 깨닫기 위함이 아니었다.

하게에선 공자님의 인仁 사상을 <사람다움>을 추구追究함이었다고 보는 게 보편적 시각이다. 하긴 생전에 공자님께서 설說하신 그 많은 말씀들이 죄다 사람다움이 무엇인가라 해도 과언이 아니다. 그래서일까?

<논어>, <중용>, <예기> 등 어디에서고 사람다움에 관하여 공자님께서 직설적으로 요약해 놓은 근거를 찾을 수가 없다. 때문에 우매한 후학들은 애매해 하고, 헷갈려 할 수밖에 없다 하겠다.

사람다움이란

부끄러운 것 진정으로 부끄러운 줄 알고

미안한 것 진심으로 미안한 줄 알고

고마운 것 정말로 고마운 줄 알고

남을 배려하는 것이다.

필자가 얻어낸 공자님의 <사람다움>에 대한 답이라고 감히 밝힌다.

필자는 나름대로 공자님의 인仁 사상을 부여잡고 오랫동안 골몰했었다. 그러다 지금으로부터 7년쯤 전에 와서야 마침내 이 같은 <사람다움>의 정의를 내릴 수가 있었던 것이다.

2천 6백여 년의 시차時差를 뛰어 넘어 공자님께서 화두話頭로 삼으셨던 인仁 사상에 필자가 감히 누구나 알기 쉽게 간추려서 화답코자 한다. 솔직히 필자는 사람다움을 간추려서 개념 정리해 놓고 얼마나 기뻤는지 모른다. 공자님의 화두에 답하는 영광의 기회를 가져서만은 아니다. 막상 답을 얻고 보니 지키기가 너무 쉽다는 데 또 다른 보람을 느낀 것이다. 돈이 드는 것도, 힘이 드는 것도 아니다. 많이 배울 것도 없고, 달리 어떤 조건이나 자격이 요구되는 것도 아니다. 올바른 사람, 진실한 사람이면 누구나 할 수 있다고 생각되어지기 때문이다. 그런데 사람들은 이 쉽고 간단한 걸 왜 애써 외면하고, 끝내 행하려 하지 않는지 모르겠다. 때문에 인간 세상이 불신과 반목, 혐오와 다툼, 모순과 불행의 연속일 수밖에 없는지도 모른다.

필자는 양명학을 창시한 양명 왕수인陽明 王守仁 선생의 기본 사상 덕목인 지행합일설知行合一說을 너무 좋아한다. 두 말할 나위 없이 아는 것과 행하는 것은 같아야 한다는 의미이다. 알면서도 행하지 않으면 그것이야말로 염치없음이다. 알면서도 행하지 않으면 그건 분명히 잘못되었고, 나쁜 것임이다.

무슨 일을 하고 어떻게 살아가든지, 의식이 올곧은 사람들이라면 공통적으로 '옳음'을 귀결점으로 할 것이다. 물론 아는 대로 지키고, 행한다는 게 말처럼 쉬운 노릇은 아니다. 아무리 옳은 일이고, 바른 것이라 하더라도 지킨다는 건, 적당히 야합하고 넘어가기보다 수천 배, 수만 배는 더 어렵다 하겠다. 그리고 도덕이니, 소신[信念]이니 하는 것들은 확신에 찬 자신감, 두둑한 배짱을 절대 필요로 한다. 그것들이 없이는 도덕도, 소신도 지킬 수가 없기 때문이다. 지켜지지 못하는 도덕이나 소신은 이미 도덕도 소신도 아니다. 도덕이나 소신을 지키지 못하면 자칫 가까이 있는 이로 하여금 실망의 정도가 아닌 배신감을 맛보게 한다.

입만 열면 공자님, 부처님 같은 말씀만 하는 사람이 어느 상황에서 겁박劫迫이나 어떤 위협 앞에서 꼬리를 사린다면 그건 도덕도, 소신도 뭣도 아니라는 것이다.

소신하니까 생각나는 사람이 있다. 폴란드 출신 아마추어 천문학자 코페르니쿠스, 독일의 요하네스 케플러에 이어 지동설地動說을 주장한 갈릴레이 갈릴레오는 금기시되어 있는 지동설을 교황청에 이해시키려고 오랫동안 갖은 노력을 다 했다. 당시 교회는 지동설을 발설하는 일 자체를 이단異端으로 모는 분위기였다.

1632년 2월 마침내 갈릴레오는 로마로 송환되어 종교재판을 받게 된다. 잘못하면 화형火刑에 처해질 위기에 놓인 것이다. 종교재판은 갈릴레오에게 공개적이고 공식적으로 지동설을 번복하라는 명령을 한다. 그는 법관 앞에 무릎을 꿇고 공손하게 지동설을 부인함은 물론, 앞으로 이단 색출에 앞장서겠다는 맹세를 하기에 이른다. 그는 피렌체 교외 아체트리의 한 유폐소幽閉所로 향하는 도중 "그래도 지구는 돈다"는 유명한 말을 남겼다고 전해진다.

결과적으로 70을 넘긴 나이에도 불구하고, 갈릴레오는 목숨을 부지하기 위하여 법정에서 당당하지 못했다는 얘기가 된다. 설령 화형을 당하더라도 법정에서 "이 멍청이들아, 너희 같은 돌덩어리들이 뭘 알아. 너희가 아무리 그래도 지금 이 시간에도 지구는 돌고 있어"라고 큰 소리로 당당하게 자신의 주장을 굽히지 않았더라면 더 좋았을 것이라 생각한다.

이처럼 소신이란 마음만으로 지켜지는 것이 아니다. 때론 생명과도 맞바꿀 수 있어야 지킬 수 있는 게 소신인 것이다. 때론 갈릴레오처럼 목숨을 내놓지 않으면 안 되는 지경에 봉착할 수도 있기 때문이다.

꼭 갈릴레오뿐만 아니다. 세상에는 결정적인 순간에 권력이나 폭력이란 이름의 불량기 있는 자가 눈을 부라리면 곧바로 소신이고 도덕이고 단박에 꼬리를 내리는 심약한 자들이 너무 많다. 결국엔 옳은 줄 알면서도 지키지 못하는 못난이일 뿐, 아무 것도 아닌 것이다.

이 사회는 못난이들 천지다. 가진 자(?)들의 득을 보기 위하여 아첨과 아부에 이골이 난 지성의 갈보들이 늘려있는 실정인 것이다. 좋은 학교 나오고 많이 배웠다는 건, 곧바로 죽을 일이 있어도 끝내 소신을 지키고 철학대로 처신해야 옳은 것이라고 본다. 소신이나 철학이란 다른 말로 표현하면 곧 배짱일 수가 있다. 가졌다는 것, 정직과 정의, 앎, 당당함 등이 배짱의 근원이 된다.

그리고 현실의 잣대는 그리 정확지가 못하다. 어처구니없게도 염치없고, 잘못되고, 나쁜 자들이 요령 있고, 이런 자들이 융통성 있고, 이런 자들이 한 술 더 떠서 장래성 있는 자들이라며 아주 괜찮게 평가되고 있다.

아마도 지혜와 잔꾀를 제대로 구별하지 못하는 데서 빚어진 어리석음이 아닌가 싶다. 결코 미꾸라지처럼 약삭빠른 것과 능력과는 아무런 상관이 없다. 자칫 약삭빠르기를 좋아하다 보면 끝내는 자기 함정에 빠지게 되는 위험성을 배제할 수 없게 된다.

아무튼 더 기가 막히는 것은 인류의 평화와 공영을 위해 한 시라도 급히 지구촌에서 추방되어야 할 대상들일수록 거짓되게 포장되어 대중에게 대단한 듯 먹혀들고, 인정받고, 존중받고, 더 나아가 존경까지 우려내어 잘 먹고 잘 산다는 사실이다.

존경은 그 대상이 죽고 난 뒤 남은 자들이 추모하고, 그리워하는 것으로, 떠난 이의 행적行蹟에 보내는 마지막 보상이라고 생각한다. 때문에 존경은 우려내는 것이 아니라, 우러나와야 하는 거다. 존경은 스스로 만드는 것도 아니다. 어디까지나 진실과 정의감을 바탕으로 하여, 피나는 노력으로 실력과 신뢰를 쌓아야 얻어지는 것이다.

총체적으로 이런 걸 바로 힘이라 한다. 존경받는 사람은 존경받게 사는 게 먼저이다. 이런 것이 진정한 존경인 것이다. 존경을 억지로 우려내려고 안간힘을 하다보면 자칫 독선과 독단에 빠지고 쉽고, 마침내는 독재의 늪에 빠지기 십상이다.

실제로 세상에는 그런 엉터리들의 허상에 속았으면서도, 속은 줄을 전혀 모른 채 알아서 슬슬 기고, 떠받들고, 따르는 어리석은 중생들이 얼마나 많은지 모른다. 이 모순된 세상을 보면서 정말로 신은 존재하는지 의구심을 품게 된다.

안다는 것은

<안다는 것은 스스로가 얼마만큼 무지無知한가를 인지認知하는 정도일 뿐이다.>

이는 나름대로 평생을 책속에서만 살아온 필자가 깨달아 얻어낸 답이다. 지식과 정보라는 이름의 알거리, 그리고 알아야 할 거리는 저 우주 바깥 그 끝없는 무한대를 꽉 채우고 있다고 봐도 지나치지 않을 것이라 생각한다. 한마디로 지식이나 정보란 이름의 알거리는 최고의 자원이라는 것이다. 때문에 인간으로선 그 누구도 <전지전능全知全能>할 수가 없고, 어떤 누구도 <천안천수天眼千手>를 가질 수가 없다고 단언한다. 그저 인간으로서 안다고 떠들어 봐야 그 지식이란 것은 눈에 보이지도 않는 크기의 미립자 정도도 못되는 것이라 확신한다. 하면 할수록 해야 할 공부거리는 많이 남게 되고, 해도 해도 끝

이 없는 게 공부이다. 그리고 공부를 했다고 다 알게 되는 것도 아니다. 만 권의 책을 종이가 뚫어져라 들여다봤다 하여 그 내용을 다 기억할 수 있고, 언제든 필요할 때 곧바로 써 먹을 수 있는 자원이 못되기 때문이다. 사람에겐 기억이란 능력이 있다면, 망각이란 안타까움도 있다. 그러니까 기억이란 것은 대단한 게 못 된다 할 수가 있다. 따라서 누구든지 배움의 정도程度를 굳이 따질 필요가 없다고 본다. 그 상태가 끝이 되어선 안 되기 때문이다. 반면에 저마다 앎의 정도를 정확히 알아야 한다. 그래야 더 알아 나아갈 수가 있는 것이다.

<좋은 학교 나왔다고 많이 아는 것 아니고, 책가방 오래 들었다고 지혜로운 것 아니고, 나이 먹었다고 사람 구실하는 것 아니다.>

이 말은 필자가 지금껏 살아오며 많은 사람들을 접해 보고 내린 결론이다. 그래도 전혀 공부라곤 하지 않은 사람보다는 공부를 많이 한 사람이 훨씬 나을 거라는 지극히 보편적이고, 편견 섞인 기대감을 갖게 되기 십상이다. 하지만 여기에 상당한 아이러니가 있다.

대부분의 사람들이 공부라면 먼저 학교라는 교육기관을 떠올리게 된다. 물론 학교에선 전문적으로 교육 받은 훌륭한 선생님들이 사명감을 가지고 학생들을 가르치고 있다. 하지만 학교라는 데가 완성된 전문가를 만들어 주거나 지혜로운 자를 만들어 주지 못하는 것도 주지의 사실이다. 학교란 한 인간이 올바르고 가치 있는 길을 찾아갈 수 있도록, 다시 말해 순수하고 지혜로운 사람이 될 수 있도록 길라잡이를 해주는 곳이라 보면 틀리지 않을 것이다.

빵값 해결, 자아실현, 사회 공헌 등과 같은 일반론적 교육의 목적 말고, 궁극적인 측면에서 본 교육의 절대 목적, 교육의 최종 목표는 순수하고 지혜로운 인간을 만드는 데 있다고 생각하기 때문이다.

사서삼경 중 가장 으뜸 경전인 주역周易이 오늘날 역술인들의 텍스트로 쓰이는 건, 주역을 통달하면 세상이 읽혀지기 때문이지 결코 점술서이어서가 아니다. 그만큼 주역을 공부하고 나면 지혜의 눈, 진리의 눈을 가질 수 있다는 이야기가 된다. 아울러 이런 깨달음의 눈으로 세상을 보면 세상은 정확하게, 그리고 훤하게 보인다고 믿는다.

여기에서 순수란 '전혀 다른 것이 섞이지 아니함' 또는 '사사로운 욕심이나 못된 생각이 없음' 등과 같은 사전식 풀이로는 그 의미를 제대로 전해준다고 볼 수가 없다고 생각한다. 필자는 '순수를 알 만큼 다 알고, 바보가 되어 있는 상태'라고 정의한다.

알고 바보가 되어 있는 상태만치 깨끗하고, 해맑을 순 없다고 보기 때문이다. 물론 정말로 모르는 바보는 그냥 <멍청이>일 뿐이다.

사람들은 '순수'와 '순박'을 비슷한 의미로 쓰고 있다. 하지만 이는 천만에다. 사전에 보면 '순박하다'를 '거짓이나 꾸밈이 없이 순수하며 인정이 두텁다'라고 풀이 되어 있다. 여기에서는 순수보다 깨끗함으로 대체해야 한다고 본다. 그리고 '덜 세련되다', '수수하다'와 같은 의미가 더해져야 한다고 생각한다. 아무튼 대다수의 사람들은 이런 것까지 신경을 쓰지 않는다. 아예 관심마저 없다. 그러니까 자연히 이런 논리들을 제대로 이해하지 못한 채 살아가고 있는 것이다. 그러면서 막연하게 대부분의 사람들은 자신이 학교를 다닌 만큼 알고 있고, 지혜로워져 있다고 착각들을 하며 살아가고 있다. 또, 오늘날의 인간 세상에선 모두들 이렇게 생각하고 있다. 때문에 학벌, 학력, 또는 신분이나 경력에 대한 신뢰가 절대적이다.

그런데 따지고 보면 꼭 그렇지가 않다는 데 문제가 있다. 학교에서 선생님들한테 혼나고, 종아리 맞아가며 배운 게 얼마나 남았다고 그러는지 모를 노릇이다. 그래서 21세기를 살아가면서도 까마득한 그 어느 때 학교에서 배웠던 케케묵은 지식의 부스러기, 기억의 찌꺼기 약간을 가지고 마치 대단한 지적知的 재산이라도 가진 양 으스대는 한심한 인간들이 부지기수로 남아 있는 것이다. 그들이 알고 있는 지식이라고 뿌듯해하는 것들 중에는 폐기 처리된 지 오래여서 이미 지식으로서의 가치나 기능이 전혀 없어진 것이 거의 대부분일 텐데 말이다. 하긴 책하고 담 쌓고 살아온 인간들로선 알 턱이 없다. 그러니까 자신이 얼마나 무지한 줄을 전혀 모르는 채, 입만 벌리면 엉뚱한 소리, 말도 안 되는 소리를 자신 있게 할 수 있는 것이다. 그래서 사람은 죽는 순간까지 배워야 하는지도 모른다. 학교에서 배운 것이 절대적이고, 그것만이 전부라고 생각하는 사람은 바보를 면하기 어렵다고 단언할 수가 있다.

뿐만 아니다. 사람에 따라, 또 살아가는 모양새에 따라서, 학교에서 배운 정도만으로도 세상을 사는 데 그리 불편을 못 느낄 수도 있을 것이다. 하지만 진정한 의미로 안다는 것은 그 정도를 가지고 말함이 결코 아니다. 어림도 없는 소리다. 식자識者들 사이에선 깨놓고 표현은 않아도, 살아가면서 학교에서 미쳐 가르쳐주지 않은 것, 그 이상의 것을 스스로 알아내고 깨달은 정도를 비로소 안다고 생각하고 있다고 보면 될 것이다. 기껏 어딘가에서 본 것, 누군가로부터 들은 소리를 전하는 정도를 안다고 인정하진 않는다는 것이다. 적어도 나름대로 최선을 다하여 공부하고, 연구하여 깨달음 끝에 얻은 진리의 답으로 소통하는 걸 원칙으로 한다고 보면 정확할 것이다. 기회만 있으면 학벌 자랑, 학력 자랑을 입버릇처럼 해대는 사람치고 식견識見을 제대로 갖춘 사람을 만나기 힘들다. 워낙에 얼치기들이 설치는 탓이다. 운전면허증이 자동차를 굴러가게 하지 못하는 것처럼, 어떤 졸업장도 모르는 걸 저절로 알게 해주지는 못한다. 어떤 학위증도 갖추어지지 않은 지혜를 발휘하게 해주진 못하는 것이다. 졸업장이나 학위가 앎의 라이선스나 보장서가 될 수는 없다는 것이다.

배웠다고 다 아는 것 아니다. 배운 것이라고 다 옳은 것 아니다. 진정한 지식은 스스로 알아가는 것이고, 그렇게 하여 얻어 나아가는 것이다.

사람에 따라서 학벌과 학력은 실속 없는 포장지에 지나지 않을 수가 있다. 그런데도 사람들은 아무런 영양가 없는 포장지에 절대 기대치期待値를 갖는다. 아는 게 없는 학벌과 학력은 자칫 이력서 기재용記載用이나 훗날 묘비명墓碑銘으로나 새겨질 장식으로밖에 가치가 없다는 것이다. 실력으로, 지혜로, 인품으로 평가되고 존중되는 사회가 되어야 한다.

그리고 명예를 중시하는 사회가 되어야 한다. 명예란 곧 자존심과 긍지를 말한다. 진정으로 명예를 소중히 생각하는 사람은 존경받아 마땅한 사람이다. 아직도 고작 흘러 다니는 소리를 주워듣고, 술자리에서 주고받은 우스갯소리를 끌러놓는 정도를 지식 내지 정보로 착각하는 사람들이 너무 많다. 가치 있는 학문을 수용하여 말 한마디로라도 세상에 보탬을 주는 사람이 되어야 한다. 일류로 살아가느냐, 삼류로 살다 마느냐는 오로지 스스로에게 달려 있는 것이다.

우리나라만큼 문맹률이 낮고 고학력화 된 나라도 없다. 그러면서도 독서인구가 우리나라만큼 저조한 나라 또한 드물다고 하겠다. 우리는 이러한 사실을 간과해선 안 된다고 본다. 국제 경쟁력은 장식성 고학력만으로는 안 된다. 끊임없는 자기개발이 없인 아무 것도 되는 게 없을 수밖에 없다. 일가一家를 이룬 사람들 절대다수는 남이 알게 모르게 자기 생명과 맞바꾼 노력의 대가로 얻어낸 결과로 보면 틀리지 않을 것이라 생각한다. 그렇다고 봤을 때 미래를 향한 발돋움은 현재와 같이 낮은 독서율, 턱없이 적은 독서인구로는 불가능하다고 보는 것이다. 중국이 가진 가공할 잠재력은 비단 천문학적인 인구만은 아니다. 그 많은 독서인구라는 것이다. 독서인구야말로 미래를 기약하는 핵폭탄 이상의 큰 무기이자 최상의 에너지이자, 비전이기 때문이다.

옛날과는 다르게 문화와 문명의 발전·발달속도가 엄청나게 빨라졌다. 특히 전자산업, IT산업 쪽은 정말로 초 단위, 분 단위로 달라지고 있는 게 현실이다. 때문에 교과 내용도 거기에 맞추어 빠르게 수정되거나 새로 편집 되어야 맞을 것이다. 하지만 교육현실은 전혀 그렇지가 못하다. 또 그럴 수도 없다. 어찌 교과서 바꾸기를 밥상 다시 차리기와 같이 할 수가 있을까.

어쨌거나 학교는 벌써 폐기처분했어야 옳을 오답을 가르치는 웃을 수도 울 수도 없는 자가당착, 자기모순에 빠져있다. 이유야 어떻든 지금 교과서에는 이처럼 실제와 완전히 다른 내용들이 수록되어 있을 수밖에 없겠기에 하는 말이다. 다른 말로 표현하면, 현재 학교에서 사용하고 있는 모든 교과서들은 언제 수정 내지 폐기될지 모르는 내용들로 가득 채워져 있다는 것이다. 아니, 당장 다 폐기해버려도 조금도 아쉬울 게 없는 것들로 채워져 있다고 보면 된다. 이게 오늘날 교육 현상이다. 그러니까 저만큼 뒤쳐져 있는 교과서를 텍스트 삼아 가르치고 배워야 하는 교육 현장의 불합리성을 어떻게 설명해야 좋을지를 모르겠다는 것이다.

학교에서 가르쳐주는 대개의 답은 공식화된 답이지, 절대 답이 아니다. 진리의 답만이 절대 답이라 할 수가 있다. 때문에 공식적 답은 문화와 문명의 변천에 따라 언제든 바뀔 수 있고, 변할 수밖에 없는 가변의 답인 것이다.

반면에 스스로가 골몰하고, 연구하여 얻어낸 진리의 답은 어떤 경우에도 변하지 않는 불변의 답이 된다. 성경이나 불경 같은 경전經典들이 영원한 바이블로 남을 수 있는 이유가 여기에 있는 것이다. 그래서 더욱 학교에서 배운 걸 전부로 생각하는 사람은 매우 곤란하달밖에 없다. 이것이 학교 교육의 현주소이고, 이것이 학교 교육의 한계인 것이다.

아무튼 교육, 지금 이런 모양새대로는 안 된다. 어찌 교육이 천재 만들기이며, 많이 아는 인간 만들기이겠는가. 우리는 흔히 훌륭한 사람이란 말을 쓴다. 훌륭한 사람이란 곧 지혜로운 사람, 순수한 사람, 올바른 사람을 뜻함일 터이다. 그런 의미에서 훌륭한 사람을 만들자면 현행의 교육 행태로는 도저히 불가능하다고 본다. 지식 주입 그 이상으로 인간 만들기에 심혈을 기울여야 한다. 교육 관계자들의 의지만 있다면 얼마든지 실현 가능하다고 본다. 옛날 서당식 훈육을 해야 한다는 것이다.

학급 정원이 그 옛날과는 비교도 안 되게 많아서 곤란하단 핑계 같은 건 내세우지 마라. 전교생이 한 명 뿐인 폐교 직전의 학교라고 천재를 만들거나 제대로 된 훈육을 했다고는 할 수 없을 것이다. 교육을 함에 있어 어디에 비중을 두느냐에 따라 교육의 효과는 다르게 나타난다고 본다. 시대가 아무리 달라졌어도, 인간이라면 삼강오륜三綱五倫을 기본으로 하는 덕목주의德目主義를 지향해야 한다는 것이다. 물론 시대가 바뀐 만치 임금과의 관계는 국가나 인류라는 이름으로 관계를 재설정해야 할 것이다.

　　기주불폐其主不吠

　　개는 그 주인한태는 짖지 않는다.

　　기부동색其父同色

　　개는 그 아비와 같은 색이다.

　　비시불접比時不接

　　개는 아무 때나 관계를 갖지 않는다.

　　일폐군폐一吠群吠

　　개는 한 마리가 짖으면 무리가 따라 짖는다.

　　소불범대小不犯大

　　개는 작은 놈이 큰 놈한테 달려들지 않는다.

　소위 견공오륜犬公五倫이다. 호사꾼들이 만든 우스갯말이겠지만, 매우 의미심장하다 않을 수 없다. 아무려면 인간이 개만도 못해서야 되겠는가.

　뭇 사람들에게 많이 아는 직업으로 인식되어 있는 교사들이 퇴직을 한 뒤, 교과서마저 바뀌고 나면 어쩔 수 없는 바보가 되어 있어야 하는 모순에 빠지게 된다. 물론 개인적으로 그렇게 되지 않으려고 끊임없이 공부를 하는 경우는 예외일 수 있다 하겠다. 아무튼 이러한 현상은 보편적으로 살아가는 전직교사 들로선 어쩔 수가 없을 것이다. 이것이 전직교사들의 비애이 자, 불행이라 할 수 있다. 안타깝게도 어느 나라에도 마찬가지 겠지만, 학교 교육을 받을 만큼 받은 바보가 너무 많다는 것도 부인할 수 없는 게 사실이다. 이만큼 교육은 쉽지 않은 것이다.

_ 요새도 소설가가 있나

멀쩡히 대학까지 나온 사람들 중에 시인과 소설가를 구별 하지 못하는 사람이 허다하다. 시인이 뭐하는 사람인지, 소설 가가 뭐하는 사람인지를 제대로 모르는 사람들이 생각보다 훨씬 많다는 것이다. 심지어는 소설가는 춘원, 김동인, 염상 섭, 김유정, 심훈, 이효석 등과 같이 교과서에 실린 작가들이 전부인 줄 알고 있는 사람도 생각보다 너무 많다. 아직도 중 · 고등학교 국어 교과서, 대학 국문학과 교과서에는 거의 이들 의 작품뿐이라 해도 과언이 아닐 정도인 탓일 터이다. 중 · 고 등학교 시절 국어시간에 귀에 못이 박히도록 들어왔고, 시험 공부한다고 달달 외웠던 문제들 거의가 이즈음의 작가와 작 품에 한정되어 있다시피한 데 그 이유가 있다고 본다.

"요새도 소설가가 있습니까?"

가끔 필자의 명함을 받아든 사람 중에, 매우 놀랍다는 듯 이렇게 물어오는 사람이 있다. 이런 현상은 뭐라고 구구한 변명을 하든지 오랫동안 책을 멀리했기 때문이다.

대부분의 사람들은 책가방을 내던지면서 모든 책과도 작별을 고한다. 마치 흉한 벌레를 털어내듯 하는 것이다. 그리곤 방송에서 주워들은 얘기, 신문에서 본 소식, 남들한테 전해들은 이야기, 고작 그런 걸 가지고 상식의 전부인 양 한다.

연애할 적에는 입만 벌리면 플라톤이 어떻고, 톨스토이, 단테, 토인비, 헤밍웨이, 피카소, 아리스토텔레스, 베토벤 등등을 들먹이며 아는 체, 고상한 체하며 어금니로 자근자근 말을 씹던 입으로, 애기 둘쯤 낳고 나면 연예인들 사생활이나 들먹이는 정도가 고작인 아줌마들을 보면서 참으로 안타깝다는 생각이 든다. 이야말로 국가적 손실이요, 비애요, 불행이 아닐 수 없다. 죽는 순간까지 끊임없이 공부를 해야 하는 이유가 바로 여기에 있는 거다.

오히려 학교 교육을 하루도 받지 않고도 엄청나게 아는 석학碩學들이 곳곳에 생각보다 훨씬 많이 있는 줄로 안다. 이런 사람들이 곳곳에서 나름대로 자기 몫을 다하고 있어 우리 대한민국이 건재할 수 있는지도 모른다. 이들을 양지陽地로 불러내 지적자원知的資源으로서 활용 기회가 주어졌으면 좋겠다. 아직도 만연하고 있는 우리 사회의 학벌, 학력 지상주의에 가려서 제 역할을 찾지 못하는 지적 자원들이 너무 많이 사장死藏되어 있는 것 같아 안타깝고, 아깝기 그지없다. 많이 안다고 박사博士라 한다면, 진정한 박사는 결코 학위學位를 가진 사람이 아니다. 현재 얼마나 많이 알고 있는가? 지금 이 시간 밤잠 덜 자고 열심히 공부하고 있는 사람, 현재 두루 많이 알고 있는 사람이 존경받아 마땅한 진정한 박사가 아닐까?

더 큰 문제점은 앉으면 학벌 자랑, 입 벌리면 학력 자랑만 하는 자들 대다수가 나쁜 짓을 업으로 삼으며 산다는 것이다. 반면에 스스로 노력하여 깨우친 자들은 거의가 나쁜 짓을 하지 않는다는 차이점을 유념했으면 좋겠다. 그만큼 오늘날 교육을 담당하는 학교가 얼마나 참된 인간 만들기에 실패하고 있는가를 방증傍證하는 대목이라 할 수가 있다.

그리고 학교마다 여교사로 채워져 있는 교단의 현실도 여간 문제가 아니라 하겠다. 남자애들이 여성화되어 가는 추세도 문제이지만, 도전받는 교권이 끔찍할 정도이다. 인간 만들기는 분명 학교 몫의 일부이다. 언론을 통해 본 오늘날 그 많은 여교사들은 자기 자신을 지키기도 벅찬 듯하다. 생리적으로 중학생쯤 되면 웬만한 여교사가 물리적으로는 감당할 수가 없는 건 당연하다. 때문에 가장 신성하고, 가장 위엄을 유지해야할 배움의 요람에서 제자가 스승을 공공연히 폭행하고, 제자가 스승을 상대로 성희롱을 예사로이 한다는 것이다. 이쯤 되면 이미 참다운 의미의 교육은 기대하기 힘들다 않을 수 없다.

과연 무엇을 위해 학교가 존재하는가? 뒤늦게나마 우리 모두가 심도 있게 생각을 해봐야 할 문제라고 본다. 하나 자식 나아 덮어놓고 귀여워만 해주는 게 사랑의 전부인 줄 아는 엄마 아빠들, 회초리를 들면 곧바로 경찰이 폭력교사로 체포하러 오는 오늘의 교육 현실이 우리의 미래를 암담하게 한다. 진정한 사랑은 그야말로 당근과 채찍을 모두 필요로 한다는 걸 왜 간과하는지 모르겠다.

지금 들지 않은 회초리가 훗날 호된 법의 매질로도 잡히지 않는 비극적 결과를 왜 예측하지 못하는지 모르겠다. 진작부터 상황이 여기까지 와 있었는데도 정부는 아무런 대책 없이 남의 집 불구경하듯 하고 있다. 오로지 교육대 출신, 사범대 출신 혹은 사범대 과목 이수자 중에서 순위고사 성적순으로 임용하는 걸 원칙으로 삼고 있을 뿐이다. 어찌 교육을 담당하는 교사를 뽑는 데 성적만으로 평가할 수가 있는지 모르겠다.

누군가를 가르치는 것은 결코 가르치는 사람이 획득한 자격증이 아니라, 가르치는 사람의 인품이라고 본다. 작금에 교육 현장에서 일고 있는 크고 작은 문제들은 무자격자들이기에 빚어지는 불상사가 아니다. 때문에 가르치는 사람은 적어도 일찍이 맹자님께서 주창主唱하신 측은지심惻隱之心, 수오지심羞惡之心, 사양지심辭讓之心, 시비지심是非之心, 즉 인의예지仁義禮智 사단四端 정도는 기본적으로 갖춘 사람이어야 한다고 생각한다. 그리고 절대로 이기적인 사람이어선 안 된다고 본다.

오늘날 교사들의 성비性比도 여간 문제가 아니다. 교육대나 사범대 지원 단계에서부터 남녀 비율은 균형을 잃고 있는데도 아무런 대안이 없는 듯하다. 이는 근본적으로 지원하는 남학생들의 숫자가 여학생들보다 적을 수도 있지만, 여학생들의 성적이 남학생보다 뛰어나다는 데도 이유가 있어 보인다. 현재 웬만한 초등학교는 한 학년에 남자 교사 한 명을 배치하지 못할 정도로 교단의 성비는 엉망이 된 지 오래라고 들었다. 가뜩이나 남학생들이 여성화되어 가고, 반대로 여학생들이 남성화 되어 가는 기현상을 보이는 추세가 아닌가. 정말로 경계해야할 대목이라 않을 수가 없다. 어떤 경우, 어떠한 상황에서도 남자는 남자다워야 되고, 여자는 여자다워야 한다. 살아보면 남자의 역할과 여자의 역할은 분명하게 구분되어 있다. 그래서 더욱 결혼을 해야 하는지도 모른다. 아무튼 그런 의미에서라도 하루속히 남자 교사들이 남학생들을 맡아 씩씩하고 늠름한 대한의 사나이로 자랄 수 있도록 분위기와 여건 조성은 물론, 앞장서 본을 보이며 이끌어 나아가야 한다고 생각한다. 성비의 균형을 위해서라도 교대나 사범대에선 남녀 학생을 따로 선발하면 쉽게 해결될 문제라 여겨진다.

세태가 달라진 만큼 학교사회도 날로 변해 가고 있다. 서로 살기 빡빡하던 시절에도 사제의 정은 돈독했었다. 그만큼 참다운 스승이 많았다는 얘기다. 한 달 봉급으로 쌀 두 말을 채 살 수 없는 박봉을 쪼개어 가난한 제자 사친회비를 대납하는 스승, 소풍을 갈 수 있도록 여비를 대납하는 스승, 굶주리는 제자와 도시락을 나누어 먹는 스승이 정말 많았다.

필자에게 어린 날의 선생님은 소매 끝이 다 닳아 허옇게 실밥이 드러나고, 걸음을 옮길 적마다 구두 밑창이 입을 쩍쩍 벌리는 모습으로 각인되어 있다. 그러면서도 선생님은 낭만과 여유가 넘쳐났다. 이런 선생님이 든 회초리 끝에는 진한 사랑이 듬뿍 배어 있었다.

아직도 낭만의 시대는 다 끝나지 않았다고 본다. 세상은 자꾸만 이기주의, 이익주의로 치닫고 있다. 스승은 없고, 지식장사꾼(?)만 득실거리는 학교가 되어선 절대로 안 된다. 스승이 없는 학교에선 제대로 된 제자를 기대할 수 없다. 제자는 스승의 관심과 보살핌과 사랑을 자양분으로 자라난다.

언제부턴가 모교라는 이름의 학교는 졸업생의 현 위치와 가진 정도만을 따지려 하고 있다. 적어도 저녁 9시 메인뉴스나 신문 헤드라인에 목 떨어뜨린 모습이 나오기 전까진 이들만이 자랑스런 졸업생이라 내세운다. 아무 것도 내세울 것 없고, 무엇 하나 내놓을 것 없으면 아무리 올바르게 살았어도 외면해 버린다. 지난날 정직하게, 정의롭게, 사람답게 살아야 한다고 했던 선생님들의 말 뒤집기인 셈이다. 세상이 아무리 변하고, 어떻게 변했더라도 정직, 정의, 사람다움은 교육의 기본 덕목이며, 교육의 절대 목표, 절대 목적이 되어야 한다.

그런 의미에서 학교는 하루속히 본디의 교육기관으로써의

권위와 신뢰를 되찾아야 한다고 본다. 시대가 어떻게 달라지더라도 가르치는 분은 영원히 존경의 대상이 되어야 하기 때문이다. 그렇지 않은 배움은 아무런 의미도 가치도 없는 허섭스레기 같은 것이 되기 쉽기 때문인 것이다. 교육 과정에서 인간 만들기가 빠지면 자칫 도둑놈, 사기꾼 같은 부정적인 인간을 양산해 낼 수밖에 없게 된다. 그래서 우려스럽고, 그래서 두려운 것이다. 배운다는 건, 국어 수학 영어 사회 과학 등의 교과목 내용을 달달 외는 것에 한하는 것이 절대 아니다. 영어 단어 한두 개, 수학 공식 몇 개 더 안다고 무식하지 않은 게 아니다. 사람을 볼 줄 모르는 것, 세상을 볼 줄 모르는 것, 슬기롭지 못한 것이 정말로 무식한 것이고, 모자라는 것이다.

어떠한 경우라도 교육에 있어 편향성은 절대로 경계하지 않으면 안 된다. 교육은 훌륭하신 선생님한테서 인품을 익히고, 세상을 보는 눈을 갖게 되는 것이 절대적이다. 누구에게나 좋든 싫든 학창시절에 인연한 스승의 영향은 평생을 좌우할 만치 비중이 크다 할 수가 있다. 훌륭한 스승한테서 훌륭한 제자가 나오게 되어 있다. 스승은 부모 못지않은 '생의 거울'임을 유념하면 결코 불행해지지 않을 것이다.

불가에선 스승과 제자로 만나지는 건 일만 겁의 인연이 닿아야 한다고 한다. 이 세상 어떤 인연보다도 필연적이고, 또 그만큼 소중한 관계라는 뜻일 터이다.

아무튼 존경하는 사람이 있다는 건 다시없는 행복이다. 존경받는 사람이 된다는 건 더없이 행복하고 영광된 노릇이다. 세상에 존경받는 스승으로 살다가는 것만큼 복된 삶은 없을 것이라 여긴다.

<모르면서 지껄이는 소리는 말이 아니라 짖는 소리다. 모르면서 쓰는 글은 글이 아니라 낙서다.>

일찍부터 필자가 자식들에게 자주 들려주는 말이다. 정상적인 사람은 아는 것만큼 지껄이고, 아는 것만큼 쓸 수밖에 없다. 그런데 문제는 무식한 자들이다. 이들은 자신이 무식한 줄을 전혀 알지 못한다. 이런 자들은 은연중에 자신이 알고 있는 게 모두 옳고, 또한 자신이 알고 있는 게 전부라고 생각하고 있기 때문이다.

길을 가다보면 지적 수준이 고만고만해 보이는 사람들끼리 모여앉아 담소를 나누는 풍경을 자연스레 목격하게 된다. 어느 자리에서든 그렇듯, 여러 사람이 모인 자리에는 반드시 이야기를 이끄는 화자話者가 있기 마련이다. 좌중의 리드라 해도 좋을 것이다. 아무튼 스치며 언뜻 엿듣게 되는 그 화자의 이야기란 게 필자의 상식으로는 도저히 말이라고 할 수는 없는 엉터리 소리일 때가 많다. 그런데 어이없게도 그 말도 아닌 말을 들으면서 청자聽者들은 연신 감탄을 하고, 연방 감동을 하고, 또 공감을 하고 있다는 것이다. 그런가 하면 더러는 그들 사이에 서로 양보 없이 우기기를 할 때도 있다. 두 사람의 주장 다 말이 되지 않는다. 그냥 억지소리라고 할 정도도 못 된다는 말이다. 그래서 무식한 자는 절대로 겸손할 줄을 모른다. 다만 저보다 많이 아는 자 앞에서 기가 죽을 뿐이다.

필자도 밖에 나가면 매우 아는 체를 하는 편이다. 그러다 집안 서재만 들어서면 어쩔 수 없이 단박에 바보가 되어 버린다. 서가書架에 꽂혀있는 많은 책들이 바보, 무식쟁이 하고 손가락질을 해대는 것 같아 단박에 기가 죽어버릴 수밖에 없다.

필자는 우주 그 바깥, 이를테면 인간의 상상력으로도 도저히 미칠 수 없는, 불가에서 말하는 의천義天이라는 데까지를 지식의 영역, 정보의 바다로 보고 있다. 그렇다고 봤을 때 평생 책하고만 살아온 필자지만 안다고 할 수 있는 정도는 고작, 불가佛家에서 말하는 지부지지知不知知, 지지부지知知不知, 곧 '아는 것이 없는 것 같은데 아는 게 조금은 있고, 조금은 아는 것 같은데 아는 게 없다'는 정도일 뿐인 것이다. 이처럼 안다는 것은 까다롭고, 두렵고, 기를 죽게 하는 것에 다름 아니다. 결코 겸양이 아니다.

─학교 교육의 한계

과연 누가 인간으로서 '전지전능全知全能'하고 '천안천수天眼千手'를 가질 수가 있을까? 그럼에도 오늘날 집과 학교에서는 공히 전지전능한 사람, 천안천수를 가진 사람을 만들려고 한다. 물론 턱도 없는 바람이자 욕망이라 않을 수가 없다.

인간의 뇌라는 건 몹시 신비로운 구조로 되어 있는 것 같다. 대체로 영어를 잘 하는 사람은 수학이 약하고, 화학을 잘 하는 사람은 국어에 약한 모습을 보인다. 때문에 한 인간한테 전 과목을 다 잘하는 만능인이 되라는 건 여간 무리가 아니다.

보편적으로 우리 대한민국 사람들은 두뇌頭腦가 매우 뛰어난 편이다. 국제 수학 올림피아드나 과학 올림피아드 같은 데 나가서 좋은 성적을 거두는 것만 봐도 그렇다. 그런데 그게 중학교 과정까지라는데 도무지 이해가 되지 않는다. 고등학교, 대학교로 올라갈수록 두뇌로써의 국제 경쟁력은 급격히 떨어지고 있다는 사실은 우리나라 교육 방식에 문제가 있다고 봐야 할 것이다. 지금은 대학지원자 수가 급감하는 추세여서 입시지옥이란 말이 쑥 들어간 느낌이 없지 않다. 하지만 몇 년 전만 해도 입시지옥이라 할 만큼 우리나라에서의 대학 진학은 쉽지가 않았다. 소위 명문대학이라는 데는 그야말로 하늘의 별따기에 다름 아니었다. 문제는 그처럼 어렵게 학교엘 들어간 데 비해서 너무 쉽게 나온다는 것이다. 우리나라 대학에서 유급留級이란 말을 들어본 적이 없다. 그렇다고 모두 성적이 우수하지도 않은 것 같았다. 어쨌거나 마치 등록금을 공부를 하는 대가로 내는 게 아니라, 졸업장을 받아내기 위해 내는 것 같은 건 왜인지 모르겠다.

흔히들 이 시대에는 교사는 많은데 진정한 스승은 적다고 한다. 훌륭한 스승인가 아닌가를 식별하기란 그리 어려운 노릇이 아니다. 훌륭한 스승은 반드시 자신보다 더 훌륭한 제자, 즉 청출어람靑出於藍을 만들어 낸다. 하지만 삼류교사는 따라지 제자만을 길러낼 뿐이다. 만약 삼류교사한테서 훌륭한 제자가 나타났다면, 이는 순전히 그 제자 스스로 훌륭한 사람이 되어 간 것일 것이다. 못난 부모한테서도 잘난 자식은 얼마든지 나올 수가 있다. 소위 멘델의 유전법칙에 따르면, 돌연변이라는 특이유전인자가 얼마든지 나타날 수가 있기 때문이다. 하지만 교사와 제자 사이는 혈연으로 맺어진 관계가 아니다. 그래서 돌연변이는 기대할 수가 없다. 때문에 가르친 만큼 나올 수밖에 없는 것이다. 삼류교사는 절대로 삼류 이상의 훌륭한 제자를 양성할 수가 없는 것도 이 때문인 것이다. 뿐만 아니다. 오늘날 입시 위주의 학교 풍토도 여간 문제가 아니다. 교사가 스승이 되는 건, 시험 성적을 올려놓는 것만으로는 안 된다고 본다. 성적보다 인성人性을 제대로 길러주어야 참스승이 될 수 있다고 보는 것이다.

감수성이 매우 예민한 청소년기에는 교敎보다는 육育이 더 절실하고, 더 필요로 하는 시기이다. 한데 지금의 학교에선 인성교육에 신경 쓸 겨를이 전연 없어 보인다. 소위 말하는 좋은 학교에 얼마나 많이 진학시키느냐에 교육이란 이름을 죄다 건 듯한 모습이 작금의 교육 현실이다. 정말로 안타깝고 어처구니없는 노릇이 아닐 수 없다.

좋은 학교 나왔다고 진실한 사람, 정의로운 사람, 사람다운 사람이 되는 건 아니다. 그런데 어째서 사회는 한결같이 좋은 학교 출신이라는 이유만으로 그들을 선호하고, 또 그토록 신뢰하고 있는지 모르겠다. 저녁 9시 뉴스를 부정적으로 장식하는 얼굴들 대부분이 좋은 학교 출신들이라는 사실을 어떻게 받아들여야 할지 난감할 때가 많다. 역시 궁극적으로 사람이 되어 가는 건 혈통이나 학벌, 환경, 여건, 배경, 이런 것들이 절대 조건일 수는 없다 하겠다.

강보(襁褓–포대기)에 싸여서 버려진 생명이라고 다 인생의 실패자가 되란 법이 없다. 혈육이면 무조건 다 좋은 것도 아니라고 본다. 세상에는 있어도 없는 것만 못한 부모형제도 얼마든지 많다. 허구한 날 술독에 빠져 지내며 가정불화나 일으키는 아비는 없는 게 낫다. 노름에 미쳐서 물려받은 가산을 다 날려버리는 아비는 없는 게 훨씬 낫다. 가사는 돌보지 않고 춤바람에 미쳐 날뛰거나, 집안이야 도가 되든 개가 되든 밤낮없이 고스톱에 빠져 지내는 어미는 없을수록 좋다. 그런가 하면 자식을 낳자마자 길바닥에 내다버리는 비정한 부모도 있다. 그런 부모에 연연할 필요가 없다는 것이다. 원망마저도 할 필요가 없다.

자칫 부모가 없으면 세상살이가 매우 불리하다는 생각을 할 수가 있다. 하지만 꼭 그런 것만은 아니라고 본다. 못난 부모형제에게 발목이 잡히면 그 인생은 그만큼 더 고달플 수밖에 없기 때문이다. 막상 당해 보면 못난 부모, 못난 형제들을 아우르고 간다는 것은 예수님이 짊어진 십자가 이상으로 힘겹고 어려운 노릇이라 할 수가 있다. 악조건을 잘 뒤집으면 곧바로 다시없는 호조건好條件이 될 수가 있다. 흔히들 젊어 고생은 사서도 한다고 한다.

쇠는 천 도 이상의 고온에서 수 없이 달구어지고, 또 그만큼 망치에 얻어맞고, 반복된 담금질 끝에 마침내 명검名劍으로 태어난다. 흙은 수천 도의 장작불에 두 번이나 구워진 끝에 비로소 청자, 백자와 같은 보물로 재탄생된다. 인생이라고 다르지 않다. 많이 넘어지고, 자주 짓밟히고, 쓴맛을 볼 만큼 본 사람일수록 단단해지기 마련이다. 어떠한 난관에서도 절대로 쉽사리 쓰러지지 않는다.

현재 조금 힘들다고 언제까지 신세한탄이나 하고, 언제까지나 누군가를 원망만 한다면 그 사람은 조금도 앞으로 나아가지를 못하게 될 것이다. 그것은 자칫 들어주는 사람 없는 어리광이고, 세상을 향한 투정이 될 수가 있다. 아무런 의미가 없는 일이라는 것이다.

혼자라는 것은 얽히고설켜서 나아가는 데 장애를 받지 않아 좋고, 홀가분하게 혼자서만 나아가면 되는 또 다른 이점利點이 될 수가 있다는 것이다. 예수님도, 부처님도 다 아우르고 가지를 못했다는 걸 생각하면 스스로의 한계에 대해 조금도 자책하거나 자괴할 이유가 없다고 본다.

광란의 졸업식 뒤풀이

언제부턴가 중·고등학교 졸업생들의 졸업식 뒤 모양새가 눈살을 찌푸리다 못해 경찰이 동원되는 지경에까지 이르렀다. 머리에서 발끝까지 밀가루와 날계란이 뒤범벅이 되어 거리를 휘젓고 다니는 모양새가 여간 꼴불견이 아니다. 가뜩이나 IMF 이후 서민 경제가 말이 아니다. 점점 나빠지는 부모들의 가계는 좀처럼 좋아질 기미가 없다는 것이다. 이런 때에 전국적으로 마구 낭비되는 밀가루, 계란이 얼만지 모른다. 이런 추태는 아직도 전혀 달라질 기미가 보이지 않는다. 해마다 무슨 대단한 연례행사인 양 반복되고 있다. 정말로 우려스럽다 못해 실망감을 떨칠 수 없다. 밀가루와 날계란만으론 모자란 듯 모자와 옷을 찢어서 맨살이 드러난 학생들과 아무데서나 쉽게 맞닥뜨리게 된다. 더러는 알몸으로 발가벗겨 놓은 채 폭력을 가하는 풍경도 어렵지 않게 목격할 수가 있다. 이 야만적인 행동들이 무엇을 의미하는 것인지 도무지 이해가 되지 않는다. 여학생들도 덩달아 같은 모습으로 말도 안 되는 추태를 예사로이 연출하고 있다는 것이다. 졸업식이 있는 날이면 여지없이 광란의 거리가 되어 버린다. 과연 무엇을 위해, 무슨 짓거리들을 하고 있는지도 모르는 채 그런 광란의 몸짓을 하지 않으면 안 되는 이유를 따져 묻고 싶다. 젊다는 이유만으로 죄다 면죄부가 되는 건 아니다. 그 고귀한 젊음이 그따위 의미 없는 행위로 욕이 되어선 안 된다고 본다. 학교 졸업이 인생의 종결은 아니다. 완전한 마침표도, 새삼스런 시작도 아닌 것이다. 그냥 인생의 한 과정일 따름이다. 그런 의미에서 일정기간의 학업을 통과한 상태는 졸업이 아닌 이수履修라는 표현을 쓰는 게 가장 적확的確하다는 생각이다. 아울러 오늘날의 졸업식은 가벼운 통과의례로 끝나야 한다. 인생에 있어 졸업이란 이 세상을 떠날 때에만 쓸 수 있는 말이라고 보기 때문이다. 졸업 대신에 수료修了라는 표현을 쓰고 싶은데, 여기에도 마칠 [료了]가 들어가기 때문에 부득이하게 피할 수밖에 없다고 생각한 것이다. 사람은 죽을 때까지 평생을 배워야 한다. 그런 의미에서 졸업도, 수료도 적합한 표현이 아니라는 것이다. 더구나 고등학교 과정을 이수한 사람은 곧바로 대학생이 되거나 사회인으로 세상을 위해 뭔가 제 몫을 하는 입장으로 연결 지어지게 되어 있다. 오늘날 우리가 졸업이라 표현하는 것의 진정한 의미는, 편의상 제도적으로 구분지어 놓은 한 과정을 지나칠 뿐이라는 말이다. 만약 학업의 한 과정의 통과가 인생의 끝을 의미한다면 더욱 아름다운 뒷모습을 남겨야 한다고 본다. 그야말로 본인으로서는 전혀 후회가 없어야 하고, 남아서 떠나보내는 자들에겐 아쉬움과 안타까움이 진하게 남아야 할 것이다. '내일 당장 지구의 종말이 온다 하더라도 나는 오늘 한 그루의 사과나무를 심겠다'고 한 네덜란드의 유대계 철학자 스피노자의 명언도 결국 이런 맥락에서 한 말일 터이다. 사람은 언제 어디서든 일어선 자리와 떠나는 뒷모습이 깨끗하고 아름다워야 한다.

고등학교 과정을 이수 혹은 통과하는 건, 단지 어제와 오늘 정도의 일상적 시차時差일 뿐이다. 그러니까 그처럼 유난을 떨 이유가 전혀 없다는 것이다. 그래서 더 이해할 수가 없다. 더 큰 일은 이에 대해 정작 당사자들은 어떤 죄의식이나 수치심, 뉘우침이 전연 없다는 것이다. 무슨 대단한 축제인 양 하는 의식이 심각한 사회문제가 된 지 오래다. 고등학교 과정을 통과하는 나이면, 부모들의 어려움을 헤아릴 줄 알아야 한다. 부모들의 어깨에 얹힌 숙명 같은 짐을 나누어 질 줄도 알아야 한다. 나아가 사회와 국가를, 더 나아가선 국제사회와 인류의 삶을 염려할 정도가 되어야 한다고 본다. 작금에 해마다 전국에서 자행되는 졸업식 뒤풀이 추태는 너무 절망스럽다. 제발 그러지 말았으면 좋겠다. 젊은이들이여, 여러분은 곧 이 세상의 주인이다. 올바르게 살자.

2

관포지교 管鮑之交

인간 세상에선 상식이나 도덕 교과서와는 너무 다르게 살아가는 모습을 쉽게 볼 수 있다. 또, 아닌 줄 알면서도 아니게 살아갈 수밖에 없는 한계에 다다르는 경우도 있다 하겠다. 인간과 인간 사이에는 고리로 이어질 상대가 존재한다. 따라서 인간은 시간이나 공간처럼 사이 [간間] 자를 쓴다.

당초에 인간이라 함은 지금처럼 사람이란 의미로 통용된 것이 아니다. 사람과 사람의 사이, 즉 사람간의 관계를 뜻하는 데 쓰였던 것이다. 사이 간자가 들어간다는 건, 이처럼 관계를 의미함이다. 관계란 이어짐 혹은 얽힘과 틈, 그리고 경우에 따라 비교를 전제로 하는 것이다.

때문에 <아니다> 하면서도 본능적으로 헤게모니 다툼에서 우위에 서려는 암묵적 겨룸을 할 수밖에 없다. 이는 어떤 식이든지 친구 사이, 형제간, 심지어 부모 자식 간에도 해당되는 얘기다. 때문에 상대가 누구든 간에 일단은 자기가 잘 나고 봐야 한다. 모두가 인간관계 유지에서 유리해지려는 본성의 당연한 발로 때문인 것이다.

어느 시점이든지 상대 친구로 하여금 부끄럽고, 창피한 친구가 되어선 곤란하다는 것이다. 내 형제지만 부담스러운 존재가 되어선 안 된다. 부모가 부끄러워하거나 골칫덩어리로 생각하는 자식은 매우 곤란하다. 반대로 자식이 부끄러워하는 부모, 극한적 표현으로 없는 게 더 낫다고 생각하는 부모도 역시 매우 곤란하다는 것이다.

어떤 관계이든지 같이 못났으면 크게 문제 될 것이 없다. 못난 대로 어우러져 살면 그대로 불편을 못 느낀 채 살아갈 수가 있기 때문이다. 물론 잘난 사람들끼리 아우러져 살면 문제될 일이 전혀 없다. 그런데 다 못났는데 돌연변이처럼 그 무리에 어울리지 않는 한 사람이 나타났을 땐 상황이 달라진다. 반대로 잘난 분위기에 도저히 미치지 못하는 못난이가 일원이 되었을 때도 마찬가지이다.

그런 의미에서 우정友情의 상징으로 통하는 관포지교는 우리들에게 많은 교훈이 된다 하지 않을 수 없다. 중국 제나라 때 명신名臣이었던 관중管仲과 포숙아鮑叔牙는 어린 시절부터 절친한 친구로서 평생을 밀고 이끌어 주는 우정을 보여준 인물들로 두 사람의 이름 첫 글자를 따서 관포지교란 고사성어故事成

語가 생겨났을 정도다.

우리에게도 관중과 포숙아 못지않은 우정을 나눈 이들이 있다. 오성 이항복鰲城 李恒福과 한음 이덕형漢陰 李德馨이다. 이들은 우리 역사상 우정의 대명사로 통한다. 오성과 한음은 어려서부터 한마을에서 동문수학同門修學하였다. 자라서는 평생 동안 내내 시소게임을 하듯 벼슬이 앞서거니 뒤서거니 했다. 두 사람이 어려서부터 절친했기 때문이라는 동기動機 자체를 부정할 이유가 없다.

하지만 무엇보다 관중과 포숙아, 오성과 한음 두 경우 다 무엇보다 평생을 똑같은 높이에서 교유交遊할 수 있었다는 데 더 동기 부여를 하고 싶다. 언제까지나 나란히 손 꼬옥 잡고, 늘 가까이에서 서로 필요할 때 힘이 되어 주고, 서로 격려하고 박수칠 수 있는 지근거리至近距離는 정이 없을래야 없을 수가 없게 했을 것이기 때문이다. 이처럼 인간관계에 있어 높이가 같다는 건 그만큼 편안할 수가 있다. 아울러 더 상대를 필요로 하게 되어 있다.

사람들은 필요하면 잘 모르는 사이라도 찾아 나서게 되어 있다. 그런데 가장 가까운 친구끼리 서로에게 가장 필요로 하는 존재로 남는다는 건 대단한 위안이자, 축복이라 않을 수가 없다. 이 세상에 태어나서 어떻게 얽혔든지 서로 이해하고, 존중하고, 존경하며, 서로에게 덕이 될 수 있다면 이보다 더 행복한 삶이 어디 있겠는가.

못난 구성원 속에서 저 혼자만 잘 나면, 잘난 자가 불행해지는 게 인간사다. 그래도 사람은 잘나고 봐야 한다.

그 잘나고 못나고를 가장 확연하게 구분지어 주는 곳이 종친회와 동문회 같이 사람이 많이 모이는 곳이라 생각한다. 사람이 많이 모이는 곳이면 어디든 태양계 같은 인간층人間層이 형성되게 되어 있다. 사람들은 항렬行列, 선후배, 나이 등등 다 무시하고, 가장 잘난 사람을 태양으로 모임이 이루어지는 걸 너무도 당연시하고, 또 어떤 거부감도 없이 받아들인다.

그리고 그 다음, 다음, 다음, 다음⋯ 식으로 아주 자연스레 자기한테 적확的確한 위치를 찾아 층을 이룰 줄 아는 건 차라리 신기하고 놀라운 노릇이다. 이럴 때 자기가 끼어들 층이 아닌데 잘못 끼어들었을 땐 가차 없이 사방에서 비난의 화살이 날아오고, 무시하고, 추방 내지 제명除名도 불사하려 드는 게 모임의 속성이다.

인간이 상대적이라는 건, 어떤 자리에서든 꼭 필요한 사람이 있고, 필요한 사람, 있으나마나한 사람, 없는 게 훨씬 나은 사람으로 종적縱的 구분지어 지는 걸로 알 수가 있다. 또, 내가 잘나면 친구가 많아지고, 먼 친척도 촌수寸數를 당기려드는 게 세상인심이다.

어쩔 수 없이 언제 어디에서든 잘날 수밖에 없는 이유가 이처럼 속된 데에 있다. 이게 사는 것이기 때문이다. 그렇다 하더라도 기왕에 잘날 것, 이 세상에 긍정적으로 적극 기여하는 사람이 되어야 할 것이다.

자기가 어디서 어떤 입장에 있든 부정적인 인간이라면 그건 결코 잘난 것이라 할 수가 없다. 그리고 큰 모임에서 이왕 태양계를 형성하려면 긍정적인 사람 중심이 되어야 할 것이다. 그래야 그 모임이 신뢰를 받을 수 있고, 진정성이 있다고 보아지기 때문이다. 큰 도둑을 잘난 인물이라고 포장하여 상좌에 앉혀놓고, 먼발치에서 해바라기를 한다는 것은 너무 자존심 상하는 노릇일 것이기에 더욱 그렇다.

잘 났다는 것은 누구나 알아주는 풍족한 재력, 화려한 학력, 대단한(?) 지위와 명성 등으로 평가되어선 안 된다는 것이다. 잘 났다는 것은 수많은 인류가 평화롭게 공영하도록 얼마나 제 몫을 다 하느냐다. 그리고 얼마만큼 긍정적인 측면으로써의 사람 구실을 하느냐이다.

사람과 사람의 사이에 있어선 정情이 있어야 한다. 정이 없으면 의리가 있어야 한다. 그것까지도 없으면 적어도 예禮는 있어야 한다.

결코 평탄치 않은 삶에 있어 뜻이 통하는 벗과 서로 위로하고 의지하며, 동반하는 것만큼 의미 있는 행운도 없다고 본다.

그리고 인격 형성에 있어 친구는 부모나 스승 못지 않게 영향을 주고받는 사이다.

따라서 정말로 훌륭한 친구는 다시없는 길동무요, 평생을 나란히 하는 좋은 반려이다.

무의식은 지적知的 무한자원이다

아마 지금쯤 누군가가 머리 싸매고 잠재의식이나 무의식을 의식화하려는 연구와 노력을 계속하고 있을지도 모르겠다. 이는 분명 상상도 할 수 없이 무궁무진한 지적자원知的資源이자, 고갈되지 않는 자원의 보고寶庫라 보기 때문이다. 소위 기발한 아이디어란 적어도 잠재의식에서 일깨워진 의식의 소산이라 보면 될 것이다. 잠재의식은 일부러 일깨우려고 별난 노력을 하지 않아도 우연찮게 스스로 고개를 쳐들어주어 요긴하게 활용되는 지적자원이고, 무의식도 경우에 따라 얼마든지 활용이 가능한 지적자원이라 본다. 엄밀히 따지면 우리가 보편적으로 능력이라 표현하는 범주는 분명히 개인 간의 차이가 있다. 하지만 일반적 기준으로 보면 인간끼리의 능력의 차이란 거기서 거기일 뿐이다. 다만 얼마만큼 노력을 했느냐의 차이를 우리는 대충 타고난 능력의 차이로 그릇되게 알고 있는 것이다. 저마다 100%의 능력을 지녔다고 가정했을 때, 보통 사람들이 의식적으로 활용하는 능력이란 기껏 23~24% 정도라고 느껴진다. 나머지 76~77%는 잠재의식이란 창고, 무의식이란 야적장野積場에서 방치되다시피 하고 있다는 것이다. 한심하게도 대부분의 인간들은 이 잠재의식과 무의식이 얼마나 대단한 보물인지조차 모르고 살아가고 있다.

인간들은 오로지 의식 속에서만 무슨 엄청난 금맥이라도 찾듯 꼬투리를 얻으려 애쓰는 게 고작이다. 정작 무한보고無限寶庫는 무의식인데 그것을 알지 못하면서 그냥 수월하게만 살아가려 하는 것이다. 안타깝게도 의식에서 끄집어낸 별 것 아닌 것을 대단한 듯 여기는 경향이 있다. 어쨌든지 그걸로 지능지수知能指數를 따지고, 재주의 척도로 삼으려 한다. 자기가 가진 능력 중 극미極微한 정도일 뿐임을 전연 알지 못한 채다.

잠재의식은 언제라도, 누구나 일깨워서 활용을 할 수가 있는 가용가능자원可用可能資源이다. 하지만 무의식을 의식화하여 자원으로 활용하기란 생각처럼 쉬운 노릇은 아니다. 매우 조심스런 노릇이라는 것이다. 힘이 들고, 안 들고 그런 차원의 문제만 아니다. 그것들을 잘못 쑤셔대다간 거기에 상응하는 엄청난 대가를 치루지 않으면 안 되는 위험하기 짝이 없는 모험이 될 소지가 얼마든지 상존常存하기 때문이다. 이는 무의식이 자리한 공간이 곧 의식의 휴식처이자, 의식의 에너지원이 되기 때문이다. 그러니까 섣불리 무의식을 자극할 생각을 말라는 것이다.

그래도 무의식이야 말로 최고의 지적자원이자, 무한자원이라는 생각에는 변함이 없다. 어쩌면 예수님의 전지전능全知全能하심과 부처님의 천안천수天眼千手는 무의식을 자유자재로 운용하는 능력이 아닌가 싶다. 무의식을 의식화한다면 모르는 게 있을 수 없고, 못하는 재주가 없는 그야말로 초능력자 이상이 될 것이기 때문이다.

아울러 저마다 무의식을 제대로 활용하면, 범인凡人들이면 모두가 소망하는 부자가 되는 것도 쉬운 노릇이라 보아진다. 확언컨대 오히려 그 정도는 너무 쉬운 일이 될 것이다.

그러나 아직은 인간의 모습으로 이러한 경지에 이른 사람은 아무도 없다. 오랫동안의 심신 수련을 통하여, 혹은 신앙의 힘을 빌려 기상천외한 재주를 얻은 사람들도 상상 이상으로 많다. 혹은 공부를 많이 하여 소위 학통學通이라는 상당한 경지에 오른 사람들도 있다. 그 외에도 세상에는 재주꾼도 많고, 천재도 많다. 하지만 아직까지 그 누구도 무의식을 일깨워 무한자원으로 운용하여 신의 경지에 이른 자가 있다는 말은 들어보지 못했다. 그래도 희망을 놓지 않고 싶다. 끝내 가능한 일이라 믿기 때문이다.

인생 패자부활전

사람들은 스포츠에서만 패자부활전이 있는 줄로 안다. 하지만 인생에 있어서도 본인의 각오, 의지 등에 따라서 얼마든지, 언제든지 패자부활전이 가능한 것이다. 물론 이런 경우의 패자부활전이란 상대 없이 혼자서 하는 결전決戰이다.

자신이 남한테 뒤졌다고 느꼈을 때, 어금니 깨물고 따라붙겠다는 작심을 하는 순간 이미 패자부활전이 시작됐다고 보면 된다. 이를테면 학력이 낮다 싶으면 당장 이 시점부터 학교를 찾아라. 학교문은 늘 열려 있다. 그리고 학업을 다시 시작하면 되는 것이다. 배움에는 시기가 따로 없다. 지식이 부족하다 싶으면 필요한 책들을 찾아 펼쳐 들어라. 도서관 문은 항상 개방되어 있다. 도서관까지 가는 것도 성가시거든 인터넷에 들어가 책을 주문하면 된다. 집안에 편안히 앉아서 받으면 되고, 서점에서보다 책값도 할인되어 이래저래 이득이 많다.

어쨌든 책 속에는 누군가가 필요로 하는 지식이 다 들어있다. 없는 것이 없는 게 책이다. 또, 돈이 남들보다 적다고 생각되면 돈벌이에 매진하면 된다. 정치하는 자가 부러우면 정치를 하면 되고, 예술가가 부러우면 그 쪽에 매달려 볼 필요가 있다.

이처럼 무엇이든 자신이 부족하다고 느껴지는 것들을 채워서 이루어 나가는 과정이 패자부활전의 개념이다. 언제까지나 자신에게 부족한 부분, 자신에게 아쉬운 부분을 채울 생각은 않고, 스스로 못났음만을 자탄自歎해 가지고는 영원히 패자의 입장에서 벗어날 수가 없다.

마음먹기에 따라서 기회는 늘 가까이에서 기다리고 있는 것이나 같다. 그렇기에 가장 적절한 기회는 지금 당장이 되는 것이다. 꼭 다시 도전하라. 일회一回 뿐인 자신의 생을 너무 쉽사리 포기하지 말라는 것이다. 도전하는 자만이 이룰 수 있고, 도전하는 자만이 얻을 수가 있다. 도전이 곧 꿈이고, 도전이 희망인 것임을 명심하라.

결심 여하에 따라 내게 주어진 최악의 조건이 곧 최선의 조건이 될 수 있다. 최악으로 나쁜 조건에 처해 있다고 생각되거든 당장에 절망만 하지 말고, 차근차근히 그 상황을 뒤집어 가라. 최하의 상황에서 기죽어 지내다가 최상의 상황으로 우뚝 올라서는 게 바로 패자부활전에서의 승자의 모습이다. 승자의 자리는 최선을 다한 자라면 누구에게나 비워져 있다. 누구라도 성공한 자라면 월계관을 쓸 자격이 있다. 체념하고, 포기하고, 절망하고, 좌절하는 자에겐 패자부활전에 도전할 기회마저 주어지지 않는다.

세상을 어떻게 살아가느냐, 어떤 사람이 될 것이냐는 순전히 자기 자신의 의지에 달려있는 문제이고, 스스로 풀어내야 할 과제이다. 무시당하면서도 아무렇지도 않은 듯 히히ー 하고, 짓밟히면서도 저항 한 번 하지 않고 견딜 수 있으면 그냥 그렇게 살아라.

하지만 이왕에 온 세상, 단 한 번밖에 없는 이 기회, 너무 아깝지 않은가. 그렇거든 다시 샅바를 매라. 그리고 두 주먹 꽉 움켜쥐고 부족한 것을 채우기 위해 열과 성을 다 하라. 그러면 반드시 보람된 순간을 맞게 될 것이다.

어쨌거나 끝내는 나쁜 조건이라 여기는 모든 악조건들이 가장 좋은 조건이 될 수 있다. 스스로 사람이 되어 가는 데 있어 가정과 학교는 다만 올곧은 길을 일러주는 역할만 해주면 된다고 생각한다. 과보호, 지나친 간섭 등은 판단력과 자율성 형성에 장애만 될 뿐이다. 자기가 알아서 스스로 나아가는 데 부모가 없거나 훌륭한 선생님을 만나지 못했다면 그만큼 불리할 수도 있다는 얘기가 된다. 안 해도 좋을 시행착오를 할 수도 있기 때문이다.

하긴 시행착오가 꼭 불리한 요인으로만 작용하는 것이라고 단언할 수는 없다. 바람 없는 온실에서 곱게 자란 식물은 바깥에서 아무렇게나 자라난 잡초처럼 고생은 하지 않는다. 그렇다고 그 식물이 강하다고는 할 수가 없다. 고생을 하지 않은 만큼 적응력, 자생력이 약할 수밖에 없다.

불행하고 안타깝게도 자칫 부모형제, 일가친척, 친구 등과 같이 가까운 사이일수록 원수질 확률이 그만큼 높다. 지금 이 시각 100㎞ 저 멀리 지나가는 사람, 지구 저 반대편에 사는 사람과 감정상하고 원수질 일은 전혀 없기 때문이다.

아무 것도 없다는 것은, 역설적이게도 다 가진 것이나 다름 없다. 그만큼 살아가기가 수월할 수가 있다는 얘기가 되기 때문이다. 발바닥에 흙을 묻혀 들이면 그것만큼 부富를 축적한 것에 다름 아니다. 나뭇가지 하나를 주웠으면 이것 역시 번 것이다. 무엇을 보았으면 그것도 얻은 것이요, 뭔가를 주워들었으면 그것 또한 얻은 것이기 때문이다. 아무도 걸릴 것 없이 혼자인 사람은 모으는 것마다 모두 축적이 될 것이며, 나누어 주고 빼앗아 갈 대상이 없으니 이 또한 얼마나 홀가분하고, 큰 득이겠는가.

남은 문제는 진정으로 사회를 위한 사람으로 반듯이 살아가 주면 저절로 다 풀어지게 되어 있다고 본다. 세상은 열심히, 성실히 그리고 착하게 살아가는 사람을 외면하지 않는다.

어쨌거나 이런 호조건을 가지고도 자신이 얼마나 유리한 입장에 처해 있는 줄을 모른 채 언제까지 팔자타령, 신세한탄이

나 하고, 언제까지나 누군가를 원망만 하고, 애꿎게 세상만 탓
한다면 그는 조금도 앞으로 나아가지를 못하게 될 것이다. 그
리고 반드시 인생을 성공할 수가 없을 것이다. 붙어보지도 않
고 스스로 주저앉아 버리는 것 같이 못난 삶은 없다.

　그러기 위해선 어떤 경우라도 자신을 사랑해야 한다. 어떤
고통, 어떠한 아픔이 밀어닥치더라도 절대로 스스로를 포기
해선 안 된다는 말이다. 스스로를 포기하는 자는 끝끝내 따라
지 인생을 면할 수가 없게 된다.

　세상에 태어난 모든 것들은 반드시 죽게 되어 있다. 그렇다
하더라도 명命이 다하여 생의 끄나풀을 놓지 않으면 안 되는
그 순간까지는 어떤 경우, 어떠한 역경이 닥치더라도 자애自愛
해야 한다는 것이다. 꿈도, 목표도, 사랑도, 자애하는 마음에
서 비롯되고 또한 이루어지기 때문이다.

단맛, 너무 좋아하지 마라

극단적으로 표현해서 단맛은 악마의 맛이다. 우리가 혀로 느끼는 맛은 다섯 가지이다. 신맛, 쓴맛, 매운맛, 짠맛, 단맛이 그것이다. 이 오미五味 중에 단맛은 적당하게 취하면 에너지가 되고, 진통을 잊게 하며, 기분을 좋게 해주는 등 유익하게 작용하기도 한다. 하지만 과하면 당뇨, 고혈압, 심혈관 질환 등과 같은 성인병의 원인이 되는 무서운 성분을 동시에 가지고 있다. 이해利害를 떠나 인간은 오랜 세월 단맛에 길들여져 왔고, 자꾸만 단맛의 노예가 되어 가고 있다. 신맛, 쓴맛, 매운맛, 짠맛은 혀에 익숙하지 않으면 얼마간의 적응 시간이 필요하다. 그러나 단맛은 다르다. 누구나 단맛은 혀에 닿자마자 곧바로 홀딱 반하게 된다.

우리 주변의 먹을거리들 가운데 현재 단맛이 섞이지 않은 음식물은 거의 없다고 해도 과언이 아니다. 일단 단맛을 알고 나면 좀처럼 놓여나기가 힘들다. 먹을수록 먹고 싶어지는 게 단맛이다. 우리는 이 단맛의 유혹성, 중독성을 경계하지 않으면 안 된다. 특히 어린이들의 입은 단맛의 노예가 되어 있을 정도다. 이 단맛은 비단 입맛만 망쳐 놓는 게 아니다. 치아齒牙를 망쳐 놓기도 한다.

입안에서의 단맛이 이럴진대 인생에 있어 단맛이랴. 먼 길을 나선 나그네는 길을 묻지 않는 법이다. 인생을 어떻게 사는 건지 묻지를 마라. 흔히들 인생의 길엔 정답이 없다고 한다. 인생길은 누군가한테 물으며 살아가는 길이 아니라, 스스로 알아서 찾아가야 하는 길이기 때문일 터이다.

하지만 인생에도 분명히 정답이 있다. 다만 그 정답을 스스로 만들어 간다는 것이다. 각오, 결심, 의지, 목표 등이라는 이름의 자기다짐이 곧 제 생의 정답이 되는 것이기 때문이다.

이처럼 스스로 애써서 찾아간 길은 절대로 잃어버리지 않는다. 자신의 길이기 때문이다. 따라서 인생의 길엔 나침반도, 네비게이션도, 길라잡이도 없다. 다만 보편적인 바른 길, 옳은 길을 일러주는 조언자가 있을 뿐이다.

어쩌면 인생의 길은 쉽고 편안한 길일 수도 있다. 그래서 살면서 수없이 겪게 되는 희로애락喜怒哀樂, 고저장단高低長短은 신이 주신 최고의 선물일지도 모른다. 마냥 어려움만 이어진다면 사는 게 엄청 고통일 것이다. 반면에 즐거움만 지속된다

해도 따분하고 재미없기는 마찬가지 아니겠는가.

다시 말하면 인생에 있어 단맛은 없다. 만약 생이 달다고 느껴지거든 곧바로 경계하고 긴장하면서 그 원인을 빨리 찾아 분석 대처해야 할 것이다. 그 단맛 뒤에는 필히 감당할 수 없는 쓴맛이 따라붙게 되어 있기 때문이다. 이처럼 인생에 있어 단맛은 바로 마약이자 사약死藥이다.

인생살이엔 지름길도 없다. 아울러 정도正道 아닌 어떤 사도邪道가 용납되지 않는 게 인생이다. 인생은 반드시 차근차근 나아가야 하고, 반드시 바른 길을 찾아가야 한다. 자칫 지름길이라 여긴 길이 자기 함정이 될 수 있고, 사도도 괜찮을 것이란 어리석은 생각이 스스로의 덫이 되게 되어 있기 때문이다.

눈앞에 자주 얼씬거리는 사람, 아무 것도 아니라는 생각은 대단한 오판이다. 속속들이 들여다보이는 사람, 읽는 대로 읽혀지는 사람, 조금도 두려울 것 없다고 생각하기 쉽다. 보이는 그대로일 뿐이라 속단하기 때문이다.

반면에 죽었는지 살았는지 끝내 종무소식인 줄 알았는데, 어느 날 느닷없이 건재한 모습으로 나타나 그동안 어떻게 변했는지 전혀 짐작조차 할 수 없는 상대에겐 긴장하고 다시 보려 한다. 그 사람 이미 경쟁의 대상을 넘어선 상대일 수도 있다고 지레 겁을 먹기 때문이다. 물론 그럴 수도 있다.

하지만 진정으로 무서운 상대는 늘 눈앞에 얼씬거리고, 남들 놀 적에 같이 어울려 놀고, 남 잘 때 따라서 푹 잘 자고도 남보다 앞서는 사람이다. 이를테면 늘 빈둥거리기만 하고 아무 것도 따로 하는 것 같지가 않은데, 때가 되면 어떤 결과물을 내놓는 사람이다. 그 사람은 남들 안 보는 시간대를 열심히 살았다는 얘기가 되기 때문이다. 그야말로 진정한 의미의 선수는 이런 사람이지 싶다.

시대가 달라졌듯 사람들이 살아가는 모양새도 이미 옛날과는 많이 달라져 있다. 만날 노는 것 같았는데, 도둑질하듯 학위를 받는 사람들이 너무 많다. 이런 걸 발전이라 한다. 이런 걸 변신이라 한다.

독해야 산다

세상에 공짜는 없다고 한다. 흔히들 말하는 성공한 사람, 출세한 사람은 그 자리에 오기까지 알게 모르게 죽을 노력을 다 하여 어떤 결과를 얻어낸 사람이라 하겠다. 가만히 앉아서 얻을 수 있는 건 아무 것도 없다는 말이다. 살면서 남과 겨루는 건 그렇게 어려운 게 아니다. 조금만 트릭을 쓰면 누구든지 이길 수가 있기 때문이다.

하지만 자신이라는 적敵은 쉽게 이길 수 있는 상대가 아니다. 자신한테는 속임수도 통하지 않는다. 그래서 성공을 향해 가는데 자신만큼 큰 적은 없다 하는 것이다. 목적을 달성하기 위해선 독할 필요가 있다.

여기에서 독하다는 뜻은 남과 다툴 때, 속된 표현으로 깡다구 부리는 걸 말함이 아니다. 스스로 설정한 생의 목표와 목적을 위해 목숨과도 맞바꿀 수 있는 강단과 의지를 의미함이다. 이보다 더 확실한 비법은 없다. 하는 척하다가 중도에서 그만 두면, 처음부터 아니함만 못하다. 괜한 시간 낭비, 청춘 낭비, 경우에 따라선 금전까지 낭비하기 십상이기 때문이다. 그리고 세상에 공짜가 없듯이, 누군가가 추구하는 이상理想이 그냥 이뤄지는 게 아니라는 것이다.

자칫 천재성이라 착각하기 쉬운 그 알량한 재주는 절대로 믿을 게 못된다. 그걸 소질이라고, 혹은 재능이라고 믿고 노력을 게을리 했다간 인생 자체를 망치기 십상이다. 물론 소질이 있고 재주가 있으면, 그렇지 않은 사람보다 다소 수월할 수는 있다. 하지만 그것이 전부는 아니다. 타고나는 소질은 고작 1% 정도라고 보면 된다. 때문에 100%의 결과를 얻기 위해선 130%, 150%의 피나는 노력이 있어야 한다. 그런데 사람들은 50%의 노력도 하지 않은 채 쉽고 수월하게 살아가려 한다. 과욕이다. 허욕이다.

노력하지 않은 사람일수록 많은 걸 바란다. 그리고 노력은 하지 않고, 하는 체하며 재는 유형들이다. 적당히 하여 이뤘다고 생각하는 것, 그건 외형만 흉내내다 만 모래성일 뿐이다. 그런 자들은, 자신들이 바라보고 느끼는 그 이상의 세계, 그 이상의 가치, 그 이상의 보람을 끝내 맛보지 못한 채 헛 껍데기로 살아가다 만다. 그러면서도 조금도 억울한 줄도, 아쉬워할 줄도, 자신이 얼마나 불쌍하게 살았는가를 알지 못하고 안타깝게 죽어가는 것이다.

어쩜 산다는 것은 누린다는 의미일 터이다. 그러고 보면 누린다는 건, 그렇게 되기까지의 애쓴 과정도 전부 포함되는 것이라 생각한다. 때문에 값진 누림일수록 더욱 최선을 다한 결과라는 말이 성립된다 하겠다.

사람에겐 천재天才든지 둔재鈍才든지 저마다에게 나름의 능력이 주어져 있다. 초능력이라는 것도 사실은 능력의 범주 안에 있는, 누구나 노력하면 활용할 수 있는 것이라 본다. 시험 공부하는 정도로 쉽게 다다를 수 있는 정도는 물론 아니다. 어느 경지에 이르는 수행修行이나 고도高度의 학문을 통해서만이 다다를 수 있다고 보기 때문이다. 능력을 보다 많이 활용하고 않고의 차이가 자칫 능력자와 무능력자로 비교 평가되기 쉽다. 하지만 이는 아니라고 본다.

초능력이란 범인凡人들이 함부로 활용할 수 없는 잠재능력을 일깨워 활용 능력화 하는 것이다. 누구에게나 잠재능력이란 이름 속에 잠재워져 있는 능력은 대단한 것이라고 확신한다. 다만 자신에게 이처럼 대단한 능력이 있는 줄을 알려고 하지 않고, 또한 모를 뿐이다.

필자는 보통 인간들이 23% 내외의 능력만을 활용하며 산다고 본다. 그렇다고 봤을 때 나머지 77% 내외 고질高質의 능력은 의식도 하지 못한 채 끝내 사장死藏시켜 버리고 만다. 참으로 아깝고 안타까운 노릇이 아닐 수 없다 하겠다. 우리가 흔히

초능력자라고 하는 사람들도 30% 정도 이하의 능력을 활용할 뿐이라고 본다. 물론 이것도 엄청난 노력을 하여서 얻어낸 것임이 틀림없다.

우리가 노력이란 말을 쓰는 것의 진정한 의미는 잠재능력 속에 있는 능력을 일깨워 활용하려는 애씀에 다름 아니다. 인간이 뭇 생명체와 다른 것 중의 하나가 시간을 활용할 줄 안다는 것이다. 시간을 필요한 대로 계획하고, 쪼개어 쓸 줄 아는 유일한 생명체라는 것이다.

따라서 시간은 능력과 정비례할 수밖에 없다 하겠다. 시간은 가치 있게 쓰면 생산적인 활용이 되고, 의미 없이 아무렇게나 흘려보내면 그야말로 허송세월이 될 뿐이다. 때문에 노력은 시간이고, 노력은 능력개발의 원동력이라는 등식이 성립된다. 또한 능력은 시간을 에너지원으로 꾸준히 개발해 나가야 하는 것이기에 더욱 그렇다. 인간에게 능력을 필요로 하는 것은 살아남기 위함이다. 살아남는다는 것은 곧 경쟁을 전제하는 것이다.

경쟁의 대상자는 결코 현재 시각, 곁에 나란히 가는 자가 아니다. 내게 뒤통수를 보이며 저만큼 앞서가는 사람인 것이다. 앞이란 미래를 의미함이다. 때문에 그 사람을 앞질렀다고 경쟁이 끝나는 게 아니다. 또다시 미래는 저만큼에 앞서 있고, 그쯤에 가고 있는 또 다른 뒤통수가 보이기 때문이다. 이렇듯 생이 끝나는 순간까지 앞서가는 사람의 뒤통수는 없어지지 않는 게 세상의 이치이자 조건인 것이다. 하지만 그보다 더 강한 경쟁자, 더 지독한 적은 자기 자신임을 알아야 한다. 그래서 자신을 이기려면 무조건 독해야 하는 것이다.

예수님이나 부처님 같으신 어른들은 그 단계를 훨씬 뛰어 넘은 것이라 생각한다. 전지전능함, 천안천수는 예수님이나 부처님만이 이른 경지요 영역이라 할 수밖에 없다 하겠다. 즉, 인간의 의식으로도 미치지 못하는 그 어느 경지를 감히 능력이라 표현하기도 황송스럽다 않을 수가 없다. 어쨌거나 그렇게 살려고 흉내라도 내보려면 무엇보다 독하지 않으면 안 된다. 흔히 군대용어로 어영부영해 가지고는 아무 것도 되는 것이 없다.

좀은 억울하게도 인생은 노력한 만큼 그대로 보상되어지지 않는다. 편의상 퍼센티지로 표현하기로 한다. 100%의 노력을 했다고 치자. 그래도 받아들이기에 따라 다르겠지만, 그 대가로 되돌아오는 건 잘 해야 40~50% 정도가 될까 말까 하는 게 인생이다. 70% 정도의 대가만 되돌아온다면 인생은 정말로 살아 볼만하다 할 것이다. 그래서 인생은 늘 손해 본 것 같을 수밖에 없는지도 모른다.

하지만 의지에 따라, 노력 여하에 따라서 인생에게 있어 약점도, 단점도, 장애가 될 수 없다. 신체적으로 불리한 사람, 가진 게 없는 사람, 남들보다 교육의 혜택을 덜 받은 사람이 세상을 사는데 불리하다는 생각을 말라. 그 생각 자체가 약점이 되고, 단점이 되고, 장애가 된다. 생각을 바꾸면 최악이라 여긴

조건들이 오히려 최상의 조건으로 작용하기 때문이다.

미국의 작가이자 정치가, 교육자로 활동하며 다방면에 걸쳐 많은 업적을 남긴 헬렌 애덤스 켈러는 시각 및 청각 중복 장애인이다. 또, 블랙홀 증발, 양자우주론 등 현대 물리학의 이론을 제시하여 전 세계를 깜짝 놀라게 한 영국의 대 물리학자 스티븐 호킹 박사는, 일찍이 병원으로부터 불치 전신마비로 시한부 인생 선고를 받아 놓은 중환자이다. 두 팔이 없는 중증 장애인이 두 발을 이용하여 초정밀을 요하는 시계수리공으로 살아가는 중국인이 방송에 소개되는 걸 보았다. 그는 시계수리뿐 아니라, 생활에 어떤 불편도 없어 보였다. 고 박정희 대통령은 어린 시절 가난이 너무 싫어서, 새마을 운동을 통해 대한민국을 가난으로부터 구제해낸 존경받는 영도자가 되었다. 현대그룹의 대명사代名詞 정주영 회장은, 가난이 싫어 아버지가 기르던 소 1마리를 훔쳐서 야반도주를 하여 세계적인 기업을 창업 발전시켰다. 발명왕으로 통하는 미국 국적의 토마스 앨바 에디슨은 정규 학교 교육이라곤 3개월 받은 게 전부이다. 하지만 그가 남긴 업적은 새삼 거론할 필요를 느끼지 않을 정도이다.

어찌 극복하고, 성공하고, 출세한 사람들이 이들 뿐이랴. 이들 외에도 신체장애를 슬기롭게 극복하여 사회에 크게 이바지한 사람, 가난을 가난으로 여기지 않아 성공한 사람, 배움이 부족하다고 주저앉지 않고 오히려 남을 가르치고 선도하는 입장에 서 있는 이들이 너무 많다는 걸 알았으면 좋겠다.

이래서 '하면 된다'는 말은 불변의 진리인지도 모른다. 하지만 이것도 이루지 못한 사람에겐, 먼저 이룬 자의 오만의 소리로밖에 들리지 않을 수 있다. 그만큼 이룬다는 건 말처럼 쉬운 노릇이 아니다. 적당한 정도는 결단코 이룬 것이 못된다.

기대해주는 사람이 없는 삶은 황량하다. 그리워해 주는 사람이 없는 삶은 무미건조하다. 누구든지 바로 자신이 기대 받는 사람, 그리움의 대상이 되어야 한다. 감동을 주는 사람이 되어야 한다.

이런 게 사는 거다

— 경주 최부자 댁 전설

아무래도 경주 최부자 댁이 남긴 미담이자 교훈만큼 우리에게 감동을 주는 이야기도 없다 하겠다. 최부자 댁의 전설은 1600년대 초 최진립 공으로부터 경주에서 시작되어 마지막 12대 최준 공에 이르는 402년을 이어갔다. 예로부터 사람들은 흔히 3대 권력 없고, 3대 부자 없다는 말들을 한다. 그런데 최부자 댁은 이런 보편적 상식을 훨씬 뛰어 넘었다. 최부자 댁 402년 전설은 일찍이 세계적으로 유례가 없는 신기록으로 전해지고 있다. 여기에는 최부자 댁만의 절대 원칙이고 정신이라 할 수 있는 육훈六訓이 있다.

■ 과거를 보되 진사進士 이상은 하지 말 것. 엄격히 따져서 진

사는 벼슬이 아니다. 다만 과거를 볼 자격을 획득한 정도이다. 그런데 진사까지로 제한을 한 걸 보면, 오늘날 식으로 표현하여 정경유착을 경계함일 터이다.

■ 재산은 만 석 이상을 모으지 말 것. 재산을 모으는 것에도 지나친 욕심을 경계함일 터이다.

■ 과객을 후하게 대접할 것. 베풂에 인색하지 말고, 인연을 소중히 하라는 뜻일 터이다.

■ 흉년에는 재산을 늘리지 말 것. 흉년에 전답을 사들이면 나중에 원망을 듣게 됨을 경계함일 터이다.

■ 며느리는 3년 동안 무명옷을 입을 것. 검소를 알게 하려는 뜻일 터이다.

■ 사방 백 리 안에 굶어죽는 사람이 없게 할 것. 베풂과 배려, 그리고 더불어 삶을 알게 함일 터이다.

그리고 최부자 댁은 우리 역사상 개인이 구휼미救恤米를 베푼 최초의 집안이기도 하다. 베풂, 배려, 자선 같은 고매한 단어들로도 모자랄 선행이었다 않을 수 없다. 물론 그 외에도 신농법新農法을 끊임없이 개발하였고, 가뭄과 홍수를 이길 수 있도록 수리시설을 갖추고 소득 증대를 앞장서 실천했다.

이런 최부자 댁의 긴 전설은 12대 부자인 최준 공 대에 이르러 스스로 막을 내리게 된다. 그것도 도박을 해서도, 계집질을 해서도 아니었다.

최준 공은 재산 일부를 상해임시정부에 독립자금으로 헌납

하고, 광복 이후 교육이 절실한 때에 현 영남대학교 전신인 대구대학 설립 등으로 장장 402년 동안 이어오던 부자로서의 역사에 스스로 종지부를 찍었다는 거였다. 이 얼마나 대단한 정신인가? 이런 게 진정으로 사는 것이 아닌가 싶다.

때문에 최부자 댁 이야기는 언제 들어도 감동적이고 살맛나게 하는지도 모른다.

—유일한 박사 이야기

1926년 유한양행 창업자 유일한 박사는 기업인으로서 뿐만 아니라, 독립운동가, 교육자 등 다양한 삶을 동시에 살아온 분이다. 대한상공회의소 초대회장을 지내기도 했다. 불과 아홉 살의 나이로 선교사를 따라 미국으로 건너가 미국에서 공부를 했던 유일한 박사는 고등학교 때까지는 본명이 유일형이었다.

유박사는 조국 대한민국을 잊지 않겠다는 일념에서 스스로 유일한이라며 한국 [한韓] 자를 넣어 개명을 했다고 한다. 그게 계기가 되어 역시 독립운동가였던 선친 유기연 선생은 유박사의 형제들 이름 끝자를 모두 한국 [한韓] 자로 바꾸어 아예 돌림자로 삼았다고 한다.

유일한 박사의 기업관이나 유한양행의 기업 신조, 그리고 유일한 박사의 어록 등을 통해 본 사회관을 정리해 보면 유일한 박사의 됨됨이를 더욱 제대로 알 수가 있을 것 같다.

　˙기업에서 얻은 이익은 그 기업을 키워준 사회에 환원해야
한다.

　˙기업의 소유는 사회이다. 다만 그 관리를 개인이 할 뿐이다.

　˙기업은 사회 이익 증진을 위해서 존재하는 기구이다.

　˙양질염가良質廉價의 제품 생산, 이것은 기업의 ABC이다. 그
러나 이것은 기업의 사회에 대한 책임이다.

　˙정성껏 좋은 상품을 만들어 국가와 동포에 봉사하고, 정직
성실하고 양심적인 인재를 양성 배출하며, 기업이익은 첫째는
기업을 키워 일자리를 만들고, 둘째로는 정직하게 납세하며,
셋째는 그리고 남은 것은 기업을 키워준 사회에 환원한다.

　˙사람은 죽으면서 돈을 남기고, 또 명성을 남기기도 한다.
그러나 가장 값진 것은 사회를 위해서 남기는 그 무엇이다.

　유일한 박사는 말로만이 아니라, 실제로 이를 모두 실천했다
고 보아진다.

　일례로 1968년 유일한 박사가 정치권에 밉보여서 유한양행
이 세무사찰을 받은 적이 있었다고 한다. 국세청은 철두철미하
게 세무사찰을 한 뒤, 오히려 유한양행을 모범납세업체로 선정
을 해주었다는 이야기는 유명한 일화로 남아 있다. 유일한 박
사와 유한양행이 얼마나 도덕적이었나를 알게 해주는 대목이
라 하겠다.

　유일한 박사는 이미 1936년부터 사원 지주제를 채택했고,

1969년 기업 일선에서 은퇴를 하면서 혈연관계가 전혀 없는 전문경영인에게 경영권을 넘긴 전문경영인 시대를 열어준 선구자로 평가 받고 있다.

또, 1954년 사재를 털어 고려공과기술학원을 설립한 이후, 한국직업학원, 유한공고, 유한전문대학을 설립하는 등 본격적으로 교육 사업을 시작함과 동시에 소유 주식을 사회에 환원한 최초의 사례를 남기기도 했다. 1971년 76세를 일기로 세상을 떠날 적에도 나머지 재산을 모두 유한재단에 기부를 한 뒤 빈손으로 떠났다고 한다.

지금껏 유한양행에 유일한 박사의 친인척은 단 한 명도 없다는 것은 유명한 이야기이다. 딸인 유재라 여사도 죽으면서 전 재산을 유한재단에 기부를 했다고 하니 얼마나 대단한 분들인가.

늦은 감이 없지 않지만 유일한 박사를 본보기 삼아, 이제라도 할아버지, 아버지, 아들, 손자로 대물림하는 그릇된 재벌의 세습과 범인凡人들의 상속 관행 같은 건 그만두자는 것이다. 재벌기업이 제대로 번창하려면 아무래도 전문기업인이 이어가야 한다고 보기 때문이다.

부잣집에서 태어났다는 사실만으로, 대를 이어 부자로 산다는 것은 모순이라 생각된다. 유일한 박사의 직계자녀들도 누구 못지않게 훌륭한 사람들이었던 걸로 알고 있다. 정말로 일단 세상에 태어났으면 유일한 박사처럼 멋있게 살다갈 필요가 있지 않을까 생각한다.

— 정주영 회장의 금의환향

필자는 개인적으로 정주영 회장이 자수성가를 하여 재벌이
된 일에는 별로 관심이 없다. 아울러 출세니 성공이니 하는 말
을 무척 좋아하지 않는 편이다. 왠지 그 말을 듣게 되기까지 그
사람이 겪은 어려움과 고통이 폄하되는 것 같아 더욱 그렇다.
정작 당사자는 거기까지 오기까지엔 삶과 죽음 사이를 가로
흐르는 '운명의 강'을 얼마나 자주 건넜겠는가.

그럼에도 정주영 회장을 두곤 굳이 성공이란 단어를 서슴지
않을 수밖에 없다. 정주영 회장에게 달리 적합한 낱말을 내세
울 수가 없기 때문이다.

아무 것도 없는 빈농貧農의 자식으로 태어나, 그것도 실향민
이란 악조건을 딛고 자수성가하여 세계적인 기업인으로 우뚝
서기란 정말로 쉽지 않은 일이다. 그렇게 보면 그냥 말하기 쉽
게 성공이라고 표현하기엔 역시 뭔가 한참 부족하고, 정주영
회장께 죄스럽다는 생각을 떨쳐버릴 수가 없다.

정주영 회장은 분명히 예사 사람이 아니다. 신으로부터 선택
받은 사람임에 틀림없다. 필자가 유독 정주영 회장을 거론하는
건, 입지전적立志傳的인 기업인 정주영 회장을 기리려는 건 물론
아니다.

1998년 6월, 소위 통일소로 불린 소떼 500여 마리를 싣고
50년 가까이 굳게 가로 막혔던 휴전선을 넘어 당당하게 잃었

던 고향을 찾은 정주영 회장을 말하고자 함이다. 그 일로 하여 금강산 관광길이 열렸다. 그리고 마침내 개성에 공단까지 건설하게 되었다.

이 지구 위에서 가장 마지막까지 남은 분단 조국에 커다란 희망을 안겨 주었다. 조국 통일이란 설렘을 갖게 해주었다. 얼마나 위대한 과업이고, 행보이고, 족적인가?

한 인간으로서, 한 사람의 사나이로서 제대로 금의환향을 한 정주영 회장에게 힘찬 박수를 아끼지 않는다. 사람이 저마다 객지에서 고생을 하는 것은 다 금의환향을 하겠다는 소망 때문이라 해도 과언이 아니라고 생각한다. 그런 의미에서 정주영 회장은 그야말로 성공한 인생을 살았다 할 수가 있다.

물론 여기에도 문제가 전연 없는 건 아니다. 정주영 회장의 애향심과 남북 간의 화해와 평화를 위한 노력을 북한당국이 철저하게 악용했기 때문이다.

현재의 시점으로 보면, 정주영 회장이 보내준 모든 것들은 정회장의 본심本心이나 의지와 너무나 상반되게도 천안함 격침으로 돌아오고, 연평도 폭격으로 되돌아 온 것 같아 여간 씁쓸하지가 않다. 물론 이런 일련의 비극적 사태는 죄다 정주영 회장의 뜻과는 무관하다고 본다. 때문에 여전히 정주영 회장은 철학이 있고, 멋과 풍류를 아는 기업인으로 존경받아 마땅하다고 생각한다. 누가 뭐라든지 정주영 회장은 분명 거인이었다.

앞에서 보았듯이 최부자 댁은 대대로 베풂을 실천했다. 유일한 박사는 일찍부터 전문경영인 시대를 열었다. 정주영 회장은 금의환향을 실천했다. 산다는 건 바로 이런 것이라 생각한다.

돈은 이렇게 쓰려고 벌어야 한다고 본다.

아무리 대가족이라 하더라도 한 가족이 잘 먹고 잘 사는 데 굳이 100억대, 1000억대의 돈까지 필요한 것은 아니라고 본다. 무슨 욕심들이 그렇게 끝이 없는지, 왠지 연민의 정을 느낀다. 궁극적으로 산다는 건 그런 게 아니라는 생각이 들어서이다.

재산은 어느 때가 되면 한꺼번에 의미 있게 다 버리려고 모아야 한다고 생각한다. 아무리 움켜쥐어도 어느 순간에 이르면 별 수 없이 손아귀를 풀어 이 세상에 남기고 떠나게 된다. 하지만 의식이 분명한 사람은 자기 손으로 세상에 넘겨주고 떠난다. 어쩔 수 없이 남기는 것과 스스로 넘겨주는 것의 의미는 사뭇 다르다. 그 가치 또한 엄청나게 차이가 난다. 남기는 사람이 되지 말고, 내놓는 사람이 되자는 것이다.

일생동안 일하지 않고, 제 손으로 재물을 모아보지 않은 무소유자란 있을 수 없다. 나름대로 성실하게 일하고 근검절약하여 모은 전 재산을 의미 있는 곳에 다 내놓아 빈손이 된 상태가 진정한 무소유자의 모습인 것이다.

산다는 건, 더도 덜도 말고 소꿉놀이처럼 살면 된다고 본다. 이른 봄날, 햇살 잘 드는 담장 아래서 너는 아빠하고, 나는 엄마하고, 깨진 옹기 전두리 동강으로 소·돼지하고, 깨진 사금 파리로 솥하고 그릇하며, 흙으로 밥 짓고, 풀 뜯어다 반찬하며 오순도순 재미나게 그렇게 사는 게 인생살이다.

꼭 남보다 더 많이, 더 거창하게, 더 화려하게 사는 것이 잘 사는 게 아니다. 자신이 산 자리가 깨끗해야 하고, 자신이 살았던 흔적이 부끄럽지 않아야 한다.

나누지 않을 것, 내놓지 않을 것, 악착 같이 모아서 무얼 할 것인가? 그처럼 지독하단 소리 들어가며 자식들에게 물러주었다고 몇 백 년, 몇 천 년 그 재산 물려지는 것 아니다. 다른 건 다 걸핏하면 선진국의 예를 잘도 들더라만, 재산 물림에 관한한은 선진국의 경우도, 아름다운 전통도 보이지 않는 게 우리네 의식이자 사고思考이다.

마치 아직도 6·25 전후의 헐벗고 굶주리는 시대를 살고 있다고 착각하는 것 같다. 재산에 관하여는 부질없는 허망虛妄에서 깨어날 기미幾微가 전혀 보이지 않는다.

서양 사람들은 자식 나아 공부시켜주고, 결혼시키고, 집 사주고, 먹고 살 만치 재산 물려주기 위해 살지를 않는다. 그들은 인생을 즐기기 위해 산다. 기쁨과 만족 그리고 행복이 무언지를 알고 산다. 때문에 월요일부터 금요일까지 열심히 일을 하는 건, 오로지 토요일, 일요일 이틀 동안을 즐기려는 밑천 마련을 위함이라고 보면 크게 틀리지 않는다.

물론 노후는 따로 걱정할 필요가 없다. 노후 복지제도가 만족할 만큼 너무 잘 되어 있다. 호주머니에 돈이 남아도는 사람들은 노인들이다. 따라서 기부문화寄附文化도, 입양문화入養文化도 생활화 되어 있다. 즉, 진정으로 나눌 줄 알고, 진심으로 <더불어>를 실천 할 줄 안다는 것이다.

이따금 자신의 전 재산을 쾌척快擲하는 사람들의 기사記事를 접하게 된다. 또, 많은 연예인들이 서로 겨루기를 하듯 기부를 하고 있다. 이럴 때마다 아직은 세상이 살 만하다고 느낀다.

악착 같이 하여 많은 재물을 모은 사람을 진정한 부자라 할 수는 없다고 본다. 의미 있게 쓸 줄 알고, 남에게 베풀 줄 아는 사람이 진정한 부자라고 보기 때문이다.

불가佛家에서는 없는 듯한데 있는 정도를 무유無有라고 한단다. 무유, 기가 막히는 표현이지 않는가. 역시 재산이란 없는 듯 있는 정도가 가장 적당하다는 생각을 해본다.

시험제와 선거제

　　인간의 삶에 있어 시험제와 선거제만치 그럴 듯한 제도도 없다. 그런데 찬찬히 뜯어서 생각해 보면 이 제도들이 얼마나 모순적인가를 알게 된다.

　우리는 일반적으로 시험 성적으로 그 사람의 지능을 확신하려 든다. 하지만 과연 그럴까, 고 묻는다면 자신 있게 고개를 끄덕일 수는 없을 것이라 본다.

　시험을 잘 보는 유형은 첫째 많이 알아서가 아니라, 단지 시험 예상문제를 잘 짚어 내는 지각知覺이 발달된 사람일 뿐이라는 것이다. 둘째로는 유난히 순간 암기력이 뛰어난 사람이 있다는 것이다. 시험을 보고난 뒤 곧바로 다 잊어버려도 점수에는 유리하게 작용할 수 있는 모순에 가장 잘 먹히는 형이라 할 수가 있다. 셋째로 시험을 보는 순간 바이오리듬 중 지성 리듬이 최고조에 이른 사람의 성적이 잘 나온다는 것 등이다. 소위 찍기가 잘 먹혔다는 것은 그 순간 지성 리듬이 아주 좋았다는 얘기가 될 수도 있다는 거다. 즉 마침종이 울리고 난 뒤, 자리에서 일어서며 아무렇게나 마킹한 답들이 죄다 정답이 되는 경우 같은 것 말이다. 이런 경우를 보통 운運이 좋다고 하기도 한다. 하지만 그건 분명 운이기 이전에 시험을 보는 순간이 공교롭게도 지성 리듬이 최고조였던 것일 뿐이다.

문제는 실제 업무에 절대 필요한 성실성, 창의력, 지혜로움, 정직함, 정의로움 등과 시험 성적과는 무관하다는 것이다. 오히려 시험 성적이 좀 덜 나온 사람 중에 얼마든지 우리 사회가 필요로 하는 인물이 포함되어 있을 수 있다. 도둑질하지 않을 인물, 매사에 성실할 인물, 창의적인 인물, 지혜로운 인물 등을 뽑는 것과 오늘날 시험제와는 거리가 멀다는 것이다.

일찍부터 신언서판身言書判을 알아보기 위한 제도로 보이는 면접이란 형식의 시험도 이상하게 변질되어 있다고 들었다. 이를테면 본질과는 아무런 상관도 없는 질문을 하여 딴에는 재치나 순발력을 테스트하는 곳도 있고, 아예 술집에서 술잔을 주고받으며 술버릇이나 대인관계를 탐색하는 수법이 동원되기도 한다고 들었다. 별의별 기상천외한 방법으로 사람을 뽑았지만, 그것이 과연 성공적인 방법이었다고 자신 있게 말할 수 있는지는 의문이다.

그런가 하면, 아마도 시험 점수 높게 나온 사람이 그 직장에 크게 이바지한다고 자신 있게 대답할 사람도 없지 싶다. 꼭 시험 성적이 좋았다고 훌륭한 사람, 많이 아는 사람이 아니라는 것이다.

천재란 결코 따로 있는 게 아니다. 시험 성적이 좀 잘 나왔다고 하여 천재니, 인재니 하는 일반적 평가는 전혀 근거가 없다고 본다. 진정한 천재는 죽을 때까지 끊임없이 노력하고, 정진하고, 끊임없이 자기개발을 해나가는 사람이라고 보기 때문이다. 즉, 공부를 재미로 하는 사람, 공부 자체를 즐겨 하며, 늘 의식이 맑게 깨어있는 사람이 천재라고 생각하는 것이다. 어쨌거나 천재냐 둔재냐를 따지는 것은 토끼와 거북이의 경주 같은 정도의 문제라고 생각하기 때문이다.

의회제도議會制度를 채택한 나라들을 우리는 일반적으로 민주국가라 한다. 의회제도란 전 국민이 국정에 관여할 수가 없어 부득이하게 소수의 국민(주민)을 대리인 내지 대행자로 국정에 참여시켜 다수 국민(주민)의 뜻을 적극, 그리고 올바르게 반영시킨다는 취지로 도입된 제도라 할 수가 있다.

그런데 언제부턴가 이러한 본디의 취지와는 너무 다르게, 한없이 잘못 변질되어 가는 의회제도의 모순을 지적하지 않을 수 없다.

순수 국민의 입장에서 보면, 기초의원에서부터 대통령에 이르기까지 모든 선거직들은 일정 기간 당번과 같은 의미로 역할을 부여하려고 선출하는 것에 다름 아니다. 그래서 임기가 끝나는 날까지 초지일관 국민(주민)의 입장, 국민의 편으로 남아 있어야 한다.

하지만 현실은 영 그렇지가 못하다. 각종 선거직들은 당선만 되고 나면 곧바로 '우리는 태생적으로 당신들과 다른 사람이다. 이제부턴 우러러 보고, 존중하고, 존경해라. 그렇지 않으면 재미없다'는 식인 게 오랫동안 이어져 온 선거직들의 못난 관행적, 관례적, 전통적 작태이다.

'나를 찍어주면 당선과 동시에 여러분을 철저히 무시하고, 사정없이 짓밟아 주겠다. 그리고 여러분 위에서 여러분을 숨도 못 쉬도록 지배 통치하겠다. 그러니 나를 꼭 찍어라' 라고 당당히 공언하여 당선된 자 있으면 자신 있게 나와 보라. 그렇게 하여 당선된 자 있으면 제 멋대로 해도 괜찮다. 이렇게 공언하고도 당선된 사람이라면 절대로 욕을 먹거나 원망의 대상이 될 아무런 이유가 없다.

하지만 그들은 선거과정 중에는 하나 같이 국민들에게 땅바닥에 엎드려 충성 맹세를 한 자들이다. 별의별 사탕발림을 다 하며 굽실거렸던 자들이다. 그런데 결과적으로 보면 그 모든 언행들은 표를 얻기 위한 속임수였다.

그렇고 보면 정치인의 자질資質이란 정말로 별 것 아니다. 거짓말 잘하고, 기만, 사기, 협잡, 권모술수, 중상모략, 선전, 선동, 이기적이기, 타산적이기, 줄 잘 서기, 분위기 잘 타기, 배신 잘하기, 염치없기, 착각하기, 모자라기, 반성 않기, 기회주의적이기, 야비하기, 치사하기 등등 세상의 모든 부정적 단어들이 많이 해당할수록 정치인으로 대성할 조건을 충분히 갖춘 것이라 할 수가 있다.

아무튼 이렇기 때문에 선거에는 절대적 기준도, 정확한 논리도 해당하지 않는다. 더불어 어떤 잣대로도 분석되거나 제대로 해석되지 않는 불가사의한 특성을 가지고 있다.

선거는 입후보자의 인품이나 능력보다는 앞서 열거한 부정적 소양(?)의 정도에 따라 당락當落이 결정지어지는 모순된 제도라 않을 수가 없다 하겠다. 때문에 선거가 임박하면 별의별 추악한 모습들이 연출된다. 지극히 객관적 시각으로 보아 상대 후보보다 못한데도 당선이 되었다면 그 선거는 잘못되었다 할 수가 있다.

꼼수 정치꾼들한텐 줄을 잘 서거나, 분위기를 잘 타거나, 유권자를 잘 속여 먹는다는 건 절대 전략(?)이다.

이미 민주주의를 도입한 나라들 사이에서의 선거제는 제법 제 자리 잡기를 해가고 있다. 하지만 이 또한 생각만큼 괜찮은 방법이 못 된다는 걸 누구나 잘 알고 있다. 선거를 통해 선출된 사람들 대개가 긍정적이기보다는 부정적인 쪽에 훨씬 가깝게 처신하고 있기 때문이다.

선거 좋아하는 사람들 대부분이 세상을 쉽게 살고, 수월하게 돈을 벌겠다는 성향을 가졌다 해도 과언이 아니다. 이런 생각 자체가 선거를 불신하게 하는 것이라 할 수 있다. 그리고 민주주의의 평등 원칙에 따라 아무런 여과濾過없이 유권자라는 이름으로 아무나한테 투표권이 주어지는 것도 여간 문제라 않을 수 없다.

선거에서 당선된 자들이 얻은 표 중에는 도둑놈 표, 강도 표, 사기꾼 표, 협잡꾼 표, 거지 표 등등 사회의 부정적 요소로 작용할 수 있는 자들의 표가 절대적이라 않을 수 없기 때문이다. 또 그 중에는 아무 의식도, 생각도 없이 덮어놓고 투표권을 행사하는 사람들도 상당수라 할 수가 있다.

그런 떳떳하지 못하고, 그런 대단하지 않은 표를 끌어 모아 당선된 사람이 얼마나 정직할 수 있으며, 얼마나 책임감을 가질 수 있을지 의문이다. 그러니까 표를 모을 때와는 너무 다르게 자신을 찍어준 사람 위에서 군림하려 드는 것 아니겠는가 싶다.

어쩔 수 없이 그런 명예롭지 못한 표까지 얻어 당선이 되었으면, 적어도 다음 선거에선 그런 불명예스런 표로 재선되는 불행한 일이 없도록 해야 한다고 본다. 즉, 임기 동안에 반드시 도둑이 없는 사회, 사기꾼, 협잡꾼, 거지가 없는 세상을 만들어야 한다는 것이다. 그래서 다음 선거에선 누구든지 두 번 다시 자신처럼 부정적인 표에 의해 선출되는 불명예스러운 당선의 전철을 밟지 않게 하여야 한다.

이러는 것이 진정한 의미의 다소나마 자존심을 지키는 일,

명예를 회복하는 일이라 믿기 때문에 더욱 그래야 한다고 생각하는 것이다. 그런데 실상은 선거로 당선된 자들 스스로가 더 부정적이고 더 나쁜 쪽으로 빠져들고 있다는 것이다.

언제나 처음부터 선거에 나오지 말았어야 할 함량 미달의 꾼들, 그리고 자신이 얼마나 나쁜 인간인가를 인정하지 않으려는, 정말로 부끄러운 줄도, 미안한 줄도 모르는 염치없는 선거병 환자들이 먼저 날뛰는 게 선거판이다.

애초부터 누가 누구를 선도하고 계도할 입장이 못 된다는 것이다. 순수 국민의 입장에선 얼마나 안타깝고 불행한 노릇인지 모른다. 그런데도 남들 앞에서 여전히 난 체하며 재려 든다.

선거 때만 되면 표를 얻기 위해 굽실거리는 정치꾼들의 거짓된 행동에 속아 표를 너무 값없이 남발하는 유권자들도 문제가 없는 건 아니다.

또, 내 손으로 찍어준 정치꾼들한테 역逆으로 굽실거리는 비굴성, 비열함부터 내던져 버려야 한다. 어떤 공직자든 잘못하면 가차 없이 꾸짖고, 호통치고, 혼을 내주어야 할 국민들이 왜 공적 머슴들에게 굽실거리는지 모르겠다.

대한민국은 국민이 주인인 민주국가다. 국민의 뜻이 목숨 걸고 존중되고, 존경의 대상 또한 국민이 되어야 마땅하다. 민주국가 체제에선 대통령마저도 예외가 아니다. 대통령은 국가원수이기 이전에, 국민들에겐 큰 머슴일 따름이란 것을 잊어선 안 된다 하겠다. 또, 중요한 대통령의 역할은 행정수반, 국정통치자이기 이전에 국민의 믿을 수 있는 편便으로서 국민과 함께 하는 다정한 동반자이어야 한다는 것이다.

추호라도 국민의 통치권자가 되려고 해선 안 된다. 국민이란 이름의 대중은 절대로 일방적인 통치의 대상이 아니기 때문이다. 그리고 대통령은 전지전능하거나 천안천수를 가진 신이 아니다. 그냥 평범한 인간일 뿐이다. 따라서 혼자서 이룰 수 있는 일은 아무 것도 없다는 것도 알아야 한다.

민주주의는 분권사회分權社會를 지향한다고 봐야 한다. 대통령의 권한으로 줄 수 있는 자리가 국영기업체 이사장 같은 소위 노른자위를 포함한 2천 수 백 개가 넘는다고 알고 있다. 아무리 대통령 중심 체제라 하더라도 이런 건 아니라고 본다. 진정한 의미의 민주국가는 모두가 국민 중심적이어야 하기 때문이다. 국민과 함께 하는 대통령, 국민을 떠받드는 대통령이 되어야 한다는 것이다.

대통령의 지위는 결코 큰 권력을 의미하는 대권大權이 아니다. 하는 역할은 나라를 위한 큰일, 그리고 많은 일을 하는 대업大業이고, 그 성격은 국민을 지극히 떠받드는 대복大僕이어야 한다. 하나 같이 전직 대통령들의 말로末路가 편치 못한 것은 다 이러한 원칙을 무시하고, 외면하고, 묵살했기 때문이다.

선거 때만 되면 대통령 후보든지, 국회의원 후보든지 스스로 공복이니, 큰 머슴이니 하는 말을 즐겨 쓴다. 하지만 당선 후 태도를 180도 달리하여 오만방자해지기를 예사로이 한다.

그렇다고 하여 근본적으로 자신들이 국민의 머슴이라는 사실 자체를 모르는 건 아니라고 믿는다.

공무원들도 마찬가지다. 아직껏 일부 공직자들 중에는 정신 못 차리고, 고용주인 국민 위에 군림하려 드는 어리석은 자들이 상상 이상으로 많은 듯하다. 이야말로 위험천만하기 짝이 없는 외줄타기에 다름 아님을 왜 모르는 모르겠다. 국민을 함부로 하는 공직자들의 말로末路는 비참할 수밖에 없다는 평범한 진리를 명심 했으면 좋겠다.

이렇다고 봤을 때 인간사회에서 시험제와 선거제가 절대적인 방법만은 아니라는 생각을 하게 한다. 시험에서 좋은 성적을 거둔 것만치 사람 됨됨이도 확실하다면 얼마나 좋을까. 선거에서 선출된 사람이 도덕적이고, 정의롭고, 지혜롭기까지 하다면 반드시 좋은 세상을 약속할 수 있을 것이라고 확신한다. 끝내 불가능한 공상에 지나지 않기를 간절히 소망한다.

공직자들이 정직한 나라가 선진국이다. 공직자들이 봉사하는 사회가 살맛나는 사회이다. 언제쯤 우리 대한민국이 선진국 소리를 들을 수 있으며, 언제가 되어야 우리 대한민국이 살맛나는 나라가 될 것인가 몹시 기다려진다.

물론 아직까지는 시험제나 선거제 외에 인선人選을 하는데 별 다른 방법이 없다는 게 안타까울 뿐이다. 인간의 속내를 정확히 들여다보고, 가진 재능을 제대로 읽을 수 있다는 건 역시 쉽지 않다. 그걸 확인하는 것 그 이상의 방법이 아직도 없다는 건 마냥 답답할 뿐이다. 보다 좋은 세상을 위해서는 지금까지 이어져 오고 있는 시험제와 선거제는 제대로 보완, 수정 되어야 한다고 본다.

어쩌면 머지않아 유권자 자질고사資質考査같은 걸 통해 유권자를 선발해야 하는 시점이 도래할지도 모르겠다. 잘못된 정치꾼들을 탓하기 전에, 의식 없는 유권자부터 나무라야 될 문제라고 생각하기 때문이다.

한창 공명선거를 위해 지성의 눈, 정의의 눈을 번뜩여야 할 대학생들이 학교 결석까지 해가며 선거판에 일당벌이로 뛰어드는 현실이 몹시 슬프다. 마치 자신에게 일당을 쳐주는 자만이 진정으로 이 나라를 위하는 정의의 사도이고, 진심으로 국민을 편안하고 행복하게 해줄 예수님 화신, 부처님 화신이라고 신나게 팔다리 흔들어가며 목청을 높이는 대학생들이 우리를 절망케 한다.

그동안 선거 때마다 나팔수로 나와 목소리를 높인 소위 선거꾼들, 선거 끝나고 자신이 지지한 사람이 엉터리여서 우리를 불행의 수렁에 빠뜨려 놓아도 제 탓이라며 국민들 앞에 무릎 꿇고 사죄하는 모습을 보지 못했다. 오로지 돈벌이 수단으로 사람들을 현혹하는데 앞장을 섰을 뿐이라고 밖에 볼 수가 없다. 제발 이러지 말았으면 좋겠다. 선거기간동안 그대들이 그토록 뽑아주어야 한다고 핏대를 올렸던 그 꾼(?)이 그대들 발목을 자르는 덫이 되지는 않았는가 묻고 싶다.

선거 운동하여 번 돈의 몇 십 배, 몇 백 배를 손해 보지는 않았는지 제대로 계산 좀 해보라 하고 싶다. 모든 공직자가 다 마찬가지겠지만, 정치를 해서 돈을 벌었다면 그건 정말로 잘못된 것이다.

아무리 유권자가 정치꾼들한테 청첩이나 부고를 하면 벌금을 물어야 하고, 정치꾼들은 길흉사吉凶事를 통해 큰 장사(?)를 해도 무죄가 되도록 엉터리 같은 법을 만들어 놓았어도 결코 부자가 될 정도의 이득을 볼 수는 없다고 본다.

아무튼 이 나라에서 부조금 아까우면 정치한다고 애드벌룬 띄우고 다니면 된다. 얼마나 웃기는 세상인가? 정치꾼들 호주머니에서 부조금 안 나갔다고, 그 꾼들이 청렴해진 것 같지도 않더라. 매일 같이 밤낮으로 뉴스시간에 우리를 절망케 하는 주인공들은 여전히 정치꾼들이 단연 윗자리를 차지하고 있으니까 말이다.

정치인들을 포함한 고위 공직자들 상당수가 병역미필자란 사실도 간과할 수 없는 중차대한 사안이라 생각한다. 일반 국민들에겐 국민의 4대 의무 중 하나로 신성한 국방의무라며, 따르지 않으면 법의 이름으로 엄중히 다스리는 게 병역이다. 이 신성하고 고귀한 국민의 의무를 돈 있고, 소위 괜찮은 자리에 있는 자들의 자식들은 모두 외면하고 기피했다는 것은 정말로 상식 밖이라 생각한다. 그토록 신성한 것이고 국민으로서 꼭 이행해야 할 국민의 의무이면, 보다 좋은 조건에 있는 자들의 자식들이 앞장서 나갔어야 했다고 본다.

병역을 기피한 것은 절대로 자랑스럽거나 우쭐댈 일이 아니다. 치사하고 비겁하고 불명예스러운 노릇일 뿐이다. 남의 희생, 남의 헌신에 묻혀서 편하게 살아가는 무염치함에 다름 아닌 것이다.

특별히 정당한 사유 없이 병역을 기피하고도 부끄러운 줄도, 미안한 줄도 모르는 염치없는 인간들이 누구를 위해, 무엇을 할 수 있다고 설쳐대는지 역겹기 짝이 없다.

심심찮게 병역을 기피하기 위해 신체를 자해하는 연예인들이 뉴스거리가 되고 있다. 어찌 이처럼 비겁한 자들이 연예계에만 있을까? 현재 좋은 자리에서 잘 먹고 잘사는 자들 중에 양심이 찔리는 자들은 없는지 묻고 싶다. 하긴 이 정도로 부끄럽고 미안한 줄 아는 인간들이면 당초에 그런 염치없는 짓을 하지도 않았을 것이다. 설령 사고가 잘못된 부모들이 꼬드겼어도 정색을 하며 기꺼이 당당하게 자랑스럽게 입대를 했어야 했다.

정당한 사유 없이 병역을 마치지 않은 자는 어떤 공직에도 채용하지 말아야 한다. 아울러 아예 피선거권을 원천적으로 박탈해 버려야 한다고 생각한다.

누가 뭐라든지 세상은 알게 모르게 자꾸만 변해 가고 있다. 이미 많이 달라졌다. 이제 정치권도 진실하고 정의로운 사람들만 필요로 하고 있다. 신뢰할 수 있는 사람을 필요로 하고 있다. 앞서 열거한 부정적인 의식, 나쁜 사고를 가진 자들은 자연 도태될 수밖에 없다. 이제 보다 현명해진 유권자들은 그런 엉터리 같은 꾼들에게 재수 없다고 소금을 뿌릴 때가 된 것이다. 머지않아 살만한 세상은 반드시 오게 되어 있으니까.

작금에 세계 뉴스 메이커가 된 튀니지의 지네 엘아비디네 벤 알라 전 대통령과 이집트의 호스니 무바라크 전 대통령, 무아마르 카다피 리비아 국가원수 등은 모두가 장기집권을 해온 독재자들이다. 하나같이 국민은 자신을 위해 존재하는 소모품인 줄로 착각하고 있는 몽상가들이며, 권력착각 중독증 환자들이다. 더불어 미치광이들이다.

이 중에서 카다피는 국민들 절대다수가 싫다는데도 자리를 내놓지 못하겠다고 국민들을 향해 무차별 공습空襲을 하고, 유전을 폭발하는 등 국민과 국제사회를 향해 협박을 하며 발악을 하고 있다. 권력이란 망상이 마침내 발광을 하게끔 한 것이다.

국민이 싫다면 잠시라도 그 자리에 머무를 이유나 명분이 없다. 그 자리의 주인이 바로 국민이기 때문이다. 아무리 발악을 해도 끝내는 비참해질 수밖에 없는 게 권력착각 중독자들의 말로인 것이다.

국민을 우습게 아는 정권은 반드시 망할 수밖에 없다는 걸 왜 모르는지 모르겠다.

신과 인간의 관계

신에게 인간은 어떤 존재일까? 답은 간단하다. 인간들은 심심할 때를 대비하여 인형을 만들고, 장난감을 만든다. 바로 그렇다. 신에게 있어 인간은 인형 내지 장난감에 지나지 않는다. 따라서 어떤 일이 있어도 신 앞에서 엄살을 부리거나 매달리지 말아야 한다. 신은 복을 빈다고 들어주지 않는다. 매달린다고 요구를 들어주지 않는다. 다만 경우에 따라, 상대에 따라 죽을 만하면 작은 떡 하나를 던져주는 정도로 선심을 쓸 뿐이다. 그러나 정작 신은 내던진 그 떡 하나마저도 자선을 했다고 생각지 않는다. 아직은 더 필요할 것 같아 기운을 회복시켜 놓을 필요에 의한 행동을 했을 뿐이라는 것이다. 그리고 그 순간 기꺼워하는 인간들의 모습을 즐기는 것에 다름 아니다. 그러다가 재미없으면 인간에게 고통을 주어 버린다. 그리곤 고통스러워하는 인간을 지켜보며 깔깔깔 재미있어 한다. 이처럼 오로지 신은 우롱하고, 조롱하는 재미로 인간을 필요로 할 뿐이다. 인간이 인형이나 장난감을 가지고 놀다가 싫증이 나면 부서버리거나 내다버리듯이, 때가 되면 신은 인간을 아주 내버린다. 신으로부터 버려지는 그 순간을 우리는 죽음이라 표현한다.

　그러기에 어떠한 경우에도 인간은 신 앞에서 당당해야 한다. 그렇다고 불경스런 짓을 해도 괜찮다는 뜻은 절대 아니다. 그렇잖아도 신의 권위에 도전하는 사례들이 날로 많아지고 있는 것 같아 여간 두렵지 않다. 그 실례實例로 우선 나라마다 도시마다 다투듯 쌓아 올리는 빌딩들을 들 수가 있겠다. 2010년 1월 4일 아랍에미리트UEA 두바이Dubi에서 우리나라 기술진에 의해 준공된, 세계에서 가장 높은 빌딩 부르즈 칼리파Burj Khalifa는 162층 818m이다. 놀랍기 전에 매우 어처구니가 없는 일이라 않을 수가 없다 하겠다. 우리나라에도 2003년 준공한 서울 도곡동의 75층 267.3m짜리 타워 펠리스Tower Palace가 있다. 평양에는 1992년에 준공한 105층, 332m짜리 평양류경호텔이 있다. 이 모두가 세계 10대 고층빌딩에 속한다. 이를테면 이 지구촌에 267m 이상 되는 초고층 빌딩이 10개나 된다는 얘기다. 얼마나 높이 올라갈 수 있는가? 세계는 이미 고층빌딩 경쟁시대에 돌입했다. 신의 입장에서 보면 여간 불편하고 언짢은 노릇이 아닐 수가 없을 것이다.

참고로 우주 속의 지구는 보통 모래알 크기의 약 2억 분지 1 정도라고 한다. 그야말로 우주가 얼마나 광대한가는 상상을 불허한다 할 수가 있다. 보편적으로 우리는 도저히 알 수 없는 정도의 거리와 넓이와 부피, 크기, 무게 등을 무한대라고 얼버무리고 만다. 이 무한대의 세계, 그 이상까지도 전부 신의 지배 영역이라 보아야 할 것이다. 그 중에서도 특히나 하늘은 신의 집이나 다름없다. 신의 절대 영역, 절대 권위에 인간이 침범하고 도전하는 경거망동이 바로 빌딩 올리기로 보는 것이다. 신의 입장에서 보면 이 얼마나 오만불손한 짓거리이겠는가.

필자는 개인적으로 이러한 고층빌딩 쌓아 올리기가 몹시 마뜩잖다. 신은 숭배의 대상, 공경의 대상일 뿐 도전의 상대, 정복의 상대가 아니라는 것이다. 그리고 또 하나 반드시 짚고 넘어갈 문제가 있다. 신의 이름을 함부로 팔아선 안 된다고 생각한다. 즉, 인간들이 먹고사는 수단으로 신을 팔아선 절대 안 된다는 것이다. 비단 신 뿐만 아니다. 모든 성현들을 매명賣名하지 말라는 것이다. 지금 세상에는 온갖 사이비 학자, 사이비 종교인들이 마구잡이로 신과 성현들의 이름을 팔아 생계수단으로 삼고 있다. 신의 저주가 두려우면 당장 그만 두어야 할 것이다. 물론 예수님, 부처님, 공자님 등도 숭배의 대상, 공경의 대상은 될망정 매명의 대상은 절대로 아니다. 어떤 신이든지 신을 팔아서 잘 먹고 잘 살겠다는 생각은 아주 위험천만한 발상이라 않을 수가 없는 것이다. 그야말로 자칫 천벌을 받을 수가 있다. 신은 결코 너그럽지가 못하다. 그리고 점잖지도 않다. 오히려 짓궂은 장난꾼이고, 변덕쟁이며, 욕심쟁이다.

세상에 신만 존재한다고 상상해 보라. 신들인들 무슨 재미가 있겠는가. 그래서 혼돈으로부터 어둠과 빛, 밤과 낮, 땅과 바다 그리고 하늘을 차례로 열어 나갔다. 한마디로 놀이마당, 놀이의 환경을 만들어 나간 것에 다름 아니다. 그리고 마지막 순간에 인간을 만들었다. 그때부터 신의 놀이, 신의 장난질이 시작된 것이다.

2011년 3월 11일 강도 8.8의 초강진과 함께 밀려온 파도 10m 이상의 쓰나미가 휩쓸고 간 일본 미야기현 센다이시의 대재앙, 4월 27일 미국 앨라배마주 터스컬루사시를 비롯한 미시시피, 테네시, 조지아, 아칸사, 버지니아주 등 곳곳을 휩쓸고 간 토네이도를 통해 우리가 그토록 신뢰하고 대견해 마지않던 현대 과학문명의 허망虛妄을 확실하게 절감했다. 세계 7대 불가사의라고 무척이나 자랑스러워하는 인류가 남긴 건조물들이 과연 1960년 5월 칠레에서 발생한 강도 9.5의 발디비아 지진 같은 대재앙에도 온전할 수 있을까?

자연 앞에서, 아니 신 앞에 인간의 능력이란 고작 이 정도밖에 되지 않는다는 걸 알아야 한다. 세상에는 별의별 재주(?)를 가진 인간들이 다 있다. 심지어는 하나님이나 부처님 사인도 받아올 수 있는 인간들도 부지기수로 많지 싶다. 하지만 그건 모두가 위험천만한 사술邪術이다. 신 앞에서 인간의 능력이란 이처럼 한낱 장난 같은 것에 불과할 뿐이다. 어떠한 경우라도 신을 우롱하거나 속이려하지 마라. 벌 받는다.

운명과 당당히 맞서라

우리는 팔자니, 운명이니, 숙명이니, 섭리니 하는 말들과 너무 익숙해져 있다. 살다가 힘들고, 잘 풀리지 않는 일들이 생기면 반드시 이런 말들을 들먹이고 있다. 귀천貴賤이 따로 없고, 대인大人, 소인小人이 따로 없고, 강자와 약자가 따로 없다. 어려움에 봉착逢着하게 되면 누구나 예외 없이 이런 낱말들 앞에서 작아지게 마련이기 때문이다.

마치 멀쩡하던 사람이 병원에서 암 진단을 받았을 때와 흡사한 반응을 보인다는 것이다. 사람은 자신이 감당할 수 없는 일에 맞닥뜨리게 되면, 제일 처음 마구 손사래 짓을 해대며 강한 부정을 하게 된다는 것이다. 두 번째 단계론 수긍을 하고 받아들인다. 그러고 나면 한순간에 기가 팍 죽게 된단다. 세 번째론 아무 데나 마구 매달린다고 한다. 네 번째론 스스로 체념을 해버린다는 것이다.

그때는 이미 갈만큼 가 있음을 뜻한다는 것일 터이다. 아무튼 두 번째 단계에 이르면 사람들은 마법에 걸린 듯 팔자, 운명, 숙명, 섭리라는 말들에 기가 죽게 된다.

이쯤 되면 이것들을 다스릴 수 있는 신 앞에 꿇어 앉아 염치불구하고 매달리며 살려달라고 애걸복걸을 하게 된다. 이런 게 인간의 속성이다. 그런데 사실은 신 앞에 꿇어앉아 비는 행위는 그 위기로부터 놓여날 수 있는 양방良方이 못 된다 하겠다.

신은 비굴한 자, 심약한 자를 몹시 싫어한다. 그런 만큼 그런 자들을 업신여기며, 경멸하고 마구 대하는 경향이 있다. 아울러 그런 자들을 절대로 도와줄 턱이 없다. 앞장에서도 언급했듯이 신에게 있어 인간은 하찮은 인형 내지 장난감에 지나지 않기 때문이다.

인간은 얼마든지 있다. 부족하면 언제든지 만들면(?) 된다. 신들 중에는 아기를 점지하고 산모産母와 산아産兒를 돌보는 역할을 맡은 이른바 삼신할미로 더 친숙한 삼신三神이 있어 인간을 얼마든지 출생시킬 수가 있는 것이다.

어쨌거나 팔자니, 운명이니, 숙명이니, 섭리니 하는 말들에 전연 기죽을 필요가 없다. 어떤 말로 표현되든지, 자신이 하기에 따라 불변의 것이 아니라 얼마든지 가변의 것으로 바꿀 수가 있기 때문이다.

팔자란 사주팔자四柱八字의 줄인 말이다. 사주팔자 중에서

기둥 [주柱] 로 익히 알려진 주柱자는 '어기다, 순종하지 않다' 등의 의미도 있다. 또 여덟 [팔八] 는 '나누다'는 의미도 된다. 글자 [자字] 는 '기르다, 양육하다'는 의미가 있다. 결론적으로 사주팔자는 주어진 팔자를 어길 수 있고, 스스로 좋은 쪽으로 키울 수도 있고, 나눌 수 있는 것이라 풀이해도 무리하지 않다고 본다.

운명 중 옮길 [운運] 은 '움직이다, 나르다'란 의미가 있다. 그리고 목숨 [명命] 자의 다른 의미인 운수運數를 결합한다 하더라도 운명은 얼마든지 그 운수를 움직일 수 있다는 얘기가 된다 할 수가 있다.

피할 수 없는 운명을 숙명이라 한다. 글자대로 풀이를 해보아도 잘 [숙宿] 에 목숨 [명命] 를 쓴다. 운수가 자고 있다면 큰일이다. 고정적인 뜻이 되기 때문이다. 그런데 다행스럽게도 명命자는 '가르친다'는 의미도 가지고 있다. 좀은 억지스럽겠지만, '자는 법을 가르치다'로 해석하여 옴짝달싹 할 수 없이 숙명이란 이름에 묶이기 보다는 훨씬 자유로워질 수가 있는 길을 택하여 받아들이면 된다고 본다.

섭리는 신의 뜻이라는 의미이다. 신의 뜻을 인간이 마음대로 할 수가 없기 때문에 섭리라고 하면 무조건 체념부터 하게 된다. 하지만 겁낼 것 없다. 섭리는 [섭攝] 자나 [리理] 자 모두가 '다스리다'는 의미이다. 이는 인간 스스로도 섭리를 다스릴 수 있다는 의미가 가능한 일이기에 겁먹을 것이 없다는 것이다.

일체유심조一切唯心造. 세상만사 마음먹기에 달렸다고 하지 않던가. 그러니까 자의적으로나마 운명 따위의 노예가 되지 않으면 된다는 생각을 한 것이다. 필자는 실제로 그렇다고 믿는다.

물론 절대 피할 수 없는 팔자, 운명, 숙명, 섭리가 없는 건 아니다. 즉, 세상에 태어나는 일과 생을 마치고 죽는 일 같은 것이다.

어떤 사람도 자신이 태어나는 생년월일시를 미리 정해 놓고 때맞춰 태어나는 건 아니다. 그리고 자살을 하지 않는 한, 죽는 시기를 자의지自意志대로 결정할 수는 없다. 하지만 생과 사의 중간 단계인 삶이라는 과정 중에 맞닥뜨리게 되는 모든 팔자, 운명, 숙명, 섭리라는 이름의 것들은 얼마든지 극복 가능하다고 보는 것이다.

하지만 반드시 선업善業을 쌓는 일과 피나는 노력이 겸해져야 하는 게 선결조건임을 간과해선 안 된다. 선업 없이 노력만으론 신의 추상같은 심판에서 놓여날 수가 없을 것이기 때문이다. 흔히들 선업을 많이 쌓으면 생명도 연장할 수 있다고 한다. 허투루 흘려들을 소리는 아니라고 생각한다.

신은 계획적이거나 작정하고 인간을 괴롭히지는 않는다. 그렇듯 의식적으로 행운을 주지도 않는다. 다만 심심파적이며 즉흥적으로 기쁨을 주기도 하고, 고통을 주기도 할 따름이다. 따라서 마냥 고통을 주어 끝내 죽도록 내버려 두는 법이 거의 없다. 아울러 내내 행복만을 누리도록 보아주지도 않는다. 때

문에 인생은 행·불행의 기복起伏이 심한 파도타기 같은 리듬
이 있을 수밖에 없는지도 모른다.

이렇다고 보면 어차피 애원한다고 신으로부터 축복만을 받
을 순 없다. 기도를 하려면, 그야말로 감천感天을 하여 신을 돌
아앉게 할 정도의 지성至誠, 신이 온통 관심을 쏟지 않을 수 없
을 정도의 아주 지극한 정성을 다하라. 그렇지 않으면 그 기도
는 헛수고가 될 것이 분명하다.

신은 밤낮없이 늘 바쁘다. 더 정확히 표현하면 신은 무료한
걸 견디지 못한다. 그리고 관심거리가 생기면 거기에만 푹 빠
지는 편향성이 대단히 강한 편이다. 때문에 기도한다고 일일
이 만나주고, 들어줄 수가 없다. 그러니까 적당히 기도하여 신
의 사랑을 흠뻑 받을 생각일랑 아예 말라는 것이다.

그럴 바에는 당당하게 자신에게 주어진 어떤 역경도 스스로
개척하고 헤쳐 나가라는 말이다. 신도 당당히 제 할 일을 성실
히 해나가는 인간에겐 함부로 간섭하고, 일부러 해코지를 하
진 않는다고 본다. 다시 말하면 오히려 그런 인간에겐 바른 길
을 열어준다는 것이다. 그리고 그런 사람에겐 면책특권 같은
걸 부여한다고 믿어 의심치 않는다.

얼핏 보면 나쁜 자들을 더 예뻐하고, 더 생각해주는 것처럼
느껴질 수도 있다. 그래서 자칫 나쁜 자들이 더 잘 되는 것 같
아 보일 수도 있다. 하지만 그건 절대로 아니다. 차곡차곡 죄업
을 더 쌓게 하여 한꺼번에 크게 응징하고 심판하려고 벼르는

단계라고 보면 정확할 것이다. 죄를 많이 지은 자들 후손은 잘 되지 않는다. 조상이 악업을 많이 쌓으면 반드시 그 후손들이 두고두고 죗값을 치르게 마련인 것이 이치理致이다.

아무튼 어차피 매달려 알아서 슬슬 기는 인간들만 데리고 놀아도 너무 재미있는데, 굳이 녹록잖은 인간 옭아매어서 애먹을 것 없다고 생각할 것이기 때문이다.

행운은 성실하게, 깨끗하게 살아가는 자에게 주어지는 보상일 뿐이다. 팔자, 운명, 숙명, 섭리, 뭐라고 표현하든 그런 건 진실하고 성실하게 나아가는 사람에겐 아무런 장애가 될 수 없다고 생각한다.

아무나 죽으면 모두가 신이 될 수 있다. 정말로 인류에게 행복을 주고 모든 생명체에게 선만 베푸는 좋은 신이 되느냐, 아니면 잡귀雜鬼가 되느냐는 순전히 이승에서 얼마나 덕을 쌓았느냐에 달려있다 하겠다. 기왕이면 이 세상에 사는 동안 선업善業을 제대로 쌓아, 죽어서도 인간 세상에 덕과 득을 주는 좋은 신이 되어야 하지 않겠는가.

3

주인론

　　장사를 하는 사람들은 손님(고객)들더러 대단한 예우나 하듯 왕이라는 표현을 즐겨 쓴다. 주인한테 왕이란 소리를 들어 기분 나빠할 손님은 없을 것이다. 왕이란 절대주의자란 의미가 함의含意되어 있기 때문에 더 그러할 것이다. 자신도 모르게 자기한테 극대우를 하겠다는 맹세로 받아들이기에 기분이 언짢을 이유가 전연 없다 하겠다. 그런데 여기에 우리가 간과하고 있는 부분이 있다. 왕이 우두머리를 뜻한다는 데는 이의가 없다. 하지만 주인을 가리키는 주인 [주主] 자를 눈여겨 볼 필요가 있다. 주인 주자는 여호와 주, 하느님 주, 알라 주 등으로도 풀이되고 있다. 주인이야말로 절대자라는 말이 된다. 실제로 주인 주자는 등불이 타고 있는 모양을 본뜬 불똥 [주丶] 자가, 촛대 모양의 임금 [왕王] 자위에 얹힌 형상을 하고 있는 상형문자이다. 왕 위에 있는 존재는 곧 신이다. 이때 신이란 하늘로 봐도 무방하다 하겠다. 혹은 하늘님이 된다. 오랜 세월 가톨릭에선 <천주天主님>을 찬미해 오고 있다. 또, 기독교에선 <주主 예수 그리스도>, 혹은 <주主님>을 찬양해 왔다. 다른 나라에선 <주 예수 그리스도>라고 할 때에 [주主] 를 어떻게 표기하는지 몹시 궁금하다. 어쨌거나 이로서 [주主] 가 왕보다 위라는 의미를 뒷받침하는 것으로 받아들일 수밖에 없는 대목이라 할 수가 있다. 물론 하느님 [주主] 자를 임금 [주主], 심지어는 주인 [주主] 자라 하기도 한다. 글자의 뜻풀이대로라면 구멍가게 주인이 손님은 말할 것도 없고, 왕보다 위라는 뜻이 되는 것이다. 이렇다고 봤을 때 지금까지처럼 주인이란 용어가 일반인들 사이에서 함부로 쓰여선 안 된다는 생각이 든다. 굳이 주인이란 일반명사를 고집할 이유가 있다면, 주인 [주主] 가 아닌 살 [주住] 자를 써야 옳을 것 같다. '그 집에 살고 있는 사람'이 곧 주인이 아니던가.

진작부터 천주교에서나 기독교에서 주主와 절대 신神을 동일시하고 있다는 것은 많은 것을 시사케 하는 대목이라 않을 수 없다 하겠다. 그렇다고 보면 [주主] 자가 지금까지처럼 일반인들 사이에서 함부로 쓰여져선 안 된다는 생각이 든다. 한마디로 [주主] 는 곧 신성의 본체本體라고 보기 때문인 것이다. 세상의 주인들이여, 그대들은 하느님이 아니다. 더욱 겸손하자.

프로의 삶을 살자

　　스포츠에서 아마추어와 프로의 차이는 한 마디로 돈을 받고 운동을 하느냐, 돈을 받지 않고 운동을 하느냐로 구분한다.

　　하지만 여기서 말하는 프로의 삶이란 자신이 지향하는 긍정적인 꿈의 실현을 위해 목숨을 거는 걸 전제로 해야 한다고 보는 것이다. 알량한 재주, 얕은 꼼수로 세상을 휘젓는 자들이 생각보다 너무 많다.

　　물론 때때로 경우에 따라선 그 대단찮은 재주가 많은 사람들을 즐겁게 해줄 수도 있고, 편리하게 해주기도 한다. 하지만 재주는 재주에 지나지 않을 뿐이다.

　　그것이 예술이나 철학의 경지에까지 이르려면 아마도 목숨을 건 노력이 필요할 것이다. 그래야 비로소 프로가 되었다고 할 수가 없다. 따라서 진정한 프로는 언제 어떤 경우라도 상대방을 그만큼 편안하게 해준다. 특별히 어떤 노력도 하지 않은 채, 생生을 수월하게 그저 공쏘으로 살려는 자들은 절대로 프로가 될 수 없다.

프로의 삶을 산다는 것은 그만큼 스트레스를 감내할 각오와 의지가 선행되어야 한다고 본다.

언제부턴가 현대인 사이에서 스트레스란 말이 익숙해져 있다. 그 많은 스트레스의 홍수 속을 살아가는지도 모른다. 일반적으로 스트레스라 하면 무조건 나쁜 것으로만 아는 편견과 무지知無도 문제가 있다고 생각한다.

주지하다시피 스트레스를 다른 말로 바꾸어 표현하면 바로 긴장상태를 말한다. 긴장이 전혀 없는 삶은 삶이라 할 수가 없다고 본다. 그리고 실제로 인간이 살아가는 데 적당한 긴장은 필요악이 아닐 수 없다. 긴장 자체가 살아있음이기 때문이다.

필자는 개인적으로 몸매 관리를 제대로 하는 사람을 인정한다. 단, 여기에서 말하는 몸매 관리는 성적 매력 유지와는 별개의 문제임을 분명히 해둔다. 물론 먹지 않아도 살이 찌는 불가사의한 체질도 없는 건 아니다. 그리고 몸매 관리를 곧 그 사람인생 관리로 보는 필자의 시각이 편견일 수도 있다.

아무리 그래도 지극정성으로 노력하면 어느 정도 선을 유지할 수 있다고 본다. 몸매 관리에 문제가 있는 사람은 정신 관리, 생활 관리에도 문제가 있다는 생각엔 변함이 없다. 단정한 사람은 정신도 건전하다. 건전한 사람은 매사에 정확하다. 이런 사람과 사귀면 실망을 하지 않을 것이다.

<잘난 사람 잘난 대로 살고 못난 사람 못난 대로 산다…>라는 지극히 자조적인 노랫말이 있다. 어떤 경우에라도 스스로의 생을 포기해선 안 되듯 자조적이어서도 안 된다.

마지막 어느 순간까지 자애自愛하는 사람이 되어야 하는 것이다. 인생은 두 번의 기회가 없다. 단 한 번뿐인 생의 주인은 바로 자기 자신이기 때문이다.

단 한 번의 기회, 꼭 자신이 하고 싶은 일에 생을 죄다 바치라는 것이다. 그리고 기왕이면 그 하고 싶은 일이 반드시 인류의 편리와 이익과 행복을 위한 것이어야 한다는 것이다.

돌팔이론

우리는 쉽사리 돌팔이니 사이비라는 말을 하고 듣는다. 사전에 보면 <돌팔이는 떠돌아다니며 지식이나 기술, 물건 따위를 팔며 살아가는 사람. 혹은 제대로 된 자격이나 실력이 없이 전문적인 일을 하는 사람을 속되게 이르는 말>이라 풀이 되어 있다. 실제 생활에서의 돌팔이란 일정한 자격이 없으면서 전문적 기술을 행사하는 사람, 주로 면허증 없이 의료 행위를 하는 사람을 일컫는 걸로 통용되고 있다.

현대는 과히 자격증 시대라 할 수 있다. 이 자격이라는 조건은 학교와 무관하지가 않다. 지금까지 아무나 자유롭게 할 수 있었던 업業들이 대학에서 전공과목으로 채택되면 여지없이 그와 관련된 직업에 자격증 인정제가 제도화 되게 된다. 그래서 기득권자들은 아무런 저항 한 번 못한 채, 제도권 안으로 끌러들어가거나 제도 밖으로 내팽개쳐지는 형국이 되어 왔다.

초기 얼마 동안 기득권자들 입막음용(?) 구제시험救濟試驗을 볼 기회를 제공해 주는 경우도 있긴 하다. 그러나 그것도 일정 기간이 지나고 나면 끝내는 학교에서 전공한 자만이 그 업에 종사할 수가 있게 된다. 따라서 이 기회를 놓치면 돌팔이라는 천덕꾸러기로 전락할 수밖에 없게 되는 것이다.

제도권 밖에서 의료행위를 하다간 현행 의료법에 저촉抵觸되어 범법자의 입장이 될 수밖에 없게 된다. 그런데 실제론 무자격자인 돌팔이의 기술이 자격자보다 훨씬 나은데도 실력을 발휘할 기회는 물론이고, 그가 지닌 훌륭한 기술을 전수할 수 있는 기회가 전혀 없이 되어 버린다는 것이다. 때문에 아쉬워하고, 안타까워하고, 오래도록 끊임없는 시비의 소지가 되고 있다.

기득권자 입장에서 보면 몹시 억울한 노릇이 아닐 수 없다 하겠다. 보기에 따라서 이야말로 힘을 갖춘 신생 집단이기集團利己에 의해 기득권을 몰수당하는 실례實例이기 때문이다. 그리고 이는 분명히 전통문화의 단절이고, 국가적 손실이라고 안타까워하지 않을 수가 없는 일이라 생각한다.

예를 들어 소위 개침장이라고, 개한테 물린 환자한테만 침을 놓아주는 돌팔이가 있다고 하자. 현실적으로 광견병 치료는 생각만큼 쉽지가 않다. 돈도 돈이거니와 척추에 주사를 하기 때문에 심한 후유증이 따른다고 알고 있다. 하지만 개침장이는 물린 쪽 무릎 오금을 침으로 가볍게 따서 피를 뽑는 걸로 치료가 끝난다. 물론 정도에 따라 2회 내지 3회까지 침을 맞아야 하는 경우도 있다. 그래도 환자 입장에서 보면, 병원에 가서 광견병 주사를 맞는 것과는 비교도 안 되게 편하고 안심을 할 수 있어 얼마나 편리한지 모른다.

이런 재주를 가진 사람들에게도 기존의 안경사나 복덕방 업자들을 제도권 안으로 품어 안은 것과 똑 같은 절차를 거쳐서 살아남을 수 있는 기회가 주어져야 마땅하다고 생각한다.

언제부턴가 우리 주변에는 전통의 맥을 잇는다 하여 기능보유자, 명인, 인간문화재 등의 타이틀을 지닌 사람들을 흔히 접할 수 있다. 그들에겐 매달 정부나 해당 광역자치단체로부터 연구 및 후계자 양성 명목의 지원금도 주어지는 걸로 알고 있다.

그러면서 유독 침구鍼灸의 기능을 가지고 있는 사람들한테만 이처럼 기회마저 주지 않고 인색해 하는지 도무지 이해가 되지 않는다. 침구가 의료행위여서 건강과 인명人命에 위험을 초래할 수가 있기 때문이란 이유를 내세우고 있는 줄로 안다. 그러나 이는 설득력 있는 이유가 되지 못한다고 본다. 우리의 반만년 역사 대부분을 이들 무면허 침구사들과 함께 해왔다는 것을 부정할 사람은 없을 것이다. 그만큼 침구행위는 서양에서 도입된 의술과는 비교도 안 되게 긴 역사를 가지고 있다. 그 오랜 세월 관의官醫는 예외로 치더라도 일반의一般醫들한테도 어떤 제약이 없었다.

우리 역사상 최초로 공식적 자격을 인정받은 의사로는 세브

란스 의학교 1기 졸업생인 김필순, 김희영, 박계양, 신창희, 주
헌칙, 홍석우, 홍종은 등 7명이다. 이들은 1908년 6월 4일 내부
內部 위생국으로부터 의술 개업 허가증을 교부받았다. 이것이
사실상 의사면허 취득의 효시로 봐야 할 것이다.

　하지만 이런 제도와 관계없이 한방韓方 쪽에선 여전히 제도
권의 간섭 없이 의료행위를 계속해 왔다.

　60년대까지만 해도 웬만한 농촌마을치고 한의사(?) 한 두 사
람 없는 마을이 없었다. 머리가 아파도, 배가 아파도 쪼르르 손
쉽게 달려가는 곳이 가까이 있는「김약국」이나「이약국」이었
던 것이다. 따지고 보면 박경리의 소설「김약국의 딸들」의 김
약국도, 오늘날 시각으로 보면 무면허 돌팔이였을 게 뻔하다.

　아무튼 그 면허 없는 돌팔이 한의사들, 한약방이 우리 조상
들의 생명을 책임져 왔다는 것을 부정시하는 오늘날의 시각이
정당해 보이지만은 않는다.

　아무런 제약 없이 당당하게 의료행위를 해오던 무면허 한의
사들이 제도권의 간섭을 받기 시작한 것은 1970년대로 기억된
다. 대학교에 한의대가 설치된 것과 무관하지 않다고 본다.

　현행 의료법에도 침구 행위를 해주어도 의료사고가 나거나
돈을 받지 않으면 의료법에 저촉이 되지 않는 걸로 알고 있다.
즉, 직업적으로 하지 않은 행위, 사고가 나지 않은 의료행위라
면, 행위자체만으로는 아무런 법적 제재를 받지 않는다는 의
미가 된다.

이들 돌팔이들과 가까이에 있는 서민들 입장에서 보면 국민 건강 및 복지증진이라는 미명 아래 장려되고 보호되는 것도 괜찮다고 보여 진다. 그런 의미에서 침 잘 놓고, 뜸 잘 뜨고, 부항 잘 뜨는 사람들 엄선嚴選하여 국민 건강에 이바지할 기회를 주자는 것이다. 물론 기술이 전혀 없는 그야말로 진짜 돌팔이는 철저히 걸러져야 한다는 걸 전제해서 하는 주장인 것이다.

옛날 조선시대 과거科擧의 잡과雜科같은 걸 보여서라도 구제할 수 있었으면 좋겠다. 전통 한방을 민속적 차원에서 권장 보급하는 것도 괜찮다는 생각을 해본 것이다. 물론 생명을 다루는 의료행위를 소홀히 취급해도 좋다는 뜻은 절대로 아니다. 허준 선생이 한의대를 나온 적이 없는데도 어의御醫가 되었다. 허준 선생은 내의원內醫院 의학취재醫學取才에 등과登科하였다. 이것으로 자격 검정이 된 셈이긴 하다. 그 후 관직이 조선시대 종일품인 숭록대부崇祿大夫 양평군에까지 이르기도 했다.

오늘날 대부분의 자격증이나 면허 중에는 대학에서 전공을 하지 않고는 획득 불가한 분야가 너무 많다. 이는 대학이 살아 남기 위해 전공과목으로 채택하여 자격 내지 면허를 제도화하게끔 한 데서 비롯된 것이다.

여태까지 자격증이나 면허증 없이도 자신의 역할을 제대로 수행해온 사람들이 졸지에 돌팔이나 무자격자란 이름으로 법의 감시와 제재를 받아야 하는 이해할 수 없는 지경이 되고 있는 게 작금의 세태이다.

예를 들면 아무나 일찌감치 심부름꾼으로 들어가서 자연스럽게 기술을 익혀 안경점을 낼 수 있었던 관행이, 하루아침에 대학에 기득권을 몰수당하고 안경사란 낯선 이름으로 입장이 바뀌어져 제도의 간섭을 받고, 감독 당하고, 끌려 다니는 모양새가 되었다는 것이다.

과거에는 아무나 쉽게 복덕방이란 손바닥만한 간판 달아놓고 용돈을 벌어 쓰던 아마추어 직업이, 어느 땐가 대학에 학과가 생기면서부터 부동산중개사라는 이름으로 불리고 있는 사람들의 처지도 마찬가지이다. 그래도 이쪽 분야들은 기득권을 인정하여 기존의 업자들에게 요식적 절차를 거쳐 거의 수용해 주었다. 그리고 부동산 중개사의 경우는 아직도 시험에 합격만 하면 학력 경력을 따지지 않고 면허를 주는 걸로 알고 있다.

그런데 유독 의료에 관한 기술 소유자에 한해서만 그토록 인색하고, 가혹하고, 엄하게 규제만 하는지 그 이유를 이해할 수가 없다.

걸핏하면 보건법 위반이란 족쇄에 채여 경찰서 신세를 지고 있는 게 이들의 현실이다. 물론 의료행위란 곧 인명人命의 생사와 직결되어 있다. 그런 위험성을 몰라서가 아니다. 어째서 음지에서 벗어나 당당하게 자신의 기술을 인류의 건강증진과 행복을 위해 기여할 수 있는 기회마저 만들어 주지 않는지를 따져 묻는 것이다.

의료행위에 있어 실수란 곧 죽음을 의미함이다. 하지만 실수란 정규 학교에서 다년간 전공을 한 면허권자도 마찬가지일 수가 있다. 의과대학 졸업장이 결코 환자의 병을 고쳐주는 건 아니다. 의사 면허증이 죽어가는 사람을 살려놓을 수 있는 건 아니다. 매스컴에 보도되는 걸 보면 면허가 있는 의료인들의 실수와 부도덕성으로 인한 피해 역시 만만찮다.

어느 해 방송에 나와서 공개적으로 침구술을 보여주었던, 명침名針, 신뜸神○으로 소문난 노침구사老鍼灸士(?)가 무면허 구사灸師란 사실 때문에 곤욕을 치루는 게 여간 민망하고 안타깝지 않았던 건 필자만의 감상일까.

1945년 광복 후, 당시 우리 정부는 일본인 의사 밑에서 조수라는 이름으로 허드렛일을 하던 돌팔이들한테 한지의사限地醫師란 조건부 면허를 교부하여 개업을 할 수 있도록 해준 적이 있다. 물론 그때는 광복으로 인하여 일본인 의사들이 한순간에 귀국을 하여 의료계의 공백을 메우기 위한 정부의 긴급처방에 의한 불가피성을 이해하지 못하는 건 아니다. 그런가 하면 민주당 정권 때도 맹인盲人들 자립을 위해 200여 명에게 침구사 면허를 주어 활동할 수 있도록 한 적이 있었던 걸로 알고 있다. 그렇다면 지금이라고 못할 이유가 없다고 본다.

현재까지 사실상 침구를 업業으로 삼고 있는 사람들에게도 일정한 검정과정을 거쳐 양지로 나올 수 있는 기회를 주어야 한다고 본다.

학교에서 정규 교육을 받지 않았어도, 정부가 인정을 하여 의료인이 될 수 있었던 한지의사라 하여 특별히 의료사고의 원인으로 작용하지만은 않았다는 걸 유념했으면 좋겠다.

어느 것이 더 국민 건강을 위하는 길이며, 무엇이 소중한 인적자원 활용인가를 관계당국은 깊이 있게 고민하고, 진지하게 연구해 봐야 한다고 생각한다. 더구나 정치권을 비롯하여 사회 곳곳에서 설쳐대는 자들 대개가 사이비, 돌팔이인 점을 감안하면 유독 의료기술을 가진 자들한테만 가혹할 이유가 없다고 보는 것이다.

아무튼 지금의 추세대로라면 머지않아 무당, 점쟁이, 마술사와 염습殮襲하는 사람들도 면허를 필요로 하는 날이 올 것으로 충분히 예측된다. 이미 대학에 이런 분야를 가르치는 전공학과가 생겨났기 때문이다.

어쩌면 문예창작학이나 국어국문학을 전공하지 않은 사람은 시인, 작가도 될 수 없는 시대가 올지도 모르겠다. 오래 전부터 음악이나 미술 쪽에선 아무리 소질이 있어도 대학에서 전공한 자가 아니면 여러 모로 불리한 대접을 받는 게 현실이다.

분장과 화장

화장은 원래 분장扮裝에서 비롯되었다. 수렵시절 맹수나 적敵으로부터 자기를 방어하려는 자구책에서 비롯된 것이 분장이라는 것은, 오늘날 산간 오지족奧地族들이 분장을 생활화하는 것에서도 충분히 알 수가 있다. 눈을 본디보다 크게 그리고 검게 보이게 하고, 입을 보다 더 붉고 크게 하고, 이마와 볼에 선을 그어 얼굴이 험상궂어 보이게 하는 것 등이 대체적인 분장법인 것이다.

동물의 눈에 루주rouge를 빨갛게 바른 입술은 막 생피를 한 바가지쯤 들이마신 입인 듯하여 몹시 위협적으로 보인다는 것이다. 그러던 분장이 문화가 발전하고, 문명이 발달함에 따라 화장이란 이름으로 재탄생하기에 이르렀다.

현대 여성들에겐 화장품은 절대 필수품이다. 끼니를 굶더라도 화장품은 구비되어 있어야 하는 정도로, 일상생활에 있어 화장의 비중은 대단하다.

하긴 언제부턴가 남성들 사이에서도 화장 인구가 점차 늘어나고 있는 추세이다. 아무튼 백화점 화장품 코너에 가면, 한 병에 1백만 원 가까이 하는 기초화장품이 있다고 들었다. 한 달에 1백만 원 이하의 보수를 받는 봉급쟁이들이 생각보다 훨씬 많다는 걸 감안하면 글쎄다…?

백만 원짜리 화장품을 얼굴에 문질렀다고 늙지 않을까? 역시 글쎄요다. 시간이 흐른 자국, 세월이 할퀸 생채기를 화장품으로 감쪽같이 없앨 수 있다면, 누구는 그 화장품을 쓰지 않을까. 하지만 안타깝게도 아무리 비싼 화장품이라도 그런 요술을 부리지는 못한다.

일본말로 고데kote는 쇠꼬챙이를 달구어 머리칼을 손질하는 미용술이다. 한데 고데는 처음부터 멀쩡한 생 머리칼을 지금처럼 곱슬곱슬하게 감는 것이 아니었다. 오히려 흑인들의 곱슬머리를 죽죽 펴기 위해 고데가 발달했다는 것이다. 곱슬머리를 그대로 두면 머리칼이 살갗을 파고 들어가 여간 고통스럽지가 않게 된다. 그래서 흑인들은 머리칼을 땋거나 고데기로 죽죽 펴서 그 불편을 해소하려는 방책方策으로 삼았던 것이다.

그리고 목화농사가 한창일 즈음에 흑인 노예들이 곱슬곱슬한 머리카락 속에 목화씨를 숨겨나가는 일이 잦았다. 그때의 목화씨는 여간 귀하고, 여간 비싼 게 아니었다. 그래서 목화씨 유출을 방지하기 위하여 농장주가 노예들에게 고데를 강요했던 것으로 전해지기도 한다. 이 또한 상당한 설득력이 있어 보인다.

화장이 일반화 되면서부터 화장의 효과, 화장의 기능도 많이 달라졌다. 화장은 곧 아름답게 자기 꾸미기의 수단이 된 것이다. 분장과 화장은 분명 큰 차이가 있다. 또 다른 자기로의 변신을 위한 것이라면 이는 분장이다. 반면에 단지 아름답게 꾸미기 위함이라면 화장인 것이다. 이를테면 배우나 코미디언은 분장을 하고, 가수는 화장을 한다고 보면 될 것이다. 아무튼 화장은 분장과는 달리 성적 매력과 연관 지어지게 되어 있다. 치장성治粧性과 특유의 향내는 이성을 유혹하는 효과로 작용하기에 충분하기 때문이다.

그래서일까? 화장의 농도濃度와 화냥기는 무관치가 않다고 보여진다. 화장을 짙게 한 여자는 유혹을 받을 준비가 끝난 여자라고 보면 틀리지 않는다는 것이다. 따라서 화장을 하지 않은 여자를 꼬드기려면 우선 화장부터 하게끔 해야 한다. 온갖 정성과 노력을 다하여 어떡하든 화장부터 하게 하는 수순을 밟아야 한다는 것이다. 그리고 그 다음에 작업(?)을 해야 한다.

화장을 하지 않은 여자는 여자이기를 포기한 거나 다름 아니기 때문이다. 화장을 하지 않던 여자가 화장을 시작하게 되면 그 여자는 이미 바람이 들어버렸다고 보면 된다.

아무리 값비싼 화장품으로 치장을 하고 멋을 내도 의식이 깡통이면 아무런 의미가 없다. 사람들은 이 간단한 사실을 간과하고 있는 듯하다. 머리 속에는 이기심, 사악함, 무지함으로 가득 차 있으면서 얼굴만 꾸미면 잘나 보인다고 착각하지 말라는 것이다.

아무리 소위 명품이란 이름의 고가高價 옷에, 신발에 가방, 악세서리 등으로 한껏 치장을 했다고 아름다워지는 것이 아니다. 진정한 아름다움이란 절대로 그렇게 만들어지고, 그렇게 유지되는 게 아니기 때문이다.

멀쩡한 얼굴에 쌍꺼풀 끗고, 코 높이고, 볼 깎고, 턱 깎고, 주름살 펴고, 가슴 높인다고 예뻐지는 것이 아니다. 몇 시간씩 거울 들여다보며 기도하는 정성으로 얼굴에 울긋불긋 색칠한다고 예뻐지는 것 아니라는 말이다.

무엇보다 명품 의식, 명품 사고, 명품 영혼을 갖는 게 먼저라는 걸 꼭 알았으면 좋겠다. 자신의 얼굴과 몸뚱어리를 장난거리로 삼다간 자칫 돌이킬 수 없는 화를 불러올 수가 있다. 함부로 몸에 칼 갖다 댔다가 불구자가 되고, 마침내는 신세를 망친 사람들 얼마든지 많다.

정말로 잘 나고 예뻐지고 싶으면 부족한 지성에 분칠을 하고, 그릇된 의식에 메스를 가하고, 잘못된 사고를 성형하려는 노력을 지속해야 한다고 생각한다.

세상에 예쁜 여자는 유흥업소에 다 모여 있다 해도 과언이 아니다. 하지만 그녀들의 아름다움은 결코 오래 갈 수가 없다. 그녀들이 빨리 그곳을 벗어나 삶의 방법을 달리하지 않는다면, 머지않아 세상에서 가장 미운 얼굴로 변해져 있을 것이다. 화장독에 술독, 그리고 천티까지 덕지덕지 얼굴에 처 발린 귀신같은 모습으로 변할 수밖에 없게 될 것이기 때문이다. 마침내는 찢어진 걸레 짜놓은 것 같은 악마의 모습으로 변한다는 것이다.

어느 나이가 되면 남성들의 대 여성관이 완전히 달라진다는 걸 알아야 한다. 남자들 눈에 얼굴이 예쁘고 몸매가 날씬한 여자보다는 지성미를 풍기는 여자가 훨씬 잘나 보인다는 것이다. 남자든 여자든 얼굴이 전부라고 생각한다면 십중팔구 실패할 인생이 되기 십상이다.

자기 관리가 잘 되는 사람은 얼굴보다는 몸매 유지를 잘 하는 사람이라고 본다. 그리고 몸매보다는 지성미를 유지하는 사람이 정말로 잘난 사람이라 생각한다.

아무리 미인이라도 세월이 흐르면 그 얼굴은 반드시 늙을 수밖에 없다. 그 무시무시한 세월한테 속절없이 할퀸 사람이 잘나 보이고 말고 할 여지가 따로 없다고 보는 것이다.

때문에 필자는 개인적으로 여자의 외모는 사기詐欺라고 단언을 한다. 누구라도 20대, 30대의 풋풋한 아름다움이 50대, 60대, 그 이상까지 이어질 수는 없다.

물론 스스로가 어떻게 살아가느냐에 따라 더 아름다운 모습을 오래 유지할 수도 있다는 것까지 부정하는 건 아니다(어떡하면 영원히 아름답게 남을 수 있는가는 뒤에 다시 거론하겠다). 그 아름다움은 인품이니 품위, 품격이란 말로 표현되는 풍김으로 평가되어야 하기 때문이다. 곧, 나이가 들면 아름다움을 재는 척도 자체가 달라진다는 것이다. 때문에 내내 사람답게 살려는 부단한 노력과 끊임없는 지적충전을 해야 한다는 말이다.

어쨌거나 돈 장난질하여 어마어마한 집짓고, 이름을 알 수 없는 값비싼 초목으로 아방궁처럼 꾸미지 마라. 아파트 공간 330㎡(100평), 660㎡(200평)로 늘릴 생각마라. 특수한 쓰임새도 없이 주거공간을 크게만 잡는 건 허영의 궁전, 과시용 궁전일 뿐이다. 그럴 열정 있으면 지성의 궁전, 존경의 궁전, 영혼의 궁전을 지으라고 권하고 싶다.

집이 아무리 근사해도 그 곳을 드나드는 인간들의 머릿속은 온통 도둑질할 생각, 사기 칠 생각, 온갖 나쁜 짓할 생각으로 가득 차 있으면, 그 집은 예사 집이 아닌 도둑의 소굴에 불과할 따름이다.

그 집 주인이 무식하고 의식이 분명하지 않다면 그 집은 전혀 가치 없는 똥통이요, 막돌 창고에 지나지 않는다.

새들은 알을 낳아 새끼를 쳐나갈 만큼의 둥지만 튼다. 그래도 전혀 불편을 느끼지 않는 것으로 보인다. 그런 새들의 눈으로 우리들이 살아가는 모습을 보며 무슨 생각을 할까?

평균 육척六尺도 못되는 몸뚱어리 뉘는 공간이 330㎡, 660㎡나 되는 아파트가 왜 소용될까?

청소하고, 유지관리하기만 힘들 텐데 굳이 그 큰 집을 고집하는 이유가 어디에 있는지 이해를 하지 못할 것이다. 어쩌면 인간들은 참 어리석은 존재들이구나, 하고 조소를 할지도 모른다.

그 공간을 필요한 책들로 가득 채웠다면 또 모르겠다. 하지만 만에 하나 그 넓은 공간이 온통 허영과 허세와 허위, 허욕으로 채워져 있고, 또 더 많은 그런 헛된 것들로 채우기 위함이라면 지금 당장 깊이 반성해 보아야 할 문제라고 본다.

집은 가족이란 가장 아름다운 인연들의 공동생활 공간이다. 거기에는 진실과 사랑과 서기瑞氣, 온기 같은 긍정적인 기운들로 가득 채워져야 한다. 공감할 수 있는 이유 없이 덮어 놓고 큰 집에 사는 건 결코 자랑스러운 일이 아니다. 오히려 부끄럽고 미안해야할 노릇일 뿐이다.

얼굴을 비롯한 몸뚱어리를 못 견디게 장난질하다보면 부작용이 따르게 되어 있다.

불필요한 크기의 집은 청소하기만 부담스럽다. 의미 없는 일에 목줄을 거는 것만큼 어리석은 노릇은 없다.

돌덩이와 똥 부대

독설 한마디 하고 넘어가자. 아직도 우리 사회에서 승용차는 부귀富貴의 상징처럼 먹혀들고 있다. 그 차車에서 내리는 사람의 인품 같은 건 안중에도 없다. 오로지 차만 보고 그 주인의 가치를 평가하고 있다. 그 차에서 도둑놈이 내렸든, 사기꾼이 내렸든 상관없다. 차가 값비싼 고급 차면 사람도 더불어 귀인貴人 대접을 받는다. 타고 다니는 차가 곧 신분증에 다름 아니라 해도 과언이 아니다.

심지어 호텔 같은 서비스 업장業場에서도 소형차나 헌 차를 타고 들어가면 주차장 입구에서부터 멸시와 수모受侮를 감수하지 않으면 안 되는 게 현실이다. 차종車種에 따른 차별화는 공공기관·단체 등도 마찬가지다.

이게 자가용 1,500만 대 보유국 대한민국의 현재 실상이다.

기왕이면 보편적 시각대로 비싼 차를 타고내리는 사람들이 자동차만큼이나 고귀한 인품을 갖추었으면 얼마나 좋을까 싶다. 그러나 현실은 그렇지가 못하다. 그야말로 번쩍번쩍하는 값비싼 외제차와 그 차를 타고내리는 사람과는 너무 어울리지 않기에 하는 말이다. 부처님 광배 같은 오라aura는 아니더라도, 그래도 인품과 학덕이 풍겨지는 사람이 좋은 차를 타고 내리면 얼마나 잘 어울리고 보기가 좋을까.

그런데 자칫 그 모양새가 마치 똥 부대負袋에 돌덩이가 포개진 괴물덩어리 같아 보이기 십상이다. 스스로는 자신이 괴물인 줄도 모르는 채 생긴 대로 거드름을 피며 차를 타고 내린다.

더 기가 막히는 건, 비싼 차만 타고 다니면 자신이 뭐 대단한 존재나 된 줄 착각한다는 것이다.

똥 부대+돌덩어리, 과연 누구를 두고 지칭한 말일까? 저마다 곰곰이 생각해 보기 바란다. 만에 하나라도 자신이 여기에 포함된다 싶으면, 곧바로 사고와 의식과 삶의 모양새와 생활 패턴을 바꾸려 노력을 해야 할 일이지 싶다.

필자는 허투루 라도 불특정 다수를 모독하기 위해 이 글을 쓰는 건 아니다. 오로지 몰라서 행하지 못하는 누군가를 위해 옳은 걸 옳다고 가르쳐주는 것뿐이다.

아무리 자본주의 세상이고, 제 돈 제 멋대로 쓴다지만 돈을 쓰는 데도 에티켓이 필요하다고 본다. 분수에 맞지 않은 호사豪奢, 격조에 어울리지 않는 누림은 뭇 사람들로부터 지탄指彈

거리가 될 수밖에 없는 것이다. 따지고 보면 저만의 것도 아니면서 제 것인 양하는 의식 자체가 모자람이다.

자동차 얘기가 나온 김에 한 소리 더하고 넘어가자. 「자동차 오래 타기 운동」 민간단체가 있는 줄로 안다. 그리고 정부에서도 자동차 오래 타기를 권장하는 의미로 자동차세를 감세해 주고 있다. 하지만 아무리 자동차를 오래 타고 싶어도 여건이 제대로 뒷받침 되어주지를 못하고 있는 게 현실이다.

필자도 22년째 타던 승용차를 작년에 불가피하게 폐차를 해버리고 말았다. 한마디로 부품을 구할 수 없어서 더는 탈 수가 없었다. 위험을 무릅쓰고 오랫동안 폐차장에서 부품을 구해서 정비를 해왔는데, 그나마 그렇게도 해결할 수 없는 한계에 부딪히게 되어 어쩔 수 없는 조치였다.

자동차와 같은 공산품에는 국제 규격 부품과 국내 규격 부품을 일정 비율 지킬 것을 법으로 정하고 있는 걸로 안다. 하지만 현실은 그렇지가 못하다. 신차新車라고 나온 걸 보면 거의가 라이트 레버와 윈도우 브러시 위치를 바꾸어 기존 차량과는 부품이 전혀 맞지 않도록 만들어져 나온다.

하찮은 이런 생산회사의 장난질(?) 같은 짓거리 하나가 자동차를 단명短命시키고 있다. 새 차가 나오고 5년쯤 지나고 나면 거의 정품이라는 자동차 생산회사에서 생산하여 공급하는 주요부품은 구할 수가 없게 된다.

가구당 차량 보유 대수가 1대가 넘은 걸로 알고 있다. 그런

데도 아직 차량의 안전성 문제나 부품 공급 실태는 여간 열악
하지가 않다. 사정이 이런데도 관계기관은 아무런 관심이 없
어 보인다.

　그러니까 차를 자주 바꾸는 사람들은 3년마다 새 차를 사고
있다는 것이다. 한쪽에서는 여전히 자동차 오래 타기를 부르
짖고 있는데-?

매력

　　매력魅力은 사람의 마음을 사로잡아 끄는 힘을 말한다. 매력은 마력을 어원語源으로 한다. 마력魔力은 사람을 현혹하는 원인을 알 수 없는 이상한 힘이라고 사전에 풀이되어 있다. 어쨌거나 매력이란 말은 마력보다 훨씬 뒤에 생겨난 낱말로 알고 있다. 두 낱말 다 끌어당기는 힘이란 뜻이 있다. 그런데 매력은 주로 이성異性 사이에 느낌으로 교감되고 있다는데 마력과 의미의 차이를 보인다 할 수가 있다.

　　매력이란 참으로 묘한 것이다. 외모에서 매력을 느끼는 경우가 있는가 하면, 그 사람만이 가지고 있는 독특한 개성에서 매력을 느끼는 경우도 있다. 그런가 하면 그 사람의 지성, 인품 등이 매력이 될 수도 있다. 더러는 배경, 조건 등과 같은 속된 기준이 매력이 되기도 한다. 매력이란 이처럼 느끼는 사람마다,

혹은 상대에 따라 그 성질을 달리하게 된다. 또 매력은 느끼는 자 스스로가 만든 환각증상이라 할 수가 있다. 언제든 눈에 쓰인 콩깍지가 한 꺼풀만 벗기고 나면 스스로 만든 허상虛像에 울고 웃었음을 깨닫게 되는 게 매력의 참모습이라는 것이다.

그런 매력도 유지하려는 애씀과 부단한 노력을 필요로 한다. 여자들이 그토록 화장에 공을 들이는 것도, 남자들이 신경 써 넥타이를 골라 매는 것도 모름지기 이성에게 보다 더 매력적으로 보이기 위한 애씀의 일환이라 보면 틀리지 않는 것이다.

어느 한 순간에 남자들이 다 죽고 나면 당장 없어질 것이 무엇일까를 생각해 보았다. 오래 생각할 것도 없이 화장품 공장이라는 답을 얻어냈다. 반면에 어느 한 순간에 여자들이 다 죽고 나면 당장 없어질 것이 무엇일까? 넥타이 공장인 것 같다. 이성인 남자들이 없는데 애써 화장을 할 정신없는 여자가 어디 있겠는가. 여자가 화장을 하는 건 어디까지나 남자가 존재하기 때문이라고 확신한다. 그래서 은연중에 동성 간의 겨루기도 있을 수가 있다.

남자들도 마찬가지다. 여자들이 없는 세상에서 넥타이를 맬 골빈 남자는 없을 것이라 단정한다. 넥타이가 목에 찬 기운이 들어오는 걸 막아주는 기능이 있는 건 사실이다. 아무리 그렇다 하더라도 그 기능을 충족하고자 넥타이를 매지는 않는다고 본다.

간혹 필자처럼 행커치프를 하는 사람도 없지 않지만, 여전히 남자들 사회에선 넥타이가 최고의 사치품이라 할 수가 있다. 물론 남자들만 살아남든지, 여자들만 살아남든지, 이성이 없는 세상에선 성형외과병원도 서둘러 문을 닫아야 하는 업종이 될 터이다. 어쨌거나 인간사회에 있어 모든 사치 행위는 남에게, 특히 이성에게 잘 보이고자 하는 발심發心에서 비롯되었다고 보면 틀리지 않다.

여자는 내숭을 잃으면 다 잃는다고 한다. 적당한 내숭은 곧 애교라 보는 것이다. 여자에게 있어 내숭이란 일종의 또 다른 암내라 해도 과언이 아니지 싶다.

내숭도 매력처럼 사람에 따라 상대에 따라 정도의 차이가 있다고 본다. 남자든 여자든 이성적으로 끌리는 사람에겐 자신도 모르게 내숭이 발동되게 되어 있다. 때문에 관심 없는 사람에겐 절대로 내숭을 떨지 않게 된다는 것이다. 그렇다고 봤을 때 내숭을 자신의 매력화 하려는 것은 어쩜 본성인 것 같다.

옷매무새가 아무렇게나 흐트러져 있는 여자. 음식상 앞에서 손으로 김치를 죽죽 찢는 여자. 목젖이 다 보이도록 생긴 대로 입을 벌리고 목청껏 소리 내어 웃는 여자. 침을 튀기며 말이 헤픈 여자. 염치가 없어진 여자. 탐욕이 많은 여자. 이런 여자는 내숭이 없는 여자다. 동시에 매력이 없는 여자이다. 만약 이러한 행동이 어디에서나, 그리고 오래도록 계속되면 이미 여자로서 생명이 끝났다고 보면 될 것이다.

반면에 지나친 내숭은 자칫 상대방의 진심마저 잃게 되고,

끝내는 두고두고 후회하는 최악의 경우를 맞게 되기 십상이다.

아울러 남자가 멋을 포기하면 끝장이라 할 수 있다. 아무 때나 쌍욕이 튀어나오는 사람. 아무 데나 침을 퉤퉤 뱉는 남자. 아무 데나 코를 찍찍 풀어 대는 남자. 아무 데서나 힘주어 방귀를 뿡뿡 뀌는 남자. 시도 때도 없이 코털을 뽑거나 콧구멍을 후벼 파는 남자. 바지 지프가 열린 줄 모르는 남자. 허벅지에 오줌 질금거린 줄을 모르는 남자. 이런 남자들은 이미 남자로서 매력이 없어졌다고 보면 틀리지 않는다.

어쨌든 사람들은 일단은 외모를 꾸며서 매력을 발산하려 한다. 그리고 은연중에 나쁜 습관 같은 걸 감추어 상대로 하여금 빠져들게 하려고 한다.

하지만 진정한 매력은 그런 게 아니라고 생각한다. 진솔함, 당당함, 건강함이라고 생각한다. 하긴 매력이란 것도 상대가 일방적으로 느끼는 감정 상태이다. 그래서 짝사랑으로 생명을 잃는지도 모른다.

지극히 객관적인 시각으로 보면 정말로 별 것 아닌데, 거기에 콩깍지가 씌워서 목줄을 거는 경우는 얼마든지 있을 수 있다. 따지고 보면 매력이라는 것도 느낀 자가 일방적으로 만들어낸 신기루 같은 것인지도 모르겠다.

상종하기 거북한 유형

　　살다보면 본의든 아니든 많은 사람들과 연
緣을 맺게 되고, 교유交遊하게 된다. 그래서 인간은 사회적 동
물이라 하는 모양이다. 그런데 살면서 알게 된 상대 중에는 평
생을 좋은 인연으로 함께하게 되는 사람도 있고, 처음부터 알
지 말았어야 할 악연 또한 많게 마련이다. 그들 중에는 정말로
상종하기 거북하고 부담스러운 유형도 있기 십상이다.

　　첫 번째가 이기주의자다. 이기적인 자는 우선 욕심덩어리
다. 배려나 베풂은 전혀 모른 채 오로지 끊임없이 바라기만 하
는 유형이다. 동시에 자기가 대단한 무엇이나 되는 줄 아는 착
각증 환자라는 사실이다. 때문에 어처구니없게도 모든 사람들
이 자기만을 위해 섬기고 바치기를 바라고, 요구한다. 이기주
의자는 남이 자신에게 잘 해주는 것은 순전히 자신이 잘났기

때문이라고 생각한다.

허투루라도 상대의 인품이 훌륭하기 때문이란 걸 알지 못한다. 그걸 깨닫지 못하고 오래도록 착각하다 보면 정말로 소중한 걸 다 잃어버리게 되는 것이다. '있을 때 잘해 후회하지 말고…'로 시작되는 유행가 가사는 매우 시사示唆하는 바가 크다 하겠다.

두 번째로는 콤플렉스 많은 자다. 콤플렉스 덩어리는 억지꾼이다. 억지를 부리면 안 되는 게 없는 걸로 착각을 한다. 그리고 무슨 일에나 일단 우겨놓고 본다. 나중에는 자신이 틀린 줄 알면서도 끝까지 우겨댄다. 절대로 수긍을 하지 않는다.

아무 것도 아닌 일임에도 자신이 틀렸다고 시인을 하면, 그게 곧 상대방에게 지는 것이라고 생각하는 전형적 콤플렉스 현상을 보인다. 그리고 근본적으로 배배 꼬여있는 게 특징이다. 또한 콤플렉스 많은 인간들은 대체로 저를 비롯해서 제 가족, 제가 아는 사람들이 모든 면에서 최고인 줄로 착각하는 부류이다. 매사가 기회주의적이며, 동시에 자기중심적이다. 심하면 세상도 저를 위해 존재한다고 우기기도 한다. 자아도취형도 여기에 포함된다.

흔히 말하는 4체, 즉 못 난 게 잘난 체, 모르는 게 아는 체, 없는 게 있는 체, 약한 게 강한 체하는 자들이 죄다 여기에 속한다.

세 번째는 얼치기다. 얼치기는 분수도 모르고 아무 데나 들이대는 정말로 피곤한 인간이다. 이런 자를 일반적으로 모자라는 인간이라 한다. 그런데 정작 당사자는 자신이 모자란다는 사실을 까마득히 모른다.

네 번째로는 지혜롭지 못한 자다. 좋은 학교 나왔다고, 책가방 오래 들었다고 지혜로운 건 아니다. 지혜로운 사람이 되어가는 것도 어디까지나 제 몫이다. 지혜는 해맑고 따스한 빛으로 채워진 영혼에서만 생성된다고 본다.

다섯 번째는 인품을 갖추지 못한 인간이다. 살다보면 지식은 쌓았는데 인품을 제대로 갖추지 못한 인간을 더러 만나게 된다. 이 또한 상종하기가 여간 거북하지가 않다. 아는 것과 행하는 것이 같은 사람은 인품마저 갖추었다고 보면 될 것이다.

여섯째는 군대를 갔다 오지 않은 자이다. 대한민국의 건강한 사내라면 일정기간 군복무를 하도록 되어 있다. 먹고 살기 위해 직업군인의 길을 택했든, 의무라는 이름으로 군 생활을 마쳤던, 군복무를 했느냐 하지 않았느냐는 남자들 사회에선 대단한 의미를 갖게 한다.

그 기간이 2년이든 3년이든 현역으로 군복무를 마쳤다는 건 그만큼 가치 있는 일이라 할 수가 있다. 물론 다 그렇다고는 할 수 없다. 사람은 늘 예외가 있다는 걸 인정하지 않을 수 없기 때문이다. 어쨌든 대체적으로 봤을 때, 우선 군 생활을 했느냐 않았느냐의 차이는 이기심이 있고 없고로 나타난다 할 수가 있다.

배우고 못 배웠고를 떠나 군대를 갔다 오지 않은 사람 거의
가 자기밖에 모른다는 것이다. 그리고 국가관에 있어선 엄청
난 차이가 있다는 걸 절감하게 된다. 나라 사랑하는 마음, 민
족애 등이 군복무를 한 사람과 그렇지 않은 사람의 차이를 심
하게 느끼게 된다는 것이다. 위기 대처 능력도 상당한 차이가
있다. 그 밖에도 인내심, 끈기, 배려하는 마음 등에서도 마찬
가지다.

이런 의미에서 여의도 동네 사람들을 비롯한 상당수 공직자
들이 군 미필자라는 사실은 실망스럽기 짝이 없는 노릇이라
않을 수가 없다. 과연 이들이 나라를 위해, 국민을 위해 무엇을
한단 말일까? 도무지 믿음이 가지 않는다. 그들의 국가관을 의
심하게 되는 것도 무리가 아니다.

우리는 천안함 사건과 연평도 사건을 통해 군 미필자들의
위기 대처능력을 보았다. 대북문제에 있어 어떤 원칙이 없어
보였다. 그래서 그처럼 우왕좌왕 실기失期를 하는 걸 똑똑히 보
았다. 천안함 사태 때 제대로 대처를 했더라면 적어도 연평도
의 불행은 없었을 것이기 때문이다.

멋있게 늙어가는 법

의학적으론 분명 인간은 반드시 늙게 되어 있고, 늙어서 멋지고 아름다울 수는 없는 노릇이다. 하지만 분명 멋있게 혹은 곱게 늙어갈 수 있는 비결은 있다.

그러려면 우선 **마음속에서 사악**邪惡**함을 없애야** 한다. 간사하고 악한 마음은 얼굴에, 몸매에 그대로 나타난다. 사악한 사람이 늙으면 추악한 모습이 될 수밖에 없는 것도 이 때문이다.

다음으론 욕스러움을 없애야 한다. 욕스러움은 크게 세 가지로 나뉜다.

첫째가 사욕私慾**됨이다.** 인간의 욕심은 끝이 없다. 하나를 가진 사람은 둘, 셋을 가지고 싶어 한다. 만萬을 가진 사람은 5만, 10만을 갖고 싶어 한다. 가져도 가져도 더 갖지 못해 안달하는 것, 이게 인간의 속성이다. 그러나 지나친 욕심은 인간을 추하게 만든다. 그리고 아주 더럽게 늙어가게 한다. 욕심을 껴안고는 절대로 멋있게, 곱게 늙어갈 수가 없다. 또한 욕심은 만 가지 병과 화禍를 부를 따름이다.

욕심과 이기심은 모든 사회악의 근원이며 불행의 원인이 된다. 기왕에 부리는 욕심이라면 남들을 위해, 세상을 위해 의미 있게 다 내놓으려고 욕심을 부려야 한다. 그런 의미에서 버림은 다시없는 미학美學인 것이다.

둘째는 상스러움이다. 스스럼없이 욕설을 입에 담는 사람은 의식 자체가 상스러운 사람이다. 의식이 상스러우면 얼굴도 천박하게 일그러지게 된다. 욕설로 의식을 잃고 나면 경우, 도리, 도덕, 예절 등은 물론 정리정돈이나 셈마저도 확실하지가 않아 진다. 매사 조이고, 끊는 게 잘 되지가 않는다. 전부가 흐지부지, 흐리멍덩해진다. 무엇보다 욕설을 습관적으로 입에 달고 사는 사람은 인품人品이 형성되기 어렵다.

욕을 잘하는 사람이 강한 사람이고, 욕을 잘하는 사람이 남자답다는 착각은 버려야 한다. 욕설은 그냥 상스럽고 천박할 뿐이다. 그리고 더 무서운 노릇은, 욕설을 입에 달고 사는 사람은 맑았던 의식이 차츰차츰 죽어 버리는 무서운 결과를 가져오게 되어 있다는 사실이다. 맑은 의식은 깨끗하고 건전한 영혼에서 생성되기 때문이다.

요즘은 전에 없이 나이가 많고 적음이 없고, 남과 여가 구별되지 않을 만큼 입에 욕설을 달고 사는 사람들이 많아졌다. 심

지어 말마디마다 상소리를 섞는 여학생들도 적지 않은 것 같
더라.

아마도 청소년들이 버릇처럼 욕설을 해대면서도 조금도 민
망해하지 않는 건 국산영화 탓이 절대적이지 싶다. 한국 영화
대부분이 욕설로 시작하여 욕설로 끝내는 것 같이 보인다. 특
히 청소년을 소재로 한 영화일수록 더욱 심하다. 욕설과 사실
감이 전혀 상관이 없어 보이는데도 굳이 쌍욕을 남발하는 건
왜인지 도무지 이해가 되지 않는다. 욕설은 그냥 상스럽고 천
박한 욕설일 뿐 절대로 예술이 될 수가 없다. 욕설 좀 자제하며
살자.

누군가와 다투면서도 언어 예절을 깍듯이 지키면 큰 싸움이
되지 않는다. 일단 큰소리를 치고 쌍욕부터 하기 때문에 싸움
은 걷잡을 수 없이 확전되는 것이다.

셋째로는 욕정欲情**을 자제해야 한다.** 남자든 여자든 성적쾌락
性的快樂의 노예가 되어선 절대 제대로 늙어 갈 수가 없다. 인간
의 뇌는 섹스를 통하여 오르가슴을 맞게 되는 순간 엄청난 쇼
크에 이르게 된다. 공교롭게도 두 사람이 동시에 오르가슴을
맞게 되면 생명의 위험 지경까지도 다다를 수 있다는 논리가
성립된다 하겠다. 이렇게 보면 섹스는 가히 목숨을 건 사랑놀
이(?)라 않을 수가 없다.

오르가슴이 시작되면 뇌의 감성을 관장하는 곳 등 다른 부위
도 활성화하게 된다. 마지막으로 활성화하는 뇌 부위가 체온,

수면, 생식, 굶주림, 갈증, 피곤, 물질대사 등 중추역할을 관장하고, 뇌하수체와 밀접한 관련이 있는 시상하부視床下部이다.

대뇌와 소뇌 사이에는 간뇌間腦가 있다. 그 간뇌 바로 아래쪽에 원추형으로 생긴 시상하부가 오르가슴의 순간 마지막 낙뢰(?) 지점인 것으로 알려져 있다. 이곳에 낙뢰되는 순간, 환희의 물결이 너무 강하여 모든 신경계가 작동을 멈추게 된다. 그래서 고통에 대한 감각은 무디어지고 오로지 환희歡喜라는 환희幻戲에 사로잡히게 된다.

하지만 그 환희의 순간은 고작 남성의 경우 7초 내지 8초, 여성의 경우 23초 37.2도로 극히 짧다. 그리고 그 끝자락은 허전, 허탈, 허무, 수치심 같은 어둡고 칙칙하기 이를 데 없는 감정의 나락, 감성의 패닉 상태가 되어 정서의 블랙홀에 빠지게 된다.

아무튼 중요한 문제는 오르가슴의 절정에 이르러 뇌성 번개가 치는 찰나에 느껴지는 고열이다. 이 현대과학이 분명하게 설명할 수 없는 고열에 의하여, 풀잎에 맺힌 아침이슬보다 더 맑고 투명하던 의식이 사정없이 타서 없어져 버린다는 사실이다.

때문에 성性을 밝히는 사람은 어느 시점에 이르면 맑은 의식이 완전히 소진燒盡되어서 사람의 형상을 잃게 되고, 또한 사람 구실을 기대하기 어렵게 되어 버린다. 지나치게 섹스를 탐닉한 사람은 육체가 골고루 망가져 감은 물론, 본인도 모르는 사이에 점점 정신이 황폐해져 마침내는 눈에서 총기聰氣가 사라지게 된다.

이러한 지경에 이르게 되면 이는 사람이라기보다는 마치 짐승과 같은 분위기가 느껴지게 마련이다. 모습이 흡사 짐승을 닮아 간다는 건 정말로 무섭고 두려운 노릇이라 않을 수가 없다. 일단 사람으로 왔으면 끝내 사람으로 살다가야 하지 않겠는가.

마지막으로 가장 중요한 과제는 **끊임없는 지적**知的 **충전이다**. 죽는 순간까지 공부를 게을리 하지 않아야 한다는 것이다. 무식한 사람이 잘나 보일 수는 없다. 본바탕이 아무리 잘생긴 사람이라도 머리에 든 것이 없으면 마치 헌 걸레 짜놓은 것처럼 늙어갈 수밖에 없다.

인간에겐 외형적 미美 이상으로 엄연히 내적內的인 아름다움이 존재한다. 일반적으로 우리는 이를 지성미라고 한다. 그 지성미를 다른 말로 인품이니, 품위니, 품격이라 표현하기도 한다. 이쯤 되면 그야말로 늙을수록 더 멋있고, 더 고와질 수가 있는 것 아니겠는가.

앞서도 언급한 바가 있지만, 사람에겐 어떻게 살아가느냐에 따라 부티가 나는 사람, 귀티가 나는 사람이 있고, 반대로 빈티와 천티가 나는 사람도 있다. 귀티와 천티는 한 마디로 얼마나 알고 있고, 얼마나 사람이 되어 있느냐, 즉 지성미가 그 척도가 된다 하겠다.

부티와 빈티는 돈(물질)을 가졌느냐, 못 가졌느냐로 느껴지고 보여 지는 것이라 하겠다.

부티와 귀티만을 따로 떼어놓고 보면 역시 귀티가 더 값져 보이는 것은, 그래도 역시 물질보다는 정신적인 것이 우선한다는 가치관 때문이 아닌가 싶다.

귀티는 인품이 느껴지고, 자연스럽게 존경하고픈 마음이 우러나게 된다. 반면에 부티는 자칫 욕심꾸러기로 보이기가 십상이다. 부티만으로는 절대로 사람다움을 느끼게 할 수가 없다. 돈을 밝히는 사람은 영혼이 맑을 수가 없다. 그리고 돈은 깨끗하게만 벌수는 없는 노릇이다. 깨끗하고 도도한 선비정신으로는 절대로 부자가 될 수 없다. 때문에 귀티와 부티는 하나가 될 수 없는 것인지도 모른다.

놀라운 일은 아무리 오래 누렸던 부자라도 돈이 떨어지면 부티는 단박에 떨어져 나가고, 곧바로 빈티가 달라붙는다는 사실이다.

하지만 귀티는 어떠한 경우라도 천티로 변하는 법 없이 영원히 그 사람과 함께 한다. 설령 유리걸식을 하는 신세가 되었다 하더라도 어딘가 예사롭지 않다고 느껴지는 게 귀티인 것이다.

아무튼 적어도 공자님께서 말씀하신 불혹不惑이라는 나이는 부티든지 귀티든지를 풍기는 사람이 되어 있어야 한다고 본다.

나이가 들었다고 감성과 감정까지 따라 늙는 건 절대 아니다. 세월이 흐른 만큼 감성이 더 맑아지고, 열정은 더 진솔해진다 하겠다. 그때를 위해 젊은 날보다 더 아름다운 추억, 보다 오랫동안 행복하게 간직하고픈 기억들을 만들어야 할 필요가 있다.

누구든 잘 살았느냐, 잘못 살았느냐는 먼 후일 무엇을 추억할 수 있고, 얼마나 많은 걸 떠올리며 행복할 수 있느냐일 것이라 생각한다. 늙어서 외로워지면, 스스로의 기억을 되새김질하며 시간 보내기를 하는 것도 괜찮을 것이라 생각하기 때문이다. 그런 의미에서 아름다운 기억, 좋은 기억, 행복한 기억을 많이 간직한 사람이 진정으로 큰 부자이다.

사악함, 욕심, 상스러움, 욕정, 무식함 등은 맑은 의식에 나쁜 영향을 끼치게 된다는 걸 잊어선 안될 것이다. 인간은 어떤 의식으로 어떻게 살아가느냐에 따라 늙어가는 모습이 확연히 달라지게 되어 있다.

비록 모습은 젊을 때와 비교할 수 없는 지경이 될 수밖에 없이 되어 가더라도, 노력 여하에 따라선 격조 높은 생의 향기를 지닌 멋진 노인네가 되어 갈 수 있다는 사실을 유념했으면 좋겠다.

4

빨리 망하기

사람들의 삶은 긍정적으로 사는 모습과 부정적으로 사는 모양새로 나뉜다.

평생을 열심히 성실히 일하고 이바지하여, 자신은 물론 세상과 인류를 위해 살다가는 사람이 있다. 그런가 하면 왜 태어났는지, 오히려 태어나지 말았더라면 훨씬 더 나았을 것 같은 삶을 살다가는 유형도 있다.

사람의 일생은 결코 긴 편이 아니다. 현실적으로 현대 의술과 최첨단 과학의 힘을 총동원하여도 백 세를 넘기기가 힘들기 때문이다. 천 년을 사는 생명체들에 비하면 인간의 한 평생은 산다고 할 수도 없다. 어쨌든 그 길지 않은 세월 동안에도 별의별 시련과 고통을 맛봐야 하는 게 인생이다.

어느 나이가 되면 누구나 직업을 갖게 된다. 사람에게 있어 직업은 빵 값을 해결하는 수단으로써 절대 필요하다. 먹지 않고는 살 수가 없기 때문이다.

두 번째론 명함 해결이다. 배를 채우고 나면 남들한테 인정받을 수 있는 명함이 절실하게 된다. 곧 살아있기 때문인 것이다. 산다는 건 묘한 것이다. 허기가 져서 곧장 죽을 것 같은 사람을 살려내는 건, 두 말할 나위 없이 밥 한 공기와 물 한 그릇이다. 이것들로 배를 채우고 나면 곧바로 전신에 힘이 솟는다.

그러고 나면 당장 필요해지는 게 명함이다. 명함은 단순히 자기소개를 위한 종이 쪼가리가 아니다. 그걸 통해 많은 메시지가 전달되는 것이다. 상대방에게 신뢰받고 싶고, 상대방한테 인정받고 존중받고 존경받겠다는 숨은 의지와 계산이 모두 의도되어 있는 게 명함인 것이다.

다음으론 자아성취이다. 직업을 통하여 보람을 맛보고, 사회에 이바지하는 계기를 마련하는 것이다. 이는 모두가 긍정적으로 살아가려는 굳센 의지가 있고, 열심히 살아가는 사람들에게만 해당되는 얘기다. 물론 열심히 산다고 다 부자가 되고, 다 무언가를 이루는 건 아니다.

인간들 중에는 안타깝게도 잠시 있다 가는 이 동안에도 남에게 손해를 끼치고, 사회질서를 어지럽히는 부정적 삶을 사는 사례를 너무 쉽게 보게 된다. 그들 대개가 스스로 자기 인생을 망치고 말게 된다.

가장 빨리 망하고 싶은 자는 도박을 하면 된다. 한판에 자신이 가진 모든 것을 다 내놓으면 된다.

다음으론 빚보증을 서면 빨리 망한다. 액수에 따라 다르긴 하지만, 빚보증 역시 빨리 망하는 지름길이다.

다음은 마약痲藥을 하는 것이다. 마약은 중독성이 강하다. 때문에 일단 한 번 빠지고 나면 여간한 의지로는 빠져나올 수가 없게 된다. 마약 중독자는 가진 재산과 함께 자신의 생명까지도 뭉텅뭉텅 잃어가게 된다.

마지막으로 송사訟事를 하는 것이다. 흔히들 10년 송사에 남아나는 재산 없다는 말을 한다. 민사소송으로 몇 년에 걸쳐 대법원까지 가면 그 재산 한쪽이 푹 내려앉고 말게 된다. 이상 이 다섯 가지만이라도 유념하여 적어도 스스로 망하는 길은 가지 말라는 것이다.

감투, 상賞, 공짜 술에 초연해야 한다

세상을 당당하게 살아가려면 감투라는 것에 현혹되지 말아야 한다. 상이라는 것에 연연하지 않아야 한다. 또, 남자일 경우 가급적 공짜 술을 좋아하지 않아야 한다. 감투 좋아하는 자치고 염치 있는 자를 보지 못했다. 그리고 강자에 비굴하지 않은 자 보지 못했다. 뿐만 아니다.

예를 들어 훗날 어느 땐가 전직 대통령을 조상으로 둔 후손들이 자랑스럽기는커녕 대대로 그 조상의 행적이 부끄러워 고개를 들지 못하고 살 수도 있다는 것이다. 만에 하나 그렇게 된다면 얼마나 불행한 노릇이란 말인가. 이런 조상이 된다면 가문의 영광이 아니라, 가문의 오욕이 될 것이다.

그리고 정치가 직업이 되어서는 곤란하다는 생각이다. 대다수 긍정적인 직업인들은 프로로 살 필요가 있다고 본다. 하지만 도둑, 사기꾼, 도박꾼, 거지 등과 같이 부정적인 모습으로 세상을 살아가는 자들이 프로를 지향해선 절대로 안 된다. 안타깝게도 정치인도 여기에 해당이 된다. 정치판은 물들기 전에 물러나야 한다. 정치인이 초심을 잃으면 타락밖에 할 것이 없다. 그러다 끝내 당사자는 물론 국민도 불행의 늪으로 밀려들어가고 말게 된다. 누구든지 직업적으로 애국 애족할 수는 없는 노릇이기 때문이다. 기왕에 공직자가 되었으면 국민들로부터 신뢰 받는 입장, 사랑받는 공직자가 되어야 할 것이다. 그래도 아직은 나쁜 사람보다 좋은 사람이 더 많아서 나라가 온전할 수 있다고 본다.

아무튼 이런 측면에서 봤을 때 인간의 삶이란 무엇을 했느냐가 중요한 것이 아니라, 어떻게 살았느냐가 중요한 것이라 않을 수가 없다. 권력의 중독자보다 더 추해 보이는 인간상도 없다. 예로부터 부자지간, 형제지간에도 나눠 갖지 않는 게 권력의 속성이라 전해 온다. 누구나 알다시피 세종대왕의 그 위대한 치적도 따지고 보면 아버지인 태종이 뿌려놓은 혈족의 피를 바탕으로 했다고 할 수 있다. 권력은 경우도 도리도 양심도 없을 만치 무서운 것인가 하면, 치사하기 짝이 없는 놀이이다. 어쨌거나 권력놀음이란 한낱 비눗방울 놀이에 불과하달밖에 없다. 이렇다고 봤을 때 감투는 그렇게 탐할 게 못 된다는 것이다.

상이라는 건 더 웃긴다. 6공화국 때 일이지 싶다. 정부가 주도하여 청백리상을 제정하였던 적이 있다. 그런데 그 청백리상 수상자 선정에 뒷말이 많았던 걸로 기억한다. 결국 그 상을 받기 위해 치열한 로비가 있었다는 뜻일 터이다. 그걸 어찌 청백리상이랄 수 있느냐는 게 뒷소리였고, 결국 그 상은 흐지부지되고 말았다.

누구든지 묵묵히 제 할 일만 열심히 하면 상을 주고 훈장을 주는 건 아니라고 본다. 수상 대상자는 전혀 모르게, 상을 주는 기관이나 단체가 스스로 수상 후보자의 공적을 알아내어 상을 주든지 훈장을 수여하는 게 옳다고 생각한다. 그런데 그렇게 수상자가 선정되는 경우는 어디에도 없는 걸로 알고 있다. 소위 공적 조서라는 걸 본인 손으로 작성하여 추천권자를 거치든지, 아니면 주관 기관이나 단체로 보내지고, 심사를 거쳐 선정·시상되는 게 일반적 관례가 아니던가. 이를테면 상을 받기 위해 자기 손으로, 나 이런저런 선행을 했으니 꼭 상을 주시오. 혹은 이만한 공로가 있으니 내게 상을 주시오라고 공적 조서를 꾸민다는 것 자체가 웃기는 일이고, 민망하기 그지없는 일이 아닌가.

더군다나 정당하게 심사·평가되지 않은 상이라면 자랑은커녕 오히려 부끄러운 노릇이 아닐 수 없다. 그리고 상을 받기엔 한참 함량 미달인 자들일수록 상이라면 목줄을 걸게 마련이다. 그런 자들일수록 인맥 동원하고 뇌물 써서 상을 받고 훈장을 받으니까, 그 상과 훈장이라는 게 별 의미가 없어지는 것이다. 아무도 알아주지 않는 상을 매스컴에서만 건수件數(?) 있을 때마다 뭐 대단한 깃발인 양 흔들어 대는데, 그게 화려한 깃 발보다는 너덜너덜한 넝마 치켜들고 먼지를 털듯 요란스러워 보이는 것은 어쩐 일인지 모르겠다.

상을 받는 쪽에서도 원칙이 있고, 염치가 있어야 한다고 본 다. 칭찬이나 격려를 해줄 입장에 있지 않은 이름의 상은 도리 어 욕이 되기 때문이다. 그런데 상에 눈먼 자들은 앞뒤를 가리 지를 않는다는 공통성을 가지고 있다. 상품이 없어도 좋고, 상 금이 없어도 상관없고, 심지어 빈 봉투를 받은 값으로 도리어 기부금 형식으로 수상자가 돈을 내는 웃지 못할 상들도 부지 기수인 줄로 알고 있다. 그런 인간들은 자기보다 못한 자의 명 의로 주어지는 상도 마다하지 않는다. 심지어는 자기보다 훨 씬 아랫사람 이름으로 주어지는 상도 감지덕지 한다. 우리는 지금 이런 속물들이 날뛰는 속에서 살고 있는 것이다. 바른 의 식을 가진 사람이라면 상을 극구 사양할 줄도 알아야 한다고 본다. 이 나라에서 상이나 훈장을 받았다고 당당하고 자랑스 러울 사람이 얼마나 될까?

상에 대한 말을 하는 김에 한 가지 더 짚고 넘어가자. 정부 투자기관을 포함한 이 나라 공직자들은 정년퇴직을 할 적에 거의가 훈장이라는 걸 받는다. 왜 그들한테 훈장을 주어야 하 는지 도무지 이해가 되지 않는다. 그들은 무보수로 그 세월 동 안 국민을 위해 봉사를 한 사람들이 결단코 아니다. 대부분이 생계를 위해 그 길을 택했고, 분명 국민들로부터 재직 기간 내내 보수를 받았다. 그런 그들에게 무얼 더 주어야 한단 말인가. 하긴 훈장만 주는 것도 아니다. 요즘은 잠시 중단된 듯 하더라만, 오랫동안 관행으로 장기간 외국여행을 보내주었었다. 이 또한 여간 못마땅한 게 아니었다. 국민의 입장에서 보면 마치 염치없는 부자 나라(?)의 돈 잔치를 보는 것 같아 여간 마뜩잖지가 않다는 것이다. 공무원으로서 법적으로 보장된 근무일수라 할 수 있는 정년 때까지 근무를 했다는 사실 자체가 공적이니, 공로라는 말로 미화될 순 없다고 보기 때문이다. 그 흔한 훈장, 이 나라 국민 중 사회에 해를 끼치지 않고 열심히 성실히 산 사람이면 누구나에게 서훈敍勳을 한다면 또 모르겠다. 어째서 공직자들한테만 그런 걸 주느냐는 것이다. 공직자 신분을 갖지 않고도 너무 의미 있게 잘 살아가는 사람들이 얼마든지 있지 않는가 말이다. 그야말로 순수 국민의 입장에선 꼭 바보 취급을 받는 것 같고, 동시에 호구虎口가 된 것 같은 칙칙한 기분을 떨쳐버릴 수가 없다.

어쨌거나 상이나 훈장이란 건 그 사람의 공로에 대한 칭찬과 격려의 성격이 우선이라 할 수 있다. 그런데 만약 로비를 해서 그런 것들을 받았다면 그것은 확실히 부끄러운 노릇이라 않을 수가 없다. 상은 받아서 뿌듯하고, 받아서 자랑스러워야 한다고 본다.

지방자치제가 실시된 후에 상을 주는 단체가 많이 생겨난 것 같은 느낌을 떨쳐버릴 수가 없다. 지역마다 관선시대에는 볼 수 없었던 진풍경을 쉽게 목격하게 된다. 바로 상을 받았다는 관변단체들 명의의 축하 현수막이다. 그런데 재미있는 것은 대상大賞도 최우수상도 한 둘이 아니라는 사실이다. 똑같은 상, 똑같은 등위의 상을 수상했다는 현수막이 여러 지방에서 동시에 나부끼고 있다는 것이다. 이를 어떻게 받아들여야 할지 모르겠다. 분명 대상은 여러 등급의 상 가운데서 제일 큰 상, 으뜸상이라는 뜻이다. 최우수상 역시 여럿 가운데 가장 뛰어나서 상을 준다는 의미일 터이다. <제일>이란 수사나 <가장>이란 부사가 수식어로 쓰이는 경우엔, 보다 더 이상은 없다는 의미가 내포되어 있다고 본다. 하긴 최우수상 위에 또다시 대상이라는 이름의 상을 시상하는 곳도 있는 듯 하더라만.

세상을 살아보면 공짜란 없다는 것을 알게 된다. 술의 경우도 마찬가지다. 술도 가급적 공술을 얻어먹지 않는 게 좋다. 언제 어디서나 내 돈으로 술을 사마실 때 술맛이 배가 되는 법이다. 아니, 진정한 술꾼은 내 돈으로 남한테 사주는 술이 더 맛있게 느껴지는 법이다. 공짜 술에 유독 가급적이란 사족을 다는 것은 음료가 워낙에 경우境遇대로만 주고받아지는 게 아니기 때문이다.

필자의 경우를 예로 들면, 술은 아무리 애를 써도 일대 일 주고받음의 셈이 정확할 수가 없었다. 이를테면 형편이 필자보다 못한데도 번번이 얻어먹게만 되는 상대가 있는가 하면, 형편이 필자보다 훨씬 나은 데도 매번 꼭꼭 사주게 되는 것이

술자리의 경우이고, 도리이며, 묵계처럼 통하는 술 분위기라는 것이다. 솔직히 이런 게 술자리의 특성인지는 아직도 잘 모르겠다.

아무튼 이 세 가지만 제대로 유념하고 지키면, 굳이 남들한테 눈비음이나 비굴한 몸짓을 할 필요가 없다고 생각한다. 감투 좋아하고, 상 좋아하는 자들 대다수가 별의별 부정적인 액션을 다하여 얻어 쓴 감투, 또 그렇게 하여 얻어낸 상을 무슨 대단한 자랑거리나 되는 듯 흔들며 살아간다. 또, 대부분의 사람들은 그것을 삶의 유능함이라 받아들인다.

언론은 한층 더 하다. 언론은 오로지 그 사람의 현 위치와 그 사람이 가진 수상경력 등 허상과 허구만으로 평가를 하려 한다. 그래서 세상은 암울하게도 언제까지나 올바름을 기대할 수가 없이 되어 가는지도 모르겠다. 결론적으로 감투도, 상도, 공술도 두 눈 크게 뜨고, 촉각 곤두세우고, 눈치 슬금슬금 보아가며 병적으로 밝히는 자에게 기회가 주어지게 마련이란 것이다.

어쨌든 소위 감투와 상이라는 것은 과도한 포장지로서 기능으로 대중을 기만하고, 대중을 농락하는 깃발로 이용하는 수단이 될 수는 있다. 때문에 그것들을 전적으로 신뢰할 게 못 된다 하겠다. 무엇보다 최고의 힘, 진정으로 가졌다는 의미는 권력도, 돈도, 명예도 아니라는 사실이다. 인간 세상에서 가장 큰 힘은 정직함, 진실함, 정의로움, 배려, 지성, 지 · 덕 · 체, 그리고 신언서판을 갖추어 뭇사람들로부터 존경을 받는 입장인 것이다.

사회생활은
상대방 제대로 알아보기다

사회생활이란 사람과 사람의 어우러짐을 말한다. 따라서 사회생활을 잘하느냐, 못하느냐의 관건은 상대방을 제대로 알아보느냐, 그렇지 못하느냐에 다름 아니다. 사람을 제대로 봤느냐 아니냐는, 처음 만났을 때의 호칭어呼稱語에 달려있다. 처음부터 명함名衝을 내놓는 상대는 그만큼 관계가 수월하다 할 수가 있다. 명함에 명시된 공적 직함을 불러주면 무난하기 때문이다. 그러나 명함 없는 사람과 만남은 그만큼 다가서기가 조심스럽게 된다.

종적구조의식縱的構造意識에 철저히 길들여져 온 우리나라 사람들은, 누군가와 처음 만나면 본능적으로 겨루기부터 한다. 서열을 가려야 편안해지기 때문이다. 그럴 때 가장 신경 쓰이고, 의식되는 부분이 상대방에게 호칭을 어떻게 할까 이다.

그만큼 대인對人 관계에 있어 호칭은 친소親疎의 바로미터로 작용하게 된다.

처음 사람을 만나 통성명을 하고 나서 상대방에게 아주 적합한 호칭어를 붙여주면, 두 사람은 단박에 친숙한 관계로 발전할 수가 있다. 호칭어 한 마디가 단번에 커다란 덕과 득을 얻어 주기도 하기 때문이다. 반면에 너무 과분한 호칭어로 인하여 상대를 거북스럽거나 부담스럽게 할 수도 있다. 이런 관계는 결코 오래 갈 수가 없다.

뿐만 아니다. 너무 격에 맞지 않게 낮추어 불렀다간 교분交分은커녕 곧장 원수怨讐가 되기 십상일 만치 호칭어는 인간 사회에서 대단히 중요하게 작용한다. 따라서 사람을 잘못 본 값은 어떤 식으로라도 반드시 치러지게 되어 있다. 예우를 못 받은 상대방의 불쾌감은 반드시 해코지로 되돌려지기 때문이다. 사람을 잘못 보아 한 방에 인생을 망치는 경우도 없지 않다. 그만큼 사회생활을 함에 있어 첫 만남에서 상대를 제대로 알아본다는 건 매우 중요한 절차이다.

항간巷間에 재벌그룹 신입사원 면접고사 때 관상쟁이를 면접관으로 앉혀놓는다는 말들이 나돈 지 오래다. 오죽 사람 알아보기가 힘들면 그런 방법까지 생각해 냈을까? 하지만 그 방법도 최선은 아니지 싶다. 한마디로 이 말의 진위에는 관심이 없다.

아무리 유능한 점쟁이, 관상쟁이라 하더라도 어찌 사람 속을 훤히 들여다 볼 수가 있을까? 과연 이렇게 하여 회사에 기여할 인재, 조직을 배신하지 않을 인물을 뽑을 수 있다고는 믿기지 않는다. 그 간단한 방법으로 사람을 제대로 골라낼 수 있다면 무얼 걱정할까?

언제부턴가 누군가 처음 만나면, 이 사람에게 득이 있을까 없을까 속셈부터 하는 불행한 시대를 살고 있다. 득이 된다 싶으면 단박에 십년지기인 양 다가가고, 아니다 싶으면 원수인 양 떠밀어내 버린다.

득이란 그런 것이 아니다. 만나서 반가우면 이미 득이 된 것이다. 서로 좋은 이야기 나눌 수 있으면 엄청난 이득을 본 것이다. 세상에는 물질적인 것보다 더 값진 것이 얼마든지 많다. 또, 그야말로 돈으로는 절대 살 수 없는 것들도 너무 많다.

저 혼자 계산해 놓고, 그 계산에 맞지 않는다고 싫어하는 것이 작금의 세태이고, 인심인 듯하여 매우 서글프다. 상대에게 득을 바라지 말고, 내가 누군가에게 득을 주는 입장이 되는 것이 참으로 더 큰 득이 되고, 행복해진다는 건 왜 모르는지 모르겠다.

사람의 관계에 있어 속셈을 하지 마라. 세상은 결코 그 계산대로 되어지는 게 아니다. 만약 그 계산이 맞아 떨어졌다면, 머지않아 그로 인한 더 큰 손해가 기다리고 있을 것이다. 세상에 공짜란 없다. 이 말은 불변의 진리이다.

어쨌거나 사람은 자기를 알아주는 사람을 좋아하게 되고, 동시에 신뢰하게 된다. 문제는 진심으로 자신을 알아주느냐는 거다. 진실로 좋아하고, 신뢰해도 괜찮으냐는 것이다.

워낙에 겉 다르고 속 다른 인간들 속에서 속고만 살아왔기에 정확하고 현명한 판단력에 자꾸만 두꺼운 성에가 낀다.

설령 나름대로 세상을 보는 눈을 가졌다 하더라도 한 길 사람의 속까지 정확히 들여다 볼 수 있는 것은 아니다. 그만큼 사람을 알아보기란 어렵다는 얘기다. 그리고 사회생활이란 결코 혼자서가 아니라 <더불어>라는 사실을 간과해선 안 된다. 인간과 인간이 함께 하는 가운데 희노애락喜怒哀樂이 있는 것이기 때문이다.

지금 농촌이 비어져 가고 있다

농촌은 날로 자꾸만 비어져 가고, 아가씨들은 시집 갈 생각을 않고, 결혼은 하더라도 아기는 낳지 않겠다는 데도 아무도 걱정하는 사람이 없다.

이 나라가 도대체 어디로 가고 있는 것일까? 수도권에는 넘쳐나는 인구로 감당을 못하면서도, 수도권을 더 활성화해야 한다는 비애국적인 소리를 아무 생각 없이 마구 지껄여 대는 자들이 한 둘이 아니다. 의식이 있는지…?

나라를 조금이라도 사랑하고 있기나 하는지, 뇌구조가 어떻게 되어 있는지, 도무지 이해가 되지 않는다. 농촌은 그야말로 황무지가 되든 말든, 잡초 밭, 뱀 밭이 되든지 말든지 알 바 없다는 것인가?

누구를 위한, 무엇을 위한 나라인지 정말로 알 수가 없다. 예언컨대 마냥 이대로 간다면 10년 내로 굳이 산골마을이 아니더라도, 대부분의 농촌마을이 절반 이상은 빈집들이 된다. 생각만으로도 아찔한 노릇이 아닐 수 없다.

공식적으로 우리나라 사람 평균수명은 남자 75.1세, 여자 82.3세로 나타나 있다. 현재 마을마다 70세가 넘은 안노인 혼자 사는 집들이 수두룩하다. 이 양반들이 가고 나면 빈집이 될 수밖에 없는 게 작금의 농촌 실정이다. 상황이 이처럼 심각해져 있는데도 정치하는 사람들이나 행정하는 사람들이나 하나같이 무감각, 무관심이다. 아니, 정말로 무감각한 것인지, 애써 외면하는 것인지 도저히 짐작조차 할 수가 없다.

농촌이 이처럼 황폐해져 가는 절대 이유 중에는 농촌생활을 거부하는 젊은 아가씨들한테도 책임이 없지 않다.

그들은 사람대접을 받지 못한다. 자녀들 교육환경이 좋지 않다. 문화생활을 누릴 수가 없다 등등을 농촌 기피 이유로 내세운다. 얼핏 들으면 매우 일리가 있는 듯하다. 하지만 그 속내를 제대로 들여다보면 꼭 그런 이유에서만은 아니라는 걸 어렵잖게 알 수가 있다. 농민들 중에는 머리 써서 계획영농을 하여 연간 소득이 억대가 넘는 고소득자들이 상당히 많다. 자본주의 사회에서 돈 많이 벌면 대접도 받고, 잘 사는 것 아니든가.

자녀들 교육환경은 대도시보다 못할 수도 있다. 우선 향학 분위기부터가 다르다는 걸 부정하고 싶진 않다. 하지만 역시 사람은 최종적으로는 스스로가 찾아가는 것이고, 스스로 되어지는 것이라는 거다. 시골 출신이라고 서울의 유명대학에 못 들어가란 법이 없다. 농촌에서도 얼마든지 좋은 학교에 진학하는 학생 많이 나오고, 어려운 시험에 합격하여 그럴 듯한 자리를 차고앉는 사람들 적지 않게 나온다.

문화생활을 할 수 없다는 말도 그럴싸하게 들린다. 하지만 이것도 아니다. 문화생활이란 어디에 사느냐가 아니라, 어떻게 사느냐에 달려있는 것이기 때문이다.

필자는 화랑이 즐비한 대구 문화거리의 단골 관람자다. 그리고 전국 어디에서든 좋은 작품전이 있다 싶으면 기어이 다녀오고 마는 미술품 마니아다. 때문에 서울시립미술관을 자주 가는 입장이다. 그곳에서 괜찮은 기획전을 가장 많이 하는 편이기 때문이다.

그런가 하면 이따금 기회가 닿는 대로 각종 공연들을 관람한다. 아마도 이만하면 서울에 사는 어느 문화시민(?) 못지않을 정도로 문화생활을 누리지 싶다.

아무래도 대부분의 사람들은 문화생활에 대해 잘못 이해하고 있는 듯싶다. 정작 일 년 내내 개봉관 한 번 걸음하지 않으면서 입으론 버릇처럼 문화생활을 외어 대고 있는 것 같다. 문화생활을 고작 틈틈이 백화점 에스컬레이터 타고 하릴없이 오르내리며 진열품 눈요기 하는 정도로 생각하는 것 같아서다.

아니면 빌딩 숲속을 인파에 떠밀려 다니는 걸 문화생활로 착각하는 것 같아서다. 물론 문화생활이란 위에 열거한 것들이 전부는 아니다. 그 중에는 시인, 작가, 미술가, 음악가, 무용가 등 유명한 예술가들과 자연스레 이웃할 수 있고, 학덕 높은 학자들을 쉽사리 만나거나 교류할 수 있는 기회를 가질 수 있는 환경 속에서 거주하는 것도 문화생활일 터이다.

필자는 문화를 창조하는 작가다. 고급문화란 문학가, 예술가, 학자들이 만들어 가는 것이라 본다. 그렇다고 보면 일반인들은 필자를 보는 것 자체만으로 문화생활을 향유하는 것에 다름 아닌 것이다.

과연 대도시에 산다고 하여 필자가 지적한 진정한 의미의 문화생활을 얼마나 누리는지 되돌아보라는 것이다. 대도시에 산다고 다 문화의 혜택을 받는 것도 아니고, 대도시에 산다고 다 잘 사는 것도 아니라고 보기 때문이다.

전국적으로 전에 없이 출산율이 자꾸만 낮아지고 있다. 이 문제는 농촌으로 시집올 아가씨가 없다는 사실 이상의 또 다른 사회문제이다. 나라마다 그 시대에 맞는 적정인구가 유지될 때 비로소 그 나라가 발전할 수 있다고 본다. 생산인력과 소비인력이 밸런스가 어느 정도 맞아야 경제가 활성화된다는 건 삼척동자도 다 아는 일이다.

그런데 언제부턴가 혼기를 맞은 아가씨들이 결혼의 필요성을 별로 느끼지 않는 추세이다. 결혼을 한 여성들도 가뜩이나 만혼晩婚인데다 한결같이 저출산을 고집하고 있다. 심지어는 아예 아기는 한 명도 갖지 않겠다고 고집하는 색시들도 상상

이상으로 많다고 하니 미래가 여간 불투명하고, 또한 불안하지가 않다.

이는 인류역사의 종말을 의미하는 것일 수도 있기 때문이다. 젊은 가임여성可姙女性들이 아기를 낳지 않으려는 궁극적 이유 가운데는 사교육비를 포함한 양육비가 너무 많이 든다는 것 말고도 또 있다.

몸매가 망가진다는 것이다. 정말로 가관이고, 어처구니없는 사고라 않을 수가 없다. 쉼 없이 흐르는 세월에 어차피 망가질 수밖에 없는 게 몸뚱어리 아닌가. 가슴에 염수鹽水나 실리콘 같은 이물질 집어넣고, 주름살 제거 수술한다고 아무리 성형외과, 피부과를 뻔질나게 들락거리며 용을 써 봐도 스쳐간 세파의 흔적을 감쪽같이 가릴 수는 없는 노릇 아니겠는가? 몸매 망가진다고 종족보존의 책임이자 의무마저 기피한다는 건 분명 사람의 도리가 아니다.

부부관계는 두 사람의 엔조이로서의 행위일 수만은 없다고 생각한다. 흔히들 성性행위를 신성한 것이라고 한다. 이는 성행위를 새로운 생명 잉태를 전제로 하기 때문일 터이다. 그렇다고 봤을 때 생산이 가능한데도 이를 거부하고, 생산 없는 부부관계만을 즐긴다면 이는 분명 일종의 죄악이라고 단언한다. 모든 생명체에겐 반드시 종족보존의 임무와 의무가 주어져 있다고 보기 때문이다. 오는 세월 의연히 맞는 것도 더없이 아름다운 모습이다.

뿐만 아니다. 오랜 관습에 따라 아직도 우리나라 가정에선 부모가 자식이 다 성장할 때까지 공부는 물론 온갖 뒷바라지를 다 해주고, 결혼을 시켜주고, 그것도 모자라 집까지 사주어야 어느 정도 부모의 역할, 부모로서의 도리를 다 했다고 생각하고 있다.

세상이 바뀌어 이미 대가족 중심사회에서 핵가족화 사회로 가정의 모양새가 많이도 변했다. 그런 만큼 옛날처럼 자식들이 부모의 여생을 책임지는 시대가 아닌 추세로 흘러가고 있다.

언제부턴가 부모가 늙고 병들면 망설임 없이 요양원이라는 데로 보내버린다. 말이 좋아 요양원이지 병든 부모의 입장에서 보면 영락없는 현대판 고려장에 다름 아니라 할 수가 있다.

평생을 단맛 쓴맛 다 우려먹고 마침내 용도 폐기하듯 요양원에 유폐시켜 놓고, 저희끼리는 좋다고 깔깔 대고, 신난다고 팔 다리 흔들며 신나게 춤을 춘다.

정말로 부모란 어떤 존재인가를 깊이깊이 생각해보게 한다. 늙고 병들어서 아무렇게나 버려지는 걸 미리 알았다 해도 부모는 그토록 정주고 정성 다하여 자식을 키웠을 것이다.

아무리 이런 게 오늘날 풍속이 되어버린 세태라고 하고, 이미 보편화된 문화라 하더라도 이건 아니라고 본다.

노인시설의 거의가 아무도 없는 외진 곳에 자리하고 있다. 젊은이들이 활개 치는 세상에 노인들이 얼씬거리는 자체를 혐오스러워하기 때문이란다.

현재의 역사가 이들에 의해 이어졌고, 이들에 의해 쓰여졌다는 사실을 전혀 모르는 듯하다.

지금 젊다고 펄쩍펄쩍 뛰어다니는 젊은이들도, 그 젊음 결코 오래 가지 않는다. 그렇게 긴 시간 지나지 않아서 손목보다 더 가느다란 지팡이 하나에 남은 인생 의지할 수밖에 없게 된다는 사실을 유념해야 할 것이다. 이 세상에 온 그 누구도 생로병사生老病死의 섭리로부터 자유스러운 존재는 없었다.

아무튼 최소한 저출산低出産을 원칙으로 하거나 아예 출산 자체를 거부하는 젊은이들, 그들이 지금 이 시간 부모를 버려놓았고, 또 머지않아 내다 버릴 궁리를 하고 있지나 않는지 묻고 싶다. 자식이 노후의 의지처가 되지 못한다는 두려움과 불신도 저출산, 무자식주의자들을 양산量産하는 요인으로 작용하지 않겠나 싶기 때문이다.

더불어 결혼 자체를 거부하는 독신주의자도 이런 사회적 분위기에 편승되었다고 보아지는 것이다. 어쨌거나 이런 건 아니라고 생각한다. 어떤 이유에서든 이쯤에서 인류의 역사를 접을 순 없는 일 아니겠는가. 어떤 구실로든 이대로 이 지구를 비워버릴 수는 없는 일 아닌가 말이다. 분명하고 중요한 건 우리 누구에게도 인류 역사를 접을 권한이 없다는 사실이다. 이 지구를 비워버릴 권리가 없다는 것이다.

용빼는 재주도 없으면서 오염된 도시의 공기 들이마시며 자신도 모르게 시나브로 죽어가는 그런 생활 그만 청산하고, 비어져 가는 농촌으로의 용기 있는 귀향을 적극 추천하고 권하는 바이다. 도시에서 고생할 필요가 뭐 있을까?

농촌은 결코 사람이 못살 곳이 아니다. 공기 좋고, 물 맑고 같은 식상한 기준 말고도 농촌생활의 장점은 얼마든지 많다.

우선 마음이 넉넉하다는 점이다. 덜 갑갑하고, 덜 답답하다는 것이다. 바쁘지 않다는 것이다. 묵혀진 땅들이 부지기수다. 비어진 집들도 아주 많다. 삶의 터전을 마련하기가 그만큼 용이하다는 것이다.

도시인들이여, 부디 농촌으로 오라. 잘만 가꾸면 여기가 바로 낙원이라고 자신 있게 말해주고 싶다.

섹시미라는 말

요즘 방송에서 자주 듣는 말 중의 하나가 섹시미란 말이다. 과연 섹시미란 말을 그처럼 아무 데서나 함부로 사용해도 좋은지 모르겠다. 섹시미란 영어 섹시와 한자말 아름다울 [미美] 자가 합쳐진 합성조어合成造語다. 사전에 보면 섹시는 성적 매력이 있는, 남의 눈을 끄는, 성적인, 도발적인, 아슬아슬한, 외설적인 둥으로 풀이되어 있다. 따라서 섹시미란 성적 매력을 느끼게 하는 아름다움이란 풀이가 된다. 보다 적나라하게 표현하면 관계를 하고 싶은 충동을 일게 하는 성적 매력을 말함이다. 우리말 화냥기와 상당히 가까운 의미라고 생각한다. 이처럼 지극히 자극적이고, 지극히 동물적이며, 지극히 저질스러운 말을 방송이라는 공기公器에서 아무렇게나 떠들어도 되나 싶다.

더 기가 막히는 건, 언제부턴가 방송에 나와서 A컵이니 B 컵, C컵… E컵, I컵 하고 마치 무슨 물건의 크기를 얘기하듯 자신의 가슴 크기를 예사로 말하는 시대를 살고 있다는 것이다. 젊은 남녀가 마주 앉아 아무런 거리낌 없이 음란한 소리, 성희롱에 가까운 아슬아슬한 얘기들을 거침없이 묻고 대답하는 걸 보면, 필자도 세대차를 맛볼 수밖에 없다. 아무렇게나 너무 쉽게 섹시미를 말하는 걸 어떻게 받아들여야 할지 정말로 곤혹스럽다.

뿐만 아니다. 더욱 가관인 것은 남자가 대놓고 여자한테 참 섹시미가 있게 생겼다고 하면, 여자는 최고의 찬사로 받아들이며 기뻐서 어쩔 줄을 모른다는 사실이다. 또, 어떤 여성은 자신이 섹시하지 않느냐고 이성에게 묻는 경우도 다반사다. 참으로 민망하고, 참으로 수치스러울 말을 기꺼이 영광스럽게 받아들여서 보는 이가 더 무안하다. 어쩌다 맘에 드는 남자가 그러면 여자는 몸을 거북스럽게 배배 꼬면서 욕정에 불을 붙이려 한다. 마치 준비가 끝났다는 신호를 보내는 양 하는 짓거리가 여간 민망스럽지 않다.

어떤 아가씨는 방송에 나와서 현재 자신의 가슴이 1천CC 정도인데, 1천5백CC짜리 가슴을 만들기 위해 오로지 가슴 키우는 운동을 하느라 하루 중 7시간 이상, 6년여를 전력투구해 왔다고, 아주 자랑스럽게 말하는 걸 보았다. 세상이 아무리 변했어도 이런 건 아니라고 본다. 어찌 자신의 은밀한 부분을 일반상품 광고하듯 할 수가 있을까? 제 스스로 발가벗은 것과 무엇이 다른가? 그리고 한창 이 세상과 자신을 위해 뭔가를 열심히, 성실히 해나가야 할 나이의 아가씨가 거의 하루 내내 가슴 키우는 데에만 매달린다는 사실을 어떻게 받아들여야 할지 모르겠다. 물론 50대(?) 이하의 젊은 여성들에게 있어 가슴은 섹스 심벌임에 틀림없다 할 수가 있다. 아무리 그렇다 하더라도 하루 온종일 가슴 키우기에만 매달려 있는 딸을 지켜보는 부모의 심정은 오죽할까? 노파심을 떨쳐버릴 수가 없다.

젊은 여성들 중에는 가슴의 크기가 곧 자존심이라 착각하는 숫자가 상상 이상으로 많은 것 같다. 정작 대부분의 남자들은 너무 큰 가슴을 좋아하지 않는다는 걸 잘 모르는 듯하다. 굳이 정도 이상으로 가슴이 큰 여자는 지능이 낮다는 관상학觀相學을 들먹이지 않더라도, 보기에 부담스러울 정도로 가슴이 크고, 엉덩이가 큰 여자는 왠지 우둔해 보이고 미련해 보이는 건 어쩔 수가 없다 하겠다. 오히려 흔히 말하는 지적知的인 여인의 특징으로는 가슴과 엉덩이가 작은 사람을 꼽는 것도 다 나름의 이유가 있지 싶다. 따라서 가슴 키우는 일에 그토록 목줄을 걸 아무런 이유도 의미도 없다는 것이다. 그런 노력(?)만으로 오는 세월과 맞설 수는 없다고 본다. 유방의 본질이 비곗살이든 근육질이든지 때가 되면 허망하게 축 처져버리거나 볼품없이 착 달라붙어 버린다는 사실을 왜 모르는지 모르겠다. 기가 막히는 세상이다.

섹시를 다른 말로 표현하면 색을 많이 밝힐 것 같은 여자, 몹시 헤플 것 같은 여자 등으로 풀이할 수도 있다고 본다. 섹시미를 말하는 남자 입장에서는 관계를 갖고 싶은 여자를 이름한 것일 터이다. 글래머라는 말도 너무 쉽게 쓰여지고 있다. 글래머란 육체가 풍만하여 성적 매력이 있는 여자로 풀이하고 있다. 이를테면 관능적으로 잘 발달된 가슴과 히프를 통하여 느껴지는 섹시미의 절대 조건을 말함이라고 보면 될 것이다. 이는 분명 외설猥褻이다. 일찍부터 유가儒家에서는 성性하고 관계되는 모든 것들은 점잖지 못한 것이라 하여 입에 담는 것 자체를 엄격히 금기시 해왔다. 이는 일종의 불문율이었다.

아무리 스킨십이 장소와 시간 구애 받지 않고 일반화되어 있는 세상이라곤 하지만, 첫 키스를 언제 어디에서 했는가. 또 가장 최근에는 언제 어디서 했느냐 등을 대중을 상대로 공공연하게, 그리고 거침없이 묻고 답하는 세태를 도무지 어떻게 받아들여야 할지 어리둥절하기만 하다. 분명 이성간에 성애性愛의 표현으로 하는 행위라면 키스뿐 아니라, 모든 스킨십이 죄다 성행위의 일종으로 봐야 하기 때문이다. 성性은 신성한 만치 둘만의 은밀한 것이어야 한다고 생각한다. 마치 싸구려 상품 떨이하듯 값싸게 내보여지고, 우스갯소리 소재가 되어 희화화되어선 안 된다고 생각하는 것이다. 더 심하게는 연예인들이 방송에서 자신들의 부부 관계를 스스럼없이 얘기하고 있다는 것이다. 아무래도 이건 아니지 싶다. 컴퓨터와 30년을 넘게 씨름하고도 컴맹을 면치 못한 것처럼, 이런 언어 분위기에는 정말로 잘 적응이 되지 않는다. 필자가 너무 오래 살았다는 얘기가 되는지도 모르겠다.

요즘 많은 아기 엄마들이 모유母乳 먹이기를 꺼리거나 거부한다고 들었다. 그 이유가 맹랑하다. 모유를 먹이면 가슴이 늘어나 여성으로서 매력이 없어진다는 거란다. 곧, 섹시미가 떨어진다는 것이다. 이 얼마나 한심하고 철부지 같은 생각인가? 직장생활을 하느라 모유를 먹이고 싶어도 그럴 수가 없는 경우는 부득이한 처지라 인정한다. 하지만 세월이 지나면 누구나 어쩔 수 없이 쭈그러져 볼품없어질 그 몸매를 이유 삼아 모유를 먹이지 않겠다는 엄마, 그런 엄마가 자식 사랑 운운하는 것은 아무래도 모순이라 않을 수가 없다. 그렇게 세상 일 혼자 다 아는 것처럼 설쳐대는 엄마들이, 평생 젖을 물린 적이 없는 동정녀童貞女도, 다 때가 되면 가슴이 축 늘어지든지, 아니면 바싹 달라붙을 수밖에 없다는 걸 왜 모르는지 모르겠다. 그렇게 대단하게 여기는 젊음이나 미모 유지는 쉼 없이 다가오는 세월 앞에서는 부질없는 안간힘일 수밖에 없다. 인간의 육신이 어찌 섹스 심벌로만 통해야 하고, 어째서 섹스 심벌로만 남아야 하는가? 이런 사고를 가진 유형들은 의식이 벌레나 진배없는 충식虫植이, 충순虫順이를 면하기 어렵다. 그리고 얼굴에 분칠만 하여 얻을 수 있는 건 상처, 배신, 허망, 허무뿐이라는 걸 알았으면 좋겠다.

영혼의 형상화가 육신이다. 더불어 인간은 몸뚱어리를 통해 자기의 언행 일체를 책임지고, 몸뚱어리를 통해 주어진 모든 사명使命을 수행하게 된다. 그래서 한 세월 자기 몫에 최선을 다하고 순리대로 늙어가는 이는 추하지 않은 것이다. 젊음의 시간은 그리 길지가 않다. 그 황금 같은 젊은 시절에 싱싱한 젊음을 의미 없는 일에 다 소진消盡해 버린다면 과연 무엇이 남을까?

세상에 여자로 태어나 다시없는 지어미, 다시없는 엄마로 살다가는 것보다 더 값진 일은 없을 것이다. 독신자는 상종하기가 거북하다. 자기밖에 모르기 때문이다. 자식을 길러보지 않은 사람도 상종하기가 거북하다. 도무지 희생과 헌신, 배려를 모르기 때문이다. 젊은 여성의 풍만한 몸은 자식을 갖고, 나아서 기르라고 준 신의 배려라고 생각한다. 때문에 석녀石女에겐 풍만하고 매력적인 몸매를 주지 않았다고 본다.

정말로 섹시미라는 말을 함부로 써도 괜찮은지 다 같이 생각 좀 해보자. 굳이 섹시미라고 표현한다면, 진정한 의미의 섹시미란 바로 지성미를 말함이어야 한다. 그리고 섹시미가 상대를 소유하고픈 매력이라면 결코 그 매력이 몸뚱어리가 전부는 아닐 것이다. 어쩌면 육체보다는 정신세계가 먼저일 것이기 때문이다. 하긴 인터넷이나 핸드폰을 통해 공공연히 매춘업이 활개를 치는 세상이다. 아무리 시대가 달라졌다 하더라도 삼갈 것은 삼가는 게 미덕이고 예절이 아닐까?

불사선악 不思善惡

불사선악不思善惡은 일찍이 당나라 시대의 육조 혜능六祖 慧能 대선사가 명明 상좌上座에게 설說한 바 있는 유명한 말이다. 문장 그대로 해석한, 선과 악을 생각지 말라는 의미만은 아닐 것이다. 선과 악을 따로 나눔으로써 선과 악은 곧바로 극대 극으로 맞서는 대립구조, 갈등구조가 되고 만다. 불신, 갈등, 반목, 다툼이 발생하는 것이다. 따라서 선과 악 자체를 생각지 말라는 게 아니라, 따로 구분지어 생각지 말라는 의미일 것이다. 흔히들 말하는 절대 선도, 절대 악도 없다는 말과 일맥상통하는 말이라고 본다.

정말로 선도 악도 없는 것일까? 하지만 세상을 살다보면 자주자주 분명히 선 따로, 악 따로 있음을 절감할 때가 많다.

나쁜 사람으로 살아가느냐, 좋은 사람으로 살아가느냐는 문제는 전적으로 스스로에게 달려있다고 하겠다. 사람이 되어가는 데 특별한 조건, 이를테면 유전인자, 환경, 배경, 여건, 학력 등은 생의 기반 구축을 하는 데 다소 수월할 정도일 뿐 그것이 전부는 아니라고 본다. 절대 악으로 가든지, 절대 선을 택하든지 등과 같은 문제도 어디까지나 개인의 의지에 달려있는 것이기 때문이다.

바르게 살아가다 어떤 계기에 지금까지 살아온 정반대의 길로 들어선 사람은, 원래 나빴던 사람보다 더 나쁜 사람이 되기 싶다. 반대로 나쁘게만 살아온 사람이 어느 순간 개과천선改過遷善하였다면, 그 사람은 원래부터 바르게 살아온 사람보다 열 배, 백 배 더 훌륭한 모습으로 살아가는 사람이 될 수도 있다.

이렇다고 봤을 때 맹자의 성선설性善說도, 순자의 성악설性惡說도 정답이 되지 못한다는 결론이 나온다. 대부분의 사람들은 언제든 변할 수 있고, 나름대로 좋은 쪽으로 변하려고 무진 애를 쓰며 살아간다. 그래서 끊임없이 공부를 하고, 그래서 차근차근 신뢰를 쌓아간다.

물론 죽는 날까지 끝내 인간 구실 한 번 못하고 가는 인간도 없지 않다. 얼마나 불행하고 안타까운 노릇인가. 기왕에 태어난 세상 당당하게, 멋지게 한 번 살다갈 필요가 있다고 본다. 이 세상에 인간으로 태어난 자체가 선택받은 축복이라 보기 때문이다.

부부관계를 할 적에 지극히 건강한 남자가 1회에 사정射精하는 호르몬은 대략 2~3cc 정도이다. 이 속에는 약 2~3억이라는 어마어마한 숫자의 정자精子라는 씨앗이 있다. 이 정충情蟲들은 인간으로 거듭나기 위해 사정과 동시에 치열한 경주를 시작하게 된다. 그 중에서 가장 기운찬 정자가 어머니의 몸속에서 난자를 만나 또 다른 생명체로 자라나게 된다.

누구나 이처럼 대단한 경쟁, 이처럼 위대한 선택에 의해 이 세상에 인간으로 태어난 것이다. 더불어 세상에 태어난 모든 사람들은 저마다 태어난 값을 해야 한다고 생각한다.

누구든지 태어났음의 의미를 깊이 새겨볼 필요가 있다.

가졌다는 것

혼히들 말하는 가졌다는 의미 속에는 은연 중 권력, 돈, 명예 등이 함의되어 있다. 그런데 어째서 가졌다는 의미 속에 앎, 지혜, 진실, 정의 같은 것은 배제되었는지 도무지 이해가 되지 않는다. 권력과 돈, 명예 같은 것은 언제든 한 순간에 바람같이 사라질 수 있는 성질의 것이다.

물론 후자後者의 것은 추상성이 강하여 정확한 측정이 불가할 수도 있다. 어쨌든 권력, 돈, 명예 같은 것은 가장 세속적인 잣대로만 측정되는 기준일 뿐이라 할 수가 있다. 영구 불변적이고 무엇과도 비길 수 없을 만큼 가치 있는 정신적 재산은 역시 앎, 지혜, 진실, 정의 같은 것들임에 틀림없다 하겠다.

그것이 무엇이든 가졌다는 건 자신감을 갖게 한다. 권력의 속성은 바로 오만과 교만으로 나타나기 쉽다. 사람들은 권력이라면 환장을 한다. 그런데 그게 권력을 악용하여 수월하게 돈을 벌 수 있다고, 권력을 보호막 삼아 나쁜 짓을 하면서 마음 편하게 돈을 벌 수 있다고, 잘못 생각하고 권력에 목줄을 맸다면 그 인생은 반드시 실패라 할 수밖에 없다.

엄밀히 따져보면 흔히 말하는 세속적인 기준의 권력이란 절대로 존재치 않는다. 사람들이 권력이라고 착각하는 것은, 알고 보면 황당하기 짝이 없는 것이다. 공직자들이 맡고 있는 직책에 따른, 어떤 권한도 권력도 없기 때문이다. 애초부터 그런 것들은 없었다. 그런데 잘못된 공직자들은 자신에게 주어진 직분을, 국민들에게 덕만 주려고 애를 쓰지 않는다. 같은 사안을 놓고 득을 줄 수도 있고, 손해를 줄 수도 있는 재량의 폭을 자의적恣意的으로 권력이라 해석한 착각일 따름이라는 것이다.

물론 공직자들이 착각하도록 모든 공직자들에게 주어진 업무의 재량 폭이 너무 넓다는 것 자체가 문제인 것이다. 이를테면 같은 업무를 놓고 1에다 적용을 시키면 플러스알파가 주어지는가 하면, 20에다 적용을 하면 그 민원인은 엄청난 손해를 감수하지 않으면 안 되는 현실적 부조화에서 소위 끗발 내지 권력이라는 게 생겨났다고 보기 때문이다. 만약 모든 경우가 OX법으로 운용된다면 그 업무를 담당하는 공직자가 도깨비탈 같은 권력 누리기를 절대로 하지 못할 것이다. 그렇다면 두말할 나위도 없이 누구는 되고, 누구는 안 되는 불공평, 불공정성은 아예 있을 수가 없게 되기 때문이다. 그야말로 되면 꼭 되는 것이고, 안 되면 절대 안 되기 때문인 것이다. 모든 공직 자들이 자신에게 주어진 재량권을 최대한 국민들의 이익과 행복을 위하여 기꺼이 찾아 바치려고 애를 쓰는 사회가 좋은 사회, 선진화된 사회, 신명나는 세상이다. 그렇지 않고 공직자 가 자신에게 대단한 권한 내지 권력이 있다고 착각하는 그 순 간부터 이미 부조리와 불행 같은 부정적 결말이 시작되었다 고 보면 틀림없을 것이다.

국민이 부여한 업무상 역할을 수행하는 과정에서, 국민을 상대로 권력을 행사한다는 자체가 웃기는 노릇이기 때문이다. 고용주한테 피고용인이 권력을 행사한다는 건 있을 수도, 있 어서도 안 되는 것이다. 한 마디로 모든 공직자는 국민의 공복 公僕, 즉 공적인 머슴임을 망각해선 안 된다. 공직자는 이 원칙 을 잊어버리는 순간부터 불행이 시작된다. 따라서 국민들도 불행해질 수밖에 없게 된다. 만약에 정말로 어떤 절대 권력, 최 상의 권력이 있다면, 진실, 정의를 통해 진정으로 남들로부터 신뢰받고 존경받는 일 뿐이라고 생각하면 틀리지 않을 것이 다. 저마다 그런 사람이 되려고 끊임없이 노력해야 할 것이다. 사후死後에도 뭇 사람들이 오랫동안 기리고, 그리워하는 사람 이 진정으로 대단한 권력자가 아닌가 한다.

대한민국 헌법 제1조 2항에 '대한민국의 주권은 국민에게 있고, 모든 권력은 국민으로부터 나온다'고 분명하게 명시되어 있다. 물론 여기에서 말하는 국민은, 국민의 의무를 다하고 선거권을 행사한다고 진정한 국민은 아니라고 생각한다. 거기다 사회에 피해를 주지 않고 올곧게 살아가는 국민이어야 헌법에 명시되어 있고, 헌법의 보장을 받을 수 있는 최고 주권자요, 절대 권력자라고 생각한다. 이 정도를 모르는 국민, 이를 부정할 국민은 없을 것이라 믿는다. 그러면서도 당당하게 예우 받아야 할 국민이, 실제로는 헌법이 보장하고 있는 자신의 권한과 권리를 행사하지 못하는 것 같아 여간 안타깝지가 않다.

다시 한 번 강조하지만, 자신한테 대단한 끗발이나 권력이 있다고 착각하는 전 공직자와 자신이 헌법에 명시된 주권자이고, 최고 권력자인 줄을 모르고 지내는 어리석은 국민들은 하나같이 헌법의 이 조항을 꼭 유념하고 명심했으면 한다. 헌법에 명시되어 있고 보장되어 있는 최고 권력자가, 자신이 고용주인 줄을 모른다는 건 예사로운 일이 아니다. 이를테면 자신이 봉급 주고 부리는 공무원들한테 슬슬 길 이유가 전혀 없다는 것이다. 또, 국가권력을 쥔 주권자들 표를 얻어 당선된 모든 선거직들은 자신들이 떠받들어야 할 국민들 위에서 군림하려고 해선 안 된다는 것을 명심해야 한다.

헌법은 대한민국의 기본법이자 가장 으뜸법이다. 이를 잊지 말자는 것이다. 모든 공직자들한테 권력을 부여해준 주체는 아무 데도 없다. 국민 모두가 국정에 참여할 수 없기에 소수의 대행자를 뽑아 국민들이 하고자 하는 바를 대신하게끔 하는 제도가 선거제도이다. 즉, 모든 선거직은 국민의 대리인이요, 대행자일 뿐이라는 것이다. 위정자들이 즐겨 쓰는 '국민의 대표'라는 의식이 정치인들 스스로를 불행하게 만든다는 사실을 왜 모르는지 모르겠다. 대표와 대리인 혹은 대행자와는 근본적으로 개념부터가 다르기 때문이다. 이런 단순하고 작은 개념을 유념하지 않고, 국민을 소홀히 하고 업신여기기 때문에 인간 세상에 모순이 존재하고, 결과가 불행해질 수밖에 없는 것이다. 국민들의 진심은 모든 공직자들이 자신들의 대표이길 바라지 않는다. 저마다 아무리 국민을 위해 앞장선 입장이라 하더라도 대리인 내지 대행자로서의 역할만 충실히 해주길 바랄 뿐, 그 이상도 그 이하도 아니라는 걸 공직자들은 왜 모르는지 모르겠다.

국민들이 신명나고, 살맛난다고 생각하는 사회를 만드는 것 전연 어려울 게 없다. 모든 공직자가 국민을 하늘처럼 떠받드는 세상을 만들어 나가면 되는 것이다. 모든 공직자는 이런 세상을 위해 자신의 역량을 다하는 게 임무이자, 의무라는 걸 잠시도 잊지 말라는 것이다. 어떤 경우라도 국민을 억압하고, 국민 위에 군림하고, 국민 앞에서 거들먹거리는 공직자, 국민을 끝내 불행하게 하는 공직자이다. 이를 거역하거나 부정한 자들은 반드시 그 대가를 치른다는 게 지금까지 동서고금의 역사가 교훈으로 보여주어 왔다. 국민은 결코 그렇게 어리석지도 않고, 오래 참을 줄도 모른다.

말이 난 김에 한 소리 하고 넘어 가자.

몇 년 전에 필자가 사는 고장에 국무총리가 다녀간 적이 있다. 국무총리가 온다고, 2주 전쯤부터 길거리 요소요소에 전경戰警들을 내세우고 부산을 떠는 걸 보며 기분이 매우 묘했다. 아니 몹시 언짢고 짜증스러웠단 표현이 더 정확할 것이다.

한편으론 도무지 산다는 게 무엇인가를 깊이 생각해 보게 해주었다. '밤잠 안 자 가며 작가로서 열심히 살아온 내가 국무총리 때문에 이런 위화감을 맛봐야 하나' 싶었다. 필자는 소설가라는 스스로의 직업에 대단한 자긍심을 가지고 산다. 스스로 좋아서 이 길을 왔고, 이 행위를 통해 세상에 대단한 무언가를 남겨준다는 굳은 신념과 의지를 위안으로 삼아 왔다.

조선시대 같으면 필자도 분명히 과거科擧 문과文科 중 제술과製述科에 당당히 장원급제를 한 입장이다. 이제쯤은 영의정을 끝으로 낙향을 해 있을지도 모른다. 세상은 많이 변했다. 이미 글을 잘 쓴다고 벼슬을 주는 시대는 아니다. 하지만 작가보다 낮은 사람도 없지만, 그렇다고 작가보다 높은 사람도 있을 수 없다고 본다. 이런 생각이 필자를 오늘날까지 쉼 없이 이 길을 오게 하는 원동력이 되었을 것이다.

사람은 저마다의 역할이 있다. 그 역할에 성실히 최선을 다하여 사회에 그만큼의 덕德과 득得을 준다면 그 사람 존중되고, 존경받아 마땅하다고 생각한다. 이런 사고를 가진 필자로선 솔직히 표현해서 위화감 그 이상으로 몹시 자존심이 상했다.

이제 위화감을 조성하는 그런 짓거리 제발 그만 했으면 좋겠다. 소위 그 보안이라는 것, 그런 짓 안 하면 너무 잘 지켜질 것이기에 더욱 그렇다. 일반 국민은 자기 고장에 장관이나 국무총리가 왔는지 갔는지, 인기 연예인 한 사람 다녀가는 것만큼도 관심이 없다.

공복公僕인 국무총리에겐 국민을 위해 바치고, 국민의 생명과 재산을 지키고 보호하는 데 기꺼이 앞장을 서 주어야할 의무와 책임만 있다고 본다. 그런데 오히려 국민이 국무총리를 떠받들고, 국무총리로 인해 위화감을 맛봐서야 되겠는가, 하는 것이다. 이건 분명히 잘못된 일이고, 모순이라 지적하지 않을 수가 없다.

어느 해 명절 때든가. 당시 법무장관이 고속도로에서 역주행을 하여 신문 방송이 연일 크게 떠든 적이 있다. 자신의 직분을 몰라도 한참 모르는 처사였기에 여론의 뭇매를 맞은 경우라 하겠다. 두말할 나위도 없이 이런 몰지각한 공복이 없는 사회가 바로 선진화된 사회인 것이다.

인간생활에 있어 정치를 하는 게, 혹은 행정을 하는 것이 전부는 아니라고 생각한다. 누구는 정치를 하는 것보다 그림 그리는 일이 더 좋고, 더 가치 있다고 생각해서 화가의 길을 가는 것일 따름이다. 또 누군 공무원이 되는 것보다 농사짓는 일이 더 적성에 맞고 보람을 느낀다고 생각되어 농부가 되는 것이다. 누군 변호사로 살아가고, 누구는 교사로 살아간다. 또 누군 의사의 길을 택했고, 또 누구는 군인의 길을 택했다. 이건 결코 잘 났고, 못 났고의 차이가 아니다. 어떻게 살아가는 게 더 가치 있고 없고의 잣대도, 기준도 될 수가 없다. 꼭 무슨 일을 하는 사람이, 다른 무슨 일을 하는 사람보다 더 낫다거나 더 못하다거나 하는 논리는 있을 수가 없다고 생각한다. 그보다는 이 세상에 얼마나 기여했느냐는 매우 중요하다 않을 수가 없다.

필자는 단지 글 쓰는 일이 좋아 소설을 쓰고, 시를 쓰고, 또 더러는 수필을 쓴다. 하지만 필자에게 글 쓰는 일은 단순히 좋다는 이유만은 아니다. 이를테면 삶의 명분이요, 존재의 이유인 것이다. 이렇듯 작가로 살아온 지난 세월동안 결코 그 누구를 부러워해 본 적이 없다. 굳이 부러움의 대상을 꼽으라면, 성경聖經을 쓴 실체, 불경佛經을 쓴 실체의 필력이 부럽다. 그리고 300여 년 전에 이 땅을 살다간 셰스피어, 49년 전에 우리 곁을 떠나간 헤밍웨이, 그리고 김소월처럼 글 잘 쓰는 분들을 부러워할 뿐이다.

어쨌든 산골 구멍가게에도 있을 건 다 있어야 하듯, 인간 세상에는 반드시 구색具色을 맞추어 살 수밖에 없다. 이런 사람 저런 사람이 함께 어우러져 살아가게 되어 있다는 것이다. 그리고 또 그렇게 살아야 한다. 하수구가 막혔는데 국회의원, 장관, 대학교수가 무슨 소용일까? 그럴 땐 단지 하수구를 뚫을 사람만 필요로 할 뿐이다. 인간이 저마다 어떤 일을 하든지, 그

것은 단지 가치관의 차이, 인생관의 차이, 지향하는 바의 차이
에 지나지 않을 따름이라는 걸 왜 모르는지 모르겠다. 국민이
고용한 모든 공직자들이, 자기들끼리 위해 바치고, 존경하고
부산을 떨고 있다. 자신들의 고용주가 누군가는 의식에도 없
는 채—

아무래도 이건 아니지 싶다.

살아생전에 피카소 집을 중심으로 사방 40㎞ 안을 클랙슨
금지구역으로 정했다든가 어쨌다든가 하는, 우리 현실로는 믿
거나 말거나 같은 얘기를 들은 기억이 있다. 프랑스 정부가 피
카소를 그만큼 예우했다는 얘기일 터이다. 오늘날 북한만큼이
나 국제사회에서 폐쇄되어 있는 쿠바는 헤밍웨이의 삶의 족적
足跡을 관광 상품화하여 톡톡히 재미를 보고 있는 걸로 알고 있
다. 스페인 마드리드로 향하는 관광객들 거의가 세르반테스의
돈키호테 배경 무대를 찾는 걸로 되어 있다. 이처럼 한 사람의
작가, 한 사람의 예술가가 인류사회에 끼치는 영향력과 이익
은 어느 정치인에 못지않다고 생각한다. 역대 러시아(구소련
포함) 공산당 서기장이나 대통령 이름은 몰라도 작가 톨스토
이나 음악가 차이코프스키를 모르는 사람은 드물 것이다. 영
국 역대 왕이나 수상은 몰라도 극작가 셰익스피어를 모르는
사람은 없을 것이다. 바흐, 헨델, 모차르트, 슈베르트, 베토벤,
반 고흐, 폴 고갱 등만 해도 너무도 친숙한 이름들이지 않은가.

세상살이에 공짜란 없다

자기가 받은 것 이상으로 되돌려주는 사람이 잘 사는 사람이고, 존경을 받아 마땅하다고 생각한다. 떼돈을 벌어 제 가족끼리만 호의호식하고, 제 자식에게 더 많은 재물을 물려주기 위해 악착같이 돈을 벌었다면 이 또한 실패한 인생이라 않을 수 없다.

돈. 무턱대고 욕심내고, 마구 탐할 만한 가치가 없다고 본다. 돈이란 오직 돈 버는 재주가 모자라는 모든 사람들을 도와주기 위해서 모으는 것이어야 한다고 생각한다. 이 세상을 위해 의미 있게 돈을 쓰기 위해 부자가 되어야 한다고 본다. 떼돈을 벌기 위해 기업을 하는 자는 절대로 재벌이 될 수가 없다. 반면에 더 많은 사람들을 먹여 살리기 위해 기업을 키우려는 자는 반드시 재벌이 되게 되어 있다. 다시 한 번 강조하지만,

제 직계 가족만을 위해 뼈 빠지게 일하고 노력하여 돈을 벌었다면 그야말로 불쌍하고 불행하기 짝이 없는 인생이라 않을 수가 없다.

금, 은, 비취翡翠, 루비, 에메랄드, 사파이어, 다이아몬드 등은 사람들의 사족을 못 쓰게 한다. 그런데 보석이라 불리는 그 광물질들도 따지고 보면 그처럼 혹할 만한 가치가 있는 것이 못된다. 단지 그것들은 병든 지구의 딱지 같은 것에 지나지 않기 때문이다.

진주眞珠라는 보석은 진주조개, 대합, 전복 등 조가비 살 속에 모래알 같은 이물異物이 들어가 만들어낸 상처의 결정체에 불과한 것이다. 이런 병 덩어리를 귀에, 목에, 손목에, 발목에, 손가락에 주렁주렁 매달고, 끼고 다니는 걸 부귀의 중표로 여기는 여인네들이 특별히 더 예쁘다거나 기품氣品이 있어 보이지가 않는다. 그러긴 커녕 천박스러운 속물로 보이기만 한다는 것이다.

사회생활을 하다보면 더러는 떳떳하지 못한 돈도 생길 수가 있다. 특히 직장생활을 하는 사람들에겐 그런 기회가 더 잦을 수 있다.

어쨌거나 그런 부정적으로 생긴 돈은 절대로 사랑하는 자녀들을 위해 쓰지 말라고 충고해 주고 싶다. 그따위 깨끗하지 못한 돈을 부득이하게 받았다면, 그 돈으로 평소 가장 혐오하고, 증오하는 인간을 불러내어 밥 사주고, 술 사주는데 다 써버리라고 권하고 싶다.

그 더러운 돈으로 귀여운 자식들에게 먹이고 입혀 놓고, 좋은 학교 들어가길 바란다면 정말로 도둑놈이 아니겠는가. 그 더러운 돈으로 사랑스런 자식들 피자 사 먹이고, 통닭 사 먹이고, 학비에 보태고 나서 그 자식더러 훌륭한 사람 되라면 그야말로 나쁜 놈이 아니겠는가.

우리는 고대 중국 춘추시대春秋時代에 제나라 환공桓公이 늘 가까이에 둔 것으로 전해지는 계영배戒盈杯의 교훈을 명심할 필요가 있다. 계영배는 술이 70%를 넘게 차면 저절로 모두 다 새어나가게 되어 있는 잔이다.

용도가 술잔이니까 일단은 과음을 경계하려는 뜻으로 만들었다 보아야 할 것이다. 그래서 일명 절주배節酒杯로도 불려진다. 어쨌거나 어찌 계영배가 단순히 과음을 경계하기 위함만일까? 아마도 그 이상의 심오함이 있다고 봐야 할 것이라 본다.

과유불급過猶不及이라 했든가. 어떤 경우든지 정도가 지나치면 모자람만 못하다는 교훈을 깨닫게 하려고 만들어진 게 계영배지 싶다. 즉, 과욕을 경계하라는 의미로 만들어진 잔이지 싶다는 것이다.

아무튼 권력, 돈, 명예 같은 것들은 잠시라도 누려보고 나면, 곧바로 가졌다는 건 아무 것도 아님을 알게 될 것이다.

가난뱅이가 어쩌다 부자하고 정략결혼이라도 하여 돈에 대한 포원抱冤을 풀고 나면, 이내 돈이 전부가 아니라는 걸 알게

되고, 곧바로 그 환경으로부터 뛰쳐나가고 싶은 충동을 갖게
되는 게 바로 이런 이유 때문인 것이다.

돈과 권력, 명예 같은 것은 벗겨지는 그 순간부터 감당할 수
없는 허탈과 허망, 우울증을 부를 뿐이다. 못난 사람들을 무시
하고, 남들한테 재려고 명예를 얻었다면 이 역시 실패한 인생
이 될 수밖에 없다.

무엇보다 가치 있고 중요한 건, 평생 자기가 하고 싶은 일
하면서 사회에 이바지하며 사는 게 아닐까 싶다.

소유냐 보관이냐

소유냐, 보관이냐 하는 개념은 그리 가볍게 생각할 문제가 아니라고 생각한다. 내 것, 내 소유라는 의식이 자칫 세상을 불공평하게 하고, 갈등의 요인, 사회악으로 작용하게 된다. 한 마디로 진정한 의미로서의 소유란 없다고 생각한다. 다만 보관만 있을 뿐이다.

사람들은 현재 자기 수중에 있는 모든 것들은 모두 자신의 소유로 잘못되게 알고 있다. 이런 착각이 인간 세상에 모순을 낳고, 불공정, 갈등, 반목, 다툼 등 부정적 요인이 되고 있다. 그런 의미에서 필자는 개인적으로 상속제를 반대하는 사람이다.

분명히 모든 것들은 이 세상의 것인데, 어느 개인이 제 임의로 대를 이어 상속을 한다는 건 인간 세상에서의 가장 큰 모순이라 생각하기 때문이다.

자신이 애써서 이룬 재산이든, 심지어 밤새워 가며 머리 싸매고 얻어낸 학문까지도 어느 한 개인의 것이 될 수가 없다는 것이다. 그래서 더욱 날밤 지새워가며 머리 싸매고 공부하여 혼자만 알고 간다면, 그것은 공부를 한 것이 아니라 미친 짓이고 바보짓거리에 다름 아니다. 알았으면 어떤 식으로든 모르는 자들을 위해, 이 사회를 위해 기여하고 되돌려주어야 한다.

소유와는 크게 다르게 보관은 처음부터 내 것이 아니라, 우리의 것이라는 공유共有 의식이 전제前提되어야 한다. 이처럼 개인은 무엇이든 일시 보관하고 있는 거라 여기면 큰 실수 없이 살 수가 있을 것이다. 아울러 이런 정신에서 보다 큰 보람을 맛볼 수 있을 거라 생각한다.

소유란 개념은 소유자가 맘대로 해도 된다는 의식이 저변에 자리하고 있다. 때문에 자칫 가치 없이 낭비하고, 탕진해 버리고도 별로 죄책감을 느끼지 않기 십상이다. 내 것이니까.

하지만 보관이란 개념에서 보면 무엇이든 함부로 해선 안 된다. 마구 낭비를 하거나 훼손을 해선 더더구나 안 된다는 전제가 잠재되어 있다. 잘 보관했다가 때가 되면 이 세상에 곱다시 돌려주어야 한다는 의무감 같은 것이 작용하기 때문이다.

누구도 이 세상의 것을 함부로 해선 안 된다. 그럴 권한은 아무에게도 없다. 보관을 다른 의미로 표현하면 한시적으로 빌려 쓰기에 다름 아니다. 물질적인 것들의 한계는 여기까지이다.

반면에 지식을 가진 사람, 덕망을 쌓은 사람이야말로 진정으로 가진 사람이라 보는 것이다. 물질적인 것은 경우에 따라서 어처구니없게 될 수도 있고, 허망할 수도 있고, 위험하기 짝이 없을 수도 있다.

동서고금을 막론하고 복권에 당첨된 자가 성공하지 못하는 게 이를 입증함이다. 어느 한순간에 횡재를 한 자들의 공통적인 첫 번째 행동이 마누라 바꾸기, 혹은 서방 갈아치우기이다.

근간根幹을 뒤죽박죽으로 만들어 놓고 어찌 성공하고, 어찌 행복할 수가 있기를 바랄까.

이는 그 돈을 감당할 수 있는 의식이 못되고, 관리 능력이 없는 모자라는 인간이기 때문인 것이다. 그리고 감당할 수 없는 과욕을 억제하지 못해 불러들인 또 다른 재앙이고 화禍일 따름이다.

횡재한 돈을 불우한 이웃과 더불어 살아가는 이 세상을 위해 내놓는다면 그 사람은 반드시 성공한 삶이 될 것이다.

5

부모 노릇

우리나라에선 아직도 자식을 낳으면 가르치고, 짝지어 주고, 살 집까지 마련해 주어야 어느 정도 부모 노릇을 했다고 생각한다. 그러면서도 늘 부족한 듯하여 뭔가를 더 주려고 갖은 애를 다 쓴다. 자식들이 왔다 갈 적마다 보따리 보따리 들리는 것도 한국적인 독특한 풍습이지 싶다. 한국의 부모들은 마치 자식만을 위해 살다 죽는 삶이라 해도 과언이 아니다. 미국 같은 나라에선 상상도 못할 노릇이다.

자식은 나이가 몇 살이 되었든, 어디에 살고 있든지, 부모의 집은 한결같이 편안한 제 집이다. 냉장고 문을 벌컥벌컥 열어도, 주방을 들락거려도, 음식을 찾아 먹어도 아무런 허물이 되지 않는다. 그리고 돈이 필요하면 언제든 부모에게 손바닥을 벌릴 수가 있다. 하지만 부모는 그렇지가 못하다. 설령 자신이 사준 집이라도 자식이 주인으로 있는 집이면 부모는 손님이 될 수밖에 없다. 냉장고 한 번 열기가, 주방에 들어가서 물 한 그릇 마시기가 여간 눈치 보이지 않는다. 자식에게 용돈을 달라고 하기란 정말로 쉽지가 않다. 명절 같은 때 자식들이 알아서 내놓은 용돈이라도 선뜻 집어들 수가 없게 된다.

그동안 먹이고, 입히고, 가르치는 데 들어간 밑천은 이미 부모의 머릿속에는 남아 있지도 않는 것이다. 이게 부모와 자식의 차이이다.

흔히들 내리사랑이란 말을 쓴다.

필자의 경우 이 말의 뜻을 알게 되기까지 너무 많은 시간이 흘렀다. 부모자식 간의 사랑이 어떤 것인가를 알았을 땐 부모님은 한 분도 이 세상에 계시지 않았던 것이다. 그러면서도 자식들이 걱정되고, 마음 쓰이는 건 어쩔 수가 없다.

산업화 사회 이래 핵가족화, 아파트 주거화, 고령화가 되면서 부모와 자식이 한집에 사는 모습을 보기가 힘들어졌다. 그런 새로운 문화의 틈새를 파고 든 상업주의의 부산물이 노인 요양원이 아닌가 싶다. 필자는 이 노인 요양원이라는 데가 왠지 현대판 고려장이라는 생각을 떨쳐 버릴 수가 없다.

누구나 어린 시절엔 부모가 없으면 죽는 줄 알았을 것이다. 특히 자식에게 어머니의 존재는 더욱 절실했다. 누구한테든지 바깥에서 돌아오면 엄마를 부르는 게 습관처럼 되어 있었던 잊지 못할 시절이 있을 터이다. 그러다 미처 어머니가 대답을 해주지 않으면 알지 못할 불안과 어떤 서러움에 자신도 몰래 울음보를 터뜨렸던 경험이 없는 사람은 없을 것이다.

이런 부모가 늙었다고, 이러한 어머니가 병이 들었다고 요양원에 수용시켜 놓는다. 그런 후 저희는 좋다고 술을 마시고, 노래를 부르고, 춤을 춘다.

거미 중에는 새끼가 제 어미의 몸을 파먹으며 자라는 종種이 있는 걸로 알고 있다. 대다수의 한국인들은 이 거미처럼 자식을 위해 자기의 생을 몽땅 다 내놓는다.

젊은 시절 열심히, 알뜰히 일을 하여 모은 재산 자식한테 다 털어 넣고, 늘그막에 생계를 걱정하는 사람들 얼마든지 많다. 부모와 자식의 관계는 이 정도밖에 아닌가 싶어, 한심하고 참담해진다.

이처럼 빠르게 잘못되어 가는 가정형태가 저출산 내지 출산 거부, 독신 고집이라는 이상한 문화를 형성하는 데 한 몫 하지 않았나 싶다. 많이 가르쳐 놓은 자식보다, 없어서 남들만큼 가르치지 못한 자식들 중에서 효자가 훨씬 많이 나온다는 사실은 매우 놀랍다 않을 수 없다.

이런 사실을 잘 알면서도 부모는 자기 자식을 남보다 더 가르치지 못해 안달을 한다. 그게 부모 마음이기 때문이다.

정치꾼

삼류 정치꾼과 하류 장사꾼은 공통점이 있다. 이들은 공히 오직 잇속밖에 관심이 없다는 것이다. 때문에 득이 있을 때만 헤헤거리면서 아는 체를 한다. 정치꾼의 사탕발림 소리, 호기豪氣, 장담壯談과 장사꾼의 호언豪言, 엄살은 전혀 믿을 게 못된다. 정치꾼과 장사꾼은 득이 된다 싶으면 못하는 짓거리가 없다.

정치꾼이 정치를 잘하기란 생각처럼 어려운 노릇이 아니다. 우선 정치가 직업이 되어선 안 된다고 생각한다. 정치가 직업이 되면 당사자는 말할 것도 없고, 끝내는 국민들도 다 같이 불행해질 수밖에 없다. 국가의 이익과 발전, 국민의 권익과 자존심, 행복 등을 위해 자신이 가지고 있는 모든 능력을 다 바쳐야 하는 게 정치라고 생각한다. 단언컨대 그렇게만 된다면 정치를 하는 자도, 자신을 찍어준 국민도 불행해질 이유가 전연 없을 것이다.

반면에 장사꾼은 밑천의 몇 배 이상으로 서비스를 제공하고야 비로소 먹고 사는 존재가 되어야 한다고 확신한다.

요식업을 예로 들어 보자. 전국적으로 엄청나게 많은 식당들이 있다. 하지만 소비자 입장에선 밥 한 그릇 사먹기가 여간 쉽지 않다는 것이다. 직장인들은 점심시간이 가까워지면 자신도 모르게 뭘 먹을까로 스트레스를 받는다고 한다.

굳이 별난 음식, 맛난 밥상을 기대해서만은 아니라는 게 이들의 공통적인 푸념이다. 그 한 끼의 끼니가 편안하고, 푸근하길 바랄 뿐인데 그게 충족되지 않는다는 것이다.

밥 한 상에 원가가 1천 원 친다고 하자. 1천 원짜리 밥 한 상만 삐죽 내놓고, 4천 원을 받는다면 그 식당은 소비자를 전연 만족 시켜줄 수가 없다. 당연히 그런 상술商術로는 이내 망할 수밖에 없을 것이다.

4천 원짜리 밥 한 상을 파는데, 깨끗함, 친절함, 맛남 등을 보태어 8천 원, 1만 원, 그 이상의 서비스가 더해진다면 그 집은 그야말로 대박을 보장 받을 수 있을 거라 믿는다.

깨끗하고, 친절하고, 맛있고, 싼 게 음식점의 절대 원칙이라 보면 틀림없다. 이렇게 해서도 장사가 안 되는 집 있으면 손들어 보라.

곧, 장사꾼 입장에서 원가原價에 몇 배를 더 얹어 주겠다는 정신만 있다면 장사는 그냥 저절로 되게 되어 있다. 한데 줘야 할 것은 아까워서 덜 주고, 받기는 더 받고 싶어 하니까 망할 수밖에 없다. 손님 입장에서 보면, 마치 장사꾼 자신이 당장 필요한 만큼을 달라는 것 같아 여간 씁쓸하지가 않다.

정치는 폼 잡는 재미로 하는 게 아니다.

오로지 국가의 무궁한 발전과 국민의 무한한 행복을 위해 자신이 가진 능력과 정성을 몽땅 바치겠다는 일념과 정신으로 정치 일선에 나서야 하는 것이다. 이게 원칙이다.

능력 없고, 나라 사랑하는 마음, 이웃 사랑하는 마음은 눈곱만큼도 없으면서 단지 수월하게 돈 벌어서 자신과 자기 가족이 잘 먹고 잘 살겠다고 정치를 하겠다면 애초에 생각을 바꾸어야 할 일이다.

결코 똥폼이나 잡고, 끗발이나 부리고, 거들먹거리며 쉽게 축재蓄財하는 게 정치가 아니다. 이는 끝내 자신뿐 아니라, 국민 모두가 불행해지기 때문이다.

자기 직책 악용하여 수월하게 돈 버는 것 절대로 능력 아니다. 잔꾀를 써서 남들보다 좋은 자리 차지하는 것 결단코 실력 아니다. 오히려 부끄러운 족적 만들기일 뿐이다. 스스로 잘못되었다고 깨달았을 때는 늦어도 많이 늦어 있는 것이기 쉽다. 빨리 초심初心으로 돌아가라. 어떠한 경우든지 본심本心을 잃는 것보다 더 불행한 일은 없다. 세상에 올 적부터 나쁜 사람, 악한 사람은 없다고 본다.

정치에서 [정政] 자는 나라를 다스린다는 의미만 있는 게 아니다. 가르친다는 의미도 있다. 그리고 [치治] 자도 다스린다는 의미만 있는 게 아니다. 바로잡다. 고치다, 익히다, 배우다, 돕다 같은 의미도 있다.

다시 말해서 정치는 다스리는 게 아니라, 힘을 합쳐서 잘못된 것을 서로 고쳐나가는 것이다. 이게 더 현대인의 정서와 의식 수준에 맞는다고 본다.

문맹률이 높고, 반상제도班常制度에 철저하게 길들여져 있던 그런 때와는 정치 개념 자체를 달리해야 한다고 보기 때문이다.

이미 누가 누구를 다스린다는 말은 전혀 어울리지 않는 시대를 살고 있다. 아는 게 없는 자들, 가난한 자들, 기죽어 있는 자들은 마음대로 지배할 수가 있을 것이다.

하지만 알만큼 알고, 뱃가죽에 기름기 두껍게 끼어있고, 자신감이 충만하고, 평등平等이 무엇인가를 너무 잘 아는 자들은 절대로 누구에게도 고분고분하게 다스려지는 것이 아니다.

그리고 보면 정치꾼들의 기능 자체도 다스리는 것이 아니다. 다스린다는 개념으로서의 정치는, 곧 정치꾼들이 어떤 면에서든 가장 우수하고 우월해야 한다는 것에 다름 아니다.

과연 오늘날 정치하는 사람들이 가장 우수하고, 우월하고, 올바르다 할 수가 있을까? 물론 절대 아니올시다가 정답일 터이다. 대부분의 국민들은 정치꾼들을 우수하고, 우월하고, 올바르기는커녕 미안함도, 고마움도, 부끄러움도 모르는 염치없는 무리들로 여기고 있을 뿐이라는 것이다.

아무리 전과를 많이 붙여도 전혀 기죽지 않는 이상한 곳이 정치판이다. 죽어 마땅한 죄를 지어 놓고도 잘못한 줄을 전혀 모르고, 괴상한 변명만 늘어놓는 정말로 이해할 수 없는 곳이 정치판이다. 은혜를 입고도 제가 잘나서 따라오게 되어 있는 당연한 결과라고 착각하는 이상한 인간들의 웃기는 세계가 바로 정치판이다.

일찍이 공자님께서 도덕정치에 뜻을 두고 BC 496년경 자로子路, 자공子貢, 안회顏回 등의 제자들과 함께 13년 여에 걸쳐 주유천하周遊天下를 한 것은 너무도 유명한 일화다. 오랜 굶주림과 봉변 등 갖은 고난을 감내 했지만, 공자님께선 끝내 정치를 성공하지 못했다.

이 이야기는 유명한 일화적逸話的 가치 이상으로 곰곰이 생각해볼 여지를 갖게 한다.

공자님 같은 도덕적인 어른이 정치를 실패했다는 건, 정치의 속성이 긍정적이기보다는 부정적인 면이 훨씬 많다는 걸 입증하는 것이라 하겠다. 한마디로 정치는 도덕만으로는 절대로 성공할 수 없다는 얘기가 된다.

진실이 통하지 않는 게 정치판이다. 정의가 먹혀들지 않는 게 정치판이다. 순수하고는 천 리 만 리쯤 거리가 먼 데가 정치판이다.

작금의 정치꾼들의 행태를 지켜보노라면 차라리 거짓말 잘하고, 사기성 많고, 협잡 잘하고, 권모술수 능하고, 음모·음해 잘하고, 똥배짱 좋고, 야합野合 잘 하고, 억지 잘 부리고, 목소리 크고, 욕 잘하고, 몸싸움 잘하는 것 등이 이 나라 정치꾼의 자질인 것 같다.

어느 것 하나 부정적이지 않은 게 없다.

더불어 정치하는 자들을 신뢰할 수가 없고, 또한 우리 모두가 덩달아 불행해지지 않을 수가 없게 되는 것인지도 모른다. 불행하게도 실제로 이런 부정적인 유형의 정치꾼들이 아주 유능한 정치인으로 평가 받으며, 정치꾼으로 승승장구(?)하고 있는 게 작금의 정치판도다.

정당마다 엄연히 공천이라는 제도가 있다. 과연 무엇을 기준으로 하여 후보자를 낙점하는지 도무지 알 수가 없다. 공천이란 과정을 거쳐 국민의 심판을 받았다는 자들이 당선 후에 하는 짓거리를 보면 그야말로 그 나물에 그 밥 이상의 어떤 차이도 느낄 수가 없게 되더라는 것이다.

그래도 대한민국 건국 초기 정치인들은 나름대로 낭만이 있었던 것 같다. 자신들의 살림을 줄여가면서 정치를 하는 여유와 풍류가 있었다는 것이다. 때문에 천석꾼, 만석꾼들이 선거 몇 번 치르고 살림이 거덜 난 집안이 허다했다고 알고 있다.

어떻게 된 노릇인지 그때나 지금이나 정치하는 사람들이 하는 역할은 똑 같을 터인데, 오늘날 정치꾼들은 거의가 어떡해서든 정치판에만 끼어들면 부자 되는 건 시간문제인 것 같아 보였다. 무슨 조화 속인지 도무지 이해가 되지 않는 부분이다. 정치판에 도깨비 방망이가 얼마나 준비되어 있는지 저절로 고개가 갸웃거려진다.

희생 없는 정치, 헌신 없는 정치, 봉사 않는 정치는 끝내 정치인이나 국민이나 다 같이 불행해질 수밖에 없게 된다.

정치꾼과 장사꾼이 다른 점도 분명히 있다.

정치꾼은 의리도 정情도 기대할 수가 없다. 정치적 동지, 정치적 은인恩人이 곧바로 밀어내기 대상이 되는 게 조금도 이상하지 않는 데가 정치판이다.

한데 설령 장사꾼이 '오실 땐 단골손님 안 오시면 남'이라는 사고에 익숙해져 있다 하더라도 정치꾼들 마냥 적과 동지를 구분하여 그처럼 냉철하게 선을 긋고 살지는 않는다. 그리고 그 적과 동지의 입장이 손바닥 뒤집히듯 쉽게 변절되고, 쉽사리 배신하지는 않는다. 이렇다고 봤을 때 장사꾼은 정치꾼과는 비교도 안 될 만큼 양반인 셈이다.

아무튼 국민의 뜻에 반하는 행위를 서슴지 않는 모든 공직자들에겐 「주민 소환법」을 확대 적용하여 언제든 엄히 책임을 물어야 한다고 본다. 또, 비리와 부정에 연루된 공직자들의 재산 모두를 몰수하는 「재산 몰수법」을 서둘러 제정해 시행해야 한다고 본다.

뿐만 아니다. 「환수법還收法」 내지 「변제법辨濟法」 같은 법률을 제정하여 공직자가 직무상 끼친 손해에 대해서도 반드시 책임을 물어야 한다고 본다. 물론 이런 법들에는 공소시효가 따로 없어야 한다.

그래서 공직자들이 자신들의 이익을 위해 국민의 의사에 반하는 행위를 못하도록 원천적으로 봉쇄하여야 하며, 아무리 부정을 저질러서 재산을 모았더라도 끝내는 자기 것이 안 되고, 오히려 그로 인하여 꼼짝없이 거지가 될 수밖에 없다는 걸 알게 해야 한다. 이것이 진정한 책임행정의 자리 잡기라고 믿는다.

공직자들은 비리非理 혐의로 구속을 될 때의 요란함과는 다르게 머지않아 병보석病保釋이란 이름으로 슬그머니 풀려나기 일쑤이다. 그리고 아무 일도 없었단 듯이 제자리로 복귀하는 게 대부분의 경우이다.

병보석이란 수형자受刑者가 건강이 나빠져 더 이상 수형受刑 생활을 할 수 없다고 판단될 때 법원이 정상을 참작하여 베푸는 일종의 배려이자 온정溫情으로 봐야 할 것이다. 그런데 이 병보석은 소위 힘 있고, 돈 있는 자에게만 주어지는 특혜인 듯하여 법의 형평성을 불신하게 되는 요인이 되고 있다.

한창 나쁜 짓을 할 적에는 기운이 펄펄 넘치던 자들이 수감收監만 되면 단박에 마스크를 하고, 휠체어를 타는 중환자가 된 모습으로 화면을 가득 채운다. 죄가 드러나지 않을 때는 멀쩡하게 나쁜 짓을 계속하다가, 죄가 드러나면 반드시 거쳐야 하는 수순手順인 듯 단박에 중환자가 되어 버리는 자들의 행태는 차라리 코미디요, 불가사의다. 이러한 그들의 변신은 차라리 중국의 전통가면극 이상으로 놀라운 귀신놀음 같다.

벌써 과학은 인간이 3십8만4천4백㎞ 정도 떨어진 달까지 갔다 오는 지경에 이르렀는데, 정치는 개명開明의 여지를 좀처럼 보이지 않은 채 미명未明 속에서 악몽을 꾸듯 허우적거리고 있다. 그러면서도 정치꾼들은 자신들이 마치 예수님이나 부처님이라도 되는 양 호기豪氣를 부리며 혹세무민惑世誣民을 예사로이 하려고 든다.

아무런 현실감 없이 아직도 아둔한 사고로 민중을 지배하려 든다. 한 마디로 정치가 지배하는 사회는 후진국이다. 후진국은 국민의 생활 전부가 정치의 영향을 바로 받아야 하기 십상이다. 매사가 정치와 얽혀져 있기 때문이다. 심하게는 가장 인간의 기본적인 생활 조건이랄 의식주마저도 정치력에 의해 좌지우지될 수밖에 없다. 선진화가 될수록 정치의 영향력은 자연스럽게 민중의 삶으로부터 멀어지게 된다. 그만치 민중의 관심도 멀어져 있게 마련이다.

더불어 선진국의 모양새를 갖추고 나면, 그만큼 문화의 필요성을 느끼게 되고, 절실하게 요구하게 된다. 그래서 아주 자연스레 문화가 의식화 되게 된다. 문화란 배를 채우고 나면 또 다른 갈증처럼 곧바로 필요로 해지는 것이기 때문이다.

어느 정도의 문화적 여건, 문화적 환경이 충족되었다고 문화생활을 다 누린다고는 볼 수가 없다. 문화는 필요성을 느끼는 것만큼 스스로가 찾아가는 것이고, 접근해 가는 것이고, 만들어 가는 것이며, 스스로 깨달아 동화同化되어 가는 정신세계까지를 포함하는 것이라고 생각한다.

후진정치가 인간을 지배하려면 반드시 물리적 힘을 동원해야 한다고 본다. 이는 오랜 인류의 역사가 입증해 주고 있다. 때문에 후진국일수록 경찰권과 군권君權을 상실한 지배자는 이미 지배자일 수가 없게 되는 것이다. 하지만 오늘날처럼 개명되고, 정치문화가 성숙한 시대엔 경찰권과 군권으로 국민을 통치 할 수는 없다고 단언한다.

문화란 어디에 접목되든 인간의 의식을 숙주宿主로 하여 동반적 관계를 유지케 하는 특성이 있다. 문화는 어떤 힘으로도 독점할 수 없고, 어떠한 힘에도 절대로 지배당하지 않는다. 오히려 문화는 널리 공유共有를 전제로 하는 특성을 가지고 있다. 때문에 유행이란 이름에 편승하여 커다란 파급력을 갖게 된다.

아무튼 정치는 폭력성을 배제할 수 없고, 문화는 폭력적이어야 할 이유가 전혀 없다. 인간의 삶에 있어 고급스런 문화가 성행하는 풍토가 되면 살벌할 이유가 없는 것도 이 때문인 것이다.

따라서 문화인의 삶이란 각자의 취미에 따라, 특기에 따라, 이상理想에 따라, 또 더러는 환경이나 여건에 따라 지향하는 바대로 제 길을 가는 것일 뿐이다. 어딘가에 크게 간섭 받고, 구속되고, 구애拘礙받지 않아도 좋다는 것이다. 그런 의미로 봤을 때 흔히 정치, 경제, 사회, 문화로 서열화 되어 있는 계통 구분은 분명 모순이 있다 않을 수가 없다. 어디에서나 문화가 가장 으뜸자리에 놓여야 한다고 보기 때문이다.

주지하다시피 우리 대한민국은 기름 한 방울 나지 않지만, 매우 살기 좋은 나라임에 틀림없다. 우선 사방팔방으로 산이 많으니 산소가 부족할 일은 전혀 없다. 물 부족국가로 분류되어 있다지만, 저마다 물이 귀중한 자원이라는 인식만 가져도 아직은 크게 걱정할 정도가 아니라고 생각하기 때문이다. 해마다 장마철에 치수정책治水政策 부재로 인하여 대책 없이 흘려보내는 수자원水資源이 얼마인가?

세계적인 포장률과 전국을 뒤덮다시피한 비닐하우스가 침수 방해 요인으로 작용하고 있다. 옛날에는 빗물 상당량이 침수되어 지하수로 재활용 되곤 했다. 그러나 늘어난 포장과 비닐하우스 때문에 침수량이 현격히 떨어진다. 문제는 어떤 공무원, 전문가임을 자처하는 어떤 학자도 이 문제는 염두에 두지 않고 있다는 사실이다. 천연자원인 물을 그냥 흘려 보내놓고 물이 부족하단다. 물을 지금처럼 저장하지 않고 무심히 흘려보냈다간 반드시 낭패를 당할 날이 오고 말 것이다.

또, 울창한 숲도 물 소비 증가 요인으로 작용하고 있다. 산이 헐벗었던 옛날에는 산림이 우거지면 물이 풍부해진다고 했었다. 산에 나무가 많으면 비가 올 적엔 물을 빨아 먹었다가 가물면 되돌려준다고 했다. 그래서 산에 나무를 심어야 한다고 했었다. 하지만 그건 말도 안 되는 헛소리였다. 결과는 산이 우거지면서 가뭄이 몹시 심해졌다. 나무들도 살아야 하기 때문이다. 모든 생명체는 햇빛, 공기, 토양과 함께 물이 없인 존재할 수가 없다.

우리나라 그 많은 산들 중에는 돈이 될 나무가 별로 없다. 5·16후 당장 헐벗은 산을 우거지게 하는 일에만 여념이 없었다. 그때 심은 아카시아나무가 다 살았다면 지금쯤 전 국토가 아카시아밖에 없을지도 모를 일이다. 아무튼 물만 빨아 먹지 경제수종이 아닌 산림은 분명 문제라 않을 수가 없다.

화려한 우리의 반만년 역사를 자원화하면 이 또한 엄청난 자산資産이 될 수가 있을 것이다. 무엇보다 우리나라 사람들은 세계 어느 종족에 비해도 뛰어나고 우수한 두뇌를 가졌다.

교육방식만 제대로 바꾸어 가면 반드시 대한민국이 세계 최고 지도국으로 성장할 여지가 충분하다고 보는 것이다. 지금처럼 정체성 없는 이대로의 교육 방식으로는 아무 것도 얻을 수가 없다고 본다.

위정자들이 입만 열면 즐겨 부르짖는 국제경쟁력도, 그렇다고 개인적 행복도 무엇 하나 얻을 게 없다는 것이다. 오늘날 학교 교육이라는 것을 보면 도대체 무엇을 가르치고자 하는 것인지 도무지 이해가 되지 않는다.

정치인들은 이런 점을 유의했으면 좋겠다.

정치는 아무나 할 수 있다. 그러나 절대로 정치를 해서는 안 되는 사람은 분명히 있다고 생각한다.

한글과 국사, 언제까지 홀대할 것인가

문민정부를 자처했던 김영삼 정부 이래 국어가 형편없이 홀대를 받고 있다. 국어 생각만 하면 저절로 분노가 치밀어 오른다. 가장 기본적이고, 가장 비중을 두어야 할 국어國語를 홀대하는 교육, 국사國史를 홀대하는 교육을 통해 무엇을 지향한단 말인가? 대학까지 나온 멀쩡한 사람이, 제 나라 글로 자기 의사 표현을 제대로 하지 못하는 모순을 어떻게 받아들여야 할지 모르겠다. 인간사회에 있어 문자란 기록을 전제로 하는 또 다른 의사소통 수단이다. 인간이 다른 생명체와 차별화되는 것 중의 하나도 문자를 쓰고 말고 이기도 하다.

흔히들 암각화巖刻畵라고 하는 바위그림을 사실은 암각서巖刻書라고 주장하는 학자들이 늘고 있다. 문자가 발달되기 훨씬 이전인 원시시대를 살다간 우리 조상들은 힘들게 바위를 파서 당신들이 어떻게 살고 있는가를 알리고 싶어 했다는 것이다. 사람, 말, 사슴, 물고기, 거북이 등등의 반구대 암각서를 보면, 조상들이 그 시대의 생활상을 후대의 우리들에게 얼마나 상세히, 그리고 절실하게 전하려 했는지 미루어 짐작할 수가 있다. 누가 뭐라든지 전국에 산재한 암각서들은 그 옛날 조상들이 오늘을 사는 우리에게 전한 최고의 메시지며, 다시없는 소중한 문화유산이다. 인간에게 문자는 이처럼 절실한 것이다.

세계가 다 과학적이고, 예술적이라 평가하는 국어가 우리나라 대학에선 찬밥 신세가 되어 가고 있다. 필수교양 과목에서 국어가 제외된 지 벌써 오래되었다. 당연히 국어가 차지해야 할 자리를 영어가 떡 버티고 앉아 극진히 사랑 받고, 지극히 대우받고 있다. 국사의 입지도 말이 아니긴 마찬가지였다. 일제 잔재를 청산한다며 나름대로 역사적 가치(?)를 지닌 구 중앙청 건물을 폭파시키고, 전국의 산꼭대기에 박혀있는 쇠말뚝을 제거한다고 그 난리를 치던 김영삼 정권이 삼 년간인가, 대학 수능시험에서 국사과목을 제외시킨 적이 있었다. 일제 잔재와 대학수능시험에서 국사과목을 동시에 청산한 일은 그야말로 자가당착적 모순이었다 않을 수가 없다. 나랏말과 국사를 폄하한 정책(?)은 일제의 탄압에 버금가는 대실수였다 보기 때문이다. 참으로 부끄럽고, 한심하기 짝이 없는 나라요, 교육이다.

국어의 홀대는 현재진행형이다. 현재로선 전혀 개선의 여지마저 보이지 않는다. 대학 입시 때까지만 국어는 예우를 받고 있다. 적어도 영어·수학과 함께 필수과목으로 지정되어 있는 것이다. 하지만 대학에서의 국어 과목은 사정이 영판 다르다. 지금 사범대 국어교육학과만 남고, 문리대 국어국문학과는 대학에서 알게 모르게 불명예스럽게 퇴출을 당할 수밖에 없는 위기를 맞고 있다. 그런데도 누구 하나 이 문제를 심각하게 받아들이지 않는 것 같다. 그 꼬장꼬장한 한글 관계 단체도 침묵을 지키고 있기는 마찬가지다. 우리가 홀대하고 있는 우리말, 우리글이 외국에선 대단한 붐을 일으키고 있다. 이미 상당수의 나라들이 다투듯 한글을 가르치고 있다. 그리고 점차 그 숫자가 늘어나고 있는 분위기라고 한다.

현재 이 지구상에는 약 3백 10여 개국에서 6천 8백 개 안팎의 언어가 통용되고 있는 걸로 알고 있다. 이 많은 언어 중에서 한글처럼 생년월일과 창제자가 분명한 언어는 없다. 그리고 지구상 어떤 언어도 자국인自國人 스스로 창제한 사례 또한 일찍이 없었다. 한글은 1443년(세종 25년) 12월, 세종대왕을 비롯한 집현전 학자들에 의해 창제되었다는 기록이 남아 있는 유일 언어이다. 뿐만 아니라, 한글은 세계 어느 문자와도 비교할 수 없는 과학적이고 예술적 조형성을 가진 문자로 높이 평가되고 있다. 현재 지구상에서 음성언어의 표기 기능으로 통용되고 있는 문자는 300여 개쯤 되는 걸로 알고 있다.

대개의 문자들이 나열식 구조를 가진 반면, 우리 한글은 한자와 더불어 몇 안 되는 조립식 구조를 가지고 있는 게 특징이다. 그러면서 한자처럼 복잡하지도 않다. 닿소리 홑소리 받침 등 삼단 조립이면 한 자가 형성되는 우수성은 세계 어디에 내놓아도 자랑할 만하다 할 수가 있다.

그래서일까? 1996년도 프랑스에서 개최된 세계 언어학자 학술회의에서는, 한글을 세계 공용문자로 쓰면 좋겠다는 의견이 개진開陳되었다고 전해진다. 중국이 일찍부터 획수가 복잡한 한자漢字 대신에 우리 한글을 탐내고 있다는 건 잘 알려진 사실이다. 이런 사실들이 두루 인정되어 1997년 10월 1일, 한글은 마침내 유네스코에 의해 <세계 기록 유산>으로 지정되는 영예를 안았다. 또, 2009년에는 인도네시아 소수민족인 찌아찌아족이 우리 한글을 공식 표기문자로 채택한 바 있다. 2011년 들어 서울대 라틴아메리카 연구소와 남미 볼리비아의 투팍 카타리 아이마라 인디언 대학과 한글 보급에 관한 양해각서 MOU를 체결했다는 반가운 보도가 있었다. 볼리비아 원주민인 아이라마족이 우리 한글을 공식 표기문자로 채택하는 것도 시간문제라는 것이다.

하긴 찌아찌아족의 경우, 사후事後 우리 정부의 소극적인 대처로 앞날이 투명치가 못한 실정인 것으로 알려지고 있다. 한글의 세계화를 위해서라도 보다 능동적이고, 보다 적극적이고, 보다 열성적으로 대처해야 한다고 생각한다.

어쨌든 이처럼 세계는 지금 우리 한글을 필요로 하고 있고, 줄기차게 한글을 향해 다가오고 있다. 그런데 정작 종주국인 우

리나라가 나라 글을 이처럼 홀대하는 모순에 빠져서 조금도 정
신을 못 차리고 있는 것에 몹시 안타깝다 못해 분노가 치민다.

언어학자들 사이에선 금세기 말을 분기점으로 하여 이 지구
촌의 언어가 절반 혹은 90%까지가 사라질 거라 예측하고 있
다. 현재 2주일에 하나의 언어가 사라지고 있음이 이를 뒷받침
함이라 할 수가 있다. 불행 중 다행으로 미국의 언어학자 노암
촘스키는 지구상 마지막으로 남을 3개 언어 중에 우리 한글이
포함된다고 예언 아닌 예언을 하고 있다. 이처럼 자랑스러운
한글을 정부가 앞장서서 보다 체계적으로 더 많은 인류에게
육성 보급하여, 우리 한글이 세계 공용문자로, 더 나아가 우리
말이 공용어로 발전할 수 있게 해야 한다고 본다.

언어에는 성대를 떨게 하여 소리를 만들어 내는 말과 글씨
를 써서 표현하는 문자, 각종 부호, 각종 신호, 손짓 발짓, 몸
짓, 표정을 포함한 동작언어 즉 보디랭귀지 등이 있다. 이중에
서 문자가 가장 상위 개념의 언어라는 덴 이의가 없을 것이다.
말에선 어휘 선택, 고저장단高低長短의 억양과 음색, 말마디가
매우 중요하다. 그렇듯 문자로 의사 표현을 함에는 맞춤법, 띄
어쓰기, 행갈이, 각종부호 활용 등이 절대적이다. 그리고 무엇
보다 중요한 것은 단순한 문자 표기로 끝나는 것이 아니라는
사실이다. 문자를 사용하여 문장화해야만 한다. 문장화란 적
합한 낱말의 선택과 정확한 배열, 확실한 의미 전달, 그리고 실
감나는 묘사와 아름다운 꾸밈을 뜻한다. 그런데 이런 일련의

일들이 생각처럼 쉽지가 않다는 데 딜레마가 있다. 좋은 문장을 만들기 위해선 우선 많이 알아야 한다(多讀). 많은 수련이 필요하다(多作). 매사를 허투루 보아 넘기지 않고, 깊이 생각하는 자세를 익혀야 한다(多思).

우리는 보편적으로 말은 잘하는데 글자를 모르는 사람을 무식하다거나 문맹, 까막눈이, 눈뜬장님이라고 한다. 그런 측면에서 필자는 글씨를 읽거나 쓰는 데 전혀 지장이 없지만, 문장을 제대로 만들지 못하는 정도를 절반의 문맹으로 규정한다. 아무려면 제 나라 글로 제 생각을 표현할 수 없어서야 되겠는가? 이태원梨泰院의 할머니들 거의가 영어라곤 모른다. 그러면서도 소위 하이Hi 바이Bye 영어만으로도 장사하는 데 전혀 불편해 보이지가 않았다. 외국어를 모른다고 외국여행을 할 수 없는 게 아니다. 귀머거리, 벙어리들도 한 생을 살다간다. 결국 말이란 이런 것이다. 하지만 글은 다르다. 우리가 배웠다고 하는 의미 중에는 문자를 얼마만큼 활용할 수 있는가가 전제 되어 있다고 생각하는 것도 이 때문인 것이다.

어쨌든 2011년 1월 27일 정부와 여당은 마치 선심이라도 쓰듯 고등학교 과정에서 국사과목을 선택에서 필수로 지정하기로 했다는 기사가 보도되었다. 그러다 4월 들어 마침내 한동안의 수모를 딛고 국사과목은 겨우 고등학교 교과과정에서 필수과목으로 부활을 했다. 이는 2009년 개정 교육과정이 시행될 때 국어, 영어, 수학만 필수과목으로 남긴 데 따른 문제점을 재인식한 때문이라 보아진다. 하지만 대학 수능시험에서는 국사가 여전히 필수과목에서 제외되고 있다. 문과文科를 전공하든지, 이과理科를 전공하든지, 아니다. 설령 학교 문 앞에도 가보지 않았더라도 제 나라 말과 글, 그리고 역사는 제대로 알아야 한다고 생각한다. 제 나라말과 글을 제대로 구사할 줄 모르고, 제 나라 역사를 알지 못하면서 무슨 정체성이 확립되어 있을 것이며, 애국심이 무장되어 있기를 바랄 것인가? 그야말로 상해임시정부가 어느 나라 정부였는지, 일본 제국주의자들한테 우리 할아버지 할머니가 어떻게 당했는지, 6·25는 어떻게 발발됐는지, 독도가 왜 우리 땅인지 등등을 알지 못한 채 무엇을 하자는 것인가? 역사만큼 좋은 거울은 없다고 한다.

자기 나라 글을 제대로 알지 못하면서 외국어를 잘하면 얼마나 잘할 것인가? 국어와 국사를 홀대하고, 폄하하는 나라 국민이 무슨 정체성이 갖추어져 있으며, 국가관과 역사 인식이 바로 정립되어 있겠는가 말이다.

국가의 정체성은 곧바로 민족적 자존심이고, 애국의 근간根幹이다. 뒤늦게라도 정부와 여당이 국사의 소중함을 좀은 인식한 듯하여 그나마 다행이란 생각이 든다. 또, 때를 같이하여 입법부 공무원 채용시험 과목으로 반드시 국사를 채택하겠다는 국회의장의 발표도 우연이 아닌 듯하다. 우리 국어의 중요성도 이처럼 재인식되어 모든 학과목 중에서 최상의 대우를 받는 시기가 하루 빨리 도래했으면 좋겠다.

대한민국은
정치만 잘해 주어도 천국이 된다

　　　　　교육이란 철저한 국가관에서 비롯되어야
한다고 해도 과언이 아니라고 본다. 옛날 우리 할아버지들은
문자를 익히기 전에 가문의 내력과 나라의 역사부터 가르쳤
다. 왜일까? 바로 효孝와 애국을 알게 함이고, 자신의 정체성과
자긍심을 길러주고자 함이었다고 생각한다.

　어쨌거나 급변하는 디지털 문화에 편승함에 따라 우리 본래
의 장점과 전통이 너무 쉽게 허물어져 가는 것 같아 아쉽고, 안
타깝기 그지없다. 아니다. 이미 다시는 되찾을 수 없는 것들을
너무 많이 잃어버렸다. 참으로 딱한 현상이요, 안타까운 노릇
이라 않을 수가 없다. 그래도 아직은 희망이 있다. 정치만 잘해
준다면—

　정치, 대단한 것이 아니다. 굳이 국가니, 국민이니 하는 거

창한 용어를 들먹일 것도 없다. 정책을 수행하는 입장에 있는 모든 공직자들이, 국가의 일이라는 광범위한 생각 대신에 내 집안의 일이라 생각하고, 국민의 일이라는 보다 객관적이고 막연한 개념보다는 나 자신의 일, 내 가족의 일이라는 생각으로 받아들이면 정답을 쉽게 얻을 수 있다고 본다. 더 나아가선 어떻게 하는 게, 두고두고 보다 많은 사람들에게 득이 되겠는가를 생각해 보면 쉽사리 답이 얻어질 것이라 믿는다.

어느 바보 같은 가장이 가계를 함부로 축내고, 마침내는 집안을 망하게 하려 하겠는가. 이런 가족이 있다면 집안에서 가족이기를 포기하고, 마침내는 밖으로 내치고 말 것이다. 무의식중에라도 내 집안 것은 다 아깝고, 나라의 것은 함부로 해도 괜찮다는 의식이 작용하기 때문에 나라가 이처럼 어려워져 있다고 보면 틀리지 않을 것이다.

잘 하겠다고 호소하고, 기회를 한 번만 달라고 애소하여 표를 얻어 놓고선 당선만 되면, 곧바로 돌변하여 제가 잘 나서 얻어진 당연한 결과인 양 뽑아준 국민 위에서 군림하려 들기에 결과가 서로 불행해지는 것이다. 선거에서 표를 준다는 것은, 임기라고 하는 약속된 일정기간 고용을 허용하는 것에 다름 아님을 알아야 한다.

분명히 그 임기 동안 뽑아준 국민 위에서 군림하고, 국민을 지배하고, 심지어 핍박해도 좋다는 승낙은 아니다. 그런 권한은 어느 누구도 준 적이 없고, 설령 신神이라 하더라도 누군가한테 그럴 권한을 줄 권리가 없다. 때문에 권력은 모든 공직자들 스스로가 만든 허상일 뿐이다. 그걸 한 꺼풀 벗겨내고 나면 권력의 허구성이 적나라해진다. 얼마나 부질없는가를 바로 알게 되는 것이다. 따라서 권력이란 허상을 오·남용하면 반드시 그 권력이란 허깨비는 폭력을 불러온다.

그리고 정치를 직업으로 생각하거나 정치를 통해 영웅이나 우상이 되려는 삼류 정치꾼은 국민의 공적公敵이 될 수밖에 없다.

아울러 오래 해먹으려는 정치인도 반드시 자신과 국민을 불행하게 하고 만다. 당사자들은 한사코 부정하고 싶겠지만, 교도소와 여의도는 자주 드나들수록 바른 사람이 되기 어렵다는 게 의식 있는 사람들의 보편적 생각이다. 정치를 하는 당사자들은 4선이니, 5선이니 하는 관록을 무척이나 자랑스러워하는 것 같다.

하지만 이는 정작 자기가 얼마나 불행해져 있고, 또 자신으로 인하여 얼마나 많은 국민들이 불행해졌는지를 전혀 알지 못하는 데서 오는 과대망상이라고 지적해 주고 싶다.

이 나라에서 정치를 한다는 건 돌이킬 수 없는 악업 쌓기에 다름 아니다. 그런데 정치인들은 정치를 만사형통의 수단, 무소불위의 병기兵器로 쓰려고 한다. 그래서 그걸 통해 생을 수월하게 살려고 한다. 정치는 결코 어느 개인의 영예와 부귀영달, 그리고 영광을 위한 놀이 수단이 되어선 안 된다.

정치인의 두 어깨에는 오로지 국민들의 불편, 국민들의 고통만이 한 짐 가득 얹혀 있어야 한다. 정치인의 눈에는 오직 이런 것들만 보여야 한다. 정치인의 뇌리에는 국민들의 꿈, 희망, 국민들의 행복을 위한 청사진으로 빈틈없이 채워져 있어야 한다.

정치인에게 학벌이나 경륜보다 더 중요하고 우선시 되는 필수조건은 그 사람의 인간됨이라 생각한다. 국민 위에 군림하는 권력병 환자는 결코 국민에게 득을 줄 수가 없다. 물론 신뢰도 받을 수 없다. 이런 자들은 그야말로 천지가 개벽을 하더라도 절대로 국민에게 감동 주고, 국민에게 사랑 받는 정치인이 될 수가 없다. 진실 없는 감동은 있을 수가 없기 때문이다.

위인전이 시대를 초월하여 꾸준히 대중에게 읽히는 것은, 그 분들의 삶이 그만큼 진솔하고, 정의롭고, 슬기로웠기 때문이다. 아울러 그만큼 감동적일밖에 없기 때문인 것이다. 진심으로, 진정으로 국가와 국민만을 아끼고 사랑할 때 국민의 행복이 보장될 것이며, 보람 있고 행복한 정치인이 될 것이다.

아무리 시대가 달라졌어도 모든 공직자에겐 다산茶山의 「목민심서」가 필독서, 필수 지침서가 되어야 한다고 생각한다. 그리고 약 150년이란 시차에도 불구하고 오늘날까지 명연설로 평가 받고 있는 에이브러험 링컨의 "국민의, 국민에 의한, 국민을 위한 정부…"는 영원한 바이블이라고 생각한다. 다산의 「목민심서」나 링컨의 「게티즈버그」 연설은 정치가 결코 지배하고, 통치하는 게 아니라는 걸 잘 말해 주고 있다. 정치는 더불어 나아가는 것에 다름 아님을 알게 해준 것이라 하겠다.

정치란 잘 했을 땐 두고두고 서서히 업적으로 나타나고, 오래도록 찬사讚辭로 살아남게 마련이다. 하지만 정치를 잘못했을 땐 곧바로 엄청난 부작용이 되어 국가와 국민들에게 손해를 끼치게 된다.

그래서 참다운 정치는 생각처럼 쉽지 않은 것이다. 그리고 누구든지 정치를 통하여 영웅이 되려는 생각은 애초에 말아야 한다. 정치를 통해 영웅이 되려는 자는 반드시 독재자가 되게 되어 있기 때문이다. 동서고금을 막론하고 독재자한테 역사는 조금도 관대하지가 않았다. 이 사실을 꼭 명심해야 한다.

그래도 아직 이 나라에는 엄청난 잠재력과 보랏빛 희망이 있다. 이 세계에서 가장 뛰어난 두뇌와 근면 성실하고 정직하게 살아가는 절대 다수의 국민들이 있다. 이들은 다시없는 최상의 자원이다. 더불어 대한민국의 미래는 밝다.

정치, 정치만 잘해 준다면…?

이런 국회 꼭 있어야 하나

우리나라에서 의회정치가 시행된 지 어언 60년이 넘었다. 1948년 5월 10일 실시된 총선에서, 제주도를 제외한 임기 2년의 초대 국회의원 198명이 선출되었다. 나라의 기본법인 헌법을 제정하였다 하여 제헌국회라 칭하기도 한다. 1948년 7월 1일 국회에선 대한민국이란 국호國號를 제정하기도 했다. 그리고 60여 년, 우리의 의정사議政史는 그야말로 영욕榮辱이 함께한 다사다난多事多難의 세월을 보냈다.

지금 여의도에는 지역구 출신 의원 245명, 비례의원 54명, 합하여 299명의 국회의원들이 있는 걸로 알고 있다. 그런데 도무지 이들의 역할이 무엇인지 알 수가 없다. 분명히 이들은 기회만 있으면 국가의 안녕과 번영, 그리고 국민들의 평안과 행복을 위해 대단한 뭔가를 하고 있다고 내세운다.

자신이 아니고는 그 누구도 못할 일을 한다고 으스대고 뻐긴다. 그런데 이들이 정말로 국가와 국민을 위해 자신이 가지고 있는 모든 역량과 열성을 다 한다고 믿어지지가 않는 건 왜인지 모르겠다. 필자만이 이처럼 유별나게 국회의원들을 부정적으로 보는 건 아닐 터이다. 대한민국에서 의식 있는 사람치고 정치꾼들을 바로 보는 사람은 없다고 믿는다.

연봉 1억 1천 3백만 원이란 고액 수입 보장. 월 차량 유지비 125만 원, 통신요금 91만 원, 입법정책개발비 233만 원, 사무실 운영비 50만 원, 사무용품 구입비 25만 원 등 활동비 보장. 82.5㎡(25평) 크기의 사무실과 4급 보좌관 2명, 5급 비서관 1명, 6급 비서관 1명, 7급 비서관 1명, 9급 비서관 1명 등 10여 명의 인적 지원. 82.6㎡(25평) 규모의 개인 사무실 제공. 이중 절반은 화장실이 딸린 의원 개인용 업무 공간임.

이외에도 관용 여권을 지급 받고, 공항 출입국 절차를 면제 받아 공항 의전실을 사용하다 곧장 비행기에 탑승 보장. KTX 무료 이용 등이 국회의원한테 주어진 특혜이고 특전이다.

아, 또 있다. 하루만 국회의원을 지내도 죽을 때까지 현행 기준 1백 2십만 원의 연금 보장.

문제는 무엇 때문에 이들한테 이런 특혜가 주어져야 하는가, 도무지 이해가 되지 않는다는 사실이다. 아무리 애정을 가지고 꼼꼼히 살펴보아도 무엇 하나 이해되는 조항이 없다. 그 가운데서도 특히 입법정책개발비 명목의 233만 원은 도대체 뭐라는 것인지 더욱 모르겠다. 허구한 날 멱살잡이 하는 게 정책개발을 위해 궁리하고, 애쓰고, 연구한 결과의 표현인가?

고작 자신의 고용주에게 거드름 피우고, 군림하려 드는 게 정책개발인가? 입만 벌리면 거짓말하는 것이 정책개발인가?

제발 그 국가를 위하고, 국민을 위한다는 말 따윈 말아줬으면 좋겠다. 그런 입으로 국가니, 국민이니 하는 신성한 낱말을 함부로 남용 말라는 것이다.

그리고 현행 국회의원 정원도 문제가 많다고 본다.

면적 982만㎢로 9만9천㎢인 우리 국토의 약 99배, 인구 6배가 더 되는 미국의 경우도 상원 100명, 하원 435명 등 총 535명에 불과하다. 그런데 우리는 299명이란 과대 국회를 유지하고 있다. 과연 이 인원이 필요한가? 이제쯤은 진지하고 진중珍重하게 생각 좀 해보자는 것이다. 허구한 날 싸움만 하는 국회, 패싸움을 위해서 이처럼 많은 의원이 필요한가? 다 같이 생각해 보자. 국토나 인구비로 보아 터무니없이 의원수가 많다고 하여 나라가 발전하지는 않는다고 보기 때문이다.

꼭 미국과의 국토나 인구비율을 따져서도 아니다. 그간 우리 국회에서 하는 모양새들을 보면, 당장 19대 국회의원 선거 때부터 현행 299명의 국회의원 정원을 150명 이하로 줄여도 전혀 국정에 차질이 없을 것으로 보인다는 것이다.

또, 19대 국회부터는 지역구니, 비례대표니 하는 구분도 따로 하지 말자고 주장한다. 자신을 뽑아준 지역구 따위엔 아무런 관심이 없는 사람들, 특정 직종에 애착이 조금도 없는 사람들에게 지역구니 비례대표제니 하는 구분 자체가 전혀 의미가 없다고 보아지기 때문이다.

제 가정, 제 자신의 일이라는 생각으로 나라와 국민을 생각하는 마음만 있는 사람이면 굳이 지역과 직능職能을 따질 이유가 없다고 보는 것이다.

차라리 전국을 대상으로 하여 진실한 사람, 정의로운 사람, 원칙이 있는 사람, 슬기로운 사람, 신뢰 받는 사람, 명예를 소중히 하는 사람을 무작위로 선발하자는 것이다. 사람만 바로 되었다면 다른 건 그리 따질 필요가 없다고 본다.

어느 자리에 있든지 다 마찬가지겠지만, 국회의원 노릇 아무 것도 어려울 게 없다고 생각한다. 그 화려한 학벌, 학력, 경력 등 다수를 현혹시키는 액세서리를 주저리주저리 단 사람보다는 나라 사랑하는 사람, 국민 아끼는 마음이 충만한 사람이 더 적임이라 보는 것이다. 포장지가 화려하다고 꼭 그 내용물이 기대치를 충족시켜주지는 못하듯, 액세서리는 자신을 본디보다 과장되게 부풀리는 수단으로만 쓰일 뿐이다. 오히려 이렇게 전국에서 무작위로 뽑혀진 사람들이 지금까지보다 더 신뢰할 수 있는 국회를 만들어 가리라 믿는다.

적어도 함량 미달들이 줄을 잘 서서, 혹은 기호 잘 뽑아서 당선되는 행운(?)은 다시는 없어야 한다고 본다. 본인보다 옆에서 부채질하는 사람 덕에 당선되는 행운도 끝나야 한다. 젊

으면 무조건 진보進步고, 나이 들면 보수保守라는 미숙한 사회
적 분위기에 편승하여 당선되는 행운도 막을 내려야 한다.

본디의 소임은 뒤로 한 채 이익 좇기에만 혈안인 자들이 여
전히 금배지 달고 거들먹거리도록 언제까지나 내버려두어선
안 된다고 보는 것이다. 하는 것 없이 연예인들처럼 인기를 얻
고, 대중 위에 군림하고 싶어 하는 게 작금의 정치꾼들이다. 이
를테면 치료가 불가한 권력착각증 환자들이란 얘기다. 인기도
존경도 자신이 제대로 잘 살고 나면 저절로 얻어지는 것이란
걸 왜 모르는지 모르겠다.

국회라는 곳에선 걸핏하면 멱살을 잡고 드잡이를 해대는데,
그 멱살잡이는 결코 국가나 국민을 위해서가 아니라는 사실을
대다수 국민들은 너무 잘 안다. 흔히들 당리당략이란 용어를
써댄다. 당의 이익은 곧 자신의 이익으로 돌아오기 때문에 그
처럼 추한 행동도 서슴지 않고 해대는 것일 뿐이라는 걸 국민
들이 더 잘 알고 있다는 것이다. 정말로 국가를 생각하고, 국민
을 위하여 그런 몸싸움을 하라면 모두들 외면할 거라는 것 역
시 너무도 잘 안다.

벌써 그야말로 국가의 백년대계와 국민의 행복만을 위해 고
민하고, 언성을 높일 때가 지났다. 그런데 어처구니없게도 날이
갈수록 우리 국회는 뒷걸음질을 하고 있는 것 같다. 국회 안에
서 보여주는 여와 야의 모습은 마치 적끼리 상호 대치하고 있는
형국이다.

어느 쪽도 위임자인 국민의 뜻과는 멀게만 느껴지는 일들을 명분이라 내혼들며 사생결단으로 드잡이를 해댄다. 도대체 무엇을 위한 멱살잡이인지, 누구를 위한 패싸움인지 도무지 알 수가 없다. 마침내 국회의사당 안에서 최루탄이 터졌다. 이는 언제 총기나 대포가 동원될지 모른다는 우려를 낳게 하는 아주 중차대한 사안이라 여겨진다.

극단적으로 표현하면, 정말로 저런 국회 꼭 있어야 되나 싶다. 국회에서 하는 양만 보면, 대한민국은 문화니 문명이니 하는 말이 무색하다 할 수밖에 없다. 마치 아마존 오지 소수민족들의 생활상을 보는 것 같다. 차라리 그들은 부족회의를 하면서 걸핏하면 드잡이를 하지는 않을 것이다.

국민의 입장에서 보면, 정치인이든 공무원이든 우리를 위해 심신心身을 다 바쳐 열심히 일해 달라고 고용을 했고, 거기에 상응하는 보수를 준다. 그런데 이들은 자신들이 기꺼이 해야 할 일들은 밀쳐둔 채, 저희끼리 짝짜꿍이 되어 주고받고 배 채우는 데에만 혈안인 것으로 보인다.

일찍이 의회사상 정말로 나라와 국민을 위한 안건을 내놓고 여야가 한목소리로 만장일치 가결을 한 예가 거의 없었던 걸로 알고 있다. 그런데 자신들의 세비歲費 인상안이 나오면 그처럼 원수 같던 여야가 단박에 하나가 된다. 100%. 그야말로 기적 같은 만장일치 가결이 현실화 되는 것이다.

정말로 잘 산다는 건 두고두고 오랫동안 많은 사람들로부터 신뢰받고, 존경받는 일이지 싶다. 존경받는 사람은 존경 받을 수 있게 사는 게 먼저이다.

세상은 자꾸만 달라져 가고 있다. 아니, 이미 많이 달라졌다. 정치도 진실하고, 정직하고, 정의롭고, 신뢰할 수 있는 사람들만을 필요로 한다. 부정적인 의식, 나쁜 사고를 가진 자들은 자연 도태될 수밖에 없다. 그렇다고 보면 한국의 공직자들이 나아갈 길은 너무도 확실하게 보일 거라 생각한다. 그러면 머지않아 대한민국은 정말로 살기 좋은 나라가 되리라 확신한다.

정치인들이여, 정신 좀 차려라. 지금의 그 모습은 결코 잘난 게 아니다. 정말로 불쌍하고 안타까운 모습일 뿐이다.

그리고 누구든지 자신의 역할이 다 끝났다 싶으면 반드시 낙향落鄕을 해야 한다. 낙향이란 다시없이 아름다운 문화다. 오늘날처럼 서울에 눌러 앉아 후배들에게 부담을 주지 말아야 한다고 생각한다. 더러는 퇴직 후에도 계속 나름대로 행사行使를 하려다가 끝내 개망신을 당하는 경우가 허다해서 하는 말이다.

우리는 모두 다 근본 입장은 똑같은 국민이다. 과거에 어떤 자리에 있었든, 현재 어떤 자리에서 어떠한 역할을 하고 있든지 언젠가는 반드시 순수 국민의 입장으로 돌아오게 되어 있다. 때문에 모든 공직자는 오늘의 오판이 훗날 고스란히 스스로에게 불편과 손해의 부메랑이 되어 되돌아온다는 걸 간과해선 안 될 것이다.

꾼은 어디서나 설친다

인간 사회에는 어디든지 정치꾼들이 득실거린다. 그들의 공통점은 제사祭祀보다는 젯밥에만 관심이 있다는 것이다. 그리고 반드시 패거리를 지어 조직을 좌지우지하려고 든다는 사실이다. 전국에 그 많은 대부분의 협회니 조합이니 하는 조직들이 이들에 의해 농락당하고 있다. 때문에 순수한 동기와 목적으로 발족된 협회와 조합 대다수가 본래의 취지와는 상반되게 유지되어 가고 있다. 협회나 조합이 구성원들한테 무엇을 해주었는가? 자꾸만 구성원들의 피를 빨아먹는 게 협회와 조합들이라는 느낌을 떨쳐버릴 수가 없는 건 왜인지 모르겠다. 회원의 도리, 회원의 의무를 따지기 전에 마치 봉이 된 것 같아 몹시 불쾌하고, 분노마저 치민다.

고상하고 도도해야할 문학단체 분위기도 예외가 아니어서

여간 씁쓸하지가 않다.

문단 정치꾼들이 분위기를 마구 흐려놓고 있다. 이들 문단 정치꾼들의 작품 행위는 오로지 문단 감투(?)를 쓰기 위한 조건 갖추기에 지나지 않아 보인다.

한국 대표 문학단체 이사장 선거를 앞두고 있는 요즘 분위기는 정말로 싫다. 문학단체는 결코 이권단체利權團體가 될 수가 없다. 또 절대로 그렇게 되어서도 안 된다.

하지만 불행하게도 지성인들의 집단이라고 자부하기에 조금도 부끄럽지 않아야 할 문단이 이미 돌이킬 수 없을 만치 썩어 있는 것 같다. 문단 정치꾼들은 삼류 정치꾼들 흉내 내기에 바쁘다. 때문에 문단이란 데가 온갖 불결한 환경과 불쾌한 악취들로 도무지 두 콧구멍으로 숨을 쉴 수가 없게 한다. 이들 꾼들은 정치성향이 약한 대다수 순박한 회원을 지면紙面, 상賞, 감투를 미끼로 사병화私兵化, 인질화人質化 하려 하고 있다.

모든 민간단체가 다 회원 상호 간의 친목을 최우선시 한다.

문학단체란 그야말로 글을 쓰는 이들끼리 서로 위로하고, 서로 격려하는 친선의 장이 되어야 한다고 본다.

이런 본론적인 일 말고도 앞장선 자들이 하기에 따라선 단체가 회원들한테 해줄 수 있는 일들이 많을 것 같은데, 실제로 해주는 것은 아무 것도 없다. 솔직히 표현해서 문단의 너절한 꾼들 때문에 친목마저도 잘 되지가 않는다.

창작 행위는 철저히 개인적 작업이다. 때문에 단체가 창작

행위까지 도와 줄 수는 없다. 그렇게 따지면 굳이 단체를 필요로 하는 것도 아니라는 생각이 든다. 많은 문인들과 어우러져 지낸다고 작품이 저절로 쓰여지는 게 아니기에 더욱 그렇다.

그렇다면 적어도 문학인 사회에서만이라도 잘 쓰고 의식 바른 시인·작가가 존경 받는 풍토가 자리 잡기를 해야 한다. 그런데 작금의 문단은 존경하곤 거리가 먼 자들이 전횡하는 난장판이요, 시궁창이나 다름이 없이 되어 가고 있다.

필자는 워낙에 대표니, 지도자니 하는 말을 좋아하지 않는다. 누가 누구의 대표이고, 누가 누구를 지도하는 입장에 설 수 있단 말인가? 문인이라면 첫째도 둘째도 작품으로 인정받고, 작품으로 존경 받아야 한다.

따라서 알량한 재주를 무슨 대단한 능력으로 착각하는 자들이 언제까지나 제멋대로 마구 날뛰도록 내버려 두어서도 안 된다고 본다.

다른 단체도 다 마찬가지지만, 문학단체에서 감투(?)라는 건 아무런 의미가 없다고 생각한다. 그걸 대단하다고 생각하는 사람들은 어리석고, 불쌍한 존재들인 것이다.

때문에 문학단체 일에 앞장을 서려면 우선 대내외를 막론하고, 작품으로 실력과 권위를 인정을 받는 사람이어야 한다고 본다. 그리고 협회에 소요되는 전 예산은 회원들의 회비로써가 아닌, 자신의 사재私財로 충당할 수 있어야 한다. 아니면 정부의 예산을 받아 내거나, 재벌들 협조를 얻어 해결하는 정도의 실력(?)은 되어야 한다고 본다.

곧 회원들한테는 어떤 명분으로든지 경제적 부담을 주지 않아야 한다고 보는 것이다. 그렇게 하여 자신들은 명예와 보람을 챙기고, 회원들은 마음 편하게 창작에만 전념할 수 있는 좋은 분위기와 여건을 제공받아야 서로 공평하다고 생각한다.

능력 없는 자가 조직 앞에서 설쳐대면 그 조직원들은 피해자가 될 수밖에 없다. 그러다가는 끝내 같이 망하게 되는 것이다. 어디에서든지 자신의 꼴 같지 않은 야망을 충족하기 위해 누군가를 이용해 먹는다면 그건 분명히 죄악이다.

이치가 이러한데도 자기희생은 조금도 없이, 조직을 통하여 돈(?)과 명예(?), 힘(?)을 다 가지려고 이전투구를 해대는 꼬락서니들이라니—

어쨌거나 문단에서 정치꾼 노릇을 하는 건 문학 본질적 활동이 분명 아니다.

회원 1만 명, 1인당 연회비 10만 원, 보조금은 차치且置하고라도 회비만 해도 결코 적은 재원財源이 아니다. 엉터리 같은 지금의 분위기로 봐선 입성入城만 하면 하루아침에 문단 내의 실력자가 되는 건 보장되어 있다. 그러니 그처럼 사생결단을 다 하는지도 모르겠다.

어떤 조건, 어떤 이유에서든 문단을 놀이마당으로 여기고 일정기간 신나게 놀아 보겠다는 생각 같은 건 제발 하지 말았으면 좋겠다. 조직에 빌붙어 뜯어 먹고 살려고 해서도 안 된다는 것이다. 그래서 온갖 부정과 비리와 추문이 끊이지 않는 것이다.

조직은 결코 어느 특정인을 위해 존재하는 게 아니다. 그 조직에 앞장선 사람들의 희생과 봉사와 헌신을 자양분으로 성장해 가는 것이어야 한다.

그리고 어디서든 감투(?)를 쓰면 감투 값을 할 줄 알아야 한다. 그래야 그 조직이 원활해지고, 그 조직원들이 편안해지는 법이다.

회비 받은 대가로 매달 회원들한테 보내지는 게 협회 이름으로 발행되는 문예지이다. 문학단체에서 발행하는 문예지 거의가 시판市販 실적이 미미한 걸로 알고 있다. 그야말로 회원들에게만 돌려지는 회지會誌의 성격을 크게 못 면하고 있다는 것이다.

그래서일까?

처음 몇 페이지는 하나같이 소위 임원이라는 자들 화보로 채워져 있다. 아예 시판을 하여 독자를 확보할 생각이 전혀 없다는 표현인 듯하여 여간 실망스럽지가 않다. 그 화보들만 빼내면 지금보다 출판 단가가 훨씬 낮아질 것이다. 그만큼 독자들한테 구독료의 부담이 줄어든다는 얘기가 된다.

기왕에 문학단체에서 발행하는 문예지라면 독자 입장에서 편집을 해야 할 일이다. 그리하여 독자 저변확대를 위해 온통 신경을 써야 한다고 생각한다. 잘만 하면 시인·작가 지망생에겐 길라잡이 역할을, 일반 독자에겐 유익한 문예지로써 각광을 받을 수 있다고 본다. 이는 고정 독자 확보는 물론, 고정 판매부수로 인한 재원 확충에도 절대 도움이 되리라 믿는다.

그리고 또 문제는 그동안 협회 재정 확충을 위해 여과濾過되지 않은 어중이떠중이를 죄다 회원으로 끌어 모아 놓았다는 것이다. 이들한테서 회비는 받았고, 어쩔 수 없이 그들의 글을 실어 주어야 하기에 그게 한계로 작용할 수밖에 없이 된 것이다.

모 후보가 선거공약으로 내세운 명예이사장제는 아직도 잊혀지지 않는 '일해재단'을 연상케 하는 위험천만한 발상임을 지적하지 않을 수 없다. 가뜩이나 회칙을 고쳐가며 있지도 않은 명예이사장제를 채택한 것은 그야말로 위인설관爲人設官의 전형인 듯하여 여간 마뜩잖지가 않은 참이었다.

문단은 결코 특정인과 그 패거리들의 놀이마당이 아니다. 몇몇이 돌아가며 전횡專橫을 해도 괜찮은 단체라면 회원들의 자존심과 명예를 위해서라도 당장 해산해 버리는 게 낫다고 본다.

문인으로 살아가려면 아닌 건 아니라고 할 수 있어야 한다. 잘못된 것은 과감히 비판해야 한다. 어떤 회유에도 야합하지 않고, 어떠한 협박에도 굴하지 않아야 한다. 조선시대 손꼽히는 선비들처럼, 옳은 것을 지키기 위해 총칼 앞에서도 꿋꿋하고 꼬장꼬장해야 한다고 본다.

하는 짓거리가 꼭 거리의 떼거리 약장수 같은 지금의 문단 정치꾼들은 문인이랄 수가 없다. 열심히 작품에만 임하는 다수의 문인들을 위해 문단을 떠났으면 좋겠다. 그 정도 타락한 의식이면 여의도를 향해 출사표를 던져도 반드시 승산勝算이 있다고 본다. 객관적 조건으로 보아 여의도 사람들보다 추호도 부족함이 없는 인재(?)들이 왜 이처럼 협소한 문단에서 날뛰는지 도저히 이해가 되지 않는다.

우리나라에서 전업 작가로 넉넉하게 살아가는 사람이 몇이나 되는가? 아마도 1만 명이 훨씬 넘는 문인 중에 순수한 작품만으로 생계유지를 할 수 있는 사람은 잘해야 20~30명 선 정도라고 본다. 다들 어려운데 회비 받아서 어떻게 쓰고 있는가? 문학단체 임원이 뭐라고 회비 받아서 신나게 펑펑 써대는지 도무지 이해가 되지 않는다. 이런 게 친목단체인가?

문학단체 앞머리에서 어지럽게 설쳐댄다고 묵묵히 작품에만 충실한 일반 회원들에 비해 글을 잘 쓰는 것은 아니라고 생각한다. 물론 특별히 잘 나지도 않았고, 그렇다고 많이 아는 것도 아니라고 본다. 그들은 그냥 감투놀이(?) 좋아하는 좀스러운 문단 정치꾼일 뿐이다.

고료도 제대로 못 쳐주는 알량한 잡지나 박아내고, 신문이나 문예지에 단골 추천인이나 심사위원으로 활동만 하면 표는 얼마든지 늘려있는 게 문단 현실이다.

때문에 꾼들은 꾼으로 살아가기 위해 먼저 잡지사부터 만들고 보는 게 대체적인 수순이다. 그 엉터리 같은 잡지를 통해 신인상이니, 추천이니 하여 문인 찍어내기(?)부터 해댄다. 그리고 그들을 자신의 선거 전위조직으로 줄 세우기를 한다. 이렇게 몇 년 공을 들이면 아무나 문학단체 임원이 될 수가 있다.

매사 작품으로 정당하게 평가되지 않는 지금의 문단 풍토도 이들이 만들어 놓았다 해도 과언이 아니다. 안면顔面, 인맥人脈, 충성도忠誠度(?)에 따라 지면紙面, 상賞, 감투(?)가 주어져 온 지 오래되었다. 때문에 문학단체나 잡지사 주변은 허접한 문인들의 발길이 끊이질 않는다.

없는 형편에 밥을 사겠다고, 술을 사겠다고 줄을 서는 게 문단 현실인 것이다. 지면 잘 얻고, 상 잘 받고, 감투(?) 잘 얻어 쓰면, 한결같이 수치심도 염치도 모르는 문단 정치꾼이라 보면 그리 틀리지 않는다 하겠다.

꼴사납게 그걸 무슨 대단한 벼슬인 줄 알고, 거드름 피우고 재려 든다. 기왕에 임원이 되었으면 백방으로 뛰어다니며, 자신보다 만 배나 나은 작가들이 작품에만 매진邁進할 수 있도록 뒷바라지나 잘 해야 할 일이다. 즉, 고료 제대로 받아주기 같은 가장 현실적인 일에 전력투구해야 한다고 본다.

소설가가 서너 편 정도의 단편소설을 발표하면 적어도 이 년 쯤은 잘 살 수 있어야 한다. 장편소설 한 권을 펴내면 최하로 5년 정도는 잘 먹고 잘 살아야 한다고 본다. 그런데 뭔가?

이런 일에는 아예 관심도 없고, 또 그럴 자신도, 역량도 없으니까 회비라는 이름으로 넉넉지 못한 회원들 호주머니 우려먹기에만 급급하다.

세미나를 핑계 삼아 자신들은 십 원도 내지 않고, 회원들한 테 빌붙어서 국내외 유람을 다니는 송충이 같은 짓거리를 능력이라 착각하는 존재들이 문단 정치꾼들이다. 이런 짓거리는 양아치들이나 하는 짓이다.

진정으로 자존심이 있고, 정말로 명예를 소중히 하는 문사文士라면 좀 고고하게 도도하게 살자. 보다 당당하게 살자. 하는 짓거리는 양아치를 못 면하면서 고상한 선비 예우를 받는다면 모순이지 않은가? 어디에서든지 신뢰 받고, 존경 받는 사람이 잘 사는 사람이다.

또, 문학단체의 선거제도부터가 잘못되었다. 러닝메이터제가 패거리 짓기로 잘못 이해, 변형되어 가고 있다. 회원들한테는 원천적으로 선택의 여지를 봉쇄해 놓고, 패거리들끼리 잘 놀아나는 현행 선거제도는 과감히 개선되어야 한다고 본다. 조직에 앞장선 자가 신나고 재미있으면, 그 조직원은 반드시 그 이상의 피해자가 될 수밖에 없는 법이다.

새로 구성된 집행부에선 이런 잘못된 것들을 하나하나 개선해 나가서 회원들이 더 신나는 협회가 되도록 최선을 다해 주기 바란다.

전직 대통령 예우법 폐지하자

　　　　　　우리나라에는 현재 세 사람의 전직 대통령
이 생존하고 있다. 국민의 입장에서 보면 이들에게 너무 과분
한 예우를 하고 있다고 보여진다. 꼭이 불행하게도 생존하는
전직 대통령마다 법적으로, 도덕적으로 깨끗하고 당당한 사람
이 아무도 없다는 사실 때문만이 아니다.

　주지하다시피 이들 중 전두환, 노태우 두 전직 대통령은 감
방까지 다녀왔다. 그렇다고 하여 죄가罪價를 다 치렀다고 생각
하는 국민은 아무도 없을 것이다. 그런데도 두 사람에게 경찰
청 직할경호대의 경호 예산만 연간 15억 7천만 원에 이른다고
한다. 전두환 전 대통령 8억5천1백9십3만4천9백 원, 노태우
전 대통령 7억1천7백1십만5천 원이라는 것이다. 이는 대통령
실과 특수경호대 소속 지원금을 제외한 액수라고 한다. 대통

령실이나 특수경호대에선 보안을 이유로 지원금을 밝힐 수 없다고 한단다. 국민의 입장에선 이 대목 또한 도저히 납득이 되지 않는다. 보안이 무엇인가? 무엇을 위하는 게 보안인가?

엄밀히 따지면 무엇이든지, 어떤 경우든지 국민이 몰라도 되는 일은 아무 것도 없다고 본다. 또한 아무려면 보안법이 헌법 제1조 2항보다 상위법일 수는 없다는 것이다. 어떠한 경우라도 보안이란 이름으로 아무 것이나 은폐 내지 엄폐되는 일이 있어선 안 된다는 것이다. 더구나 정권 차원에서 민망스럽고, 정당하지 못한 행위를 가리는 게 보안일 수는 없기 때문이다.

그리고 과연 이들이 국민의 혈세로 경호를 받을 만한 가치가 있는가 이다. 알다시피 1997년 5천억 대의 비자금 조성 혐의로 무기징역형과 함께 2천2백5억 원의 추징금을 받은 전두환 전 대통령은, 아직도 1천6백7십2억3천만 원을 미납하고 있는 상태다. 또 노태우 전 대통령은 1997년 무기징역형과 함께 4천1백억 원의 비자금 조성 혐의로 2천6백2십8억9천여만 원 중 2백8십4억8천1백만 원이 미납되어 있다.

한마디로 두 사람 다 현재진행형 범법자란 말과 다름없다 할 수가 있다. 이처럼 국법을 지키지 않는 사람들에게 경호를 해주어야 한다는 건 국민으로서 모욕을 느낀다 하지 않을 수가 없다. 추징금은 낼 생각을 않고, 초호화 생활을 누리는 전직 대통령들의 잘못된 사고를 어떻게 받아들여야 할지 모르겠다. 과연 이런 게 잘난 모습일까? 이런 게 능력일까? 절대로 아니라고 생각한다.

현행 전직 대통령에 관한 예우법률은 1981년 3월 2일 당시 전두환 정권에 의해 제정되었다.

첫째, 연금지급액은 당시 대통령 보수년액의 100분의 95 상당액으로 한다고 명시되어 있다. 즉, 현 대통령의 연봉 95%를 지급한다는 얘기다. 따라서 전직 대통령 연봉은 2010년 현재 기준 1억7천1십3만6천4백5십 만원이다. 2010년 현재 개정한 시행령에 따르면 대통령연봉월액의 8.85배에 상당하는 금액을 말한다고 명시되어 있다. 필자로선 앞서의 95%와 매우 헷갈리는 부분이다.

아무튼 참고로 미국의 경우는 40%로 되어 있는 걸로 알고 있다.

둘째, 전직 대통령 사망시 그 배우자 유족 연금액은 지급당시의 대통령 보수년액의 100분지 70 상당으로 한다고 되어 있다. 전직 대통령 배우자 연봉은 1억2천5백3십6만3천7백 원이 된다. 또, 30세 이상의 유자녀로서 생계 능력이 없는 자로 그 가족의 소득·재산 및 부양가족 등을 고려하여 사회통념상 전직 대통령의 유자녀로서의 품위를 유지하기 어렵다고 인정되는 자에게 연금을 지급한다는 조항도 명시되어 있다.

셋째, 문서·도화 등 전시물 대여, 사업경비의 일부보조, 기타 사업추진을 위하여 필요하다고 인정되는 지원을 한다.

넷째, 전직 대통령은 고위 공무원단에 속하는 별정직공무원 신분의 비서관 3명, 별정직공무원 신분의 운전기사 1명을 둘 수 있고, 전직 대통령이 서거한 경우 그 배우자는 전직 대통령이 서거한 날로부터 3년간 대통령령이 정하는 비서관 1명과 운전수 1명을 둘 수 있다. 필요한 기간의 경호·경비 지원, 교통·통신 및 사무실 제공 등의 지원, 본인 및 그 배우자의 국·공립병원에서의 진료는 무료로 하고, 민간의료기간에서의 진료에 소요된 비용은 국가가 이를 부담한다. 사무실 및 차량의 제공과 기타 운영경비의 지급, 공무여행 시 여비 등을 지급한다. 제7조에는 권리의 정지 및 제외조항이 있다.

1. 재직 중 탄핵결정을 받아 퇴임한 경우.

2. 금고 이상의 형이 확정된 경우.

3. 형사처분을 회피할 목적으로 외국정부에 대하여 도피처 또는 보호를 요청한 경우.

4. 대한민국의 국적을 상실한 경우.

전직 대통령 예우에 관한 법률대로 적용하고 있다면 전두환, 노태우 두 전직 대통령은 금고이상의 형이 확정된 경우로서 전직 대통령 예우에 관한 법률에 명시된 조건 중 경호 외 다른 혜택들은 받지 못해야 할 것이다. 그렇다고 보면 김영삼 전 대통령과 고 김대중 전 대통령 배우자 이희호 여사, 고 노무현 전 대통령 배우자인 권양숙 여사가 전직 대통령 예우에 관한 법률 수혜자들이다.

어쨌든 전직 대통령 예우에 관한 법률을 보면서 도대체 무얼 하자는 것인지, 도무지 이해가 되지 않는다. 모든 법은 국민의 입장에서 제정되고 시행되어야 한다고 믿기 때문이다.

역대 어느 대통령도 무보수로 재임한 적이 없다. 국민의 입장에서 보면, 대통령도 선거로 선출하여 임기동안 정당한 보수를 주어 왔다.

2011년 1월 4일자 모 신문 기사를 참고로 하면, 현직대통령의 연봉은 1억7천9백9만1천 원이다. 월 1천4백9십2만4천2백5십 원의 보수를 받는다는 이야기이다. 여기에 월 3백2십만 원의 직급보조비와 월 13만 원의 정액급식비를 포함하면 연간 2억1천9백5만4천 원을 수령하게 된다. 그런데도 본인의 경우 퇴임 후 사망시까지, 그 배우자나 제대로 밥벌이 못하는 못난 자식들까지 국민들이 책임져야 한다는 건 민주국가에서 있을 수 없는 일이라고 생각한다.

그렇다면 평생 농사를 지어온 농민이 늙어 농사를 못 짓게 되면 국가가 생계 그 이상을 책임져야 하고, 평생 장사를 한 상인이 늙어서 더 이상 돈벌이를 할 수 없게 되면 국가가 노후를 책임져야 형평성이 맞다고 본다.

이치理致가 이럴진대 단지 대통령을 지냈다는 이유만으로 이처럼 대단한 혜택을 누리게 해야 한다는 건 여간 문제가 있는 것이 아니라는 생각인 것이다.

민주사회에서 대통령은 특별한 존재일 수가 없다고 본다. 민民이 나라의 주인이고, 만인이 평등한 게 곧 민주주의다. 모든 논리가 정치 중심적이고, 힘의 논리가 기준이 되어선 곤란하다는 것이다.

어떤 신분, 어느 직職에 힘이 실리는 게 아니라, 바르고 옳은 게 힘이 되는 세상을 지향해야 한다.

IMF 이후 국민의 절대 다수가 경제적으로 여간 고통스러워하지 않는다. 날이 갈수록 여건이 더 어려워지고 있다. 농촌은 날로 비어져 가고 있다. 대도시는 어떤지 몰라도, 군소도시의 상가건물들 역시 텅텅 비어져 가고 있다.

아마도 벌써부터 그 상가에 세 들어 살던 사람들은 밑천이 다 떨어져서도 더 어찌해 볼 도리가 없이 되었을 거라는 생각이 든다. 국민들 살림살이가 이렇게 어려운데 전직 대통령이라고 그만한 특혜를 누려도 좋은지 묻고 싶다.

아무려면 대통령을 지낸 그 분들의 재력이, 저마다 1인당 2천만 원이란 거액을 빚으로 짊어지고 사는 우리만 못할까? 적어도 그 분들은 자손들이 세상에 태어나면서 2천만 원이 넘는 빚쟁이로 태어나지는 않는다고 본다.

고통 분담이란 차원에서라도 전직 대통령 예우에 관한 법률의 수혜 당사자들 스스로가 이 부담스럽고, 불공정한 법률을 폐지하자고 주장할 수는 없는지 묻고 싶다. 당장이라도 그 법률에 의한 특혜를 사양할 수는 없느냐는 것이다.

우리나라 전직 대통령들은 퇴임 후 특별히 어떤 활동을 하지 않고 있다. 사고思考를 바꾸면 전직 대통령은 더 자유롭게,

국민들 가까이에 다가와 더 많은 일을 할 수 있는 입장이라고 생각한다. 국내외로 다니면서 강의·강연을 할 기회도 얼마든지 있을 것으로 보여진다. 자신들이 하기에 따라서 굳이 국민들이 어렵게 낸 혈세를 연금으로 받지 않아도 될 거라 믿는다. 얼마든지 조금만 움직여도 연금 그 이상의 수입을 보장받을 수 있을 것이기 때문이다.

일본 센다이시 지진과 해일시 우리 국민들이 보여준 인정을 새삼 절감했을 것이다. 아무려면 최악의 경우, 전직 대통령과 그 배우자가 굶도록 내버려둘 국민들은 아니지 않은가.

지미 카터 제39대 미국 대통령을 보라. 인류 역사상 전직 대통령으로서 가장 성공한 모범사례라 할 수가 있다고 본다. 주지하다시피 카터 미 전 대통령은 퇴임 후 활동이 더 눈부시다. 1981년 대통령직에서 퇴임한 카터는, 1982년 사재를 털어 애틀란타에 비영리 기구인 카터센터를 설립했다. 1984년부터 헤비타트 운동에 참여하였다. 그리고 지미 카터 워크 프로젝트를 앞장서 실천하여 오늘에 이르렀다. 세계 곳곳을 찾아다니며 주택 신축, 보수를 통해 무주택 서민들의 주거문제를 해결해 주고 있다.

2001년에는 사랑의 집짓기 운동의 일환으로 특별 건축사업 대상지로 한국을 선정하였다. 아산, 파주, 진주, 대구·경산, 군산, 태백 등지에서 총 174세대의 집을 지어준 바 있다. 뿐만 아니다. 지미 카터는 냉전 후 야기되는 분쟁지역이면 지구촌 어디든지 기꺼이 찾아다니며 평화의 해결사 노릇을 자청해 왔다. 지미 카터는 평양도 2차례나 다녀온 적이 있다.

2010년 8월 24일에도 평소 북한 인권상황에 관심이 많아 밀입국을 하였다가 체포·억류된 미국인 아이잘론 말린 곰즈의 석방을 위해 평양을 방문하여 끝내 그 문제를 해결해 냈다. 그리고 미국 전·현직 대통령 중 유일하게 쿠바를 방문하여 카스트로를 만나기도 했다.

이런 행보行步들로 하여 지미 카터 전 대통령은, 미국 역사상 가장 인기 없는 대통령에서 가장 인기 있는 전직 대통령으로 추앙推仰받고 있다.

팔순을 훨씬 넘긴 노구老軀임에도 어느 젊은이 못지않은 정력과 열정으로 민주주의의 실천, 인권보호, 질병 및 기아퇴치飢餓退治 등 인류의 평화와 복지 그리고 행복을 위해 여생을 다 바치고 있는 그에게 저절로 경의의 박수를 보내게 된다.

빌 클린턴 제42대 미국 대통령도 큰일을 한 적이 있다. 2009년 3월 17일 중국과 북한 국경지역에서 취재활동을 하던 미국적자인 미국 커런트 TV 소속 한국계 유나 리 기자와 중국계 로라 링 기자 등 두 명의 여기자가 북한 당국에 의해 체포되어 141일간 억류된 적이 있다. 이 문제를 빌 클린턴 전 대통령이 평양을 몸소 방문하여 해결을 했던 것이다.

전직 대통령으로서 할 일은 바로 이런 것이라고 생각한다. 일이 없으면 만들어서 하고, 무엇이 인류를 위하는 일인가를 늘

고민하는 전직 대통령과 그 유족이 되어야 할 것이다. 백 번을 말해도 인간 세상에서 최고의 보상, 최상의 예우는 역시 신뢰와 존경이다.

불행하게도 이 땅에서 대통령을 지낸 사람들 거의가 존경하곤 너무 거리가 멀게만 살아왔다. 신뢰와 존경보다는 오히려 비판의 대상, 비난의 대상이 되어 뭇 사람들에게 부담스런 존재로 남아 있다.

국회의원을 지냈든지, 대통령을 지냈든지 전직前職은 전직일 뿐이다. 한사코 과거의 직위를 따져서 연금을 주고, 특별난 예우를 한다는 것 자체가 잘못되었고, 모순이라는 것이다.

누구든지 현직을 떠나면 야인野人이기 때문이다. 전국에 그 많은 은퇴자들한테 모두 이런 혜택을 주지 않지 않은가? 유독 전직 국회의원과 전직 대통령한테만 이런 예우를 한다는 것, 바로 잡아야 하지 않느냐는 것이다.

국민들 뜻에 반하는 이 문제에 관해 299명 여의도 동네 사람 중 그 누구도, 이 그릇된 규정을 폐지하자고 주장하는 이 한 사람 없다는 것은 단지 자신한테 득이 되기 때문이라고밖에 볼 수가 없다.

국민의 입장에서 보면 이는 분명히 염치없음이다. 이런 정신 상태로 무슨 나라를 위하고, 국민들을 위하겠는가. 다시 말해 한심하기 짝이 없는 노릇이랄 밖에 없는 것이다.

또, 김영삼 정권당시 무보수 명예직을 전제로 출범한 지방자치의원들의 유급화有給化는 국민의 의사에 반反하는 노무현 정권의 정치적 야합이었다고 지적하지 않을 수 없다. 전국적으로 2천9백2십2명이나 되는 기초의원의 보수만 해도 5십8억 4천4백 원 상당이 된다. 이 재원은 어디서 충당되는 것인가?

적어도 대통령이 부담하지는 않는다고 본다.

어쨌든 이처럼 중차대한 문제는 반드시 국민투표에 붙여 국민들의 의사로 결정되었어야 한다고 보는 것이다.

정치권에는 누구 하나 진정으로 나라를 위하고, 국민을 위하는 사람이 없어 보이는 것도 다 이런 문제들을 자기들 뭣대로 처리하기 때문일 터이다. 정말로 이런 게 나라를 위하는 일이고, 국민에게 득을 주고자 함인지 다 함께 생각해 보자는 것이다.

산다는 것은 결코 당장의 이익만 노리는 근시안적近視眼的 놀이로 끝나선 안 된다. 누구든지 자기 한 사람 살다가는 세월은 그렇게 길지 않다. 하지만 내가 남겨놓은 족적은 생각보다 아주 오래 간다. 내가 잘못 남겨놓은 행적行蹟이 두고두고 자손들에게 악업으로 물려져서야 되겠는가? 그리고 무엇보다 늙어가는 뒷모습이 아름다운 사람이 정녕 잘 사는 사람이라는 것, 이것이 삶의 정답이라고 생각한다.

6

박수에 현혹되지 말자

　살다보면 사는 모양새에 따라 대중 앞에 설 기회가 얼마든지 있을 수 있다. 누구든지 때에 따라 스포트라이트를 받기도 하고, 박수갈채를 받기도 하고, 헹가래를 받는 입장이 될 수가 있다. 어쩌면 사람들은 이런 입장이 되기 위하여 머리 싸매고 공부를 하고, 나름대로 발돋움을 하는지도 모른다. 아무 것도 아닌 것 같지만, 분명 많은 사람들이 자신을 알아주는 일은 기분 좋은 일임에 틀림없다.

　가뜩이나 자기 PR 시대가 아니던가? 이런 문제를 두고 소인小人, 대인大人이 따로 있을 수 없다. 겉으로 아무리 대인인 양해도 속으로는 싫지 않는 게 인간의 속성이기 때문이다.

　한데 이 모두는 함부로 망설임 없이 받아들일 일만은 아니다. 마구잡이로 잘못 받아들이면 자칫 마약이 될 수도 있고, 독약이 될 수가 있다. 좀은 경계를 하고, 엉덩이에 스스로 천 근 斤의 추를 매달아야 한다. 이런 것들에 잘못 맛들여 패가망신한 사람 적지 않다.

때문에 가장 조명 불빛이 강렬하고 화려할 때, 조명이 꺼진 뒤의 썰렁함을 미리 계산에 넣고 대책을 세워놓아야 한다. 우레와 같은 박수를 한창 받을 때, 그들의 싸늘한 외면을 각오해야 한다. 조명이 꺼지고 나면 아무도 박수를 치지 않는다. 맨몸으로 하늘 높이 솟구쳤을 때, 받아주는 손길이 없을 수도 있다는 걸 의식해야 한다는 것이다. 헹가래를 받다가 바닥에 그대로 내동댕이쳐져서 남은 인생 불구자로 살아야 하거나 죽은 경우도 없지 않다.

조명을 비추는 사람도, 박수를 치는 사람도, 헹가래를 치는 사람도, 모두가 그 순간 제 역할을 다할 뿐이었던 것이다. 결단코 그들이 진정으로 존경하고, 정말로 좋아해서 조명을 비추어 주거나, 박수를 치거나, 헹가래를 치는 게 아니라는 말이다. 조명을 받고 흥분을 가라앉히지 못하는 것, 박수를 받고 구름을 타는 것, 헹가래를 받고 풍선이 되어 끝없이 올라가는 환상은, 전적으로 당사자가 감당해야 할 위험하고 불행해질 수 있는 몫인 것이다.

일례로 열심히 애를 써다보니 벼농사가 잘 되어 다수확왕이 된 촌사람이, 하루아침에 일약 스타 아닌 스타가 되어 어울리지도 않는 양복으로 갈아입고, 카메라 플래시 받고, 인터뷰하

고, 성공사례 발표하러 다니는 사이 정작 본업인 농사는 쫄딱
망하는 경우 수도 없이 보아왔다. 방송 출연 잦은 운동선수치
고, 선수 생명 단명하지 않는 사람 보지 못했다. 누구든 본연의
일을 등한시하고, 매스컴에 맛을 들이면 제 인생 말아먹는 건
시간문제라 할 수 있다.

현대는 매스컴의 시대라 해도 과언이 아니다.

이는 노태우 정권 때 선언한 언론 자율화와 무관하지가 않
다고 보아진다. 어쨌든 이때부터 언론 천국이 되었다. 인터넷
까지 포함하면 전국적으로 언론이란 이름의 매체가 헤아릴 수
없이 많다. 이들 중 상당수가 아무런 검정 과정을 거치지 않은
자들의 구성체이다. 그야말로 사이비인 자들이 끼리끼리 모여
서 마구잡이 필을 놀려대고 카메라를 들이대고 있다는 것이
다. 실존하기나 하는지 의구심이 앞서는, 본 적도 들은 적도 없
는 이름의 매체가 너무 많다. 이들에 의해 별의별 형태로 관폐
官弊, 민폐民弊가 공공연히 빚어지고 있다.

그런데 더 기가 막히는 건, 그런 엉터리 사이비 집단들일수
록 전통 있는 언론사의 사훈社訓을 흉내 내어 저마다 하나같이
직필정론直筆正論을 기치로 내세우고, 사회의 진정한 목탁, 신
문고를 자처하고 있다는 사실이다. 직필정론, 정말로 진정한
의미나 알고 쓰는지 모르겠다. 그리고 이런 자들일수록 차량
에 보도니 취재니 하는, 극비문서 표지에나 긋는 걸로 알고 있
는 붉은색 쌍선이 그어진 팻말 혹은 깃발을 달고 다닌다.

아무튼 진실로 직필정론을 해보겠다는 의지로 언론에 손을 땠다면 직원들 보수부터 제대로 보장해 주라고 충고하고 싶다. 최소 생계도 보장 받지 못하는 자들이 빈 손가락 빨아가며 직필정론을 할 수 있다고 보는가?

신분증이 결코 돈이나 밥을 만들어 주는 건 아니지 않는가. 두 말할 나위도 없이 인간의 삶에 있어 보수란 생존과 직결되는 가장 중요하고 우선시되는 과제이자 조건이라 할 수가 있다. 그런데 문제는 직필정론을 부르짖는 대다수 사이비 매체들은 직원들 보수를 제대로 주지 않는다는 것이다. 실제로 정당한 방법으로는 사주社主 한 입 거슬리기도 힘든 매체들이 대부분이다.

<무엇을 먹고 사느냐?> 이는 그 사이비 언론 집단에 몸담은 자들의 과제로 주어진 풀 수 없는 수수께끼로 남는다. 먹고 사는 이 문제 때문에라도 부득이하게 사회악이 될 수밖에 없는 게 작금의 언론 현실인 것이다.

각종 언론사 명의로 발행된 신분증 한 장이 마치 무소불위의 권력의 증표인 양, 그것으로 먹고 살라는 것처럼 보인다. 정말 이해가 되지 않는 부분이다. 직설적으로 표현하면, 그 신분증을 약점 들추어 돈 빼앗는 흉기(?) 대용으로 써먹으라는 것에 다름 아니라고 보아진다.

신분증은 그야말로 말 그대로 그 사람의 신분을 보증하는 증명서 이상도 이하도 아니다. 어떤 경우라도 신분증이 돈을 만들어주진 못한다. 그런 용도로 신분증이 쓰여져선 절대로 안 되는 것이다. 그럼에도 지금 이 시간 세상을 쉽게 살려는, 별 사이비 기자들이 다 날뛰고 있다. 바로 나쁜 놈들이, 다른 나쁜 놈들 찾아가서 등 쳐먹는 짓거리를 하기 위해서인 것이다.

아무리 하찮아 보이는 매체도 그 나름의 영향력은 있게 마련이기에 이 또한 먹힌다는 게 우리를 암울하게 한다.

사정이 이런데도 조금 남다르게 살려면 그 잘못된 매스컴과 야합野合 아닌 야합을 할 수밖에 없는 게 또 다른 거북한 현실이다. 그것도 언론이라고 언제까지 철저히 외면만 할 수 없는 게 어쩔 수 없는 딜레마라는 것이다. 주지하다시피 매스컴은 이 시대 최고의 권력(?)이요, 요술쟁이이다.

이를테면 엉터리한테 과분하기 짝이 없는 큰 상을 받도록 바람을 잡아주고, 올곧은 것과는 너무 거리가 멀게만 살아온 인간을 그럴 듯하게 포장하여 영웅을 만들어 놓기도 한다. 아무런 검증도 되지 않은 인간을 정치판의 혜성彗星을 만들어 끝내 국가와 국민들에게 엄청난 손해를 끼치게 하기도 하고, 별 것 아닌 존재를 재벌의 반열에 밀어 올리기도 한다. 무명인을 일약 스타덤에 올려놓기도 하고, 대중의 우상을 만들기도 한다. 그런가 하면 대단찮은 시인이나 작가를 베스트셀러 작가로 만들어 놓기도 한다.

프로필이란 이름으로 고위 정치인들을 포함한 공직자들이 자리 변동이 있을 적마다, 그 사람의 약력이나 인품 같은 걸 언론 매체마다 경쟁적으로 소개한다. 그 프로필만 보면 그야말로 완벽하달만치 훌륭한 사람들이다. 그런데 머지않아 그 프로필이 얼마나 거짓되게 꾸며졌는가를 겪어 보지 않으면 안 되는 씁쓸함에 직면하게 된다. 그들 대개가 프로필과 정반대의 모습으로 저녁 9시 뉴스 화면을 꽉 채우고, 일간지 여러 면을 온통 추잡한 이야기로 장식하고 마는 인간이었기 때문인 것이다. 언론이 무책임하게 만들어 놓은 허상에 놀아나지도 속지도 말자.

아무튼 이처럼 매스컴이 작정하고 '몰이'를 하면 안 되는 게 없고, 못하는 것 역시 없다. 언제나 앞 얼굴은 진실과 정의의 화신化身인 양 절대 권위를 잃지 않으면서도, 뒷모습은 늘 '아니면 말고' 식이다. 어떠한 경우에도 반성을 하는 법이 전혀 없다. 책임을 지는 법은 더더구나 없다. 절대로 잘못을 인정할 줄을 모른다.

앞장서 진실과 정의를 알려주고, 그 쪽 방향으로 인도하는 것이 언론의 순기능일 터이다. 그런데 정작 언론은 진실이 무엇이고, 정의가 어디에 있는지, 혼란에 휩싸이게 하기 일쑤이다. 그러면서도 과장 좀 하면 매스컴의 힘은 현재 진행형으로, 전지전능하신 하느님의 능력에 버금갈 만치 대단하게 행사되고 있는 것도 사실이다. 이런 매스컴의 부작용은 이루 다 말로 형언하기 어려울 정도이다.

물론 매스컴의 특성을 잘만 활용하면 엄청난 재미를 볼 수 있는 것도 주지의 사실이다. 그래서 언론사 주변에는 늘 사람이 북적거린다. 하지만 잘못 받아들이면 매우 위험한 게임이 된다. 경계를 조금이라도 게을리 했다간 여지없이 불행의 씨앗이 되어 버리는 것이 매스컴의 속성인 때문이다.

또, 매스컴의 속성 중에는 멀쩡한 사람 허파에 헛바람 잔뜩 불어넣는 펌프 구실도 빼놓을 수 없다. 순진한 사람이 마침내 자아도취증에 빠져 신세 망치는 경우가 허다하다. 매스컴은 위험한 헹가래처럼 띄워 올려주기만 하지 떨어질 때 받혀주지는 않는다. 매스컴의 이런 역기능은 전혀 염두에 두지 않은 채, 전면에 나타나는 화려함에만 매료되다 보면 인생 자체를 망치기 꼭 알맞다. 매스컴은 이 시대에 필요악인지도 모른다. 오늘날 매스컴이 제 역할 제 기능을 제대로 다 해준다면 그야말로 어두운 세상을 밝히는 횃불이 되고, 좋은 세상으로 인도하는 등대가 되고, 현대판 신문고가 될 수 있을 텐데 몹시 안타까운 노릇이다. 하지만 언젠가는 꼭 그런 날이 오리라 희망을 잃지 않고 기대하며 기다려 본다.

하긴 꼭 매스컴만 탓할 일도 아닌지도 모르겠다. 대중이 보내는 박수갈채, 그것에 매료도, 중독도 되지 말아야 한다. 박수는 언제든 치는 자의 일방적인 멈춤이 묵계되어 있는 것이다.

언제부턴가 곳곳에 별의별 현수막이 다 내걸린다. 그 중에는 좋은 학교에 합격, 어려운 시험의 합격을 축하하는 현수막도 섞여 있다. 이런 현수막을 보면서 묘한 생각이 들었다. 꼭 삐딱하게 보아선 아니지 싶다. 좋은 학교에 들어갔다는 자랑, 어려운 시험에 척 붙었다는 자랑이 마치 누구 자식 이제 큰 도둑 되는데 그만큼 유리해졌다. 드디어 큰 도둑 되는 자격을 획득했다로 받아들여지는 건 왜인지 모르겠다.

그리고 아직 감수성이 한창 예민한 나이에 꼭 그 같은 현수막을 걸어 주어도 괜찮은지, 생각 좀 해보자는 것이다. 이런 현수막은 자칫 격려보다는 가슴에 헛바람을 불어넣어 주는 격이 되기 십상이겠기에 하는 말이다. 대학에 들어가는 것도, 어려운 시험에 합격한 것도 결코 인생의 과정일 뿐 마무리가 아니다. 한 생을 어떤 분야에서 최선을 다하다 은퇴를 한다고, 후배들이나 후학들 이름으로 치사致謝하는 현수막을 걸어 주었다면 박수를 아끼지 않을 용의가 있다. 일찍부터 그 많이 펄럭이는 현수막 중에서 이런 내용의 현수막은 본 적이 없다. 아무튼 스포트라이트든지, 현수막이든지, 박수든지 세인들의 시선을 한 몸에 받는 건 똑 같다. 주목을 받는다는 건 그만큼 조심스러워야 한다고 보기 때문이다. 또 그것들의 중독성도 경계해야 한다고 본다. 풍선을 타고, 구름을 타고 살 수는 없다. 사람은 누구나 진지眞摯할 때 진지하고, 진중鎭重할 때 진중할 줄 알아야 하기 때문이다.

아무튼 이런 추세대로라면 누구 부모의 칠순잔치 축하 현수막, 아기 백일 내지 돌잔치 축하 현수막도 나부낄 날이 멀지 않았다고 예측된다. 부디 좀 삼가자.

가정, 학교, 종교, 언론이
제자리를 잡아야

　　가정, 학교, 종교, 언론만큼 현대인들에게 영향력을 많이 끼치는 데도 없다. 사람이 사람다울 수 있도록 이끌고 다독일 수 있는 첫 관문이자 마지막 보루堡壘들이라 해도 과언이 아니다. 때문에 세상의 모든 부모, 교육자, 종교인, 언론인들은 자신들이 존재해야 하는 이유나 명분에 조금도 어긋나지 않게 똑바로 살아주어야 한다고 생각한다. 그런데 세태는 암담할 정도로 비관적이다. 이미 가정교육이란 말마저도 없어져 버린 지 오래이다. 안타깝게도 무자격 부모들이 너무 많은 세상이 된 것이다. 그야말로 부끄러운 부모, 없는 게 훨씬 나은 부모들이 너무 많다. 저마다 가정이 대가족 형태일 적에는 집안의 위계가 분명했다. 자연스레 어른들로부터 훈도薰陶를 받았다. 때문에 소위 가정교육이라는 것이 확실하게 존재했었다. 그러던 우리네 가정이 언제부턴가 핵가족화 되면서부터 전통가정의 모습이 붕괴된 것은 물론, 가정교육이란 말마저 사라져 버렸다. 지금 시대는 사방 어디를 둘러보아도 인성교육人性敎育을 감당하는 기능을 가진 데가 한군데도 없이 되었다. 가정도, 학교도, 사회도, 모두가 아무렇게나 갈 대로 가보자는 태도로 흘러가고 있는 것으로 보일 뿐이다. 도무지 세상이 어떻게 되어 갈지 여간 걱정스럽지가 않다.

30년 가까이 전의 일이다. 친구가 길을 가다가 두 눈으로 직접 본 일이라며, 어처구니가 없는 목격담 하나를 들려주었다.

30대 중반쯤으로 보이는 남녀가 목소리를 높여 언쟁을 하고 있었다. 하는 양들이 분명 부부는 아닌 듯했다. 내용인 즉, 남자가 잠시 길가에 차를 세워놓고 볼일을 보고 나오니까 다섯 살쯤 된 사내아이가 남자의 차량에 모래를 잔뜩 끼얹은 뒤 방석을 깔고 앉아 주르륵 미끄럼을 타고 있더라는 것이다. 산 지 얼마 되지 않은 새 차가 눈 깜짝 사이 온통 엉망진창이 되어 있었다. 순간 남자는 눈이 확 까뒤집어지는 것 같았다.

"야, 인마. 이게 뭐하는 짓이야?"

남자는 꼬마를 쏘아보며 무섭게 고함을 질렀다. 철썩 하고 곧장이라도 꼬마의 따귀를 후려칠 듯한 기세였다. 잔뜩 겁을 먹은 꼬마가 왕- 하고 울음보를 터뜨렸다.

"왜 그래? 왜 그러니, ○○야?"

마침 집에서 나오다 이 광경을 목격하게 된 꼬마의 엄마가 녀석과 남자를 번갈아 훑어보며 수선을 떨었다.

"엄마아―"

꼬마는 어미 품을 파고드는 병아리처럼 종종 걸음으로 달려가 제 엄마의 품속에 안겨들었다.

"왜 그래, ○○야?"

여자는 이미 충분히 사태를 짐작했을 터였다. 그런데 정작 여자는 제 자식이 버려놓은 차에는 관심이 없어 보였다. 오로지 제 자식 챙기기에만 바빴다. 어디 다치지나 않았는지, 혹시라도 놀라지는 않았는지, 그런 것만 신경이 쓰이는 모양이었다. 꼬마를 이리저리 돌려가며 살펴보고 또 살펴보곤 했다. 그러는 동안에도 적대감 가득 찬 눈으로 남자를 쏘아보는 걸 잊지 않았다. 이런 제 엄마의 원망에 불을 붙이듯 꼬마가 손가락으로 남자를 가리켰다. 남자가 저를 혼냈다는 의미일 터였다.

"왜 남의 애는 울려요?"

여자는 마침내 남자를 향해 악다구니를 써 댔다.

"저 차 좀 보고 얘기 하시오."

남자는 기가 죽을 이유가 없단 듯 등등했다.

"그 차 물어주면 되지, 그까짓 일로 남의 애를 울려요?"

그야말로 적반하장이었다. 분명히 잘못을 저지른 가해자의 입장인데도 조금도 미안해하는 기색이 없었다.

"뭐요?…"

남자는 전혀 뜻밖의 반응에 당혹스러웠던지 찔끔하는 듯했다.

"당신, 뭐라 그랬소?"

남자는 분을 참을 수가 없단 듯 두 주먹을 부르르 떨었다.

"그 차 물어 주면 될 것 아녜요. …자자, 울지 마. 우리 ○○, 착하지."

여자는 남자의 감정 따위는 아랑곳없단 듯이 연방 꼬마의 볼을 비비댔다.

"자식을 그 모양으로 키워서 도대체 어쩌자는 것인지?…"

친구는 입에 담기도 씁쓸한 듯 처연한 목소리로 이야기를 마쳤다.

이 단편적인 친구의 목격담대로 오늘날 젊은 엄마 아빠들 중 이처럼 자식을 향한 왜곡된 애정표현을 하는 사람들이 적지 않아 보이는 것도 사실이다. 호텔 안팎을 제 집 안마당인 양 마구 휘젓고 다녀도 제지하는 엄마들이 거의 없다. 호텔직원이 제지라도 할라치면 엄마 아빠가 나서서 싸우려고 한다. 열차 안도 실정은 마찬가지다.

요즘 젊은 사람들을 보면 하나 자식 나아서 온실 속의 화초처럼 애지중지 키우는 게 자식 사랑이라고 생각하는 것 같아 보인다. 이 얼마나 잘못되고 위험한 자녀 양육법이란 말인가? 절대로 그런 걸 사랑이라 할 수는 없다. 매끝에서 효자난다는 옛말이 있다. 효자까지는 아니라 하더라도, 적어도 나중에 사

회에 해악을 끼치는 인간이 되어선 안 될 것 아닌가. 가정교육
은 일생을 좌우할 만큼 그 영향력이 지대하다 하겠다. 누구나
따로 가르쳐주지 않아도 방바닥을 엉금엉금 기어 다니기도 전
부터 이미 해서 되는 것과 안 되는 것을 너무 분명하게 잘 알고
있다. 하지만 인간의 본성은 기회만 있으면 일탈을 하고픈 충
동을 느낀다. 때문에 엄마 품안에서부터 <되는 것과 안 되는
것>을 확실하게 주지시킬 필요가 있는 것이다. 그게 바로 교
육이다.

어우러져 살아가는 사회에는 반드시 질서가 지켜져야 한다.
그 질서의 근간은 결코 법이 아니다. 도덕이요, 예절이요, 도리
인 것이다. 수직적 성격을 가지고 있는 도덕은 위로는 섬기는
것이고, 아래로는 아우르고 감싸는 것이다. 반면에 수평적 성
격을 가지고 있는 예절은 동등同等한 입장에서 상호相互 간의
예禮를 뜻함이다. 따라서 이도저도 아닐 땐 도리를 다해야 한
다. 도리는 지극히 주관적인 동시에 일방적이다. 이를테면 내
할 바를 다하는 게 도리인 것이다. 사람이 사람답게 성숙하게
하려면 품안에서부터 도덕과 예절과 도리를 가르치고, 모범을
보여야 한다. 때문에 교육의 근간根幹은 가정이라고 본다. 진정
한 의미의 인성교육人性敎育은 가정교육에서 비롯되게 되어 있
기 때문이다. 가정교육을 제대로 받지 못한 인간은 아무리 좋
은 학교를 나오고, 책가방을 오래 들었어도 사람 구실하기가
어렵다.

일찍부터 우리나라는 동방예의지국으로 통했다. 하지만 지금은 아닌 것 같다. 우리가 진작부터 동방예의지국으로 불릴 수 있었던 건, 오랫동안 이어져온 다세대 가정의 전통 때문이었다고 보여진다. 위로 부모, 조부모, 증조부모, 고조부모 등 4대를 받들고 섬기며, 아래로는 자식, 손자, 증손자, 고손자를 아우르고 감싸고 훈도薰陶하는 5세대 가족이란 미풍양속이 존재했기에 가능했다고 보는 것이다. 그런데 산업화 사회가 되어 가면서부터 다세대 가정에서 핵가족화 가정으로 그 모양새를 달리해 왔다. 이제 5세대는 고사하고, 3세대가 함께 하는 가정도 많이 줄었다. 어려서부터 받들고 섬기는 훈련이 전혀 되지 않은 이유가 여기에 있다. 그리고 맹목적인 감쌈이 아닌 참다운 보살핌과 사랑을 받아 보지 못한 데 원인이 있다. 맹목적인 감쌈은 진정한 의미의 사랑이 아닌 것이다.

언제부턴가 대다수 젊은이들은 오로지 제 가족밖에 모르는 것처럼 보인다. 다 그런 건 아니지만, 그 가족이란 범주에서 부모를 배제시킨 지도 이미 오래 되었다. 이를테면 가족이란 저희 부부와 제 자식뿐이라는 사고思考가 단단히 굳어져 있는 듯하다. 음식 한 가지라도 부모는 안중에도 없이 제 자식 챙기기만 정신이 없는 젊은 엄마 아빠들의 미래가 너무나 뻔하다. 머지않아 저희가 그토록 애지중지 길러준 제 자식으로부터 고스란히 되돌려 받을 악업惡業 쌓기에 다름 아니게 될 것이기 때문이다. 도무지 이타利他니 배려配慮니 하는 그 아름다운 낱말을 알기나 하는지 모르겠다.

아무튼 그때 친구의 장탄식이 지금껏 오래도록 뇌리를 떠나지 않는다.

어쨌거나 가정교육의 실종은 학교나 사회에서의 인성교육의 단절을 의미함이다. 집안에서 무조건적 감쌈만 받고 자란 아이는 버스나 지하철에서 어른들에게 자리 양보를 할 줄 모른다. 언제 어디서나 어른을 공경할 줄을 모른다. 아예 도덕도 예절도 도리도 모른다. 스승의 권위를 우습게 알며 자란다. 나아가서는 사회질서를 파괴하게 된다. 이대로 간다면 미래는 정말로 암울하고 절망적이다. 이래서 귀한 자식일수록 매를 들라는 말이 옳은지도 모르겠다.

학교에서의 인성교육은 더 절망적이다. 벌써 포기한 상태라고 해도 과언이 아닐 정도이다. 오늘날 대다수의 학교는 이름 있는 상급학교 보내는 일 외에는 아무런 관심도 없어 보인다. 심지어 이들 학교 중에는 아무리 나쁜 짓을 해도 소위 일류학교에 합격할 성적만 되는 학생이면, 그 추상같은 교칙으로부터도 예외가 된다. 이를테면 면책특권(?)이 주어진다는 것이다. 어떤 경우라도 경찰에 신고를 하지 않고 쉬쉬하기 바쁜 게 작금의 학교 현실이라 들었다. 도대체 어디로 가자는 것인지 암담할 뿐이다. 선과 악, 정의와 불의를 확실히 해야 할 학교에서 이를 등한시하고, 더러는 일부러 외면하고 있다는 것이다. 두 말할 나위 없이 옳고 바른 사람이란, 곧 해도 좋은 것과 해선 안 되는 것을 분명히 아는 사람에 다름 아니다.

교권이 바닥에 떨어진 지도 이미 오래 되었다. 신성한 배움의 터전에서 학생이 교사를 폭행하고, 남학생이 여교사를 성희롱하는 지경에 와 있다고 들었다. 교사가 회초리라도 드는 순간이면 실시간 동영상으로 경찰서로 생중계(?)가 되고 있다고 한다. 교사가 아무리 좋은 말, 약이 되는 소리를 하더라도, 자신이 듣기 싫으면 정면으로 거부하고 나서는 게 작금의 교실 실태란다. 교사가 학생 눈치 보기에 급급한 교육현실이 아득하다.

앞서도 언급했듯, 어려서부터 받들고 섬기는 훈련이 전혀 되지 않았기 때문에 겪어야 하는 도덕의 트러블, 예절의 갈등, 도리의 방황이라고 생각한다. 정말로 안타까운 노릇이 아닐 수 없다. 그런가 하면 절대로 교단에 서서는 안 될 자들이 회초리를 들고 교단을 어지럽히고, 심지어는 더럽히기까지 하고 있는 자격미달의 교사들도 문제다. 사범학교나 교육대학을 나왔다고 다 인성을 제대로 갖추었다고는 볼 수 없다고 본다. 좋은 학교 나왔거나 시험성적이 우수했다고 사람답다고 할 수는 없다는 것이다. 인간 세상에서 교육은 매우 중요하고 소중하다. 아울러 교육을 하는 사람은 그야말로 본인부터가 올바른 사람이 되어 있어야 한다고 하겠다. 바로 된 사람만이 올바른 교육을 할 수가 있을 것이기 때문이다.

종교도 신뢰를 잃은 지 오래이다. 종교 본연의 역할보다는 신자(도)들을 물주物主로 보는 듯하여 도무지 믿음이 가지 않는다. 어떤 경우라도 함부로 신의 이름을 팔아 호구지책으로 삼는 죄업은 쌓지 않아야 한다. 신의 이름으로 진실된 세상, 정의로운 세상, 평화로운 세상을 만들어 가야 할 것이다. 이게 신앙의 참된 의미이며, 종교인의 절대 본분이라고 생각한다. 현대에 있어 종교만큼 영향력을 가진 분야도 흔치 않다. 이런 교단敎壇이 본디의 제 역할을 하지 않고 있는 지 오래 되었다. 한마디로 이대로는 이 나라에 더 이상 아무런 비전이 없다는 것이다. 신이 존재한다면 사정없이 벼락으로 다스려야 마땅할 엉터리들이 앞장서 성단聖壇을 어지럽히고 있다.

역할을 제대로만 한다면, 언론은 인간사회에서 절대 필요한 기능이다. 그야말로 민중의 목탁, 신문고로서 없어선 안 되기 때문이다. 그런데 현실은 전혀 그렇지가 못하다. 분명 본디 기능은 사회의 목탁이요 신문고이다. 하지만 내막을 들여다보면 하는 짓거리들이 가관이다. 사기꾼, 협잡꾼, 양아치들 같은 짓거리를 예사로 해대고 있다. 사이비들이 도도하고, 고고하고, 신성해야 할 언론 풍토를 엉망진창으로 만들고 있다.

부모, 교사, 종교인, 언론인이 저마다 제자리를 꼿꼿이 지키는 사회는 희망이 있고, 미래가 있는 사회이다. 부디 저마다 제자리에서 본분을 지켜나가자.

누구를 위한 법인가

법 [법法] 자를 파자跛着하면 물이 흘러간다
는 의미가 된다. 곧 법은 딱딱하고, 권위적인 것이 아니라는 뜻
이다. 물이 흐르듯 순리적이어야 한다는 것이다.

오늘날처럼 컴퓨터 만능시대를 살면서도 법 망치를 인간의
손에 맡긴 건, 심판을 내림에 있어 컴퓨터보다 인간이 더 정확
하기 때문이 아니다. 인간은 컴퓨터가 갖지 못한 뜨거운 가슴이
있어서라 생각한다. 이를테면 인간은 컴퓨터가 하지 못하는 정
상참작을 할 줄 알기 때문이라는 것이다. 언제부턴가 정상참작
의 기회가 점점 줄어들고 있는 것 같아 여간 안타깝지가 않다.

이미 우리는 오래 전부터 기계한테 고발을 당하고 있는 시
대를 살고 있다. 집만 나서면 곳곳에서 우리를 감시하고, 고발
하려고 눈알을 부라리고 있는 CCTV라는 것과 맞닥뜨리게 된

다. 쓰레기 불법투기 등을 감시하기 위한 CCTV도 있지만, 속
도위반, 신호위반, 차선위반, 주정차 위반 등 거의가 교통위반
과 관계되는 것들이 많다. 또 더러는 방범용이란 명분의 출입
자 감시용 CCTV도 흔하게 맞닥뜨리게 된다. 이전처럼 경찰관
이든 단속 공무원한테 직접 적발이 되면, 정상을 참작하여 용
서를 받을 수가 있는 경우도 얼마든지 있을 수 있다. 그런데 이
CCTV란 괴물한텐 어떤 변명도, 어떠한 사유事由도 통하지가
않는다. 마치 싹쓸이 저인망底引網처럼 인정사정이 없다. 아니,
도로에 촘촘히 매달려있는 CCTV는 바로 돈 뺏는 강도다.

범칙금 고지서에 이의신청기간을 공지해 놓았지만, 그 절차
를 통해 없었던 일로 하기란 여간 힘든 노릇이 아니다. 자의식
이라곤 전혀 없는 기계를 무슨 대단한 정의의 파수꾼인 양 적
발장치, 고발 장치로 달아놓고 지방자치단체는 범칙금이란 이
름의 세수稅收를 올리고 있다. 기계 덩어리한테 적발을 당하여,
군소리 한마디 못하고 범칙금을 물어야 하는 세태가 몹시 자
존심 상하게 한다. 어떤 의미에서는 이야말로 인권유린이요,
인격모독이라 않을 수가 없다. 아무려면 어찌 인간이 기계의
감시를 받는 지경까지 되었단 말인가?

그리고 기왕에 교통위반을 이유로 받아들인 범칙금이면, 반
드시 교통 환경 개선 예산으로 집행되어야 한다고 본다. 지금
은 주차위반, 속도위반 등 교통위반 단속 업무 상당 부분이 지
방자치단체로 이관이 된 걸로 알고 있다. 하지만 오래 전에 국

회에서 떠드는 소릴 들으니까, 교통위반 범칙금 중 80%가 법원에서 쓰여진다고 했다. 이는 어디에 근거한 원칙인지 도무지 이해가 되지 않았다. 만에 하나 아직도 그렇게 쓰여진다면 당장 시정되어야 할 것이다.

범칙금은 준조세의 성격을 띠었다고 본다. 단순히 위반자들한테 돈을 뜯어서 아무렇게나 써버리면 되는 잡부금 성격의 것이 아니라는 말이다. 주차위반으로 징수한 범칙금은 주차 공간 확보하는 데 쓰이고, 속도위반하여 납부한 범칙금은 제한속도를 상향 조정해도 좋은 도로 여건 조성에 쓰여져야 한다. 범칙금이 제대로만 집행된다면 속도위반, 중앙선 위반, 신호위반, 차선위반, 주정차 위반 건수를 엄청나게 줄일 수 있을 것이다. 운전자들이 납부한 범칙금만큼 모든 환경이 개선되어, 같은 이유로 또다시 위반하는 사례가 없도록 해야 하는 게 원칙이라고 보는 것이다.

밤낮으로 전국에서 그렇게 마구잡이로 벌어들이는 교통 범칙금은 다 어디로 가고, 교통 환경, 교통 여건은 좀처럼 달라지지가 않고 있는지 몹시 궁금하다. 이런 이유에 대해 책임 소재를 확실히 하고, 누군가 반드시 책임을 져야 할 일이다.

그 말 많은 국회, 언론, 시민단체, 종교단체 등에서 하나 같이 꿀 먹은 벙어리가 되어 있는 건 또 왜인지 더욱 모르겠다.

더 이해할 수 없는 것은, 단순히 교통법규를 위반했다는 이유만으로 보험금을 더 부담해야 한다는 사실이다. 어째서 이런 발상이 나올 수가 있었을까?

　누구를 위한 정책이고, 누구를 위한 법인지 정말로 이해가 되지 않는다. 국민은 다 부자도 아니고, 그렇다고 봉도 아니다. 정부가 앞장서서 가뜩이나 IMF 이후 자꾸만 어려워져 가고 있는 국민들 호주머니를 털어서 보험회사 배 채워 주기를 하고 있는 것 같아 여간 마뜩잖지가 않다. 그렇게 알뜰살뜰 보살펴 주지 않아도 서울시내 높은 빌딩은 죄다 보험회사가 차지하고 있는 것 같더라. 그런데도 굳이 정부가 부득부득 보험회사 돈 벌어주기에 앞장서는 연유를 모르겠다.

　이게 무슨 정책이고, 이런 게 무슨 제도란 말인가? 교통위반 했다고 보험료를 할증하는 법적 근거는 어디에 있는지 모르겠다. 차라리 아예 이참에 교통관련 제 업무 자체를 보험회사로 이관移管하는 게 어떠냐고 묻고 싶다. 이따위 졸렬한 아이디어를 대단한 발상인 듯 내놓은 담당 공무원은 당장에 내쫓아야 한다. 국민을, 고용주를 능멸凌蔑하고 손해 끼친 중죄를 물어 가차 없이 응분의 대가를 치르게 해야 한다. 이런 자가 바로 국민의 공적公敵이다.

　대한민국 건국 60년이 넘었다. 언제까지나 행정을 이처럼 장난처럼 생각하고, 행정을 연습 삼아 하는 걸 더 이상 묵과해선 안 된다고 본다.

　아무튼 보험은 살다가 어려운 지경을 당했을 때 재정적 부담을 덜어보려고 예비해 두는 일종의 적립성 예금에 다름 아니다. 단순 교통법규 위반으로 범칙금 물고, 보험료까지 할증금을 더하여 부담해야 한다면 이는 국민의 사정은 전혀 생각지 않는 제도로밖에 볼 수가 없다. 그야말로 국민을 봉으로 본다고밖에 할 수가 없다는 것이다.

생명보험 가입자가 위험한 행동을 하거나 누군가와 다투면 생명보험수가를 상향 조정한다는 논리와 같다. 과연 이게 말이 되는지, 다 같이 생각해 보자는 것이다. 그렇지 않아도 교통사고가 나서 보험금을 수령하고 나면, 대부분의 경우 보험수가가 즉각 상향 조정되게 되어 있다. 무슨 나라가 법의 이름을 빌어 매사를 돈으로 해결하려 드는지 모르겠다.

우리의 조국 대한민국은 세계 10위권의 경제대국이라 하더라도, 지금의 대한민국 국민들 대다수는 여간 살기가 어렵지 않다는 사실을 유념했으면 좋겠다. 어쨌거나 정부가 이처럼 되잖은 방법으로 도와주지 않아도 보험회사는 망할 일이 없다고 본다. 어디 재벌 축에 들지 않는 보험회사가 있던가?

순리에 역행하는 강제성 법규는 국민 탄압용 독재형 법규일 따름이다. 돈이 아닌 법규 위반 원인 해소를 위한 정책에 최선을 다하는 정부가 신뢰받는 정부이다. 신뢰받는 정부가 선진화 사회를 만든다.

모든 법은 국민을 위하는 진정성과 지켜서 서로 안전하고, 편안하고, 편리하고, 득이 되는 합리성, 효율성, 실리성이 전제되어야 한다.

음주 운전자를 적발할 때도 미국처럼 중앙선 걷기, 외발서기, 팔다리 흔들기 등등 여러 가지 절차로 테스트를 하여 운전하는데 크게 지장이 없다 싶으면 보내줄 줄도 알아야 한다. 음주 테스트 수치로 일벌백계식—罰百戒式 단속은 합리적이라 할 수가 없다. 법이 합리적이지 않기 때문에 단속을 당한 사람들이 승복을 하지 않으려 하는 것이다.

필자는 여태껏 살면서 교통 위반하여 스티커 받아놓고, 자신이 잘못하여 범칙금 고지서 받았다며 부끄러워하는 사람 보지를 못했다. 하나같이 재수가 없어 걸렸다고 했다. 왜 잘못을 했으면서 수긍하거나 부끄러워하지 않겠는가? 법을 현실에 맞지 않게 무리하게 제정했고, 무리하게 운용하고 있기 때문이 아닌가 싶다.

그리고 자동차 운전자가 안전벨트를 매지 않았다고 범칙금을 물릴 사안은 아니라고 생각한다. 안전벨트 미착용이나 오토바이 헬멧 미착용은 남에게 어떤 위해危害를 가하는 사고의 원인이 되지 않는다. 다만 사고 시에 본인이 큰 어려움을 당할 수는 있다. 그렇다고 주의를 환기시키는 성격이라며 범칙금을 징수한다면 이 또한 행정 중심적 횡포라고 지적하지 않을 수가 없다.

이 정도의 문제는 홍보나 계도 차원에서 다루어도 충분하다고 보는 것이다. 외발뛰기나 장난질은 위험할 수도 있으니 범칙금을 내야 한다는 억지 논리와 뭐가 다른가? 정말로 국민의 생명과 재산을 지키기 위해 이처럼 과잉 단속을 하지 않을 수 없다고 한다는데도 간과하고 있는 게 있다. 강변도로나 호숫가, 바닷가 등을 달릴 적에는 필히 안전벨트를 풀어라. 그리고 차창車窓을 조금 열어 둘 것을 홍보하고 계도를 해야 옳다고 본다.

필자는 운전자라면 꼭 숙지해야할 이러한 주지사항을 어디에서도, 누구한테도 들어본 적이 없다. 운전자가 안전벨트를 맨 채 물속에 빠지면 살아날 확률은 거의 없다. 윈도우를 꼭 닫은 채 물에 빠지면 차문을 절대로 열 수가 없다는 건 상식이다. 두 말할 나위 없이 100% 질식사할 수밖에 없게 된다.

이처럼 너무 당연한 문제는 생각도 해본 적 없이 때려잡기식 법규를 지키라는 건, 국민을 우습게 아는 당국의 횡포라고밖에 볼 수가 없다. 법은 결코 국민을 불편하게 하고 부담스럽게 하는 장치나 족쇄가 되어선 안 된다. 법은 많은 사람들이 어우러져 사는 세상에서 최소한의 예의와 질서를 성문화成文化한 상호간의 약속이라고 생각한다. 그런 법이 국민들의 호주머니를 털어내는 수단이나 방법으로 악용되어선 절대로 안 된다는 것이다.

오랫동안 지켜온 갈림길에서의 직진直進과 좌회전 동시 신호 체제를 어느 날 갑자기 직진 후 좌회전 체제로 바꾸어 놓은 곳이 많아졌다. 좌회전 차선과 직진차선은 분명히 다르다. 좌회전을 하려고 직진신호 내내 꼼짝 없이 정지해 있으면, 왜 서 있어야 하는지 도무지 변경된 교통법규가 이해가 되지 않는

데가 많다. 직진신호가 쌍방교행을 위한 것이면 또 모르겠다. 맞은 편 차량들은 정차를 해있어 직좌直左 동시신호를 주어도 전혀 통행에 지장이 없다고 여겨지는 경우가 많다는 것이다. 곳곳에 지정되어 있는 비보호 좌회전 신호가 직진 후 직좌 신호보다 훨씬 효율적이고, 실리적인 것 같았다. 물론 조건에 따라 그렇게 할 수 없는 곳도 있을 터이다. 하지만 어떤 이유에서든 지켜서 안전하고, 편하고, 편리하고, 득이 되는 법을 만들어야 한다는 건 원칙이다.

석유 한 방울 나지 않는 나라에서, 잘못된 교통 신호체계 때문에 그 아까운 달러를 길 한복판에 꼼짝 않고 서서 낭비한다는 건 있을 수가 없다. 이런 엉터리 같은 교통신호 체계는 당장에 시정되어야 한다. 또 그만큼 공해를 발생하게 된다.

그렇지 않아도 한쪽에선 대기大氣가 오염 되어 오존층이 파괴되었다고 여간 걱정을 하지 않는다. 가뜩이나 사막화가 되어 가고 있는 지구와 빙하가 사라져가는 남극과 북극을 지켜보며 인류역사의 종말을 우려하는 목소리가 높은 때가 아닌가. 지나간 겨울의 전례 없이 잦은 폭설도 대기 오염과 무관하지 않다고 보고 있다. 그런데도 공해물질을 유발하지 않으면 안 되는 잘못된 교통신호 체계를 지키라고 할 것인가?

건국 이래로 지켜온 '사람들은 왼쪽 길, 자동차는 바른길' 교통법규를 어느 순간 '이제는 보행자 우측통행'으로 바꾸어 놓았다. 오랜 왼쪽 보행 관습을 하루아침에 고쳐서, 도대체 어떤 이익이 되는지 아는 사람이 없다. 이 오랜 관습을 굳이 바꾸는 데는 국민들이 모두 이해할 만큼 충분한 이유가 있어야 한다. 동시에 설득력 있는 홍보기간도 필요로 했다고 본다. 좌측 보행을 하다가 우측보행을 하는 것도, 말처럼 단순한 문제가 아니라고 생각한다. 또, 그로 하여 얼마나 많은 예산이 소요되어야 하는지도 따져봤어야 했다. 오랫동안 몸에 밴 습관 때문에 부자연스럽고 혼란스러울 것도 예측했어야 했다.

인도가 따로 없는 길에서의 보행자는 마주 오는 차량보다 뒤 따라오는 차량에 엄청 부담을 느끼게 마련이다. 이런 것도 미리 충분히 계산에 넣었어야 했다고 본다.

당연히 건물 세입자가 책임져야할 환경개선부담금을 건물주한테 부과하는 따위가 행정편의주의적인 것의 표본이다. 어떤 건물도 환경오염 요인은 세입자들의 업業과 절대적 연관이 있다. 그런데 세입자들의 잦은 이동으로부터 확실하게 보장받기 위한 장치로 건물주를 부과대상자로 하고 있다는 건 세 살 먹은 어린아이도 다 알 수 있는 행정적 꼼수다. 이런 졸렬한 걸 아이디어라고 내놓은 공무원은 스스로 책임을 져야 할 것이다. 그리고 곧장 개선해서 합리적인 제도가 되게 해야 한다.

자동차의 경제속도란 배기량에 따라 다소 차이는 있겠지만, 대충 70~80㎞로 보고 있다. 그런데 아직도 시골길을 가다보면 60㎞를 제한속도로 하고 있는 데가 많다. 경제 권장속도와 실제 제한속도의 차이를 어떻게 받아들여야 할지 모르겠다.

이처럼 행정의 모순 내지 횡포는 얼마든지 있다. 이러한 행정의 횡포가 사라져 국민이 행정을 신뢰하고, 만족해하는 사회가 진정한 선진화 사회이다.

어떤 경우라도 행정 편의주의적이선 안 된다. 어떠한 경우라도 그 주체는 반드시 관官이 아닌 민民이 되어야 하기 때문이다.

절대다수의 국민이 손해 보고, 절대다수의 국민이 불편을 감내해야 한다면 봉급을 주어가며 공직자들을 고용할 이유가 없는 일이다. 곧, 일하기 싫은 자는 국민의 공복이 될 필요가 없다는 것이다. 국민은 바보도, 호구虎口도 아님을 모든 공직자들은 절대로 잊어선 안 된다. 과감한 행정 분위기 쇄신을 기피하거나 외면하려는 공직자는 스스로 자리를 내놓고 빨리 집으로 돌아가는 게 서로 득이 되고 편안한 일이라고 본다. 이게 원칙이기 때문이다.

현재 어떤 자리에 있든지, 때가 되면 다 야인野人으로 돌아올 수밖에 없다. 잘못된 행정 사례를 그대로 남겨두게 되면, 현재 자신의 가족, 친지, 친구들과, 멀지 않은 날에 야인이 된 자신이 고스란히 덮어 써야 하는 불편이요, 손해가 될 수밖에 없다는 것을 왜 알지 못하는지 모르겠다. 저마다 직장생활은 길지 않고, 살 날은 많이 남게 마련이다.

이야기가 돈이 되는 세상

      언제부턴가 우리 주변에서 이야기의 비중이 점점 높아가고 있음을 실감할 수 있게 되었다. 사회 곳곳에서 어떤 유행처럼 이야기를 상품화 하려는 노력들이 엿보인다. 좀은 때늦은 감이 없지 않지만, 이제라도 이야기의 가치를 아는 것 같아 여간 다행스럽지가 않다. 근대화를 부르짖은 이후 지금까지 기업들이 우리들 살림살이를 윤택하게 해주었다면, 이젠 한 편의 전래 설화나 한 사람의 소설가가 우리를 먹여 살리는 시대가 도래到來했다고 확신한다. 이야기는 만들고, 꾸미는 것이다. 이야기는 필요할 땐 언제든지 만드는 것이다. 그리고 기존의 이야기가 재미가 덜하면 누구든지 재미를 보태면 된다. 이야기 길이가 짧으면 늘이면 된다. 이처럼 이야기는 절대적, 불변적이지가 않다.

이야기만큼 상업성이 뛰어난 무형자원도 없다고 본다.

그리고 사람들은 누구나 저마다 나름의 이야기 주머니를 가지고 있다. 그 주머니 안에는 일상에서 보고, 듣고, 느낀 모든 것들이 저장되어 있다. 또한 이야기 샘도 가지고 있다. 그래서 누구든지 필요하다 싶으면 본능적, 즉흥적으로 언제든지 새로운 이야기를 지어낼 수가 있는 것이다.

그런만큼 이야기의 용도 또한 무궁무진하다 하겠다. 이야기가 언제까지나 이야기로만 남아 있으면 그냥 추상적이고 무형적일 수밖에 없다. 하지만 이야기는 얼마든지 유형화 할 수가 있다. 아울러 이야기를 유형화하는 순간 이야기는 곧바로 현실적, 상품적 가치를 지니게 된다. 즉, 어떤 이야기가 아무리 많은 사람들에게 회자膾炙되더라도 이야기 자체가 돈이 될 수는 없다. 그러나 어딘가에 이야기를 조형물로 설치해 놓는 순간 그 이야기는 이미 추상이 아닌 사실事實이 되고, 무형이 아닌 유형이 된다.

이야기를 엮어 나감에 있어 그 성격이 과거 지향적이든, 현재 반영적이든, 미래 예측적이든 상관이 없다. 하지만 작품을 통하여, 이야기를 통하여, 심성미화心性美化 등 교훈성을 배제하거나 경시할 순 없다고 본다. 맑고, 밝고, 고운 것 역시 이야기의 필요조건이라 보기 때문이다.

흔히들 구비문학이라 분류하는 떠돌이 이야기만 첨添과 삭削의 특성을 갖는 건 아니다. 모든 이야기는 다 첨삭이 가능하고, 실제 그렇게 이루어지고 있다. 소설, 영화, 드라마, 연극, 만화 등 기록문학도 텍스트를 떠나는 순간부터 전달자(화자話者)의 입담과 연기력演技力에 따라 첨삭과 재미를 다르게 맛볼 수가 있다. 따라서 이야기는 떠돌아다니면서 수없는 변화와 변형을 가져오게 되어 있다. 이를테면 같은 이야기가 충청도, 전라도, 경상도, 강원도, 제주도 등을 떠도는 동안 각기 다른 모양으로 회자膾炙되는 것도 다 이런 연유 때문이다. 또 시대에 따라 모습을 달리하기도 한다. 이야기는 이 같은 가변성 때문에 살아있는 생명력을 실감하게 된다. 그런데 우리나라 사람들은 이야기의 역사성에 치우친 기현상을 보이고 있다. 때문에 이야기하면 고목나무처럼 오래된 걸 선호하고, 오래된 것만을 인정하려 든다. 굳이 사극史劇이 현대 멜로물보다 인기가 있고, 역사소설이 현대소설보다 선호도가 높은 걸 따지거나 탓할 생각은 추호도 없다. 그것은 어디까지나 개인의 취향일 뿐이니까.

하지만 지금 당장 즉석에서 만들어진 이야기는 아무리 재미있고 감동적이어도 이야기로서 인정하려 하질 않으려는 경향은 문제가 있다 않을 수가 없다. 끝내 가벼운 우스갯소리나 말장난쯤으로 받아 넘기려는 편견도 문제가 있다 하겠다. 기록문학인 한 편의 소설이 원전原典을 떠나 이야기로 옮겨져 다니게 되면, 그건 분명 이야기로서의 가치만을 지니게 된다. 소설로서 요구되는 창작성, 문학성, 예술성 같은 건 아무도 따지지를 않는다. 단지 이야기로써 재미있고, 이야기로써 감동적이면 되는 것이다. 묘사描寫를 하지 않고 장황한 설명 형식이라 하여 탓하거나 비판받을 일이 없다. 발단, 전개, 위기, 절정, 결말 등 소설의 5대 요소를 갖추었느냐 아니냐를 따지지 않는다. 이야기는 아무 것도 따질 것 없이 그냥 이야기로서 재미있으면 그뿐이다. 이런 이야기도 생명은 있다. 재미있으면 더 오래 더 멀리 퍼져나가고, 그렇지 않으면 곧바로 절명絶命하고 말게 된다. 아이러니컬하게도 우리들에겐 오래된 이야기를 좋아하는 반면에 전통을 아주 소홀히 하는 성향도 동시에 가지고 있다.

몇 백 년이나 된 나무를 망설임 없이 잘라버리는 이해되지 않는 민족이다. 수 천 년은 되었을 바윗덩이를 서슴지 않고 아무 데로나 옮겨가는 상식 밖의 민족이다. 개화기 시대의 유서 깊은 건물들이 하나도 보존되어 있지 않은 개념 없는 나라다. 은행 합병 작업을 하면서, 개점 백 년이 넘은 은행 이름을 연탄재처럼 내던져 버리고 신생 은행 이름을 너무 쉽게 취하는 한심한 나라다. 국토의 척추, 민족 정기의 대동맥인 백두대간을 마구잡이로 파헤치는 개념 없는 나라다. 그러면서 역사적 의의를 내세우며 아무렇게나 복원(?)을 해대는 이상한 나라다. 전국에 많은 유명 인사들의 생가生家 한 채가 제대로 보존되어 있지 않은 어처구니없는 나라다. 이처럼 우리나라는 입으로는 반만 년 역사 운운하면서도 역사 인식에 관하여는 무지막지한 데가 있다. 이름만 문화유산이고, 문화재, 천연기념물, 보호수다.

그런 낮은 역사의식으로 인해 낙산사를 잃었고, 남대문을 태워 없앴다. 그리고 꼭 그 자리에 다시 건조물을 세우려면 원래 것과 꼭 같게 하려고 애쓸 이유가 전연 없다고 본다. 아무리 똑같게 지어 놓아도 이미 본디의 것은 아니기 때문이다. 그럴 바에야 오늘날 우리들 정서에 맞는, 우리들의 것을 건조하는 게 더 의의가 있다고 보는 것이다.

지방자치제가 시행되면서부터 자치단체들은 관광자원이란 미명하에 다투듯 드라마 세트장 같은 유명인사 생가 급조急造에 나섰다. 정말로 웃기는 나라다. 그리고 과연 그 집들이 본래의 것들과 닮기는 했는지, 고개가 갸웃거려진다. 이미 흔적도 없는 부위를 고증考證이 의심스럽게 만들어 쓰러진 불탑을 다시 쌓는 노력이 도저히 이해가 가지 않는다. 허물어지고, 쓰러지고, 망가지고, 소실消失되었다는 자체가 역사의 과정이자 흔적이다. 굳이 복원이라는 헛수고를 해야 할 필요가 없다는 것이다.

허물어지고, 쓰러지고, 망가진 것들에서 이야기가 만들어진 다는 사실을 간과하는 것 같다. 오래된 것들을 소중하게 생각 하는 것은 구수한 이야기가 만들어지기 때문이라고 보면 될 것 이다. 풀 한 포기가 죽으면 많은 이야기를 남긴다. 그 풀의 일생 이 모두 이야기가 된다. 죽은 원인과 죽어있는 모양새까지가 죄다 이야기가 된다. 죽은 뒤의 이야기를 얼마든지 만들어 가 며 상상력을 키워가는 재미가 있다. 없어진 것들을 억지로 복 원하는 것보다는, 있는 것을 잘 보존하는 건 물론 의미 있는 일 이다. 사정없이 때려 부술 때는 언제고, 그걸 복원한다며 이상한 짓거리 해대는 건 또 무슨 난리법석인지 모르겠다.

필자에겐 문득문득 생각날 적마다 두고두고 아까운 기억이 하나 있다. 도로 확장공사에 의해 지금은 흔적도 없이 사라져 간 대구 남산동에 자리하고 있던 남산병원 건물이 그것이다. 그 건물은 일제시대 대구 최초의 삼 층 건물이라는 사실만으로도 보존의 가치가 충분했다. 거기다 그 건물은 단순한 병원 건물이 아니었다. 교실 한 칸 크기의 삼 층은, 원래 남산병원 김재명 원장의 사위인 그 유명한 서양화가 이인성의 아틀리에였다. 그리고 그 후에 시인이자 언론인인 난주 김상훈이 서재로 사용했고, 그곳을 물려받아 서예가 남석 이성조가 서실을 열어 대구에서 본격적으로 제자들을 길러낸, 그야말로 유서 깊고 역사적인 건물이다. 대구 최초의 삼 층 건물에 이인성 화백, 김상훈 시인, 이성조 서예가가 차례로 거쳐 간 건물이라면 역사적 의의가 더한다 할 수 있다. 이처럼 의미 있고 가치 있는 건물을 헐어내는데, 당시 대구시는 조금도 주저함이 없었던 걸로 알고 있다.

도로는 그 건물을 살리면서도 해결하는 방법이 얼마든지 있었을 터이다. 무엇이 더 가치 있고, 무엇이 더 소중한가를 모르는 채, 바로 눈앞만 보고 나아가는 단견短見이 얼마나 엄청난 손해를 가져오는지 모른다. 매사가 다 그렇겠지만, 역사를 다루는 일엔 보다 신중하고, 진중했으면 좋겠다. 누구에게도 제 알량한 의식으로 역사를 멋대로 재단裁斷하고, 훼손할 권리가 없다. 천 년 전의 것만 소중한 문화유산이 아니다. 역사를 오늘의 잣대로 재지 마라. 오늘의 것도 나중에 어떤 역사적 가치를 지니게 될지 아무도 모른다. 초라한 산골 오두막에서도 얼마든지 역사적인 큰 인물이 나올 수가 있다. 역사는 꼭 과거형이 아니다. 역사란 현재진행일 수도 있다는 것이다. 현재는 반드시 과거가 되기 때문이다.

아무튼 이야기의 소재가 되지 않는 건 없다. 나쁜 자를 만나면 나쁜 이야기가 꾸며지고, 천사를 만나면 좋은 이야기를 엮어 나가게 마련이다. 이처럼 우리네 삶 자체가 이야기인 것이다. 아울러 이야기는 쓰임새에 따라 그 모양새를 달리한다. 그런 만큼 이야기의 자원적資源的 가치 또한 무궁무진하다 하겠다. 이야기는 흐름을 존중해야 한다. 자연스러움을 거스르거나 인위적으로 조종하려 들어선 안 된다. 허구 속에 진실이 있고, 허구 속에 질서와 운명이 존재한다는 걸 간과해선 안 된다. 이야기에는 진실이 있어 감동이 있고, 감동이 있어 재미를 느끼게 되는 것이다.

아이로니컬하게도 진정한 아름다움, 진정한 진실은 사실事實을 바탕으로 하지 않는다. 오히려 허구가 더 아름답게 꾸며질 수 있고, 허구가 더 깨끗하고 더 순수하다. 허구가 사실보다 더 감동적이고, 허구가 더 재미가 있다는 것이다. 어쨌거나 이제 이야기는 우리의 삶에 크게 작용하고 있다. 천 년쯤 된 잘 생긴 노거수老巨樹가 있다고 치자. 오래되고 잘 생긴 생김새만으로 그 노거수가 사람들에게 감동을 주지는 못한다. 생김새에 걸맞게 재미있는 전설이나 유래가 덧씌워져 있을 때, 그 가치는 배가倍加가 되는 것이라 보는 것이다. 그냥 한 그루의 잘생긴 나무를 보러 오기보다는, 그 나무에 얽힌 재미난 이야기에 이끌려서 나무를 찾아 왔을 때의 관심과 감동은 유별나고 특별하게 마련이기 때문이다. 따라서 세상의 모든 것들에 그럴 듯한 이야기(의미)를 덧씌우면 그 사물의 가치는 곧바로 배가되게 된다. 이런 게 바로 스토리텔링인 것이다.

정치의 대개혁 필요하다

정치권은 걸핏하면 헌법을 바꾸려고 한다. 거의 정권이 바뀔 적마다 개헌 운운 했던 것 같다. 흔히 하는 말로 정치가 잘못되어 가는 게 어찌 헌법 탓일 수가 있을까? 공직자들의 부정부패 비리非理가 어찌 멀쩡한 헌법 때문일까? 그런데 정치꾼들은 어떡하든 자신들 자리 지키기에 헌법을 악용하려 든다.

1948년 7월 17일 헌법이 제정 공포된 이래, 헌법은 지금껏 만신창이가 되어 왔다. 정말로 필요한 건 개헌이 아니라, 공직자들의 의식 개조라고 생각한다. 특히 정치하는 자들의 사고를 뜯어 고치지 않는 한, 아무리 헌법을 바꾸어도 정치 발전은 기대할 수가 없다고 본다. 그래서 제2의 건국이나 진배없는 정치의 대개혁이 꼭 필요한 것이다. 국가와 국민을 하늘 이상으로 떠받들 줄 모르는 공직자들은 과감하게 퇴출시켜야 한다. 스스로 물러나게 해야 한다. 부끄러워 못살게 해야 한다. 부당한 이익은 아무리 감추어도 절대로 제 것이 안 되게 해야 한다.

정치판에는 크게 세 부류가 있다.

첫 번째로 이제는 우리 정치판에서 사라져간 지 오래된 정치가다. 일찍이 의회 사상 그리 많은 숫자는 아닐지 몰라도 분명 정치가들은 있었다. 이들의 전기傳記를 읽으며 많은 청소년들이 정치가의 꿈을 키운다. 이들은 자신보다, 가족보다, 국가와 국민을 먼저 생각한다. 정치철학이 있고, 국가관이 분명하다. 역사를 인식하고, 역사를 두려워하기도 하는 사람들이다. 명예를 중히 여기며, 낭만을 알고, 풍류를 아는 사람들이다. 자신으로 인해 국가나 국민들이 손해를 보거나 어려워지면 못 견디어 한다.

그 다음 단계엔 정치인이 있다. 정치가와는 의식이나 사고가 비교가 되지 않는다. 나쁜 짓을 해놓고도 부끄러운 줄을 전혀 모른다. 그러면서도 이들은 자신이 정치를 한다는 데 대단한 자긍심을 가지고 있다. 마치 자신이 없으면 나라가 곧장 끝장이 나고, 자신이 없으면 아무 것도 되는 게 없다고 착각하는 유형들이다. 때론 점잖을 뺄 줄도 알고, 때론 성금誠金도 낼 줄을 안다. 그만큼 매사에 노회老獪하다. 하지만 무턱대고 믿었다간 큰 낭패를 당한다. 가면假面을 자주 바꿔 쓸 줄 알고, 위선僞善이 몸에 밴 직업 정치꾼이다.

마지막으로 정치꾼이 있다. 쉽게 돈 벌어서 인생을 쉽게 살고자 하는 부류다. 이 꾼은 제 이익만을 쫓는다. 이들이 말하는 애국이니, 국민의 여망이니 하는 소리는 모두 헛소리다. 이들에겐 이런 의식이 아예 없다. 주워들은 소리들이 그럴 듯한 것 같으니까 그냥 해보는 소리일 뿐이다. 아무튼 정치꾼들은 무슨 짓을 해서든지 권력이나 휘두르고 돈이나 벌면 그만이라는 망상에 사로잡혀 있을 뿐이다. 나라가 망해도 상관없고, 국민이 다 죽어도 아무 상관없다. 오로지 저 자신과 제 가족만을 위해 날뛰는 정치 사기꾼, 정치 건달들이다. 불행하게도 우리를 실망시키는 정치판에서 설쳐대는 군상들 대다수가 이런 유형이다. 꾼은 아무 것도 생각지 않고, 저 죽는 줄도 모르는 채 오로지 권력과 돈에만 집착한다.

다시 말해서 정치가는 나름대로 확고한 국가관과 철학으로 정치를 한다. 정치인은 바람 부는 대로, 요동치는 대로, 그냥 되는 대로 시류時流를 따라 정치를 한다. 정치꾼은 아예 정의, 진실, 소신 같은 게 없다. 오로지 작은 이익만을 좇는 알량한 꼼수로 정치를 한다.

물론 같은 정치를 함에 있어 누구는 <가>로 분류하고, 누구는 <인>으로 분류하고, 누구는 <꾼>으로 분류하는 데 절대 기준은 없다. 하지만 의식만 분명하다면 누구나 느끼고, 구분할 수가 있다고 본다.

흔히들 일가견一家見이란 말을 쓴다. 사전에는 '어떤 문제에 대하여 독자적인 경지나 체계를 이룬 견해'라고 풀이되어 있다. 필자는 일가견이란 말의 사전식 풀이보다 글자 그대로의 풀이를 더 의미 있게 생각한다.

'집 한 채를 보다'

사람은 세상에 태어나면서부터 어떤 형태, 어떤 크기든지 따질 것 없이 집에서 살다 죽는다. 하지만 한집에서 한평생을 살았어도 그 집을 제대로 다 보았다고 할 순 없다고 본다. 눈길이 닿은 부분보다 닿지 못한 데가 훨씬 많다고 봤을 때, 일가견이란 글자풀이는 많은 걸 생각케 해준다. 다르게 표현하여 '집 한 채를 보는 눈'이라고 한다면, 그 의미는 더 예사롭지가 않다 할 수가 있다. 그 집이 우리가 거주하는 건조물이 아니라, 생의 집이라 한다면 더더욱 그렇다.

접미사 집 [가家] 자가 붙은 직업인이 존경의 대상으로 인식되어 있는 것도 일가견이란 낱말과 무관하지가 않지 싶다. 누구든지 자신이 어떻게 사는지를 정확하게 알지 못한다. 생각하고, 계획을 세우고, 실패를 거울삼으며 살아가더라도 그것은 결국 어떤 흐름에 어우러져 흘러가는 것에 다름 아니기 때문이다.

불가에선 가시적인 색色을 보는 육안肉眼, 인연과 인과因果의 원리에 따라 이루어진 현상적인 차별만을 볼 뿐 실체를 보지 못하는 천안天眼, 공空의 원리는 보지만 중생을 이롭게 하는 도리는 보지 못하는 혜안慧眼, 다른 이를 깨달음에 이르게 하지만 가행도加行道(번뇌를 끊기 위하여 다시 힘을 더하여 수행하는 경지를 이름)를 알지 못하는 법안法眼, 모든 것을 다 아는 불안佛眼 등을 오안五眼이라 한다.

모든 동물은 저마다 처음 눈을 뜨는 시기가 각각 다르다. 예를 들면 호랑이는 2주가 되어야 눈을 뜬다. 강아지는 생후 15일 경이 되어야 눈을 뜬다. 하지만 소는 태어나자마자 곧바로 눈을 뜬다. 인간도 소처럼 태어나자마자 눈을 뜬다. 눈을 뜬다는 건 엄마와 조우를 하고, 세상과 만나게 되는 것을 의미한다. 인간은 뭇 동물들과 다르게 살아가기에 여러 단계의 눈을 가지게 된다.

필자는 나름대로 불가에서 말하는 오안과는 다르게 개념 정리를 한다. 부모로부터 얻은 눈으로 세상과 마주하는 육안肉眼, 차츰 시간이 흐르면서 본능에서부터 나름의 생존 요령을 익히게 되는 생안生眼, 본격적인 학교 교육을 통해 세상을 알아 가는 학안學眼, 속지 않으며, 위험에 대처할 줄 아는 혜안慧眼, 세상의 이치를 깨닫고, 인류를 위해 진실과 정의를 보는 각안覺眼, 마침내 인간의 상상력으로도 도저히 미칠 수 없는 의천義天까지 지배할 수 있는 묘안妙眼 등 육안六眼으로 구분해 본 것이다.

결론은 어떤 눈으로 세상을 보며 살아가는가는 매우 중요한 일이라 생각한다. 특히나 정치인들이 어떤 눈을 가지고 세상을 보느냐에 따라 나라가 선진국으로 도약할 수도 있고, 후진국으로 퇴보할 수도 있다.

어떤 눈으로 세상을 보냐는 전적으로 자신에게 달려 있는 문제다.

지방자치제와 지역이기주의

　　지방자치제가 되면서 중앙정부의 간섭이 많이 줄었다는 걸 실감할 수가 있다. 이러한 현상이 진정한 의미로 지방자치단체의 자율성을 존중하는 것이라면 좋다. 그런데 실제론 그렇지가 않다는 데 문제가 있다. 지방자치제는 이웃한 지방자치단체 사이에 핌피현상과 님비현상 같은 극심한 지역이기주의를 불러왔다. 득이 되는 건 모두 자기 지역으로 가져가야 되고, 해害가 되는 건 무조건 이웃 지역으로 떠넘기려는 지역이기주의가 지역 간의 감정을 사납게 하고 있다. 이런데도 정부는 어떤 노력도 하지 않은 채 팔짱만 끼고 있다.

　　지역 간의 앙금은 결국 국론 분열로 이어진다는 걸 모르진 않을 것이다. 이대로 두면 아무 것도 될 게 없다. 중대한 국책 사업까지도 정부는 뒷짐만 지고 있다. 지방자치니까 이해 당사 지역끼리 잘 조율해서 해결하라는 식이다. 결과적으로 그렇게 하여 잘못되고 손해 본 국책사업이 너무 많다.

김천(구미)역으로 명명된 KTX역사도 그런 경우의 정책적 실패 사례이다. 김천시나 구미시 어느 쪽에서 봐도 얼토당토않는 어중간한 위치에 역사驛舍를 지어 놓아 두 도시가 다 같이 불편을 느끼고, 모든 면에서 손해를 보는 엄청난 우愚를 범해 놓았다.

2010년 11월 1일자로 개통된 김천(구미)역에선 하루 왕복 21회씩 KTX 열차가 정차를 한다. 하지만 1일 평균 5천 내지 6천 명 선을 기대했던 승객 수는 고작 2천 명 내외 정도밖에 되지 않는다고 한다. 영업실적이 상상 밖으로 저조하단 얘기다. 이처럼 김천·구미 시민들로부터 외면을 당하는 것은 역시 합리적이지 못한 위치 때문이라 생각한다. 기존 김천역에서 택시를 이용하면 1만 2천 원 전후의 요금이 나온다. 또, 기존 구미역에선 택시 요금이 2만 원이 넘게 나온다고 한다. 기존 김천역을 기준하여 KTX 열차로 서울 왕복하는 데 8만 원 이상의 차비가 소요된다는 계산이 나온다. 뿐만 아니다. 김천시민들 대다수가 김천(구미)역에서 KTX 열차를 이용하여 서울을 가려면, 동대구역에서 서울을 가는 것보다 더 많은 차비를 들여야 하고, 소요시간도 더 걸린다. 정말로 실책사업(?)을 해놓았다고밖에 말할 수가 없다. 이건 기획이니 정책이니 하는 말을 쓸 수가 없는, 제대로 웃기지도 못하는 코미디다.

　당초 김천(구미)역은 김천시 봉산면 쪽에 설립하려고 설계
되어 있었다고 들었다. 그런데 이웃한 구미시민들이 구미 가까
운 현재의 위치를 요구하고 나서는 바람에 말썽도 많았고, 우
여곡절 또한 많았다. 그렇게 지어진 KTX 김천(구미)역사는 결
과적으로 두 지역 다 상처만 입고, 얻은 게 없이 되고 말았다.
지역이기주의가 두 지역을 다 망쳐놓은 것이다.

　적어도 김천시 봉산면 쪽에 KTX 김천역이 건립되었으면,
직지사 관광객이 현재보다 4~5배는 증가했을 것이라 본다. 물
론 김천 사람들의 KTX 이용률도 훨씬 높아졌을 것이다. 구미
시민들도 좀 불편하기는 하겠지만. 기존 구미역에서 열차로 기
존 김천역까지 와서 KTX 역까지 택시를 이용한다 하더라도
현재의 시스템보다는 경제적 부담이 훨씬 덜했을 것이다. 그렇
잖아도 기존 김천역을 기준으로 하면 대전역이 동대구역보다
훨씬 멀다. 구간거리의 형평성에 문제가 있다는 것이다. KTX
열차로 김천(구미)역에서 동대구역까진 25분밖에 소요되지 않
는다. 고속철도라는 말이 무색하다. 아무튼 이처럼 원칙까지
무시해 가며 설치한 역을 이용하기가 불편하고, 적자상태를 면
치 못한다는 사실에 화가 난다. 무엇을 위한, 누구를 위한 선택
이었는지 분노가 치민다는 것이다. 모든 관공서, 모든 편의 시
설을 내 집 안마당에 옮겨놓아야 직성이 풀리는 그릇된 사고는
과감히 버려야 한다. 득이 된다 싶으면 죄다 자기 지역으로 가
져다 놓아야 하는 펌피적 사고, 해가 된다 싶으면 모두 이웃 지

역으로 떠넘겨야 하는 님비적 정신으로는 어떤 발전과 화합을 기대할 수가 없는 것이다. 서로 이해하고 양보하는 미덕을 발휘하여 인류 역사의 무궁을 꿈꾸어야 할 것이다. 따지고 보면 작금에 우리를 위협하는 지구의 재앙도 다 인간의 이기심이 자초한 인재人災이다.

현재 우리가 살고 있다고 우리 마음대로 해도 괜찮다고 생각한다면 역사 앞에 돌이킬 수 없는 중죄인이 될 수밖에 없다. 우리는 결코 이 땅의 주인이 아니다. 유구한 세월 동안 우리 조상들이 그래왔듯이, 또 우리 후손들이 그렇게 거쳐 가도록 되어 있듯이, 우리도 그냥 이 시대를 지나가는 나그네일 따름이다. 우리 뒤에 오는 손님들이 불편하지 않고, 이득이 되게끔 곱다시 사용하고, 신중히 생각하여 시설施設해야 한다고 생각한다. 그릇된 지역이기地域利己는 자칫 역사의 흐름 위에 오판誤判 혹은 중죄重罪라는 돌이킬 수 없는 과오를 남기기 십상이다. 역사란 어느 특정 시대에만 쓰여지는 것이 아니다. 역사는 도도히 흐르는 강줄기 같은 것이다. 그때그때 끊임없이 주역主役를 자처했던 사람들이 떠나가고, 또 다른 주역들이 나타나 역사를 이어가게 되어 있다.

이 땅의 영원한 주인은 없는 것이다. 따라서 이 땅에 머물다 가는 모든 생명체는 꼭 다음 세대를 생각하고 배려해야 한다. 그들이 왔을 때 반드시 불편하지 않게, 손해 보지 않게 해주어야 한다. 때문에 이 시간 이 땅을 지나가고 있는 우리는 무슨 일을 하든지, 전대前代의 조상들과 뒤에 따라올 후손들까지를 먼저 생각하고, 그들을 위하려는 어떤 사명감과 역사의식에서 생각하고 행해야 할 것이다. 현재를 살고 있다고 오래된 고목 나무 한 그루를 함부로 베고, 바윗돌 하나를 아무렇게나 옮겨선 안 된다. 그렇듯 작은 집 한 채도 함부로 지어선 안 된다는 것이다. 하물며 많은 사람들이 애용해야 할 역사驛舍 같은 공공 시설을 건립하는데 지역이기주의가 좌지우지해선 안 된다.

역사의 죄인이 되는 건 순간적 오류와 오판에서 비롯된다. 하물며 KTX 역사 같은 국책사업을 공기놀이, 제기차기 놀이 하듯 그렇게 무성의하게 결정했을 수가 있었는지 묻고 싶다. KTX 김천(구미)역에 가보면 마치 먹다 싫증난 찐 고구마를 버려놓는 것 같은 기분을 떨쳐버릴 수가 없다. 왠지 모를 일이다.

필자가 부산의 출판기념회에 참석키 위해 2010년 11월 11일 14시 04분발 부산행 열차를 탔을 때, 승객은 필자를 포함하여 고작 3명뿐이었다. 김천시 인구 15여만 명, 구미시 인구 40여만 명임을 감안할 때 이 김천(구미)역은 처음부터 실패한 사례라고 봐야 할 것이다.

그리고 꼭 금오명산金烏名山을 관통 했어야 했는지, 왠지 뒷맛이 몹시 씁쓸하다. 어쨌든 언젠가 정말로 나라를 사랑하는 위정자나 지역을 아끼는 행정인行政人이 나타난다면 그 직職을 걸고서라도 김천(구미)역사 옮기기에 앞장을 서리라 믿는다. 정치도 행정도 언제까지나 장난질 같은 실험 혹은 연습만 할 수는 없다. 그야말로 '순간의 선택이 백 년을 좌우한다'는 어느 해묵은 CF 카피를 염두에 두어야 할 일이다. '아니면 말고' 식의 정책은 이제 그만 하자는 것이다.

— 따라 하기

언제부턴가 전국이 점점 개성 없이 획일화되어 가고 있다는 느낌을 떨쳐 벌릴 수가 없다. 이러한 현상은 아마도 지방자치제가 되면서 더 심해진 것 같다. 이를테면 제주도 유채꽃이 관광객들로부터 각광을 받는다 싶으니까 많은 지방地方들이 경쟁적으로 유채꽃밭을 조성해 놓았다. 소설 <메밀꽃 필 무렵>의 배경 무대인 강원도 평창이 메밀꽃으로 찾는 이들이 많다 싶으니까, 강원도내 일부 지역을 비롯한 전국 여러 지방에서 다투어 메밀밭을 조성해 놓았다.

이런 경우들은 허다하다. 어느 지방에서 무엇으로 재미를 본다 싶으면 전국이 다 '따라 하기'를 하고 있다. 그래서 원래의 고장마저 같이 망하는 물 타기식이 현재 이 시간에도 아무런 생각 없이 자행恣行되고 있다. 제발 앞선 고장만이라도 특성화, 차별화, 명물화名物化, 전통화, 브랜드화 하여 오랫동안 잘 살 수 있도록 자제自制들을 해주어야 할 문제들이라 생각한다. 자칫 생각 없는 사람들의 남 따라 하기는 서로 망하는 길일 뿐인 것이다. 뿐만 아니다. 자칫 대한민국 전체가 개성 없고, 차별 없는 획일적인 나라로 되어 가기 십상이다. 이는 관광성은 물론 지역 간 경쟁, 나아가 국제적 경쟁력을 잃고 있음을 의미함이다. 이런 낭패를 언제까지나 두고 볼 수는 없는 일이다. 한국관광공사가 나서든, 해당 관계기관이 나서든 교통정리가 꼭 필요하다고 본다. 공멸共滅이 아닌, 다 같이 잘사는 공생共生의 길을 열어야 할 것 아닌가?

세계는 벌써부터 관광산업 시대를 살고 있다. 관광산업만큼 노다지 산업이 없다는 걸 진작부터 알았던 것이다. 그런데 우리나라는 아직도 관광산업의 중요성, 이점利點을 너무 모르는 것 같다. 좀처럼 미망迷妄에서 깨어나지를 못하고 있는 듯하여 여간 안타깝지가 않다. 우리나라처럼 산이 많고 경관景觀이 훌륭한 조건에선 크게 밑천 들이지 않아도 되는 손쉬운 돈벌이라고 본다. 그런 의미에서 관광정책에 보다 적극적일 필요가 있다고 생각한다. 우리보다 조건이 훨씬 못한 나라들도 외국 관광객들로 북적된다. 그런데 유독 우리나라만 외국에서 찾아오는 관광객들이 적다는 것이다.

필자는 신라시대 고찰古刹 직지사直指寺 바로 아래 마을에 살고 있다. 때문에 외국 관광객들의 내왕에 민감한 편이다. 현재 직지사를 찾는 관광객 중에는 유학생 혹은 근로자로 머무르는 외국인들 말고, 순수 여행객으로서의 외국인은 그리 많게 느껴지지가 않는다. 솔직히 우리나라는 문득문득 관광정책 부재국不在國이란 생각이 들 때가 많다.

그런가 하면 일찍부터 이웃한 경북 영덕군과 울진군의 '대게 전쟁' 같은 원조 실랑이도 그리 좋아 보이지만은 않는다. 일연선사—然禪師를 두고 출생연고를 내세우는 경북 경산시와 삼국유사 집필지인 인각사麟角寺와의 인연을 내세우는 군위군과의 신경전도 그렇게 좋아 보이지 않는다. 전남 장성군은 홍길동의 출생지임을 주장하며 생가를 중심으로 축제를 열고 있고, 강원도 강릉시는 홍길동전의 배경임을 내세워 홍길동전 박물관을 세우는 등 신경전을 벌이고 있다. 당초 강릉시는 '홍길동 박물관'으로 명명했다가 전남 장성군과 상표권 분쟁에서 패하자 '홍길동전 박물관'으로 개명했다고 한다. 경북 청도군과 포항시의 새마을 발상지 신경전도 씁쓸하게 하기는 마찬가지다. 심지어 설화 속의 인물인 심청이 팔 잡아당기기를 하는 고장들도 있다. 전남 장성군은 2001년부터 '심청 축제'를 열어 심청의 고장임을 강조하고 있다. 반면 심청전의 배경이라 주장하는 인천시 옹진군은 1999년 백령도 진촌리 해안에 20억원을 들여 '심청각'을 지어 놓고, 그 앞바다를 인당수라 홍보하고 있다.

요즘 들어선 '길'이 난리다. 지방 자치단체마다 제주도 <올레길>을 흉내 내어 별의별 이름의 '길'을 만들었고, 꾸준히 만들고 있는 추세다. 유행처럼 일고 있는 '길'들을 일일히 다 열거할 수가 없을 정도다.

전국의 관광지에서 팔리는 기념품이라는 게, 그 지역만의 특성이라곤 전혀 없는 똑같은 것들밖에 없다. 기념품에 새겨져 있는 관광지의 이름만 다를 뿐이다. 그곳이 아니면 살 수 없는 기념품이라곤 아무 것도 없다. 어디에 가면 그건 꼭 사와야 한다는 그런 맛, 그런 재미가 전연 없다는 것이다. 관광지 기념품 가게들이 개점 휴업상태인 건 이런 이유와 무관하지 않다고 본다.

전통 5일장의 사정도 마찬가지다. 비록 산골 장이라도 중소도시의 전통시장과 똑같이 울긋불긋한 상품들 일색이다. 특색이라곤 없다. 어디에서도 차별화를 느낄 수가 없다. 지자제 시행 이후 엄청나게 늘어난 지역 축제祝祭도 예외가 아니다. 이름만 다를 뿐, 그 내용은 특별히 다른 게 없다. 과연 이런 '하기 위한 축제'들을 그 많은 예산 낭비해 가며 꼭 해야 하는지 의구심이 앞선다. 인구 3만 명도 안 되는 소군小郡에서 다섯 개의 축제를 하는 고장도 있다. 누구를 위한, 무엇을 위한 축제인지 도무지 알 수가 없다.

결론적으로 지역이기地域利己는 치사하고 공멸을 부르는 재앙일 뿐이라는 것이다. 어느 지역이 유채꽃으로 재미를 보거든 지켜보는 걸로 만족하면 된다. 메밀꽃이 어느 지역 경제에 득을 주거든 축하해 줄 일이다. 전국이 다 따라하여 너 망하고 나도 망하자는 건 정말로 아니라고 생각한다. 어느 지역이 득이 되든지 우리 대한민국의 국익國益이지 않는가.

문화의 혼재 混在

　　10년도 넘었지 싶다. 이미 익숙하게 중국
에서 들여온 석물石物들과 쉽게 맞닥뜨리게 되었다. 깔개석으
로 많이 쓰이는 맷돌에서부터 해태석, 사자석, 석등, 석탑, 석
불 등등 다양한 모양과 각기 기능이 다른 것들이 너무 많이 들
어와 있다. 언뜻 생각하면 중국에서 들여오든, 유럽이나 미주
쪽에서 들여오든, 먹고 살려고 하는 단순 행위로 볼 수도 있다.

　　자본주의 사회에서 사회에 큰 피해를 주지 않는 일인 걸, 굳
이 시비를 걸어 문제를 삼을 건 뭘까 라고 생각할 수도 있을 것
이다. 하지만 이는 예사로이 간과하고, 아무렇게나 흘려 넘겨
도 될 성질의 문제가 아니라고 생각한다. 우리나라에 들어온
그 석물들이 얼마나 문화재적 가치가 있느냐 없느냐, 아니면
민속품民俗品으로써의 의미가 있느냐 없느냐 하는 그런 걸 문

제 삼자는 게 아니다. 그것들이 가공되지 않은 원석原石이라면 전혀 문제될 것이 없다. 실제로 아주 오래 전부터 중국에서 들여온 원석들이 건축자재나 각종 생활 편의시설, 조형물, 혹은 예술작품으로 재탄생되어 왔다.

묘지 앞에 세우는 상석床石, 비석, 망주석 등은 아예 중국 현지에서 가공을 해서 들여오는 실정이다. 소위 맞춤형 수입인 셈이다. 원자재도 그렇지만, 인건비가 우리와는 비교도 안 되게 싸기 때문인 것이다. 문제는 중국 수입 석물들이 우리 전래傳來 석물들과 아무런 제재 없이 마구 뒤섞이고 있다는 사실이다. 이것은 분명 문화의 혼재混在라 않을 수 없다.

이미 어느 힘으로도 쉽게 손쓸 수 없는 지경에까지 와 있다고 본다. 문화재관리청 같은 책임 있는 국가기관에선 그동안 무얼 하고 있었는지 모르겠다. 이런 추세대로 간다면 언젠가는 일요일마다 KBS 1TV에서 방영하고 있는 'TV 쇼 진품명품'이란 프로그램 마냥 이들 수입 석물들을 두고 우리 전래 석물이냐, 외래 석물이냐를 감정하는 전문 감정사란 직업이 생겨나는 시점이 곧 도래할 것 같다.

어느 신뢰 있는 기관 단체에서 연구를 목적으로 들여왔다면 충분히 이해가 된다 하겠다. 하지만 단순히 정원庭園 장식용裝飾用, 관상용觀象用 등으로 그 많은 석물들이 들여져 왔고, 지금 이 시간에도 아무런 제약 없이 줄지어 들어오고 있다는 건 여간 문제라 않을 수가 없다. 그리고 이것들은 머지않아 대단한 혼란과 우환의 여지가 충분히 예측된다 하겠다.

이는 그냥 외국에서 돌덩어리 몇 개 들여다 놓았다는 의미와는 확연히 다른 차원이라 보는 것이다. 언제까지나 이대로 방치하고 있다가 자칫 우리 전통 문화의 홀대 내지 또 다른 폄하貶下로 이어질까 심히 우려되기 때문이다.

어쩌면 성격은 좀 다르다 하겠지만, 오래 전에 마구잡이로 수입했던 황소개구리, 블루길, 베스, 청거북 등과 같은 골칫거리가 되지 않을까 싶기도 하다는 것이다.

아무튼 가까운 날에 분명히 마구잡이로 들여온 중국산 석물들은 애물단지가 되어 우리를 혼란케 할 것이다.

다종족화 多種族化 시대

작금에 가장 익숙한 용어 중의 하나가 다문화다. 다문화란 말이 어쩐지 적확的確한 표현이란 생각이 들지가 않는다. 따지고 보면 다문화는 다종족화가 먼저이기 때문이라 그런 것 같다. 더 적나라하게 표현하면 우리나라는 이미 오래 전부터 혼혈시대를 살고 있다.

우리는 다른 나라들에 비해 반 만 년이란 긴 역사를 가졌으면서도 비교적 단일 혈통을 유지해 왔다. 그러다 농촌 총각들 짝짓기의 일환으로 비롯된 신부 수입(?)이 다종족화를 불러왔다. 한꺼번에 여러 나라 신부들이 들어와 빚어진 문화의 트러블 현상 때문에 다문화란 신조어가 생겨난 것이라 보면 정확할 것이다.

나라마다 고유한 정서와 문화와 풍습이 있다. 굳이 다른 문화를 이해하려하기 전에, 다른 종족을 끌어안고 함께 어우러져 나아가는 휴머니티가 선행되어야 한다고 보는 것이다.

가뜩이나 진작부터 외국에서 유입되어져 온 근로자들을 학대하는 인종차별주의적 현상이 곳곳에서 불거져 국제사회에서의 시선이 곱지 않아 왔다.

뿐만 아니다. 외국에서 데려온 아내를 구박하고, 폭행하는 등 비인간적 폭력은 즉각 중단되어야 한다. 물론 꼭 외국인과 결혼을 하였기에 갈등이 생기는 건 아니다. 동족끼리 만나 아무리 오랫동안 진심으로 사랑하여 결혼을 했거나, 한 마을에서 죽 같이 자라서 부부가 되었거나 마찬가지다. 일단 부부로 살아보면 그동안 보지 못했던 것, 알지 못했던 것들을 너무 많이 알게 되기 마련이다. 연애시절엔 신경 써서 감추어 왔던 것들을, 결혼 후 차츰차츰 감추지 않게 되기 때문인 것이다.

남녀로 만나 정말로 조건 없이 마냥 설레는 시기는 잘 봐주어도 채 1년이 되기 어렵다고 본다. 이 기간을 3개월 정도라고 못 박는 사람들도 적지 않다. 어쨌든 이 시기가 지나고 나면 하나 둘 보여 지고 느껴지는 것들에 대한 실망, 회의, 혐오, 증오가 불신과 다툼을 부른다. 급기야는 사네마네 하는 극단적 생각에까지 이를 수도 있다. 사랑했으면서도 다 결혼생활을 성공하지 못하는 것은 이런 이유 때문인 것이다.

결혼생활의 성공은 얼마만큼 성실히 의무를 이행하느냐, 얼마나 서로에게 다가가고, 이해하고, 양보하고, 인내하느냐에 달려있다고 본다. 결혼생활이 어찌 언제까지나 연애시절 같을 수만 있으랴. 연애가 이상이라면, 결혼은 현실이다.

어쨌든지 끝내 감정을 삭이지 못하여 그 관계 청산하고 다른 사람 만난다고 뾰족한 수가 있는 건 아니라는 것이다. 남남이 만나서 부부로 산다는 건 생각처럼 쉬운 노릇이 아니다. 결혼생활은 서로 맞추어 가려는 부단한 노력 없인 절대로 성공할 수가 없다.

유난히 금슬이 좋은 부부는 그 금슬을 유지하기 위하여 서로 엄청난 노력을 하고 있다고 보면 틀리지 않는다.

하물며 혈통이 다르다는 건 말할 것도 없다. 너무 다른 문화와 문명권에서 살아온 먼 나라 사람들과 부부의 연을 맺고 산다는 건 정말로 생각처럼, 말처럼 쉬운 노릇이 아닐 터이다. 그렇다고 차별화하고, 폭력을 행사해선 안 된다. 이제는 싫든 좋든 그야말로 글로벌시대를 살고 있다.

이미 벌써부터 지구촌이란 말이 전혀 어색하거나 이상하지 않고, 오히려 자연스러워진 시대가 되었다. 그런데 아직도 인종을 따지고, 피부색을 가려서 차별화한다는 것은 그만큼 의식의 후진성을 면치 못한 촌스런 사고라 않을 수가 없다.

누구도 밀려오는 시대의 조류를 거스를 수 없다. 당장 가까운 피붙이가 외국인과 결혼을 하겠다고 나설지 아무도 모른다. 미구未久에 닥쳐올 가문家門의 혼혈화를 초연히 맞을 수밖에 없게 되었다는 얘기다. 이제는 그야말로 '손에 손 잡고' 함께 나아가도록 되어 있다.

시대는 흐름이다. 역사 또한 흐름이다.

100여 년 전 대원군 이하응이 그토록 외래문물을 거부하는 쇄국정책을 펴려 했지만, 끝내 도도한 역사의 흐름을 거스러진 못했다.

세계 각국에서 신부가 수입(?)되어져 오는 오늘날의 현상을 대원군이 지켜본다면 뭐라고 할지 몹시 궁금하다. 당신의 역사적 단견短見을 자탄할 것인가? 아니면 시대의 흐름을 한탄할 것인가?

어쨌거나 이제 우리도 다종족화 시대를 살고 있다. 오는 대로 맞아들이고, 있는 대로 받아들이자. 생활문화란 결국 이런 것이다.

7

농산물 도둑놈들

가뜩이나 일손이 부족하여 농촌살이가 힘겨운 터에 농산물을 노리는 도둑 또한 여간 극성이 아니다. 이를테면 5~6년을 정성 다 하여 지어놓은 인삼을 밤새 몽땅 뽑아가는 도둑들이 날뛴 지 오래 되었다.

농촌에선 가을걷이가 끝나면 도로가에서 벼를 말리는 풍경을 흔하게 볼 수가 있다. 그런 벼들이 밤사이에 감쪽같이 없어져 버리는 일도 그만큼 빈번해졌다. 정말로 기가 막히는 노릇이다. 일 년 간 피땀 흘려 지은 농사가 하룻밤 새 모두 사라져 버린다. 그야말로 천벌 받아 마땅한 짓거리라 않을 수 없다.

뿐만 아니다. 밭에 심어놓은 호도, 감, 배, 사과, 밤나무 같은 과수果樹들을 송두리째 뽑아 가는 도둑이 날뛰고 있다. 농민들은 어린 과수果樹를 지키기 위해 나무줄기에 페인트로 표시를 하는 등 갖은 안간힘을 다하고 있다.

　하지만 그렇게 하여 나무를 지킬 수는 없다. 또, 그런 표시로 하여 잃어버린 나무를 되찾았다는 말을 들어본 적도 없다. 심증은 있되 물증을 찾기가 쉽지 않은 게 농축산물 도둑이고, 과수 도둑이다. 때문에 현장에서 붙잡지 않는 한 흐지부지 영구히 묻힐 수밖에 없는 것이다.

　필자가 아는 사람들 중엔 3년생 감나무를 몽땅 도둑맞은 이가 있는가 하면, 6년생 도라지와 씀바귀 330㎡ 가량이 한 뿌리도 남김없이 사라졌다며 허탈해 하는 이도 있었다.

　3년, 5년, 6년 하는 시간은 결코 심심할 때 흥얼거리는 콧노래가 아니다. 농민은 한 해 한 해에 목줄을 걸며 산다. 농사꾼한테 3년이니, 5년이니 하는 시간은 엄청나게 긴 시간이다. 마흔 살 난 농부는 잘 해도 6년 근 인삼 농사를 5번 짓기가 힘들다. 이렇다고 봤을 때 5년 근이니 6년 근이니 하는 인삼밭을 거덜 낸다는 건, 그야말로 그 농부의 인생 자체를 훔쳐가는 일에 다름 아니다.

　필자한테도 돌이키고 싶지 않고, 너무도 불쾌한 몹쓸 기억이 있다. 지금부터 한 20년 전쯤이지 싶다. 길가 밭에다 70주의 호두나무를 사다 심었다. 기왕이면 보기 좋으라고 가로세로 새끼로 줄을 맞춰가며 반듯반듯하게 식수植樹를 했다. 몇 달 후 첫 봄비가 오고 난 뒤, 두 차례에 걸쳐 가장 상태가 안 좋은 3주를 제외한 67주를 송두리째 뽑아 가버린 거였다.

도무지 눈앞의 상황을 어떻게 받아들여야 할지를 몰랐다. 너무나 황당하고 너무도 어처구니가 없었다. 남의 밭에 심긴 나무를 훔쳐간 도둑은 아마도 농사를 짓는 농사꾼으로 짐작되었다. 농민들이 어쩌다 여기까지 왔는지 기가 막혔다.

이처럼 농사도 맘대로 지을 수 없는 세태가 되어 버렸다. 언제부턴가부터 내 것은 분명히 있는데, 네 것이 없는 세상이 된 듯하다. 그만큼 자기밖에 모르는 세상이 된 것이다.

또, 10수 년쯤 전에는 그 밭에다 석축石築을 쌓으려고 자연석을 구해다 놓은 적이 있다. 그 돌들은 누가 보아도 사용하려고 일부러 가져다 놓았다는 걸 짐작할 수가 있었다고 생각한다. 한데 결과는 말이 안 나왔다. 실수로라도 한 덩이도 남겨놓지 않은 채 감쪽같이 모조리 가져가 버리고 만 거였다. 가져간 도둑을 탓하기 전에 그 작자들과 같은 하늘 아래 같은 시대를 살고 있다는 사실 자체가 너무 싫었다. 10톤 이상의 결코 적지 않은 양量이었다. 그 돌덩이들은 하나 같이 가져가라 해도 중장비가 없인 도저히 가져갈 수 없는 크기였기에 더욱 어처구니가 없게 했다.

그 돌덩이들도 그렇게 멀지 않은 이웃의 소행으로 보였다. 직접 쓰려고 훔쳐간 걸로 짐작이 되었다. 돌을 전문적으로 취급하는 업자가 법적인 위험을 감수하면서까지 탐낼 만큼 가치 있는 돌은 못 된다고 보았기 때문이다. 아무튼 남의 밭에 있는 돌덩어리들을 중장비까지 동원하여 말끔히 훔쳐갔다는 건 양심도, 염치도 없는 절도범으로 봐도 지나치지 않지 싶다.

예의 그 밭은 큰길가에 있고, 바로 앞에 낚시터가 있어 아무래도 도둑질을 하려면 밤낮없이 남의 눈치를 보아야 하는 쉽지 않은 조건이라 할 수가 있다. 얼마나 대담하고, 양심 없고, 염치없는 도둑질인가를 설명하는 것이다.

도둑놈 치고도 농사와 관련된 도둑질보다 더 치사한 도둑은 없다고 본다. 정말로 인간이 어디까지 가고 있는지 모르겠다. 도대체 인간에게 양심이라는 것이 있기나 한 것인지 알 수가 없다.

옛날에도 서리라고 하여 남의 농산물이나 가축 등을 훔쳐먹는 일이 있었다. 하지만 그것은 어디까지나 장난의 수준을 넘지 않았다. 당시로선 일종의 풍속놀이 같은 것으로 양해되는 경향이 있었다. 그래서 피해자인 주인도 크게 문제 삼지를 않았다.

오늘날처럼 차량을 동원하여 한 해 농산물을 몽땅 훔쳐 간다거나 가축을 다 잡아 가서 낭패를 겪게 하는 일은 있을 수가 없었다.

예를 들면 닭을 잡아올 적에도 닭장에 있는 닭을 다 잡아 오는 법이 없었다. 한두 마리, 많이 잡아도 세 마리를 넘기지 않는 게 불문율처럼 되어 있었다. 참외나 수박을 서리해도 그 밭을 망치게 하는 법이 없었다. 최대한으로 넝쿨을 짓밟지 않으려고 조심을 했다.

피해를 본 주인이 서리를 문제 삼아 변상辨償이라도 하는 날
엔 오히려 주변에서 인심人心을 잃었다.

그런데 오늘날의 농산물 도둑들은 염치도 뭣도 없는 개망나
니 같은 짓거리를 예사로 해대고 있다. 제 뱃속만 채우면 됐지,
남 죽는 건 안중에 없다는 태도다.

필자의 호두나무를 훔쳐간 그 도둑은 제법 큰돈을 만질 수
있을 것으로 믿는다. 67주의 호두나무는 결코 적은 숫자가 아
니다. 그리고 20년이 넘은 호두나무 같으면 소득이 상당히 괜
찮을 것이기 때문이다.

아무튼 순박한 농사꾼을 가장한 그 도둑은 거기에서 얻은
수입금으로 자녀들 잘 키웠을 것이다. 그 훔친 걸 밑천으로 공
부시키고, 짝 지어주고, 집 사주고, 비로소 부모 노릇 제대로
했다고 뿌듯해할 지도 모르겠다. 도둑질을 해서 말이다. 그런
악惡으로 배를 채우고, 그런 죄罪로 몸뚱어리를 가리고, 그런
죄악罪惡의 수혜자로 자란 자녀들이 얼마나 잘 되는지는 두고
볼 일이다. 만에 하나라도 도둑의 자식들이 잘 된다면 분명 신
은 없다는 것이 입증됨이다.

부모의 잘못된 이기심, 그릇된 욕심으로 이룬 재산은 자식
에게 절대 복福으로 돌아갈 턱이 없다. 지금 내가 쌓은 악업惡
業은 당대에 바로 자신에게 되돌아오지 않으면, 대를 이어 자
손들이 두고두고 갚아야 하는 빚으로 언제까지나 상속相續됨
을 유념해야 할 것이다.

흔히들 "잘 되면 제 탓, 못 되면 조상 탓"이란 말을 한다고 나무란다.

하지만 필자는 그 말에 일리가 있다고 생각하는 입장이다. 바르게 살면서 아무리 애를 써도 잘 풀리지 않는 사람은 조상의 악업을 풀겠다는 노력도 병행해야 한다. 즉, 남을 배려하고, 남한테 베푸는 등 더욱 선업善業을 쌓아 조상의 악업을 풀어야 한다는 것이다.

도둑질은 어떤 이유에서든 합리화 내지 정당화 될 수가 없다. 어떠한 이유에서든 도둑질이 이해되고 양해되어서도 안 된다. 그것은 아량雅量도 도량度量도 아니다. 사회정의 구현 차원에서라도 단죄斷罪되어야 한다고 생각한다.

도둑질은 습관이자 고질병인지도 모른다. 설령 도둑질이 일종의 정신병이라 하더라도 절대로 용서되어선 안 된다고 본다. 도둑질은 극한 이기성에서 비롯된다고 보기 때문이다. 남이야 죽든지 말든지 나만 잘 살면 된다는 심보가 남의 것을 아무런 죄의식 없이 훔치는 것으로 나타나는 것이다. 그래서 남의 것을 함부로 훔치는 도둑과, 자신의 직무를 악용한 부정, 비리를 저지른 공직자를 절대로 용납해선 안 된다는 것이다.

'사흘 굶어서 남의 담장 넘지 않는 사람이 없다'는 우리 속담이 있다. 이는 천만에다. 대다수의 사람들은 사흘 아니라, 차라리 굶어 죽으면 죽었지 남의 것을 훔치겠다는 마음을 갖지 않는다. 이런 게 양심이다.

반면에 살기가 넉넉한데도 남의 것을 보면 습관적으로 슬쩍 슬쩍 하는 불쌍한 인간들도 얼마든지 많다.

필자는 아무리 큰 도둑도 결코 혈통 때문만은 아니라고 믿는다. 도둑의 자식 중에서도 틀림없이 훌륭한 사람이 나올 수가 있기 때문이다. 그러니까 모두가 다 그렇듯이 도둑이 되고 안 되고는 어디까지나 전적으로 본인한테 달려있다고 본다.

아무튼 불가佛家에선 도둑은 죽어서 빈천보貧賤報를 받게 된다고 한다. 먹을 것 입을 것이라곤 전혀 없고, 앉을 곳도 누울 곳도 없을 정도로 가난하고, 세상에서 가장 천하게 되는 업보를 말한다.

내세來世가 있는지 없는지 잘은 모르겠다. 하지만 필자는 분명히 내세가 있다고 믿고 있는 입장이다. 그렇다고 봤을 때 이 얼마나 무서운 악업인가. 어떤 경우라도 남의 것 탐하지 말며 살자. 어떤 이유라도 남의 것을 함부로 취하지 않으며 살자.

남을 속이기는 어렵지 않다. 물론 아내, 자식들까지도 다 속일 수가 있다. 하지만 자기 자신만은 절대로 속일 수가 없다. 자화상이 비친 거울은 절대로 속아주지를 않기 때문이다. 그런데 사기詐欺에 길이 든 인간들 중에는, 자기 자신도 감쪽같이 속였다고 철석같이 믿고 있는 바보들이 너무 많다. 그렇게 하여 악업만 지을 뿐 자신에게 돌아올 건 아무 것도 없다는 걸 왜 모르는지 모르겠다.

그리고 어떤 경우라도 자식을 속이는 부모가 되어선 안 된다. 자화상이 비친 거울보다, 자식이란 거울이 더 정확하고 무섭기 때문이다. 인간은 궁극적으로 자식한테 부끄러운 부모가 되지 않으려 애쓰고, 최선을 다 하는 게 정도正道이다.

진정한 부자는 무엇을 이루었거나 얼마나 많은 걸 가진 사람이 아니다. 끊임없이 꿈을 꾸고, 열정적으로 목표를 향해, 목적을 향해 성실히 다가가는 사람이다. 목표나 목적이 곧 꿈이요, 희망인 것이다. 따라서 목표와 목적은 확실하고 확고할수록 좋다. 그리고 일찍 설정할수록 바람직하고, 유리하다 할 수가 있다. 그만큼 생의 진로가 분명해지기 때문이다.

흔히들 인생에 있어 정답은 없다고 한다. 하지만 제가끔 개인적으로는 분명히 정답이 있다. 그것도 저마다의 손아귀에 꼭 쥐어져 있다는 것이다. 다만 스스로가 자기 인생의 답을 쥐고 있다는 사실을 미처 모르는 채 살아가고 있을 따름이다.

언제든지 생의 목표에 이르렀을 때, 생의 목적지에 다다랐을 때, 비로소 손아귀에 쥐어져 있는 자기 인생의 답이 느껴지는 것이다. 자신이 추구해온 목표와 목적 자체가 바로 정답이기 때문이다.

아무튼 자신의 생이 다할 때 부끄럽지 않고, 후회스럽지 않고, 슬프지 않은 사람이 잘산 사람이라 생각된다. 목적을 성취한 삶이야말로 부끄럽지 않고, 후회스럽지 않고, 슬프지 않은 사람일 터이다.

쓰는 작품이 아닌
쓰여지는 작품만을 고집한다

소설 작품 중에는 사전에 철저히 계산되고, 의도된 문학 상품과 그렇지 않은 예술 창작품으로 나누어진다 할 수가 있다. 문학 상품은 소위 말하는 상업주의 작품을 가리킨다.

필자는 예술창작 쪽만을 고집하는 이른바 아날로그적 작가이다. 따라서 필자는 작품을 할 적에 구상構想도 구성構成도 하지 않는다. 필자는 스스로를 '쓰는 작품이 아닌 쓰여지는 작품만을 고집하는 작가'라고 자칭自稱한다.

보통 쓰는 작가들은 책 한 권 작업 하는 데 3~4년씩 걸린다고 한다. 하지만 필자처럼 쓰이는 작품만을 고집하는 작가는 서너 달이면 책 한 권을 마칠 수가 있다. 한사코 무슨 천재인 양 하려는 건 결코 아니다. 사실이 그렇다.

그런데 작품이 술술 되어지기까지 분위기를 익히는 데 3~4 년의 시간이 걸린다. 쓰는 작가와 쓰여지는 작가의 차이점이 이런 것이라 본다.

어쨌거나 그러면 쓰여지는 작가는 무엇을 움켜쥐고 창작을 할 수가 있을까? 아마도 문학 상품 만들기에 철저하게 길들여 져 온 작가들로선 선뜻 이해하지 못할지도 모르겠다.

학교에서 가르치는 문학론이나 많은 선배 작가들이 남겨놓 은 <소설작법>이란 책들도 작업에 들어가기 전에 충분한 구 상과 구성의 과정이 얼마나 중요한가를 누누이 강조해 놓았다.

하지만 필자의 생각은 많이 다르다. 예를 들어 컵, 이것 이 렇게 한 번 써볼까?… 이런 충동을 느끼는 순간부터 글은 저절 로 쓰여지게 되어 있다는 것이다. 때문에 구상, 구성 등 꼼꼼히 사전작업을 하고, 그것도 모자라 수도 없이 수정修正을 하는 수 고를 아끼지 않는 작가들에 비해 필자는 그만큼 수월하게 작 품을 하는 편인지도 모른다.

아무튼 소설이 허구의 행위이고, 소설 속의 주인공들은 모두 가 가공인물임에는 부정할 여지가 없다. 그런데도 작품의 분위 기가 형성되게 되어 있고, 소설 속의 주인공들은 그들의 팔자 가 있고, 운명이 분명히 결정지어지게 되어 있다. 작품을 해보 면 틀림없이 느끼게 되는 사실이다. 어쨌든 필자는 창작이 허구의 행위인데 굳이 치밀한 구성이 필요할까? 거부감을 갖고 있는 입장이다.

　물론 허구를 더 허구적이게 하기 위한 노력이라 할 수도 있겠다. 아무려나 구성을 한다는 건 의도적이라는 말이 된다. 창작은 있을 수 있는 일, 즉 개연성蓋然性을 다루는 걸로 충분하다고 본다. 사람들이 살아가는 모양새를 그리는 것이 곧 소설인 것이다. 이를테면 정상보다, 상식적 기준보다 좀은 색다르고, 유별나고, 특이한 어떤 인생을 기록한 결과물이 소설이란 것이다.

　그런데 대부분의 독자들은 그런 시각, 그런 의식으로 작품을 대하지 않는다. 오히려 소재가 얼마나 도회적이냐? 스토리 진행 과정에 얼만큼 퇴폐의 분칠, 음란의 포장을 했느냐에만 관심을 갖는다.

　즉, 진정성이라곤 눈곱만큼도 없는 사랑이란 이름의 마약 같은 덧칠에 길들여져 있다는 것이다. 이래가지고선 진정으로 좋은 작품을 골라 볼 수가 없다 하겠다. 때문에 소위 뜬 작품(?)치고 명작으로 남는 작품이 거의 없다는 사실이 이를 증명함이라 할 수가 있다. 많이 팔리는 작품 따로, 좋은 작품 따로의 이 모순이 엄존儼存하는 것도 다 이런 이유 때문이 아닌가 싶다.

　더 문제는 인생이 문학 상품처럼 뜻대로, 계획대로만 살아지는 게 아니라는 것이다. 인생이 뜻대로, 의도대로 살아진다면 불행할 사람은 아무도 없을 것이다. 그야말로 금 나와라 뚝딱, 은 나와라 뚝딱 식이 아니겠는가. 이치가 이런데도 굳이 구성을 한다는 건 오히려 대단한 모순이라 생각하는 것이다.

필자는 작품을 하면서 작가로서의 관여를 최소화하고 있다. 작품의 흐름이 정도正道를 크게 벗어나지 않도록까지만 작가로서의 권한 행사를 한다. 철저하게 작품 자체가 흘러가는 대로 따라가는 태도를 유지한다는 것이다. 그래도 작품은 충분히, 제대로 되어간다.

그리고 필자는 소설의 생명, 재미의 절대 조건처럼 인식되어 있는 갈등구조, 대립구조라는 것도 거부하고 있다. 갈등구조란 선한 자와 악한 자, 강자와 약자, 가진 자와 못 가진 자, 지배자와 피지배자 등으로 대립시켜 놓고 악한 자, 강한 자, 가진 자, 지배자 등으로 하여금 끊임없이 악행을 하도록 하는 판에 박힌 줄거리로 버티기를 한다.

현실적으로 보면 악역惡役을 맡은 작중 주인공이 얼마만큼 악랄하고, 어디까지 악독해질 수 있느냐에 따라 그 작품의 성패가 달려있다고 해도 무리가 아니다. 따라서 착한 역役을 맡은 주인공은 반전의 상황을 맞을 때까지 철저한 바보가 되어 참고, 참고, 참는 선자善者의 모습을 언제까지 유지하느냐가 오늘날 소위 잘 팔리는 소설이 되는 관건이 된다.

이를테면 대다수의 독자들은 온갖 갈등구조를 다양하게 설정하여 오랫동안 요래조래 반목 상황을 유지해 나가는 과정 자체를 재미로 받아들인다는 것이다.

정의의 주먹 한 방이면 언제든 반전은 가능하다. 그리고 작품 자체가 끝나버리게 된다. 그 주먹을 오랫동안 참고 참았다가 작품이 끝나갈 즈음에 통쾌하게 한 대 내지르거나 악역을 맡은 자가 마침내 뒤늦게 회개하여 화해의 손을 내밀면 성공한 문학상품이 되는 것이다.

이런 작품일수록 작가가 아무리 머리를 써서 포장을 하더라도 독자의 눈에는 끝이 너무 훤히 보이게 마련이다. 이러한 사실을 작가도 안다. 작가가 몰라서 그 되잖은 엮음을 위한 헛된 수고를 하는 건 아니라고 생각한다. 그런데도 속지 않는 독자를 끝내 속인 걸로 하자고, 없는 머리 있는 머리 다 굴려가며 억지를 부린다. 또, 독자들은 그런 줄을 뻔히 알면서도 끝까지 열심히 성실히 따라간다.

"이게 뭐야?"

대개는 마지막 책장을 덮으면서 투덜거린다. 그런데도 그 책은 여전히 팔려나간다. 그래서 소위 베스트셀러가 되는 것이다. 정말로 불가사의다.

아무튼 인생은 늘 가변적可變的이다. 언제 어떤 일이 일어날지 예측할 수 있는 사람은 아무도 없다. 따라서 실제의 삶이 소설처럼 기승전결起承轉結이 분명할 수가 없다.

평생을 살면서 한 번도 다투지 않을 수는 없다. 그렇다 하더라도 한 번 다툰 걸로 평생을 원수로 사는 사람은 그리 많지 않다고 본다. 또, 기왕에 원수가 졌으면 다시는 안 보고, 두 번 다시 상종을 않으면 그만이다.

문학 상품화된 작품들을 보면, 평생을 일방적으로 당하면서도 참기만 하다가 작품이 끝나갈 즈음에 가해자와 피해자의 입장이 역전되거나 화해를 하게 된다는 것이 공통점이다.

필자는 실제의 세상살이가 소설세계처럼 한쪽이 다른 한쪽을 오랜 세월동안 일방적으로 학대하고 괴롭히는 일들도 그리 흔치가 않다고 본다. 설령 그런 일들이 있었다 치자. 그랬다 하여 소설 작품에서처럼 꼭 언젠가는 입장이 반전되거나 화해를 한다는 법도 없다.

필자가 갈등구조를 좋아하지 않는 이유는 또 있다. 필자는 성격상 실생활에서도 나쁜 놈이 오래도록 누리고 설쳐대는 걸 두고 보지 못한다. 필자의 정의감이 그걸 용납하지 못하는 탓일 터이다. 때문에 필자는 가능하면 나쁜 놈은 그때그때 바로 응징해 버린다. 그래서 갈등구조가 오래 유지될 일이 없다.

아무려면 필자 스스로가 꾸며서까지 나쁜 놈이 활개치고, 잘 살도록 놔두고 싶지가 않다는 것이다. 가뜩이나 필자의 의지와 전혀 상관없이 인면수심人面獸心의 인간들과 같은 하늘 아래서 같은 시대를 살고 있다는 자체가 싫어서 못 견디겠는데, 필자 스스로 꾸며 나가는 작품 속에서까지 나쁜 놈이 활개 치도록 내버려두고 싶지가 않다는 것이다.

그리고 필자는 소설에 있어서 재미난 줄거리(이야기)가 소설의 전부는 아니라는 소설관小說觀을 가지고 있다. 만약 재미난 이야기가 소설의 전부라면, 그 옛날 우리 할머니들은 모두

소설가 예우를 받았어야 한다고 생각한다. 무릎을 베고 누운 손자를 잠재우기 위해 이야기보따리를 끌러 놓는데, 밑천이 다 떨어지고 나면 즉흥적으로 지어서 이야기를 들려주기를 주저치 않았다. 그런 할머니의 이야기는 조금도 어색하지 않고, 매우 재미있었다. 그런데도 그 할머니가 소설가로 남지 못한 건 소설이 재미난 이야기만으로 되는 게 아님을 입증하는 것이 아니겠는가.

결코 소설은 입담, 입심만 가지고 되는 게 아니다. 한 마디 한 마디가 실제인 듯 생생하게 보이고, 들리고, 만져지고, 느껴지는 묘사描寫로 이루어져야 한다. 그리고 소설엔 주제라는 게 있다. 때문에 소설가로 존재하기가 생각처럼 쉽지 않은지도 모른다.

소설에서 재미란 소설을 끝까지 읽히기 위한 수단에 지나지 않는다고 본다. 그렇다면 꼭 재미난 이야기를 동원하지 않으면 안 된다고는 보지 않는다. 즉, 언어가 덜 발달된 시대에는 이야기만 재미있으면 되었다 할 수가 있다. 하지만 언어가 발달하고 세련되면서부터 소설에 바라고, 요구하는 조건도 달라졌다고 본다. 독자들은 저마다 단순히 구수한 이야기에서 언어의 맛까지를 기대한다는 것이다. 맛있는 문장, 고운 문장, 유려한 문장으로 엮어진 작품 속에 진한 감동까지 곁들여져 있다면 독자를 끝까지 이끌어가는 건 결코 어려운 과제일 수가 없다.

소설에서 재미나 맛깔은 곧 깔깔거릴 수 있는 단순한 재미가 아니라, 가슴 뭉클하고, 코끝 찡한 감동을 의미한다. 감동이란 얼마나 인간적인가, 얼마나 진실한가, 얼마나 정의로운가로 결정지어진다고 보면 틀리지 않다.

이야기를 재미나게 이끌어 가는 작가치고 문장이 돋보이는 작가가 드문 것도 우연이 아니지 싶다. 필자는 문장 하나만은 누구에게도 뒤진다는 소릴 듣고 싶지 않다.

어쨌거나 조금만 더 디지털 시대를 살다보면 반드시 아날로그적 작품을 선호하는 시대가 도래 할 거라고 확신한다. 모든 생활이 너무 꽉 조이게 되면 숨구멍을 찾듯, 필자의 작품 같은 아날로그적 작품이 요구되게 된다는 걸 믿기 때문이다. 그런 날이 빨리 다가와 필자의 작품이 더 많은 독자들한테 사랑 받기를 소망한다.

또한 필자는 열심히 읽고 이해하는 작품이 아니라, 눈에 선하게 보여지는 작품, 귀에 쟁쟁하게 들리는 작품, 생생히 만져지고 느껴지는 작품을 쓰려고 애를 쓴다. 소설이 단순히 한 편의 재미난 이야기를 전달하는 기능만으로 끝나는 것이 아니라, 또 다른 인생의 한 단면으로 우리와 함께 호흡하며 살아가는 우리들의 이야기여야 한다고 보는 것이다.

작가 입장에선 자신의 작품이 읽힐 기회마저 없이 사장死藏된다는 건 정말로 살맛나지 않는 노릇이다. 필자는 그처럼 불행한 작가가 되지 않기 위해서 토씨 하나하나까지를 최선을 다하여 골라 쓰고 있다.

워드프로세스로 작품을 하는 필자는 이 세상과 인연이 끝나는 순간도 워드 앞에서 맞았으면 좋겠다. 그 마지막 순간을 워드 키를 두드리다 꽈당 하고 이마로 자판字板을 내리찍으며, 이 세상에서 주어진 역할 모두 끝내고 먼 길 떠나고 싶은 게 소망 중의 소망이다. 그게 가장 작가다운 모습이고, 그것이야말로 필자다운 모습이라 생각하기 때문이다.

그렇게 남겨진 작품들이 두고두고 자손들에게 부끄럽지 않았으면 더욱 행복하겠다. 필자가 이 나라, 이 시대 최고의 작가로 아는 독자들을 위해 오늘도 밤새워 가며 열심히, 그리고 최선을 다하여 워드 키를 두드린다.

이 기회에 꼭 한 소리해야겠다. 제발 신문학 100여 년 동안 변함없이 답습해온 그 퀴퀴하고 고리타분한 문학이론 좀 재정립하자는 것이다. 세상은 이토록 변했는데, 발전해 나가야 할 문학이론은 좀처럼 변화를 모른 채 제자리에 그대로 머물러 있다. 과연 그 공식화 되어 있는 이론들이 정답이고, 언제까지나 텍스트로 남아도 좋은지, 이제라도 다 함께 따져보자고 주장하는 것이다.

디지털 시대의 갈등

          필자는 개인적으로 최첨단 조명불빛에 절대 매료되지 않는다. 그보다는 여전히 어두운 밤하늘에 반짝이는 작은 별과 은하수를 훨씬 더 좋아한다. 별을 보며 꿈을 꾸고, 별을 보며 그리움을 품는다. 조명등이 아무리 휘황찬란하고, 아무리 환상적이어도 어찌 밤하늘의 별을 볼 때의 아련함과 넉넉함을 맛볼 수가 있을까.

그래서 사람들은 디지털 문화의 편리함에 중독되어 가면서도 아날로그 시대의 향수에 대한 미련을 버리지 못하고 있다. 도심 빌딩 숲 속에 황토 초가를 지으려 하는 것도 다 그런 연유에서이다. 도심에 조마한 개천을 만들어 수초水草를 심고, 물고기를 놓아기르는 것도 이런 이유에서이다. 도시의 한복판에다 철따라 벼를 심고, 보리를 갈고, 목화나 수수, 조, 기장, 유채,

메밀 같은 전통 작물들을 심는 마음이 바로 아날로그 시대에 대한 향수인 것이다.

한데 사람들은 이런 현상을 친환경적 욕구로 표현하고 받아들이려 한다. 사람들이 즐겨 쓰는 친환경이란 의미 속에는 건강에 좋다는 전제가 함의含意되어 있다. 하지만 이는 정답이라 할 수가 없다. 분명 사람들은 디지털 문화의 신속하고, 정확하고, 편리하고, 세련되고, 호화로움에 빠져들면서도 본능적 거부감을 떨쳐버리지 못해 갈등하지 않을 수가 없게 된다. 발달한 과학문명은 우리들에게서 꿈을 앗아가 버렸다. 밤하늘의 별을 앗아갔고, 보름달 속 계수나무 아래서 떡방아를 찧는 옥토끼의 아름다운 전설을 앗아갔다. 무수히 떨어지던 별똥별과 '푸른 하늘 은하수'를 빼앗아 갔다. 서정적인 가을밤의 풀벌레 소리를 앗아갔다. 빤짝빤짝 반딧불과 알록달록 무지개를 잊게 했고, 숫대를 세우지 않게 했다.

디지털 문화에는 정서가 존재하지 않는다. 디지털 문화에는 감성이 없다. 디지털 문화에는 따뜻함, 포근함, 넉넉함이 없다. 디지털 문화엔 사실事實은 존재하는데 진실은 없다. 리얼리티는 있는데 휴머니티는 없다는 것이다. 디지털 문화엔 강한 충격은 있어도 진한 감동은 없다. 디지털 문화에 감동을 기대할 수 없는 것은 그만큼 인간의 사고와 심성心性이 고딕화 되어 가고 콘크리트화 되어 가고 있기 때문이다.

인간은 본성적, 본능적으로 아날로그적 존재이다. 그것의 따뜻함, 포근함, 넉넉함, 친근감을 떠나 도저히 살 수가 없기 때문이다. 인간은 연속되는 절박함을 견디지 못한다. 디지털 시대의 가장 큰 위협이 스트레스다. 이는 긴장, 불안함, 무미건 조함, 삭막함, 딱딱함, 초조함, 불안정함 등등 디지털 시대적 생활방식과 주변 환경에서 받는 절박함이 원인이다. 인간이 숫자의 노예가 되어 코드화된 시대를 산다는 건 다시 없는 불 행이라 않을 수가 없다.

아무리 도시의 한복판에 벼를 심고, 보리를 심어도 소용이 없다. 목화, 수수, 조, 기장, 유채, 메밀을 심는다고 감동을 받 을 수 있는 게 아니다. 그런 정도로 딱딱하게 굳어져 버린 정서 가 흔치 않은 나비를 춤추게 하고, 사라져간 잠자리를 다시 불 러오지는 못하기 때문이다. 저마다 가슴 속에 벼를 심고, 보리 밭을 일구는 것이 우선되어야 한다. 마음속 보리밭에 종달새 가 돌아오게 하고, 그 푸른 보리밭에서 종달새가 새끼를 치는 것이 곧 휴머니티인 것이다.

어쩌면 자연 친화적이란 말을 다른 측면에서 풀어 보면, 1970년대 이전 우리가 살았던 환경으로의 회귀 욕구라 할 수 가 있다. 비록 굶주리고 헐벗었지만, 그래도 그때는 모든 게 오 염되지 않은 깨끗하고 상쾌한 자연환경과 비만肥滿 걱정 않아 도 좋은 음식만을 먹으며 살았다. 길을 가다 목이 마르면 엉덩 이 치켜들고 흐르는 냇물을 벌컥벌컥 들이키면 되었다. 배가 고프면 남의 밭 고구마 한 뿌리, 무 한 뿌리로 허기를 면하면 그만이었다. 그런 걸 도둑이라고 신고하는 사람은 아무도 없었다. 인심도 아날로그적 인심은 달랐던 것이다. 사납지도, 삭막하지도 않았다.

현시적顯示的인 것, 현상적인 것은 돈만 들이면 누구나 다 누릴 수 있고, 가질 수가 있다.

현상現象은 심상적心相的 사실화 작업이어야 한다. 진실성 없는 건조물, 감동 없는 실체는 아무런 가치가 없다. 그냥 허수아비나 박제剝製 같이 죽어있는 모형에 지나지 않는 것이다. 스스로가 감동하지 않은 걸, 남은 감동할 거라 기대하지 마라. 그건 어설픈 사기에 지나지 않는다. 자기가 설레고, 자기가 감동스러워야 남이 조금 공감해 주는 법이다. 자기가 대성통곡을 하면, 보는 이들이 눈시울을 붉히며 슬픔이란 상황을 공감해준다는 것이다. 자신은 울지 않으면서 너는 울어라, 한다면 그건 자칫 가당찮은 코미디가 되기 십상이다.

한 마디로 휴머니티란 그 자체가 진실이고 감동이다. 디지털 문화에는 휴머니티가 없다. 오늘날 많은 작품들이 상식을 외면하고 있다. 이런 추세대로라면 아날로그 문화로의 회귀가 요원遙遠할까 두렵다. 이대로라면 반드시 그 소중한 것 다 잃고, 정말로 재미없이 연명延命만 하는 무미건조한 시대가 예측되기도 한다는 것이다.

전자오락게임은 절대로 땅따먹기, 비석치기, 고무줄놀이, 새끼줄놀이, 꼰 두기, 못 꽂기 놀이, 막대놀이, 숨바꼭질, 말타기 놀이, 기마전, 장님놀이, 제기차기, 팽이 돌리기, 연날리기, 쥐불놀이, 딱지치기만큼 재미있을 수가 없다. 아날로그는 덜 세련되었고, 거칠고, 화려하지 못했어도 넉넉하고 푸근하긴 했다. 때문에 디지털 시대를 살면서도 아날로그 시대를 향수할 수밖에 없는 것이다. 도시에서 호화롭게 사는 사람일수록 문명이 덜 묻은 산골마을의 푸근함에 쉽게 빠져버린다. 하지만 정작 그들에게 그런 환경에 살라고 하면 기겁을 하여 삼십육계를 놓을 게 뻔하다. 하지만 국외자의 입장으로는 얼마든지 좋아 보일 수 있는 것은 왜일까? 이 또한 가슴속 깊이 미련처럼 자리한 향수 때문일 터이다. 무엇보다도 디지털 문화 속에서는 아날로그 문화에서처럼 추억거리가 만들어지지 않는다는 사실이다. 때문에 필자는 머지않아 사람들은 디지털 문화에 회의를 느끼게 될 것이라 확신한다.

인간은 어떤 경우에라도 타인들과 자연과 더불어 어우러져 살아가야 한다. 정 나눔이 필요하기 때문이다. 감성도 감정도 없는 기계만을 상대로 살아갈 수는 없는 노릇이다. 문명의 이기에 종속되지 않으려면, 어떤 업業에 종사하든지 업무와 일상의 구분이 분명하게 살아야 할 것이다. 우리가 선진국이라 칭하는 나라 사람들은 주거지와 근무지를 철저히 따로 하고 있다. 이를테면 주거는 아날로그적으로, 일터는 디지털적이라는 것이다. 화려한 조명 아래의 공연을 감상하다가 별을 보며 꿈을 키울 줄도 알아야 한다는 것이다.

GNP 2만 불 시대의 구호

　‘담배꽁초, 휴지 줍기가 힘듭니다. 제발 버리지 마십시오.’ 인구 40만의 결코 작지 않은 어느 도시 곳곳에서 쉽게 만난 공익광고문이다.

　벌써부터 우리 대한민국은 GNP 2만 불 시대를 살고 있다고 자처하고 있다. 세계 경제 서열 10위권 나라라는 자긍심도 대단하다. 그런데 이런 우리 대한민국이 아직도 이처럼 후진성 공익광고를 도심 군데군데 설치해 놓은 걸 어떻게 받아들여야 하는지 정말로 한심하고, 어처구니가 없다.

　우리나라 교육수준은 그야말로 세계적이다.

　‘청소합시다’, ‘깨끗이 합시다’ 등 청결과 관계되는 구호는 개발도상국의 전용구호라 생각한다.

　5·16후의 게시물, 표어들 절대다수가 청결과 관계된 것이

었다. 그 중에는 '머리를 감읍시다', '목욕을 합시다' 등과 같이 노골적인 구호도 '재건합시다' 다음으로 많았다.

오래 전에 중국 여행을 갔다가 상해上海의 어느 뒷골목에서 이런 구호들을 40여 년 만에 다시 맞닥뜨리게 되었다. 기분이 참으로 묘했다. 중국에선 옛날 우리처럼 마을마다 게시판을 만들어 세우지는 않았다. 학교에서 사용하는 것 1/4쯤 크기의 흑판을 흙벽에 붙박이로 박아놓고 분필로 공지사항을 써놓았던 거였다. 거기에 첫머리를 차지하는 공지사항이 바로 '청소합시다', '머리를 감읍시다', '목욕합시다' 등이었다.

'당신은 오늘 아침에 머리를 감았습니까?' 이른 아침 일행들과 함께 버스로 이동移動을 하던 필자는 정말로 놀라운 버스 한 대를 보았다. 노란색의 대형버스였다. 반대 차선을 내달리는 그 버스 옆구리에는 위와 같은 글귀가 허리띠마냥 큼직하게 씌어져 있었던 거였다.

순간 필자는 중국이 사회주의 국가라는 사실을 잊은 채, 샴푸나 린스 같은 머리 세척제 광고문인 줄 알았다. 그래서 목을 길게 뽑아 달아나는 버스의 뒤꽁무니를 돌아보았다. 당연히 버스 뒷면에는 샴푸는 ○○, 혹은 린스는 ○○○, 하고 세척제 이름이 적혀있을 줄 알았다. 그런데 잔뜩 기대했던 버스 뒷면에는 아무 것도 없었다. 필자는 얼떨떨할 수밖에 없었다. 아까 본 글귀를 잘못 해석 했나? 자신이 없었다.

그때 마침 북경대학 교수와 동석同席을 하고 있었다. 북경대학 그 교수는 북한에서 우리말을 전공한 관계로 대화에 별 불편이 없을 정도가 되었다. 그 교수한테 필자가 본 대로 얘기를 했더니, 제대로 본 것이라 했다.

"워낙에 머리를 안 감고, 목욕들을 안 해서 시내버스에 그런 공익광고문을 새기고 다닙니다."

자초지종을 자상하게 설명을 해주었다. 그때 필자는 새삼 깨달은 바가 있었다. 개발도상국의 첫 과제는 청결이구나, 싶었던 것이다.

하지만 문맹자 최소국, GNP 2만 불의 대한민국에선 아니라고 생각한다. 그런데 부끄럽게도 지금 대한민국의 산과 들, 계곡, 강, 호수, 바다, 도로, 도심 한복판, 어디 할 것 없이 곳곳은 쓰레기, 꽁초 등으로 몸살을 앓고 있다. 가로수 가지에선 찢겨진 비닐종이가 흉물스럽게 펄럭거린다. 근사한 자가용을 타고 미끄러지듯이 달리면서 차창 밖으로 껌, 담배꽁초, 휴지, 캔, 병 등을 아무렇게나 내버리는 걸 예사로 한다. 고속도로든 일반도로든 구분이 없다. 더 어처구니가 없는 건, 그러는 게 대단히 잘난 것인 줄 착각하고 있다는 거다.

온갖 쓰레기들이 내버려지는 차를 뒤 따라가다 보면, 앞차는 사람의 차가 아니라는 생각이 든다. 그야말로 돌차요, 똥차라는 생각을 떨쳐버릴 수가 없게 되더라는 것이다. 쓰레기를 아무 데나 함부로 버리는 것은 자신의 인격과 명예, 자존심을 함께 다 버려버리는 것에 다름 아니라고 본다.

아침에 집을 나설 적에는 산을 가장 아끼는 사람인 양, 산을 정말 좋아하는 사람인 양 멋진 모습이다. 그런데 그들이 앉았다 떠난 자리엔 소주병, 음식 찌꺼기, 캔, 비닐종이, 각종 봉투, 과일즙 봉지 등등 온갖 것들이 다 버려져 있다. 이건 사람이 할 짓거리는 아니라고 생각한다.

낚시터도 마찬가지다. 스티로폼, 비닐조각, 과자봉지, 라면봉지, 술병, 캔, 음식 찌꺼기 등등 온통 쓰레기 더미다.

안타깝게도 이게 세계에서 가장 문맹률이 낮은 고학력 국가 대한민국의 참모습이다. 이런 게 GNP 2만 불을 자랑하는 세계 경제 순위 10위권 대한민국의 의식 현주소이다.

의식 없는 인간들은 제발 집 밖으로 나오지 말기를 당부한다. 우리를 더 이상 부끄럽고 민망하게 하지 말기를 간곡히 부탁한다.

염치없는 세상

　　세상이 걷잡을 수 없이 문화화, 문명화 되어 가고 있다. 그만큼 살기가 빠르고 편리하고 정확해졌다는 말에 다름 아니다. 그런데 웬일인지, 과거 의식주가 어려웠던 시절에는 상상도 할 수 없었을 만치 날로 점점 이기적이고 타산적이고 각박하고 몰인정해 간다. 그리고 무엇보다 염치가 없어진다. 염치는 부끄러움, 미안함, 고마움을 알고 모르고와 절대적 관계가 있다고 보아진다.

　　언제부턴가 차량들이 몰려있는 주차장엘 가면 전에 없이 장애인 차량이 많아졌다는 생각을 떨쳐버릴 수가 없다. 물론 실제로 장애인들의 차량이 그만큼 늘어났기 때문일 수도 있다. 하지만 차량 앞 유리창에 버젓이 장애인 표지가 붙었는데, 그 차를 타고 내리는 운전자 대다수가 너무 멀쩡해 보인다는 사실이다. 개중에는 장애인 보호자 자격(?)으로 장애인 표시 스티커를 부착하고 운행할 수도 있을 것이기에 속단은 금물임도 모르지 않는다.

그런데 왜 이 부분에서 퀴퀴한 냄새가 나는 것일까? 문제는 장애인들한테 주어지는 각종 특혜를 탐하여 너도나도 가짜 장애인이 되고 있다는 것이다.

이 특혜라는 것도 소위 우리가 선진국이라고 하는 나라들과 비교하기엔 턱없이 부족한 정도이다.

우리나라에서 장애인 복지는 장애 등급에 따라 그 혜택의 정도가 다르다. 1급에서 6급까지 전국 공통으로 지하철 100% 면제, 철도요금 30~50% 감면, 국내선 항공요금 50% 할인(1~3급 장애인의 경우 보호자 1명 포함)과 연안여객선 요금 할인, 유무선 전화요금 30% 정도 할인, 초고속 인터넷 요금 할인, 고속도로 통행료 50% 할인, 전기요금 3급 이상 20% 할인, 도시가스 1~3급에 한하여 요금 할인, 장애자 자동차 검사수수료 할인, 장애인 이동보장 차원에서 LPG 차량 구입 및 가스 값 할인, 장애인 본인 명의 자동차 및 세대별 주민등록상 같이 거주하고 있는 배우자, 직계 존·비속, 직계비속의 배우자, 형제, 자매 명의로 등록하여 장애인이 주로 사용하는 자동차 1대 포함 장애인 표시 부착, 장애인 전용주차장 이용, 자동차 10부제 운행 제외, 국민임대주택을 분양받고, 1~3급의 경우 본인 명의 또는 장애인과 주민등록상 생계를 같이 하는 배우자, 직계 존·비속, 직계비속의 배우자, 형제자매 중 1인과 공동명의로 등록한 승용자동차 1대에 대한 개별 소비세 면세 및 차량등록세·취득세 면제, 자동차 구입 시 지역개발공채 구입 면제, 고궁, 농원, 국·공립박물관, 국·공립 미술관, 국·공립 공원, 국·공립 공연장, 공공체육시설 요금 감면, 공영주차장 요금 감면, 소득금액에서 장애인 1인당 연 2백만 원 추가 공제, 당해 연도 의료비 전액 공제, 총소득 3% 초과분에 한해 공제, 상속세 공제, 증여세 면제, 장애인 특수교육비 소득공제, 장애인 특별채용에 지원할 수 있다.

이상 등이 신체 장애인들이 우리 사회로부터 받는 제도상 혜택이라 할 수 있다. 곧, 신체적 기능이 불편한 사람들을 위해 보다 신체가 건강 사람들이 베푸는 제도적 배려인 셈이다. 그런데 이런 작은 이익을 노려서 육신六神 멀쩡한 자들이 허위로 장애인 진단서를 발급 받아 가짜 장애인 노릇을 하며 살아가는 세상을 어떻게 받아들여야 할지 모르겠다. 이는 의식이 바르지 못하고 자존심이 실종된 자들과 돈이면 다라는 브로커들, 그리고 잘못된 사고를 가진 의사들의 합작품(?)이라는 데 더욱 어처구니가 없다.

장애인 특별 채용을 악용하여 고등학교 교사로 취업이 된 자, 상기 특혜의 수혜자가 되려고 가짜 장애인이 된 대학교수, 심지어 가짜 장애인이 된 레슬링 선수도 있단다. 장애인진단서를 이용하여 병역을 면제 받은 자들도 있다고 한다. 모두가 정신장애자들이라고밖에 볼 수가 없다.

아무튼 이번에 불거진 이 사건은 절대로 유야무야 넘어갈 문제가 아니라고 본다. 어디에 비길 수 없는 중범죄행위이기 때문이다.

사법당국이 지정한 병원에서 정밀진단을 받아 반드시 가짜를 골라내야 한다. 그래서 가짜 장애인 행세를 한 자들에겐 그동안의 부조리를 소급적용하여 이자利子까지 쳐서 변제시켜야 한다. 이 가짜 장애인들로 하여 정말로 더 많은 도움을 필요로 하는 장애인들에겐 그만큼의 부족함으로, 그리고 나머지 우리들에겐 더 많은 세금으로 돌아오기 때문이다.

인구 5만 정도밖에 안 되는 강원도 태백시가 보험금 사기 사건으로 전국적으로 떠들썩하다. 전 현직 보험설계사들이 주동이 되어 한마을을 온통 보험금 사기꾼 마을을 만들어 놓았다고 한다. 보험금을 타먹도록 엉터리 진단서를 발급해 준 당해 지역의 3개 병원 치료환자 중 95%가 가짜 환자라는 것이다. 경찰수색 당시 어느 병원엔 입원환자가 76명으로 되어 있었지만, 실제론 11명뿐이었음도 밝혀졌다. 나머지 65명은 가짜 환자라는 걸 말해주는 대목이다. 환자들 중에는 당일만 치료 받고 곧바로 집으로 돌아가는 '차트환자'가 있고, 입원 처리해 놓고 가끔 병원에 들르는 '출퇴근 환자', 그리고 외출 외박 없이 장기간 병원에서 생활하는 '나이롱 환자' 등 그 유형도 가지가지라고 한다.

어느 56세 된 여자 보험설계사 출신은 자신은 물론 남편, 아들, 딸, 사위까지 보험에 가입시켜 돌아가며 당뇨병과 관절염, 좌섬挫閃 등의 병명으로 입원을 하여 보험금을 받아 냈다. 지난 2월까지 5년여 동안 가족 모두가 입원한 일수가 2천 일이 넘는다고 한다. 그리고 그렇게 하여 그들 일가가 받아낸 보험료가 무려 5억5천만 원이란다. 또, 보험설계사로부터 보험사기 유혹에 솔깃해진 59세의 여인은 2007년 2월부터 2010년 10월까지 남편, 아들, 딸을 수시로 입원시켜 보험금을 3억2천만 원을 챙겼다고 한다.

45세 된 현직 여자 보험설계사 모씨는 26세난 딸과 자신의 명의로 15개의 보험에 가입해 놓고 고혈압, 좌섬挫閃 등을 칭병稱病하여 2008년부터 지금까지 3억 원의 보험금을 가로챘다고 한다.

또, 그들 중에는 기초생활보장 수급자도 끼어 있었다. 의료보호 대상자이기도한 그는 정부로부터 받는 월 3십5만 원의 생활보조금을 보험금 사기행위 밑천으로 썼다는 것이다. 2007년부터 5개 보험 상품에 가입한 후, 월 3십6만7천 원씩의 보험금을 납부하여 3년여에 걸쳐 1억2천만 원의 보험금을 수령했다고 한다.

물론 기초생활보호 대상자가 하루 빨리 경제적으로 자립을 하여 생활보호 대상자의 입장에서 벗어나는 건 매우 바람직한 일로 누구나 반기고, 박수를 보내주어야 할 일일 터이다. 하지만 국민들이 낸 세금을 생계비로 보조받아 범죄의 밑돈으로 사용했다는 건 용서 받지 못할 행위라고 본다. 어쨌든지 수치상으로 연간 4천만 원 정도의 수입자면 적은 벌이가 아니었다 할 수가 있다. 이런 자가 기초생활보호자가 될 수는 없다고 본다.

이런 경우는 국민과 국가를 기만하고, 우롱하고, 농락한 것이라 않을 수가 없다. 연루자 모두가 마찬가지이지만, 이런 자는 반드시 법적 책임은 물론, 당장 생활보호 대상자에서 제외시켜야 한다. 그 정도 잔머리면 충분히 입은 굶지 않을 것으로 보이기 때문이다. 그래서 절대로 그냥 넘어가선 안 된다는 것이다.

현재 수사 중인 자들을 포함하여 600여 명이 연루된 보험금 사기사건으로 하여 1백4십억 원의 보험료가 부당 지급되었다고 한다. 이들을 허위 입원시킨 세 병원으로 돌아간 건강보험공단의 요양급여비가 무려 1십7억1천만 원이란다.

이 동네에선 <보험금 못 타 먹으면 바보>라는 말이 공공연히 나돌았다 한다. 그만치 염치도 죄의식도 전혀 없었다는 얘기다. 그리고 더 기가 막히는 건, 태백시 전체인구 약 1.2%에 해당하는 600여 명의 보험금 사기 연루자들 대다수가 보험금 사기를 조직적, 직업적으로 자행했다는 것이다.

실적 올리기에만 눈이 어두운 보험설계사와 돈에 환장한 부도덕한 의사, 세상에 공짜는 없다는 지극히 평범한 진리를 망각한 어리석은 주민들이 불러온 어처구니없는 사건이다. 자신이 부당하게 보험금을 수령하게 되면 다른 보험가입자들이 그만큼 더 보험 불입금을 부담해야 한다는 걸 왜 모르는 걸까? 나로 하여 남이 손해를 본다면 이는 염치없음이며, 범죄인 것이다.

거리를 달리다 보면 '허'자 넘버를 단 승용차들을 많이 만나게 된다.

필자의 상식으론 '허'자 넘버는 렌트카 번호라고 알고 있다.

그런데 내막은 꼭 그렇지만도 않다는 것이다.

그 많은 '허'자 차량들 중엔 순수 렌트카 회사 소속 차량이 아닌 것들도 상당히 많다는 것이다. 이를테면 개인이 차량을 구입하여 렌터카 회사에 지입차持入車 형식으로 차량을 맡긴 후 렌트카에 주어진 혜택을 누린다는 것이다. 렌트카는 일반 영업 차량과 달리 법인차량을 단기간 필요한 만큼 임대할 수 있는 또 다른 형태의 영업차량을 말한다. 때문에 렌트카에는 영업차량이기에 개인명의 차량과는 또 다른 특혜가 주어진다. 우선 자동차 구입 시 취득세가 50% 감면된다. 물론 매년 정기적으로 납부하는 자동차세도 감면 혜택이 따른다. 그리고 일반적으로 배기량에 따라, 연식 등에 따라 차등 적용되는 국민건강보험 부과 내역이 달라지는 건 삼척동자도 다 알 수가 있는 또 하나의 꼼수다. 따지고 보면 국민건강보험도 준조세에 상응한다 할 수가 있다. 납세는 국민의 도리이자 의무라는 걸 모르는 이 없다고 생각한다. 그런 의미에서 탈세는 분명 범법이다.

엄연히 범법인 줄 너무 잘 알면서도 렌트카 지입을 그토록 원하는 것은 무엇보다 LPG 차량을 구입할 수 있다는 조건 때문이라고 알고 있다.

아무튼 사람들은 이런 꼼수꾼들을 요령꾼, 재주꾼, 심지어 장래성 있는 사람이라 평가하기도 한다. 하지만 이들이야말로 염치 모르는 부끄러운 인간들일 뿐이다.

그리고 별로 남지도 않는 장사(?)인 줄을 알지 못하는 진짜 바보에 다름 아니다. 당장의 작은 이익에 눈이 멀어 떳떳함, 당당함이란 더 큰 것을 잃고 있다는 사실을 전혀 모르고 있기 때문이다. 물론 LPG 연료는 일반영업용 택시처럼 운행거리가 긴 차량은 확실히 득이 된다. 현행 차량 연료 중에서 LPG가 가장 싸기 때문이다. 하지만 그리 운행시간이 많지 않은 차량은 연비에 따라 계산을 해보면 거의 득이 되지 않는다는 것이다. 그리고 보험금도 불이익을 받을밖에 없는 게 현행 렌트카의 한계이다. 아무리 나는 무사고 운전자라도 다른 법인소유 차량들이 사고를 내면 덩달아 내 차도 보험료를 할증 받게 되어 있다고 한다.

렌트카 지입은 생각만큼 큰 득도 안 되지만, 엄청난 위험이 도사리고 있다는 사실을 알아야 한다. 법인이 나몰래 내 차를 담보물로 저당을 한다는 사실이다. 더 기가 막히는 건, 이러한 사실을 실제 차주가 알았다 하더라도 어떻게 할 방법이 없다는 것이다. 법적으로 분명히 법인소유이고, 실제 차주는 법인으로부터 빌려 타는 형식이기 때문이다. 그러다 그 법인이 부도라도 나는 날에는, 그야말로 두 눈 뻔히 뜨고 승용차 한 대를 고스란히 빼앗길 수밖에 없다는 것이다.

이런 염치없는 일들은 정부가 조장하고 있는 부분도 없지 않다.

예를 들면 오래 전부터 농기계를 사용하는 농민과 어업에 종사하는 어민들에게 면세유가 할당되고 있다. 이들에게 이렇게라도 경제적 부담을 덜어주기 위한 정책적 배려이다. 현행 기준으로 면세유는 일반 기름 값의 60% 정도 선에 공급을 받을 수가 있다. 취지를 탓하고 싶은 생각은 조금도 없다. 하지만 사후 운용, 관리, 감독 소홀로 하여 당초 취지와는 다르게 낭비되고, 허비되고 있음을 지적하지 않을 수가 없다. 품팔이에 면세류를 사용해선 절대 안 된다고 생각한다. 즉, 면세류를 가득 채운 이앙기로 남의 논에 모심기를 해주고, 면세류를 채운 콤바인으로 남의 곡식을 거두어 주고, 면세류 관리기로 남의 땅을 골라주고 품을 받는 영업행위 같은 짓거리를 해선 안 된다는 것이다. 어려운 어민들 생계를 도와주려는 좋은 취지가 낚시 등 레저용 보트 같은 데서 농락되어선 안 된다는 것이다.

웬만한 농기계 두어 대 쯤 보유하고 있으면 농기계는 말할 것도 없고, 보유 차량 모두와 심지어 집안의 난방까지 해결하고 있다는 사실이다. 더러는 자신에게 할당된 면세류 티켓을 가족이나 친구 친지들에게 선심을 쓰고 있다.

면세류로 생산 내지 소득에 도움을 받는 입장이면, 면세류 혜택을 받지 않는 다수의 사람들에게 늘 고마워하고, 미안해해야 한다고 생각한다. 면세류를 채운 승용차를 타고 신나게 사적인 볼일을 보러 돌아다니라고 면세류를 제도화한 것은 아니라고 본다. 취지 외적인 면세류의 허비가 곧 국민들의 세금 부담으로 돌아간다는 사실을 유념해 주었으면 좋겠다.

언제부턴가 농민들 사이에선 어처구니없게도 논농사를 짓지 않으면 보상금을 준다는 아주 잘못된 인식이 당연한 듯 팽배해 있다. 이 가당찮은 의식을 조장한 건 정책당국이다. 서둘러 시행만 해놓고 계도, 관리, 운용, 감독이 제대로 되지 않아서이기 때문이다.

농민들 사이에선 쌀 소득 직불 정책이니, 휴경지 정책이니 하는 이름의 정책들의 원래 취지가 거두절미되어 '벼농사를 짓지 않고 논을 놀리면 보상금을 준다'로 통하고 있다. 물론 당초의 정부 취지는 그렇지 않았던 걸 모르지 않는다. 날로 달라지는 식생활로 쌀의 소비량이 자꾸만 줄어들고 있다. 때문에 생산 자체를 조정하겠다는 정부의 의지 실현이 쌀 소득 직불제며, 휴경지 정책이라고 알고 있다.

어떤 이름, 어떤 명분이든 지정된 땅에 경작을 하지 않는 건 똑 같다. 그래서 농민들의 인식만을 탓할 일도 아니라고 본다. 정책당국에 쌀의 과잉생산을 막는 방법이 과연 이런 졸렬한 방법밖에 없었는지 묻고 싶다.

쌀이 아닌 다른 농산물을 생산케 하고, 쌀을 생산했을 때의 소득을 보장하는 방법도 있다고 생각하기 때문이다. 그 대체 작물이 단돈 1달러라도 외화벌이를 위한 경작이라면 다시없이 좋은 방법일 것이다. 농사를 짓지 않으면 농민이 아니다. 그런 의미에서 농사를 짓지 않으면 보상금을 준다는 인식을 심어준 정책당국은 제도개선이 시급하다 보아진다. 모든 보상은 성실하고, 열심히 살아가는 자의 몫이 되어야 한다고 보기 때문인 것이다.

연리 3%, 3년 거치 7년 상환의 조건으로 최대 2억 원까지 융자 받을 수 있는 후계 농업 경영인 육성사업 같은 것도 자세히 살펴보면 정책당국의 당초 취지대로만 진행되고 있지 않다는 걸 알 수가 있다.

타 시 · 군에서 5년 이상 거주하다가 농업경영을 목적으로 농촌지역에 가족이 전입한 지 3년 이내인 자 중에서 60세 이하인 자에게 빈집 리모델링, 보일러 교체, 지붕 · 부엌 · 화장실 개량 등의 경비로 5백만 원 이하로 지원한다는 귀농정착 지원사업과 귀농한 지 5년 이내인 자나 전입일 기준 1년 이상 타 시 · 도에서 거주한 자 중 금융거래에 이상이 없는 자가 시설하우스 설치, 농기계 구입, 한우 입식 등에 의지가 있으면, 세대당 1천만에서 1억 원까지 연리 3%, 5년 거치 10년 균등 상환 조건으로 융자를 해준다는 농업창업자금 지원사업도 당초 취지대로 잘 되어 가고 있는지 사후 끊임없는 관심과 관리, 감독을 하라는 것이다. 농촌으로 돌아와 농사를 지어 보겠다고 주민등록 이전 등 외견상 각종 필요한 조건을 갖추어 경제적 지원을 받긴 했는데, 정작 이불보따리 하나 이삿짐은 오지 않은 사례는 없는지 좀 세세히 살펴보라는 것이다.

행정당국이 머리 짜서 시행하는 각종 특화사업들 또한 다르지 않다. 좀 심하게 표현하면 저마다의 머리 위로 날아다니는 게 모두 공적자금이다. 염치고, 부끄러움이고, 자존심이고, 명예고 다 집어던지고 막 달려들어 이런 돈만 챙겨도 부자로 사는 건 쉽지 않은 나라가 지금의 대한민국이다.

그야말로 이 나라 정책은 용두사미다. 분명 시작은 요란한데 끝은 언제나 흐지부지다. 때문에 어떤 명분으로 돈을 챙겼던 일단 돈이 수중에 들어오기만 하면 그야말로 엿장수 맘대로가 될 수 있는 것이다.

어떻게 되어 가는 나라인지 정책자금을 융자 받은 자가 기한이 되어 상환을 하지 않아도 발을 구르는 공직자를 볼 수가 없다. 그들의 뇌리 속에는 자기들 돈이 아니라는 주인의식 결여, 위에서 하라기에 했을 뿐이라는 책임 회피 의식으로 가득 차 있기 때문이라 본다.

모든 공직자는 국가와 국민의 생명과 재산을 지킬 의무와 임무를 부여 받은 신분이다. 그런데 이처럼 국민의 재산이 봇물처럼 쉴 새 없이 새어나가는데도 누구 한 사람 그걸 지키겠다고 애쓰는 공직자가 없어 보인다는 건 분명 크게 잘못된 노릇이라 지적하지 않을 수가 없다.

이들은 봉급을 누가 주고, 봉급을 왜 받는지를 정확하게 알지 못하는 게 분명하다. 그렇지 않고선 이럴 수가 없을 것이기 때문이다. <아니면 말고 주의> 타성에 빠져 잘못됨을 알지 못한다. 오히려 잘하는 사람이 바보로 평가되는 세상을 살고 있다. 지금 이 시간 올 한 해 동안만이라 그렇게 풀려나간 돈들이 정작 어디에서 어떻게 쓰여지고 있는지 추적 좀 해보라는 것이다.

전국 곳곳에 특화사업을 한다고 돈만 따먹고 도망간 흔적들이 무수히 많다. 별의별 명분으로 바르게 살아가는 다수의 국민들 호주머니를 털어가는 염치없는 도둑들을 잡아들여 요절을 내야 한다. 그 부정의 현장에 가보면 슬레이트 지붕이라도 씌워놓은 자는 그래도 양심이 조금은 있어 보일 정도다. 블로크 두 층도 다 쌓지 않은 부정의 흔적을 한 길 넘은 잡초들이 가리고 있는 게 작금의 씁쓸한 양심 실종의 현장이다.

이런 꼼수로 자신만의 이익을 챙기는 것이 똑똑하거나 잘난 게 아니다. 절대로 그게 능력이 아니라는 말이다. 다만 부끄럽고, 미안하고, 염치없는 짓거리일 뿐이다. 무엇이 옳고, 어떡해야 당당할 수 있고, 무엇이 진정으로 득이 되고, 무엇을 위해 살아야 하는지를 곰곰이 생각 좀 해보자.

도로 등 각종 개발계획 소문이 나돌면 그 사업 예정지에는 반드시 급조된 무허가 건축물이 들어서고, 오랫동안 묵혀져 있던 논밭에도 밤새 유실수가 심겨져 과수원으로 둔갑을 해버린다. 더 약삭빠른 자는 그 예정지에 무궁화를 심는다. 지상물地上物 보상가 중에서 나라꽃인 무궁화가 가장 비싸다는 것이다.

더욱 기가 막히는 건, 전국적으로 이런 개발예정지마다 찾아다니며 지상물 보상을 많이 받을 수 있도록 도와주는 업체(?)들이 난립하고 있다는 것이다. 한마디로 정부를 상대로 사기를 치라고 부추기고, 도와주는 조직들이 날뛰고 있다는 애기다. 그들은 건축물을 지어 보상 문제가 해결되고 나면 다시 그 건축물을 헐어 다른 개발 예정지로 옮겨가 다시 짓고 식으로 돈벌이를 한다는 것이다. 그야말로 조직적 기업적 형태의 사기꾼들에 의해 행정이 농락당하고, 국민들의 혈세가 도둑질당하고 있다. 그리고 엄연히 살아있는 생명인 과목果木들이 괴롭힘을 당하고, 나라꽃 무궁화가 욕을 보는 것도 다 높은 보상금을 노린, 목적에 눈이 먼 그 기업형 못된 조직들에 의해서다.

이들에게 굳이 이름을 붙인다면 <지상물 보상금 받아주기 업자>라고 하면 그럴 듯할 것 같다. 아무튼 이들이 전국적으로 싣고 다니는 나무들은 땅내 좀 맡을 만 하면 옮겨져야 한다. 치사한 인간들의 이기와 과욕 때문에 수많은 나무들이 그냥 시들시들 죽어간다. 이 눈에 뻔히 보이는 수법을 묵인하는 건 공무원들이다.

대한민국 어디에서든지 그 지역에 근무하는 행정공무원이

면 누구나 지역 실정에 훤하다. 이를테면 어디는 누가 벼농사를 짓고 있고, 어디 있는 누구의 밭은 묵정밭이고, 어디에 누구 밭은 콩밭이라는 식으로, 꾼들이 장난을 치기 이전의 상황을 모두 다 꿰뚫고 있다는 것이다. 때문에 행정이 이들의 꼼수에 놀아날 일도, 속을 일도 절대로 없다는 것이다. 평소 공무원 입장에서 본 대로, 들은 대로, 아는 대로 사실 확인 후, 그대로 결정하고, 억지는 무시하면 되는 간단한 문제라고 생각한다.

공직자들이 좀 불명예스럽거나 자존심이 상한다 싶으면 가차 없이 자기 방패 혹은 역공逆攻의 창으로 잘 써먹는 공권력에의 도전에 대한 응징 오기는 어디서 자고 있는 걸까? 이럴 때야 말로 그 서슬 푸른 공권력의 도전으로 받아들여야 하지 않는가? 이런 경우야 말로 공권력을 동원하여 절대로 용서해선 안 되는 것 아니던가 말이다.

안면 때문에, 야박해서, 귀찮아서, 업무가 많아서……. 어떤 핑계, 어떤 구실도 모두가 한낱 직무유기에 다름 아니다. 아무튼 이러한 제 문제들은 어떤 면에서는 오히려 원래의 취지와는 상관없이 순박한 농어민들을 정부가 나서서 부도덕하게 하고, 염치없는 인간이 되게끔 조장하는 데 일조를 하지 않았나 하는 아쉬운 생각을 떨쳐버릴 수가 없게 하는 부분이 있다.

몹시 안타까운 노릇이다.

악마들의 대축제

지난 8개월 동안 온 나라를 시끌벅적하게 한 부산 저축은행 사건은 인간의 이기심과 욕심의 한계가 어디까지인가를 보여준 <상놈들의 잔치>, <악마들의 대축제>였다고 규정하고 싶다. 그리고 염치없음이 얼마나 무섭고 허황한 결과를 몰고 오는지를 제대로 보여준 도깨비놀음이라 하겠다.

대충 9조1천7백6십만 원이란 어마어마한 돈이 이름도 없던 한 은행에서 마구 뿌려졌단다. 가장 큰 문제는 불법 대출된 6조 원 중에서 5조 원이란 돈이 회수불가라는 것이다.

2011년도 국가 예산이 약 309조 원이라는 설을 감안하면 부산저축은행 9조 원 불법 대출 사건은 이기적이고 못난 인간들이 저지른 <금융재앙>이라 할 수밖에 없다.

총 3천3백 명이 사법당국의 조사를 받았다고 한다. 이 중에 42명을 구속 기소했으며, 다른 36명은 불구속 기소했다는 발표이다.

아무튼 남은 과제는 문제의 42명이든 36명이든 이들 연루자들은 언제든 지금의 분위기만 가라앉으면 부정한 돈으로 잘 먹고 잘 살 수가 있다는 것이다. 언제나 그렇듯 경제사범은 처음 시끄러울 때와는 다르게 여론만 조금 가라 앉았다 싶으면 곧바로 흐지부지해지고 만다는 사실을 너무 잘 알기 때문이다. 설령 실형을 받았다 하더라도 서너 달 쯤 지나고 나면 십중팔구는 병보석으로 풀려나 자유롭게 생활할 수가 있을 터이다. 그러다 카메라가 나타나면 얼른 마스크로 얼굴을 가리고, 모자 하나 푹 눌러쓰고, 휠체어를 탄 모습으로 동정을 우려내면 되는 것이 아니던가. 능력 있는 변호사 내세워 형기刑期를 팍 줄여서 어영부영 형기가 끝나면 아무 일도 없었단 듯이 꿍쳐놓은 부정한 돈으로 식구대로 호의호식할 일만 남는 것 아니던가.

부정한 곳엔 더러운 것밖에 꼬일 것이 없다. 큰 사건에선 예외 없이 그렇듯, 언론보도에 의하면 이번 <악마들의 대축제>에도 어김없이 정치판과 연결되어 있다고 한다. 이미 구속 수감되어 있는 노무현 정권의 창업공신 박모를 비롯하여 청와대 홍보수석을 지낸 김모, 전 감사위원 은모, 전 금융감독원장 김모, 이 외에도 금융감독원 국장을 포함한 3명의 간부 등이 그

추악한 놀이판에 가세를 했다는 것이다.

앞서 언급한 박모는 2005년부터 경기 시흥의 납골당에 부산저축은행 돈 1천2백8십억 원을 갖다 쓰면서 자신의 친인척들까지 너도나도 달려들어 70여 억 원을 음복술처럼 나눠 먹게 했다니 입을 다물 수가 없다.

비단 이런 금융 비리는 부산저축은행만의 일이 아니다. 이미 올해 영업 정지된 저축은행만도 15개나 되고, 벌써 상반기 영업 정지된 저축은행들을 정리하는 데 8조 원 가량이 들어갔다고 한다. 앞으로 죄 없는 국민들이 더 떠안아야 할 손실액만도 10조 원이 넘다는 것이다.

2011년 11월 2일 검찰의 수사 발표에 따르면 보해저축은행, 삼화저축은행의 더러운 돈잔치에는 공모, 임모 등 전직 국회의원과 김모 금융감독원 부원장보 등 금감원 전·현직 직원과 관계 공무원들도 연루가 되어 있다고 한다.

이제 남은 공은 아무런 상관도 없었던 우리 국민들의 몫으로 고스란히 넘겨졌다. 그 돈이 얼마가 되든지 국민이란 이름의 우리들이 갚아야 한다. 수중에 돈 한 푼이 없어 포장마차도 못하는 국민이든, 당장 끼니를 때우기가 막막한 국민이든, 어린자식 학용품 하나를 선뜻 사줄 수가 없는 국민이든, 오직 대한민국 국민된 죄(?)로 그 저주 받아 마땅할 인간들의 뒤치다꺼리를 해야 하는 것이다.

그렇잖아도 정부는 예금자 보호법 개정을 요청했고, 국회는 공적자금 투입을 확정할 것이라 한다. 이렇게 되면 부실 저축은행을 정리하는 데 사상 처음으로 공적 자금이 직접 쓰이는 사례가 된다는 것이다. 누구의 정부, 누구의 국회가 하는 짓거린지 도무지 이해가 되지 않는다. 꼭 죄 없는 국민들에게 그 배상 책임을 떠넘기는 게 최선인가 따져 묻고 싶다. 이게 국민이 주인인 민주국가에서 국민의 공복들의 성의 있는 결정인지 묻지 않을 수 없다.

같은 정부 부처인 기획재정부 관계자 중에는 "공적자금을 투입하지 않고도 저축은행 특별계정을 운용할 수 있는데, 야당 측에서 저축은행 사태가 현 정권의 잘못이라는 점을 각인시키기 위해 공적자금을 넣으려고 하는 의도가 있다"고 말했다고 보도되었다. 이 말이 사실이라면 국민의 입장에선 야당이 원망스러운 단계를 넘어 괘씸하기 짝이 없는 일이라 않을 수가 없다. 또 다시 분명히 말하지만, 국민은 결코 봉이 아니다.

앞에서도 신문보도대로 기술했듯이, 지금까지 보도를 통해 본 대로라면 <악마들의 대축제>에 비중이 크게 연루된 자들 거의가 야당과 무관하지 않아 보였다. 왠지 자꾸만 자신에게로 조여 오는 법망을 피하려는 잔꾀를 부리는 것 같은 의구심을 떨쳐버릴 수가 없다.

어떻든 저주를 받아 마땅한 자들의 뒤치다꺼리를 위해 울며 겨자 먹기로, 가뜩이나 살림살이가 어려워져 있는 국민들이 떠안을 수밖에 없이 되었다. 어떤 자들은 나쁜 짓하여 일가가 호의호식하고, 누구는 곧장 죽어갈 형편인데도 국민 도리 다 하려고 또 뜯겨야 한단 말인가. 이 대한민국, 도대체 누구의 나라냐? 나라의 주인이 누구냐 말이다.

같은 민족으로 태어나는 건 사천 겁의 인연이 있어야 한다고 한다. 어쩌다 저런 쓰레기 같은 인간들과 동족이 되어 이따위 욕을 봐야 한단 말인가?

아, 아, 대한민국…? 절로 장탄식이 나온다.

어쨌거나 이처럼 그야말로 오륜을 지키는 견공만도 못한 인간들에겐 현재 일가가 가지고 있는 전 재산을 몰수해야 한다. 그동안 남의 돈으로 잘 먹고 잘 입고 잘 살아온 대가를 꼭 치르게 해야 한다.

옛날에는 모반죄 등 중죄重罪에 연루가 되면 3족 내지 9족을 멸하는 대역죄로 다루었다. 그 시대에 이 따위 짓거리를 저질렀다면 아마도 반드시 사돈의 팔촌은 물론, 잘못 어울린 친구들과 잘못 가르친 스승을 포함한 9족까지를 능지처참으로 다루었을 거라 믿는다.

언제까지나 나쁜 짓하고도 잠시 감옥살고 나와서 그 돈으로 여전히 잘 먹고 잘 살게 내버려 두어선 안 된다는 것이다. 그리고 이래서는 절대로 진정한 의미의 정의가 살아남을 수가 없다고 생각한다.

지구를 살리자

　벌써 한 달째 강추위가 지속되고 있다. 우리 나라 겨울 날씨의 특징인 삼한사온의 주기성週期性이 실종된 지 오래 되었다. 추위가 이처럼 오랫동안 지속된 적은 일찍이 없었다. 북극의 기온 상승이 한반도에 추위를 몰고 온다고 한다.

　남·북극의 빙하가 녹는 현상이나, 전에 없이 여름철 무더위가 기승을 부리는 건 모두 오존층 파괴를 원인으로 꼽는다. 오존층 파괴는 화석연료가 내뿜는 이산화탄소가 원인이라고 한다. 이를테면 지구의 이 엄청난 재앙은 모두 인재人災에서 비롯되었다는 얘기다.

　학자들은 인류가 불을 이용하게 된 시기를 대체로 구석기시대로 추정한다. 처음에는 화산불이나 산불, 번갯불 같은 자연 발화를 이용했다고 한다. 그러다가 신석기 시대부터는 인류 스스로 발화기를 발명하여 비교적 자유롭게 불을 이용하기에 이르렀다는 것이다. 아무튼 인류가 불을 이용한 것은 대사건 이라 않을 수가 없다. 불이 가지고 있는 고유 성질인 빛과 열은 에너지로써 인류의 문명을 발전시킴은 물론 삶의 질을 높이는 데 절대 기여를 했기 때문이다. 빛은 활동(노동) 시간을 연장 시켰고, 열은 난방은 물론 조리를 하는 데 아주 긴요하게 이용 할 수가 있었다.

1973년 1차 오일 쇼크와 1979년 2차 오일 쇼크를 통해 인류 문명이 얼마나 석유 에너지 자원에 종속되어 있는가를 충분히 알았을 것이라 생각된다. 인류는 19세기 이후 20세기 초까지 화석연료인 석탄을 주 에너지로 이용해 왔다. 그 뒤 석유와 천 연가스를 발굴하여 에너지화함으로써 마침내는 산업혁명을 가져오게 하였다. 이는 우선 고체연료에 비해 사용이 편리하 고, 비교적 사용 후 폐기물 처리가 쉬워 선호도가 매우 높았다. 따라서 현재까지도 전 세계 에너지 총 소비량의 85% 이상이 석유와 가스에 의존하고 있다. 나머지 15%는 원자력 에너지 에 의존하고 있는 실정이다. 원자력 에너지 의존도는 지금도 점점 높아져 가고 있다. 당장 화석연료의 자원 고갈도 문제지 만, 화석연료가 남긴 유해 가스와 오염 물질로 인한 폐단은 지 구환경의 위기와 인류 존재 자체를 위협하고 있다.

때문에 지금 당장부터 유해한 화석연료 사용을 줄이고, 하 루속히 무해한 대체에너지를 개발해내지 않으면 안 된다고 보아진다. 특히 우리나라에서 의존도가 급속히 높아지고 있는 원자력 에너지는 석유나 가스 에너지 이상으로 위험하기 짝이 없는 것이다.

현재 기준으로 가장 많이 소요되고 있는 연료는 단연 석유와 천연가스이다. 오늘날 인간들에게 석유와 가스가 없는 삶은 상상할 수가 없다 해도 과언이 아니다. 우리 인체에 없어선 안 되는 피나 산소와 같기 때문이다. 석유와 가스는 중동의 몇몇 국가들을 비롯하여 중앙아시아, 미국, 캐나다, 중국 등 아주 한정된 지역에만 매장되어 있다.

이처럼 석유가 가지고 있는 국지성局地性과 희귀성稀貴性은 산유국들을 분쟁의 중심에 서게 했다. 중동 산유국들은 석유로 인해 하루아침에 벼락부자가 되었다. 하지만 그만큼 소용돌이에 휘말려 또 다른 고통을 겪어야 했다. 20세기 들어 중동권에서 발발한 전쟁들 거의가 석유 때문이라는 건 삼척동자도 다 아는 사실이다.

이란 : 이라크전, 이라크 : 쿠웨이트전, 걸프전, 체첸전쟁, 미국 : 텔레반전, 소위 9·11 테러로 불려지는 미국의 불행도 그 저변엔 석유가 자리하고 있다. 그리고 몇 년 전에 있은 미국의 이라크 침공도 대외적 구실이야 어떻든 유전을 장악하기 위함이라는 게 국제적 시각이다.

우리나라 에너지 소비 수준은 도를 넘어도 한참은 넘은 지경이다. 석유 한 방울 나지 않는데도 불구하고 1인당 에너지 소비량이, 1인당 국민소득이 우리의 3배도 넘는 일본이나 독일과 비슷한 정도라는 것이다. 때문에 우리나라의 에너지 절약은 어느 나라보다 절실하고 시급한 과제라 않을 수가 없다 하겠다. 그런 만큼 우리는 중동의 분쟁이 어느 나라보다 부담스러울 수밖에 없다. 산유국産油國들이 재치기만 해도 우리 경제는 기우뚱기우뚱 어쩔 줄을 모른다. 유가油價의 부담은 곧 우리 경제의 주름살이다. 이런 우리들 애간장을 녹이기로 작정이나 한 듯 산유국을 중심으로 국제적 분쟁은 끊이질 않는다. 그나마 지질학자들은 전 세계에 매장되어 있는 석유는 오늘날 소비기준으로 40여 년간 사용량밖에 남지 않았다고 한다. 채굴 가능한 석유 절반가량을 이미 사용해 버렸다는 것이다. 천연가스도 60년 정도 지나고 나면 완전 고갈이 된다고 한다. 이처럼 이제 인류는 금세기 안에 화석 에너지의 고갈로 또 다른 큰 재앙 아닌 재앙을 맞아야 할 지경에 이르렀다. 때문에 대체에너지의 개발은 더욱 시급한 과제가 되었다.

20여 년 전부터 많은 나라들이 대체에너지 개발에 박차를 가하고 있다. 특히 독일과 덴마크 같은 나라에선 매우 적극적이다. 하지만 아직은 어디에서도 이렇다 할 만큼 반길만한 소식이 없다. 기왕이면 공해가 전연 없는 재생가능 에너지를 개발하여야 한다.

화석연료는 대기를 오염시키는 문제점이 있다. 에너지 문제는 먼 미래, 인류의 영원한 역사를 대비하는 미래지향적 과제이다. 그런 측면에서 봤을 때 이제 인류는 무공해無公害이면서 고갈의 우려가 없는, 무한의 재생가능 에너지 개발이 그만큼 절실하다 않을 수 없게 된 것이다.

석유, 석탄, 가스 같은 화석연료는 지구 환경에 상당히 나쁜 영향을 준다. 오존층을 파괴하고, 지구 기온을 불안정하게 하는 요인으로 크게 작용하고 있다. 이로 인하여 지금 지구는 심한 몸살을 앓고 있다. 지구촌 곳곳에서 미처 예기치 못한 재앙이 쉴 새 없이 발생하고 있는 것도 이와 무관하지가 않다는 것이다. 우리는 이러한 천재지변에 지대한 관심을 기울여야 한다.

지구의 기온이 이미 많이 상승했다. 연간 섭씨 1.6도씩 계속 올라가고 있단다. 아무튼 이로 인해 남극대륙의 거대한 빙산이 자꾸만 떨어져 나가고, 북극의 빙산이 쉼 없이 녹아내리고 있다. 그런가 하면 남태평양의 투발루라는 섬나라는 해마다 높아지는 해수면海水面에 의해 면적이 점점 줄어들고 있는 실정이다.

비단 먼 나라 얘기뿐 아니다. 사계절이 분명했던 우리나라가 언제부턴가 봄과 가을이 없어지는 나라가 되어 가고 있다. 봄이래야 채 한 달도 못 느낀다. 가을은 보름을 느낄 수가 없이 되었다. 전에 없이 눈비가 많아진 것도 아무렇게나 간과해선 안 될 일이라 생각한다.

이미 장마철 따로 우기雨期 따로인 나라가 되어가고 있다고 단정하는 사람도 있다. 그만큼 알게 모르게 생태계도 변하고 있다. 예전에 흔하던 동식물들이 어느 샌가 사라져 없어지고, 대신 그동안 보지 못했던 동식물들이 하나 둘 나타나고 있다. 오래전부터 환경학자 중에는 우리나라 기후가 아열대화 되어가고 있다고 우려하는 사람이 많다. 작금에 지구촌 곳곳에서 빈발하고 있는 폭우, 폭설, 폭풍, 지진, 해일, 화산폭발 같은 불안정한 자연 변화가 예사롭지 않다. 목련, 개나리, 배꽃, 매화, 진달래 같은 봄꽃들이 계절 없이 제 멋대로 피어나고 있다. 그런가 하면 가을꽃인 코스모스가 봄부터 가을까지 내내 피는 기현상을 어떻게 설명해야 할지 모르겠다.

또 지구촌 한쪽에선 몇 년 동안 비 한 방울 구경을 못해 난리고, 어느 곳에선 홍수가 나서 난리를 겪는 불공정성적인 이변을 어떻게 받아들여야 할지 모르겠다. 상황이 이런데도 한쪽에선 기후 변화를 과학적으로 규명되지 않은 것, 신빙성이 없는 것, 화석연료와 상관이 없다는 등의 주장을 하는 어리석은 사람들이 있다. 정말로 답답하고 안타까운 노릇이 아닐 수 없다.

우리나라 에너지시설 비율을 보면 화력 52.4%, 원자력 36%, 수력 11.6%로 나와 있다. 근래에 와서 지방자치단체 단위로 풍력이나 태양광, 태양열을 에너지화 하려는 움직임이 활발하다. 하지만 아직은 그 효율성이나 경제성 면에서 보면 만족할 정도가 못 된다. 어쨌거나 이 가운데 원자력 발전소를 특별히 주목할 필요가 있다.

현재 원자력 발전소는 화력발전소의 보일러 부분을 원자로로 대체하고, 이것에 방사선 처리 시설 등을 설치한 구성체다. 핵분열 반응에 의해 발생한 에너지를 이용하게 되는데, 이렇게 되려면 방사능이 강한 우라늄이 없으면 안 된다. 우라늄이 없는 원자력 발전은 전연 불가능하기 때문이다.

원자력 발전소는 당초 건설비용이 많이 들긴 하지만 일단 가동만 하면 화력발전소처럼 지속적으로 연료비가 들지 않는 장점이 있다. 원자력은 석유나 가스와는 비교도 되지 않을 만큼 열량이 높다. 반면에 엄청난 폭발력을 가지고 있어 늘 대량, 대형 사고의 위험을 안고 있다. 우리는 1986년 구 소련령 우크라이나 공화국의 체르노빌 원자력발전소의 참사와 1999년 가을, 일본 도카이무라 핵연료 공장의 사고를 교훈으로 삼지 않으면 안 된다.

2011년 미야기현 센다이시에 밀어닥친 대재앙 때 원자력발전소로 인해 가슴 조인 시간들은 많은 것을 시사케 했다 할 수가 있다. 멀쩡하던 원자력발전소가 언제든지 눈 깜짝할 사이에 이처럼 우환덩어리, 공포의 대상, 악마의 형상으로 돌변할 수 있기 때문이다. 그리고 핵폐기물 또한 여간 골칫덩어리가 아니다. 핵폐기물에서 발생하는 방사선은 그야말로 공포의 물질이라 않을 수가 없는 것이다.

전북 부안군민들이 그처럼 죽기 살기로 우도의 핵폐기장 설치를 반대한 이유도 자신들의 생존 문제이기 때문이었을 터이

다. 핵폐기물이 무공해 물질이 되려면 수백 년의 시간이 지나
야 한다는 건, 차라리 충격이 아닐 수 없다. 사정이 이런데도
우리나라에선 원자력발전에 크게 의존하고 있다. 그리고 석유
한 방울 나지 않는 나라여서 원자력발전에 의존할 수밖에 없
다고 한다. 안전 문제에 관한 관심은 센다이시의 대재앙 후 많
이 달라진 것 같긴 하다. 어쨌거나 원자력발전에 의존하는 한
언제까지나 폐기물에 대한 부담과 폭발 위험 부담은 상존할
수밖에 없다.

우리나라에선 아직도 이처럼 위험천만한 원자력발전소를
계속 늘릴 계획을 가지고 있다는 데 더 문제가 있다 하겠다. 원
자력발전소는 현 수준에서 동결되어야 한고 본다. 그리고 기
존의 원자력발전소들도 수명이 다하는 대로 하나하나 폐쇄하
는 방향으로 나아가야 할 것이다.

한데 우리의 에너지 정책은 안타까우리만치 정반대 쪽으로
가고 있다. 2011년 현재 우리나라에선 21기의 원자력발전소
가 가동되고 있다. 이미 한반도 남쪽은 화약고화 되어 있다 해
도 과언이 아닌 것이다. 그 폐기물들은 다 어떻게 처리하려는
지 모르겠다.

유류 파동이 있을 때만 유행가를 부르듯 대체에너지 타령을
할 뿐, 실제로 에너지 개발에 큰 진척이 없는 편인 것도 사실이
다. 우라늄 매장량에도 한계가 있다고 한다. 사용 가능 우라늄
은 430기 원자로에서 채 50년도 사용할 수 없는 정도의 양이

라고 한다. 원자력발전에 전적으로 매달리는 우리나라에선 이래저래 부담을 느끼지 않을 수가 없다.

뿐만 아니다. 원자력 발전소를 수리하며 중고부품을 사용하는 등 안전 불감증과 입찰 조건을 사전 정보유출 하는 등 관계자들의 관행적, 구조적 부조리가 몰고 올 대재앙을 생각하면 전신에 전율이 흐른다.

당초 핵을 개발한 사람은 핵을 이용해 인류의 삶에 덕을 주려 했을 터이다. 이를테면 사막을 옥토로 바꾸는 것 같은 환상을 가지고 핵을 개발했을 거라는 것이다. 그런데 결과는 지구를 오염시키고, 인류를 파멸시키는 무시무시한 인명 살상 무기로 둔갑시켜 놓았다. 만약 원자력발전소가 폭발할 경우, 수백 킬로미터 내는 모두 피해 지역이 된다고 하니 가히 그 위력을 짐작하고도 남지 싶다.

오늘날 군사강대국의 기준은 핵무기를 보유했느냐 않았느냐이며, 또 얼마나 많이 가지고 있느냐, 얼마만큼 큰 걸 가지고 있느냐에 따라 서열이 매겨진다 해도 과언이 아니다.

인간들의 파괴 내지 살상 본능을 충족시키기에 핵무기는 조금도 부족하지 않은 파괴력을 가지고 있다. 미국과 러시아가 보유하고 있는 핵무기만 해도 지구를 몇 번이고 날려 보낼 수 있는 정도라고 한다. 이 가공할 파괴력 앞에 인류의 생명은 볼모가 되어 있는 셈이다. 인류는 2차 세계대전 막바지인 1945년 일본 히로시마와 나가사키에 투하된 원자폭탄의 위력을 너무 잘 알고 있다.

지금 미국과 러시아뿐만 아니라, 영국, 프랑스, 독일, 중국, 인도, 파키스탄 등 많은 나라들이 핵무기를 보유하고 있는 걸로 알려져 있다.

우리와 휴전선을 사이에 두고 있는 북한은 심심하면 핵실험을 한다며 우리를 위협하고, 미국과 신경전을 벌이곤 한다.

현재 여러 나라가 보유하고 있는 핵무기들은 과거 일본왕을 손들게 했던 그때의 원자폭탄과는 비교도 안될 만큼 위력 면에서 대형화되어 있다. 컴퓨터의 오작동으로 핵무기가 폭파하여 지구가 언제 감쪽같이 날아가 버릴지 아무도 알 수가 없는 지경에까지 와 있다는 말이다. 공상과학 영화에서나 있을 법한 얘기로만 치부하기엔 위험은 너무 우리 가까이에 상존하고 있다. 지금 이 시간에도 많은 나라들이 미국 등 강대국들의 눈치를 보아가며 은밀하게 핵무기를 개발하고 있을 것으로 유추類推할 수가 있다.

현재로선 전쟁으로부터 자국自國을 지키려면 핵을 보유하는 것이야말로 최상의 길이기 때문이다. 언젠가 인류는 이 핵으로 인해 멸망을 할 것이다. 이런 비참한 최후를 맞지 않으려면 모든 핵보유국들은 하루속히 핵무기를 해체하는 길을 택해야 한다.

아울러 하루속히 전기 자동차를 상용화하여 지구 온난화, 지구 온실화의 주범인 이산화탄소 발생요인을 줄여야 한다.

2040년이면 북극해에 얼음이 없어진다는 학자들의 경고를 절대로 흘려들어선 안 된다고 생각한다.

─신재생 에너지를 개발하자

이제 인류는 재생이 가능하고, 무해한 에너지를 개발하는 데 경쟁을 해야 한다. 벌써부터 여러 나라들이 이런 에너지 개발에 노력을 기울이고 있다. 하지만 아직은 많은 나라들이 입으로만 대체에너지 개발을 말할 뿐, 실제 성과는 상당히 미미한 정도이다. 재생가능 에너지를 얻으려면 자연 조건을 이용하는 게 가장 손쉽고, 경제적일 것으로 보아진다.

예를 들면 태양열, 태양광, 소수력小水力, 풍력, 조력潮力, 파력波力, 지표열地表熱, 지하온수 등을 이용하는 방법을 말한다. 실제로 현재 세계 곳곳에서 나름대로 이런 방법으로 실용화하고 있거나 연구 중인 걸로 알고 있다. 이처럼 자연 조건을 이용하여 전기 에너지를 얻는 시스템이야말로 우선 원료의 고갈을 염려하지 않아도 된다. 아울러 화석연료나 원자력 에너지와는 달리 공해의 위험으로부터 안전할 수가 있다.

현 단계에서 문제가 되는 건 실효성이다. 이는 반드시 극복해야할 당면한 최대의 과제가 아닐 수 없다. 끊임없는 연구와 노력으로 기어코 극복하지 않으면 안 되는 문제인 것이다.

에너지의 변환이 없는 한 인류의 미래는 보장되지 않을 것이기 때문이다. 이외에도 메탄올, 열병합熱倂合, 연료전지, 폐기물, 바이오메스 등을 이용하여 발전을 하는 방법도 선호되고 있다.

풍력발전이 전체 전력에서 상당한 비중을 차지하는 덴마크는, 핵 발전을 하지 않는 대신 풍력발전을 지속적으로 늘려가고 있다. 2030년이면 전력의 절반을 풍력으로 감당한다는 계획이라니 실로 여간 부러운 노릇이 아닐 수가 없다.

스웨덴, 오스트리아, 네덜란드 등이 재생가능 에너지의 활성화에 많은 노력을 기울이고 있는 나라들이다. 이들 국가들의 공통점은 핵 발전을 포기했거나 아예 시작도 하지 않았을 만치 핵 발전의 위험과 절연絶緣하고 있다는 사실이다.

굳이 화석연료인 석유나 가스, 그리고 원자력발전의 연료인 우라늄의 고갈 위기 때문만이 아니다. 더 이상 인류의 삶의 터전인 지구가 훼손되고 망가지게 내버려둘 수가 없다는 데 더 큰 이유가 있다.

덴마크, 독일, 네덜란드 같은 유럽 일부 국가들은 일찍부터 온실가스 감축을 위해 재생가능 에너지 소비 비율을 지속적으로 높여 왔고, 전체 에너지 소비량을 줄이는 노력을 계속해 왔다. 그러나 같은 유럽권 국가인 프랑스나 벨기에는 핵 발전에 적극적인 만큼 재생가능 에너지 개발에 관심이 적은 나라로 분류된다. 심지어 미국, 일본, 캐나다 같은 나라들도 크게 열성을 보이지 않고 있기는 마찬가지다.

우리나라의 경우는 더 할 말이 없을 정도다. 한국은 온실가스 감축 의무를 회피하는 데 외교적 노력을 집중하고 있다는 비난을 피할 수가 없을 지경이다.

국제사회에서 한국은 선진 산업 국가들에 비해 훨씬 늦게 산업화를 했기 때문에 그만큼 이산화탄소 배출량이 적으며, 아직도 산업화가 진행 중이어서 OECD 국가지만 개발도상국 지위를 계속 인정받아야 한다는 논리를 내세우고 있다고 한다. 이 얼마나 후진적 사고이고, 주장인가?

지구환경 개선을 두고 어떤 구실, 어떤 변명도 이유가 되지 못한다고 생각한다. 하긴 대다수 국가들이 이처럼 그릇된 생각을 하고 있는지도 모르겠다. 대체 에너지 개발이 늦어지는 이유로 경제적 영향도 내세운다. 마치 에너지 시스템이 바뀌면 기존 경제 질서가 파괴되기라도 한다는 듯한 의식에 사로잡혀 있는 한, 지구의 앞날은 너무 절망적이다. 진정으로 쾌적한 환경, 살기 좋은 세상 만들기를 위해선 하루빨리 이런 못난 사고에서 벗어나야 한다.

돈을 많이 모아 놓으면 뭣하고, 좋은 집을 지어 놓으면 뭣하겠는가? 숨을 쉴 수 없는 지구, 시도 때도 없이 이는 태풍, 폭우, 폭설이 삶의 터전을 휩쓸고 있다. 해일이 덮치고, 지진이 일고, 화산이 폭발하고, 가뭄으로 살아남을 수가 없는 환경이 된다면 과연 인류의 운명은 어떻게 될 것인가?

지구환경이 지금보다 더 훼손되면 인류는 파멸할 수밖에 없다는 사실을 명심 또 명심해야 한다.

이제라도 인종과 국가를 초월하여 인류 모두의 과제로 삼아 화석 연료와 에너지 사용을 자제하고, 무공해 재생가능 에너지 개발에 다 함께 박차를 가해야 할 일이다.

인간이 이룬 쾌거라며 그토록 뿌듯해 하고, 그토록 자랑스러워하는 과학문명이라는 것도 성난 자연 앞에선 아무 것도 아님을 알았으면 좋겠다. 하늘 높은 줄 모르고 치솟은 빌딩도, 생전 부서지지 않을 것 같은 철근시멘트 건조물도, 온통 쇳덩어리로만 이어놓은 철 구조물도, 2011년 1월 26일 분화를 시작한 일본 규슈 남쪽 기리시마산 신모에봉 화산 같은 자연의 위력 앞에선 그야말로 폭풍 앞의 등잔불에 지나지 않을 뿐이다.

인간들에 의해 지금 이 시간에도 자꾸만 지구의 허파가 형편없이 병들어 가고 있다. 얼음 없는 남극과 북극, 밀림 아닌 아마존은 곧 인류 역사의 종말을 뜻하는 바로미터에 다름 아니다.

이제라도 저마다 일심一心으로 지구를 살리려는 노력을 하지 않으면 가까운 시일 내에 인류의 역사는 끝내 빗장을 걸 수밖에 없게 된다.

하루 빨리 전 세계가 합심하여 공해로부터 안심해도 좋은 전기자동차 상용시대를 열어가야 하는 것도, 이 시대를 살고 있는 우리들의 시급한 당면 과제다.

논술고사의 문제점

  아무리 많은 돈 들여서 논술고사를 대비하여 과외공부를 했다 해도 문장을 만들어 자신의 의사를 분명히 전달하기란 쉽지 않다고 본다. 대학입시에서, 혹은 취업시험에서 논술형 시험을 치르는 것은 오로지 글로써 의사 표현을 제대로 할 수 있도록 하겠다는 의지가 반영된 시험제도라고 할 수가 있다. 그런데 정작 현행 논술고사 형태로는 도저히 당초의 취지에 부합할 수 있는 정도가 될 수 없다고 지적하고 싶다. 논술고사 형태를 보면 수필류에 속한다고 할 수가 있다.
  수필에는 베이컨적 수필이라 불리는 경수필과 몽테뉴적 수필이라 불리는 중수필이 있다. 현행 논술고사는 그 중 중수필적 형태를 요구하고 있는 것이다. 곧, 어떤 주제를 주면서 자신의 생각을 기술해보라는 식의 시험 형태이다.

중수필은 경수필에 비해 문장의 흐름이 무거운 느낌을 주며 논리적이고, 사회적이며 객관적 표현 위주다. 경수필과 달리 화자話者가 겉으로 드러나지 않으며, 보편적 논리와 이성적 짜임새를 갖는다. 소논문적小論文的이며 지적知的이고, 사회적이고, 실용적 가치를 추구하는 걸 특징으로 한다.

물론 사람에 따라 다르겠지만, 이렇듯 자기 고백적이고, 주관적 정서적 특징을 가진 경수필보다 쉽지가 않다 하겠다.

어떤 형태든지 좋은 글을 쓰려면 우선 박학다식博學多識해야 한다. 글이란 아는 것만큼 쓸 수밖에 없기 때문이다. 특히나 중수필 형식을 빌려서 좋은 글을 쓰려면, 경수필에 비해 훨씬 많이 알아야 한다. 하지만 현실적으로 입시지옥(?)을 거쳐야 하는 고교생들에게 학교 공부 외적인 독서를 요구한다는 건 무리라 않을 수가 없다.

누구한테나 글을 쓰는 일은 생각처럼 쉬운 노릇이 아닐 것이다. 더구나 좋은 글, 훌륭한 글을 쓴다는 건 보통 힘들지가 않다. 글이 마음처럼 쓰여지지가 않기 때문이다.

좋은 글을 쓰기 위해선 다독多讀, 다작多作, 다사多思 등 소위 삼다三多를 해야 한다. 이 중 다독은 좋은 글을 많이 읽어야 한다는 것이다. 우리나라에선 매일같이 250여 권의 각종 책들이 쏟아져 나오는 걸로 알고 있다. 물론 지은이들 입장에서는 모두가 최선을 다 했고, 모두가 주옥珠玉 같다는 자부심과 긍지를 가지고 집필했고, 또 책으로 엮어 냈을 터이다. 하지만 면면을 들여다보면 왜 이런 책들을 만들어 냈을까, 싶은 책들도 너무 많다. 두 말할 나위도 없이 훌륭한 책이란 쉽게 이해되며, 진한 감동을 주고, 무언가를 배울 수 있는 책이라고 생각한다.

단순한 재미, 자극적인 충동질만으로 좋은 책이라 평가 받을 수는 없다. 같이 책을 보는데도 책을 보는 사람의 입장에 따라 공부와 독서로 엄격히 구별된다고 본다. 이를테면 자신이 하는 일을 위해 부득이 책을 보는 것이라면 이는 공부다. 반면 책을 즐기기 위해 본다면 이는 독서인 것이다.

그런 의미에서 좋은 글을 쓰고자 하는 사람이 손에 책을 들었다면 무조건 공부를 위함으로 봐야 한다. 다시 말해서 글공부하는 사람에겐 공부만 있고, 독서는 없다는 것이다. 기왕에 공부를 위해 책을 본다면 좋은 글, 훌륭한 책을 많이 보아야 한다. 아닌 책을 많이 본다는 건 오히려 도움은커녕 장애가 되기 십상이다.

다작은 죽자 살자 많이 써야 한다는 뜻이다. 본격적으로 자신의 작품을 쓰기 전 단계로 꼭 거쳐야 할 과정이 있다고 본다. 좋은 작품 필사筆寫하기, 즉 따라 베끼기다. 그러면서 좋은 작품을 달달 외우면 더 훌륭한 글공부가 될 수 있다. 글공부를 하는데 있어 이보다 좋은 공부법도 없다 하겠다. 좋은 시, 훌륭한 글귀를 많이 외울수록 좋은 글을 쓸 수가 있다고 보면 과히 틀리지 않다. 물론 자기 작품을 열심히 하는 건 전제조건이다.

다사란 많이, 그리고 깊이 생각하라는 뜻이다. 실제로는 사물을 예사로이 보지 말라는 의미가 된다 하겠다. 동시에 깊이 있고 폭 넓게 관조하고, 사고하라는 뜻인 것이다. 남들의 소리, 남들이 살아가는 모양새도 예사로이 보아 넘기지 말라는 의미도 포함되어 있다.

어쨌든지 짧은 시간에 삼다를 실행한다는 건 현실적으로 불가능하다 않을 수가 없다. 아무리 대학 합격을 위한 임시방편적 과정에 지나지 않다 하더라도, 기왕이면 자기 의사를 제대로 표현할 수 있는 문장공부의 계기가 되어야 하지 않겠는가?

그렇다고 짧은 시간 안에 어느 정도의 글쓰기가 아주 불가능한 노릇만은 아니라고 본다. 간단한 지름길이 전혀 없는 게 아니라는 것이다.

바로 러브레터 쓰기이다. 꼭 러브레터가 아니더라도 그 순간에 가장 그리운 이에게 편지를 쓰게 하는 것이다. 편지란 자신의 심정을 가장 절실하게, 진솔하게, 그리고 아름답게 표현하려는 애씀이 본능적으로 작용을 하게 되어 있다.

논술고사 자체를 아예 그리운 이에게 편지쓰기로 대신하는 것도 좋은 방법이라고 생각한다. 편지글을 잘 쓰게 되면 다른 형식의 어떤 글도 다 잘 쓰게 된다고 확신한다. 그리고 당초 논술고사의 취지도 얼마든지 충족할 수 있다고 보는 것이다.

실효성 없었던 논술고사나마 또 다시 폐지의 위기를 맞고 있다. 2008년 도입된 이래, 대학입시에서 논술고사가 차지한 비중은 매우 높은 편이었다. 그런데 2011년 2월 28일 서울대는 그간 시행해 오던 논술고사를 2012학년도 입시부터 수시 모집 특기전형 인문계열에서 실시하던 논술고사를 폐지한다고 전격 발표했다. 같은 국립대학인 경북대는 아예 논술고사 전면 폐지를 선언하고 나섰다. 머지않아 전국의 각 대학들이 도미노 팻말이 쓰러지듯 논술고사 폐지에 동참할 것은 명약관화한 일이 되었다. 결국 논술고사는 사라지게 되어 있다는 말이다.

한데 그 이유라는 게 또 가관이다. '사교육비 최소화를 할 수 있도록 입시전형에서 논술비중을 최소화해 달라'는 교육과학기술부 장관의 주문(?) 때문이라는 것이다.

국가의 백년대계라는 교육이, 장관 한 사람의 입김으로 좌지우지되는 현실을 어떻게 받아들여야 할지 모르겠다. 그간에도 교육담당 장관이 바뀔 적마다 입시방식은 마치 헌 양말 갈아 신듯이 너무 쉽게 바뀌어져 왔다. 오랜 세월 그렇게 변덕을 부렸지만 아직도 입시는 갈피를 잡지 못한 채 여전히 미망을 헤매고 있다. 내내 교육철학이 정립되지 않은 상태로 갈팡질팡 돌파구를 못 찾는 교육현실이 정말로 한심하다. 그리고 언제까지 입시를 이래저래 실험하고 연습만 하려는지 어이가 없다.

배웠다는 건 글을 안다는 의미에 다름 아니다. 글을 안다는 건 글자를 읽을 줄 아는 것만을 말하는 것은 아니다. 자신의 생각을 문자로 곱고 정확하게 기록하고, 누군가에게 전할 수 있는 능력을 갖추는 것까지를 포함한다고 봐야 한다. 학교 문 앞에도 못 가봤어도 말로써 의사소통을 하는 데 큰 불편을 느끼진 않는다. 벙어리라고 세상을 살 수 없을 만치 불편하고, 외국어를 모른다고 외국여행을 할 수 없는 건 아니다. 손짓 발짓과 함께 그림은 곧 대체代替 세계 공용어이기 때문이다.

명문장名文章을 기대하거나 요구하는 게 아니다. 글자를 알면서도 글로써 의사소통을 할 수 없다면, 무식자의 한계를 벗어날 수가 없다 할 수 있다.

논술고사의 필요성 중 논리성, 창의성, 독해력 등은 일반론적 이론에 지나지 않는다. 앞서도 언급했듯 논술고사는 문자로써 자기의 생각을 제대로 표현하는 데 본디의 목적이 있다.

거슬러 올라가면 논술고사의 역사는 아주 오래 되었다. 당대唐代 이래 시행되어온 과거科擧 문과 중에는 명경과明經科와 제술과製述科가 있었다. 이중 명경과는 경전經典에서 문제를 내어 답을 적게 하는, 오늘날 고시考試와 같은 시험제도이다. 반면에 제술과는 문장을 지어 급제를 하는, 오늘날의 논술고사 효시인 것이다. 명경과보다 제술과 급제자가 우선이었다는 사실은 많은 것을 시사케 해주는 대목이다.

아무튼 이러한 전통적 제도는 조선시대까지 이어져 왔었다. 인간이 문장을 얼마나 대단하게 여겼는가를 증명해준 대목이라 할 수 있을 것이다.

미흡한 부분을 보완하여 더 나은 교육을 해야 할 정부가 앞장서서 폐지를 유도하고 있다는 건 모순이자 실수라 않을 수

가 없다. 대학 국문학과 출신자는 말할 것도 없고, 전공한 교
사, 교수들 중에도 전문가의 눈으로 보면 한심하기 짝이 없는
정도 이하의 문장력 소지자가 너무 많다는 걸 간과하고 있는
것 같다.

지금 이 시간 논술고사 폐지를 기획하고 지시 감독하는 입
장에 있는 교육과학기술부 소속 공무원들 중에도 함량 미달의
문장으로 공문을 작성하고, 결제문건을 기안하지는 않는지 모
르겠다. 이대로 가면 옛날처럼 학교는 또 절반의 문맹자(?)를
계속 양산해낼 수밖에 없다.

고운 생각 예쁜 마음을 나랏말로 표현하고, 많은 사람이 공
유하고 공감할 수 있는 작가라는 직업이 얼마나 괜찮은지 모
른다. 반문맹자半文盲者가 되기 싫거든 글쓰기를 하라고 권하고
싶다.

아울러 정부는 지금이라도 그 되잖은 정책을 철회하기를 바
란다. 한쪽밖에 못 보는 장관 한 마디에 우리의 이세二世들을
반문맹자를 만들 순 없지 않겠는가?

내 마음의 고향,
내 문학의 성지聖地 직지사역

　　　　　　사람은 저마다 가슴속 깊이 그리움을 간직
한 채 살아간다. 또한 그리움을 키우며 살아간다. 그것들이 곧
추억일 수도 있고, 향수鄕愁로 작용할 수도 있다. 어쨌거나 그
리움의 대상은 부모 형제나 은사, 친구 등 사람일 수도 있고,
고향 마을 동구 밖 정자나무일 수도 있고, 언젠가 언뜻 본 적
있는 이름 모르는 들꽃 같은 자연물일 수도 있다. 고향집이나
어렸을 적에 수학여행 갔었던 사찰이나 학교 같은 건조물일
수도 있다. 밤하늘 아기별이나 은하수 같은 천체天體일 수도 있
고, 산이나 강, 들판 같은 지리적 공간일 수도 있다.
　필자는 이따금 중학교 다닐 적에 1년 여 통학을 했던 직지
사역을 찾는다. 그곳을 찾을 적마다 마치 꿈 많던 그때 그 시절
로 되돌아간 듯 가슴이 설레고, 흥분도 된다. 그리고 그때마다

느껴지는 새로운 감회가 여간 좋지 않아서이다. 직지사역은 지금이나 그때나 크게 달라진 게 없다. 대합실 안에 있던 당시 갱생회更生會(홍익회의 전신)에서 운영하던 조그마한 구멍가게가 없어진 것과, 출입구 바로 왼쪽 매표구가 합판으로 가리어지고, 그 옆의 창문들이 막혀진 정도일 뿐이다. 그리고 플랫폼에 들어서면 더욱 낯설지가 않다. 전반적인 분위기가 흘러간 세월을 전혀 실감할 수 없게 한다.

지금은 잘 쓰지 않는 말이 되었지만, 그때는 역驛이라는 표현보다 정거장이라는 말을 더 대중적으로 사용했었다. 한자로 머무를 [정停] 자에 수레 [거車] 자를 쓴다. 원래 정거장은 말 그대로 수레나 마차가 서는 곳이었던 것이다.

우리 역사상 역驛이라는 명칭이 처음으로 사용된 것은 고려 시대였던 걸로 알고 있다. 그때는 역의 기능이 지금과는 사뭇 달랐다. 지금처럼 승객을 태우고 내리는 곳이 아니었다. 주요 도로에 30리(12㎞)마다 하나의 역을 세워서 나라의 공문公文을 중계하고, 공무로 여행하는 관원에게 마필馬匹의 편의를 제공하는 곳이 역이었다. 따라서 역을 중심으로 마방馬房, 대장간, 주막, 객사 등이 운집 발달하게 되었고, 자연스럽게 저자(市)가 형성되었을 것으로 추측된다. 말을 쉬게 하고, 말에게 먹이를 먹이며, 말발굽에 편자를 갈아 끼우고, 수레바퀴를 손질하는 것, 모두가 역 근처에서 이루어졌던 것이다. 물론 그러는 동안 나그네도 요기를 하고, 잠을 자고, 생필품을 구하는 곳이

기도 했다. 역 [역驛] 자를 파자하면 말 [마馬] 자와 엿볼 [역
睪] 자로 나누어진다. '말이 엿보다'를 나름대로 재해석해 보
면 '말의 눈치 보기'가 된다. 말인들 사람을 태우고 짐을 싣고
힘겹게 먼 길을 달려왔는데, 고작 먹이 한 통 먹이고 편자 한
벌 갈아 신겨 놓고선 쉴 틈 없이 곧장 갈 길을 재촉할까봐 어찌
눈치가 보이지 않았겠는가?

이처럼 우리의 역은 원래부터 말과 밀접하게 연관되어 있었
다. 그런데 정작 한자의 본고장인 중국은 우리와 역이라는 공
간을 표기하는 글자 자체를 달리 한다. 중국에선 역을 우리 식
으로 발음하여 참站이라 쓰고 있다. 설 [립立] 변에 점 [점占]
자를 합성한 역 [참站] 자를 쓰는 것이다.

아무튼 그 시절 아침마다 열차를 기다리며 역 광장에서 제기
차기를 하고, 공차기를 같이 했던 친구들이 문득문득 그립다.
그때 고무줄놀이, 줄넘기를 하던 세라복의 소녀들도 이제는 어
디선가 초로初老의 삶을 살고 있을 것이다. 모두들 보고 싶다.

지금은 비록 직지사역이 하루에 단 한 차례도 정차를 않는
신호소 구실을 하고 있지만, 그때는 버스 같은 교통수단이 발
달하지 못한 때여서 직지사역에 정차하는 열차들이 상당히 많
았다. 인근 주민들 뿐 아니라 외지인들의 내왕도 그만큼 잦았
던 것이다. 특히 봄가을이면 직지사를 찾는 관광객들이 많아
늘 광장에는 외지인들로 북적거리곤 했었다.

그즈음을 돌이켜 보면 유독 대구에서 올라오는 통근열차가

매일같이 그렇게 연착, 연발을 했었다는 기억이 강렬하다. 거의 매일 한밤중에야 집에 도착할 수가 있었다. 아침 열차는 연·발착을 하는 경우가 별로 없었는데, 오후 열차는 정말로 제멋대로였다. 정시로부터 3시간 안에 오는 법이 거의 없었다. 심한 날은 5시간 이상도 늦었다. 어두운 들길을 엎어지며, 빠져가며 집에 도착하면 밤 12시가 넘을 때도 허다했었다. 그런데도 김천역에선 지금처럼 안내 방송 한 번 제대로 해주지 않았었다. 배고픔을 참아 가며 우리는 마냥 하염없이 역 주변을 배회하다 밤 열차를 탈 수밖에 없었다. 거의 매일 밤 자명등불이나 손전등을 밝혀든 어머니들의 마중 행렬이 이어지곤 했다.

배가 고프고 매사가 불편했던 시절이긴 했지만, 그래도 그때는 대기가 오염되지 않아 반딧불이가 참 많았다. 어디랄 것도 없이 온 들판을 오늘날 사이키 조명 이상으로 번쩍번쩍 현란한 불빛을 발광하며 날아다녔다. 또, 밤하늘엔 그렇게 별이 많았다. 온통 꽃가루를 부어 놓은 듯, 하늘 가득한 별들이 꿈인 양 축복인 듯 머리 위로 좌르르 쏟아지곤 했다. 그런 맛에 그 시절을 살았는지도 모르겠다. 솔직히 지금 돌이켜 보면 오늘날 풍요와 편리함보다 그때 그것들이 더 값졌고, 더 복된 삶이었다는 생각이 든다.

아무튼 자갈길을 걸어서 오더라도 1시간이면 되는 거리를, 열차를 타기 위해 그 오랜 시간을 막연히 기다렸던 그때를 생각하면 참 우둔했었구나 싶다. 물론 친구들이 좋았고, 친구들과 어울리다 보면 시간 가는 줄을 몰랐긴 했다. 그 시절 기차는 지금처럼 힘이 좋질 않았다. 김천역을 떠나 직지사역이 가까워지면 열차가 힘이 달려 속력을 내지 못했던 것이다. 추풍령 고개가 가까워지고 있다는 걸 알려주는 양했다. 명색이 기차인데 자전거보다도 느렸다. 그러다 토요일이 되면 신이 났다. 토요일이면 우리는 동차動車라는 총 3량밖에 안 되는 미니 열차인 청룡호를 타는 것이 그렇게 좋았다. 아마도 대구↔대전 사이를 운행했던 걸로 기억하고 있다. 그 동차는 거의 연·발착을 하지 않았으며, 차내가 매우 깨끗하고 힘 또한 좋았기 때문이다. 때때로 그 동차를 타고 어딘가로 마냥 떠나고 싶은 충동을 느끼곤 했다. 뿐만 아니다. 오후 나절의 직지사역은 정말 운치가 있었다. 철로가에 줄지어 피어있던 코스모스 꽃이 지금도 눈에 선하다. 역을 빠져나가 들녘 한복판을 가로질러 집으로 향하는 5리 길도 마음을 편안하게 해주었다.

직지사역 안팎 군데군데에는 필자의 꿈의 편린, 추억의 부스러기들이 무수히 흩어져 있다. 필자는 그 시절에도 계속 작가의 꿈을 키우고 있었다. 그때 이미 200자 원고지 500매가 훨씬 넘는 "별만이 아는 슬픔", "젊은 그들" 같은 소설을 쓰는 열정적인 문학 소년이었다. 그런 의미에서 직지사역은 필자의 마음의 고향이자, 문학의 성지인 것이다. 때문에 필자는 세상살이가 외롭거나 힘들 때, 혹은 작품이 잘 풀리지 않을 적이면 직지사역을 즐겨 찾는다. 직지사역에만 오면 마음이 편안하고, 상당한 위안을 받을 수가 있어 좋다.

필자는 그동안 플랫폼에서 많은 이들을 떠나보냈다. 물론 누군가를 떠나보내는 입장보다는, 누군가의 손짓을 등 뒤로 받으며 떠나가는 사람이 더 행복하다는 걸 모르지 않는다. 떠나는 사람은 보내는 사람보다 덜 서럽고, 덜 아프게 마련이니까. 하지만 필자는 기꺼이 아무도 없는 텅 빈 플랫폼에 서서 기차 꽁무니가 보이지 않을 때까지 누군가의 떠남을 위해 손을 흔들어 주는 그런 입장이기를 고집하며 살아왔다.

어느 새인가 세월이 지나면서 필자에게 있어 역이라는 의미는 매우 다르게 해석되고 있다. 필자는 오래 전에 어머니를 떠나보냈다. 또, 그 다음 해에 곧바로 필자를 소설가가 되게 이끌어주신, 문학평론가이자 한성대학교 총장을 지내신 원형갑 스승님께서 떠나가셨다. 필자는 선생님께 4년 넘게 수업하여 문단에 나왔다. 아무튼 두 분을 떠나보낸 뒤 마치 텅 빈 직지사역 플랫폼에 홀로 서 있는 것 같은 진한 외로움과 감당하기 힘든 서러움을 맛보지 않을 수 없었다.

이제 필자에게 있어 마음 속의 역은 결코 낭만만이 자리하고 있지는 않다. 다시 볼 수 없는 곳으로의 떠남도 진하게 연결 지어지는 생의 정거장이 되고 있는지도 모르겠다. 그렇다고 너무 무겁거나 어둡게만 받아들일 필요는 없다. 가는 자가 있으면 반드시 오는 자가 있게 마련인 것이 세상의 이치理致이니까.

인생은 누구든지 언제까지나 영원히 이어져 갈 인류역사의 어느 과정에 서 있는 것에 다름 아니다. 그런 만큼 내가 현재 무엇을 하고, 일생을 어떻게 살아갈 것인가는 하는 문제는 매우 중차대한 과제라고 생각한다.

이를테면 현재 자신이 살고 있는 이 세상에서 맘껏 누리다 가는 것이 삶의 전부가 아니다. 저마다 떠나고 난 뒤에 남아 있을 세상까지도 걱정하고 책임지는 사람이 되어야 한다는 것이다.

결단코 이 세상에 살아남은 자들의 평가가 두려워서가 아니다. 나로 하여 언제까지나 내내 뒤따라오는 사람들이 편리해야 한다. 나로 하여 언제까지나 내내 뒤따라오는 사람들이 편안해야 한다. 나로 하여 뒤따라오는 사람들에게 득이 되어야 한다. 그러지 못할까 봐 사후事後가 염려되고 신경 쓰인다는 것이다. 이런 게 이 세상에 왔다간 값을 제대로 하는 것이기 때문이다.

인간은 누구나 나름대로 젊어서는 꿈을 먹고 살고, 나이 들어선 추억을 되새김질하며 남은 시간을 소일消日하게 된다. 그런 만큼 기왕이면 젊은 날의 그 푸른 발자취가 후일後日 되씹고 또 되씹어도 싫증나지 않은 추억으로 이어지는 삶을 살아야 할 것이다.

어떠한 경우에도 스스로를
속이거나 포기하지 말자.
그보다 어리석은 짓은 없다.

저자 **심 형 준**

- 소설가
- 경북 김천(금릉) 출생
- 오랫동안 한성대학교 총장을 지내신
  문학평론가 원형갑 선생 문하에서 문학수업
- 제 45회 월간문학 신인작품상에
  단편소설「소리치는 흔적」당선으로 문단 데뷔
- 소설집「소리치는 흔적」
- 중편소설집「고여있는 시간」
- 장편소설집「뒷모습은 숨길 수 없다 1·2」
  「어머니 숲」
- 콩트집「벤쿠버의 달」
- 시집「사랑하는 사람은 언제나 가까이 있어야 한다」
  「그리움도 쌓이면 짐이 된다」
  「솟대」등을 펴내다
- 여러 일간지 칼럼 집필
- 방송: 패널·게스트·리포터·구성작가 등으로 활동
- 한국소설가협회원·한국문인협회원·소설시대동인으로 활동

잔바람이 꽃을 피운다

초판 1쇄 인쇄일	2012년 2월 13일
초판 1쇄 발행일	2012년 2월 14일
초판 2쇄 인쇄일	2012년 3월 7일
초판 2쇄 발행일	2012년 3월 9일

지은이	심형준
펴낸이	정구형
출판이사	김성달
편집이사	박지연
책임편집	이하나
본문편집	정유진 김현경
디자인	정문희 장정옥
마케팅	정찬용
영업관리	김정훈 권준기 정용현
인쇄처	월드문화사
펴낸곳	새미

등록일 2006 11 02 제2007-12호
서울시 강동구 성내동 447-11 현영빌딩 2층
Tel 442-4623 Fax 442-4625
www.kookhak.co.kr
kookhak2001@hanmail.net

ISBN	978-89-5628-588-7 *03800
가격	18,000원

* 저자와의 협의하에 인지는 생략합니다.
새미는 국학자료원의 자회사입니다.
잘못된 책은 구입하신 곳에서 교환하여 드립니다.